rororo

Mary Adkins studierte Jura, arbeitete lange als Anwältin und unterrichtet heute Storytelling in New York. Sie ist preisgekrönte Autorin diverser Theaterstücke und hat für zahlreiche Zeitungen, u.a. die *New York Times*, geschrieben. 2019 erschien ihr Debütroman «Wenn du das hier liest».

Marie Rahn, 1965 in Mülheim an der Ruhr geboren, studierte und lehrte Literaturübersetzen in Düsseldorf. Sie übersetzt seit vielen Jahren Belletristik aus dem Englischen, Französischen und Italienischen. Mit ihrem Mann und zwei Söhnen lebt sie in Mülheim an der Ruhr.

«Klare Empfehlung!» *WDR 1Live*

«So fesselnd wie schockierend.» *Missy Magazine*

«Ein facettenreiches Porträt von studentischem Leben und Campus-Politik in Zeiten von #MeToo (...). Ein moderner Roman, der nachklingt.»
Kirkus Reviews

MARY ADKINS

DAS PRIVILEG

ROMAN

Aus dem Englischen von Marie Rahn

Rowohlt Taschenbuch Verlag

Die englische Originalausgabe erschien 2021
unter dem Titel «Privilege» bei HarperCollins, USA.

Veröffentlicht im Rowohlt Taschenbuch Verlag, Hamburg, Februar 2022

Redaktion Johanna Schwering
Covergestaltung ZERO Werbeagentur, München
Coverabbildung Nicolas Balcazar/EyeEm/Getty Images
Satz Eskorte Latin bei Dörlemann Satz, Lemförde
Druck und Bindung GGP Media GmbH, Pößneck, Germany
ISBN 978-3-499-27456-5

Die Rowohlt Verlage haben sich zu einer nachhaltigen Buchproduktion verpflichtet. Gemeinsam mit unseren Partnern und Lieferanten setzen wir uns für eine klimaneutrale Buchproduktion ein, die den Erwerb von Klimazertifikaten zur Kompensation des CO_2-Ausstoßes einschließt.
www.klimaneutralerverlag.de

FSC
www.fsc.org
MIX
Papier aus verantwortungsvollen Quellen
FSC® C014496

Für meine Eltern, die uns genug liebten,
um die ganze Welt für uns zu wollen

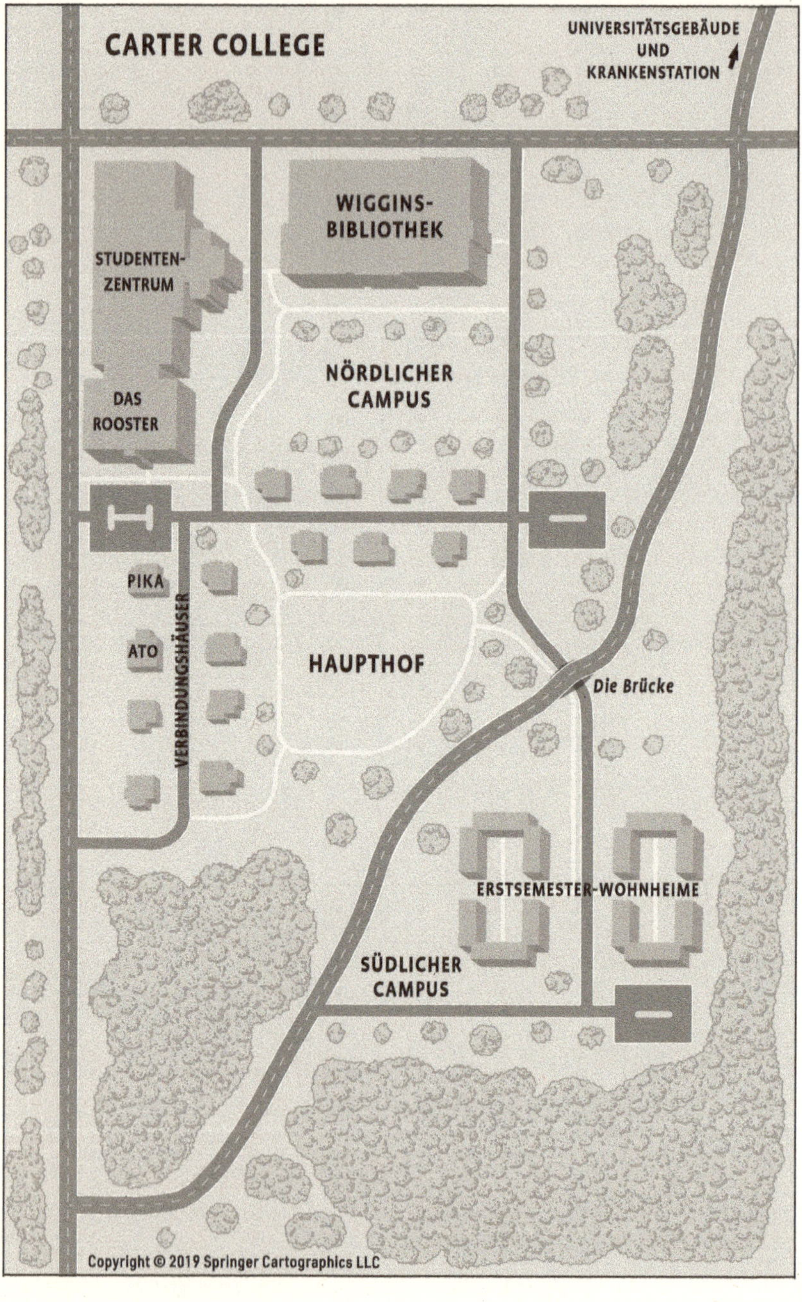
CARTER COLLEGE
UNIVERSITÄTSGEBÄUDE UND KRANKENSTATION
WIGGINS-BIBLIOTHEK
STUDENTEN-ZENTRUM
NÖRDLICHER CAMPUS
DAS ROOSTER
PIKA
ATO
VERBINDUNGSHÄUSER
HAUPTHOF
Die Brücke
ERSTSEMESTER-WOHNHEIME
SÜDLICHER CAMPUS
Copyright © 2019 Springer Cartographics LLC

Würdest du sie hypen und teilen,
sie würde enttäuschen.
Pixel und Schleier.
Eine E-Mail mit dem Betreff ‹re›
würde sie nicht überleben.
Du würdest sie auschecken, dir den Kopf zerbrechen
und dich fragen, wie sie zu verstehen ist.
Weißt du, was komisch ist? Wie oft
ich einen Sonnenaufgang sehe und denke,
es ist ein Sonnenuntergang.
Als hätte ich die Zeit vergessen, oder als hätte die Zeit
kurz vergessen, mich zu nerven,
und ich sehe
den Anfang und das Ende
des Lichts.
Auch sie, reduziert auf ein Thumbnail,
hat ihre Version der Geschichte zu erzählen.
Denn sie war wach die ganze Zeit,
sie war eine Frau.

That Girl
Von P. K. Fox

TEIL 1

HOFFNUNG

The Carter Chronicle

Donnerstag, 24. August

Willkommen am Carter! 10 Ratschläge für Erstsemester

Vom Respektlosen Rooster

Kikeriki! Hier ist O-Woche[1], und der Campushof füllt sich mit neuem, prächtigem Frischfleisch, das in Massen anrollt und Kofferräume der Marken Tesla[2], Prius[3] und Dodge[4] auslädt.

Wenn ich mich vorstellen darf: Ich bin der Respektlose Rooster. Auf dem Plan heute: meine 10 besten Ratschläge für euch, um das Beste aus eurem ersten Jahr an dieser wundersamen Institution zu machen.

1. Lest meine Kolumne.
2. Versucht gar nicht erst herauszufinden, wer ich bin. Ich bin alle hier und keiner.
3. Andererseits ist alles, was mit mir zu tun hat, wahrscheinlich eine gute Idee.
4. Im *Rooster* kriegt man anständigen Kaffee. Aber Finger weg von den Croissants![5]
5. Wie wir alle wissen, ist dieser Campus mit vielen Wasserspeiern geschmückt. Aber wenn ihr das nächste Mal am Eingang zum Stoling[6] vorbeikommt, werft doch mal einen Blick nach oben. Dann werdet ihr zwei Gargoyles entdecken, die *eindeutig* neu sind.
6. Schreit entsetzt auf!

7. Nein, das ist keine Halluzination. Diese Wasserspeier sind echt und, ja, sie haben *reale menschliche Gesichter.*
8. Wer sind diese Menschen / Wasserspeier? Diese Gargoyles sapientes? Diese Gargohominiden?
9. Warum in aller Welt tragen sie moderne Kleidung? Wieso hängen die dort über dem Eingang zu einem Gebäude? Und worum ging's noch mal in dieser Kolumne?
10. Das *Mojito*, an der Kreuzung von Beech und Smith hinter dem Südlichen Campus, hat die besten Tacos – und von einem Big Boss[7] wird man frühestens ab ein Uhr nachts zur Schnecke gemacht.

Willkommen am Carter, wo die Studentenverbindungen immer noch das Sagen haben, die Wasserspeier immer noch mutieren und ich mich jede Woche in diesem Forum über alles[8] lustig mache.

Kikeriki!
Genug für heute –

Glossar:

1. O-Woche heißt Orientierungswoche – nicht, was *ihr* denkt!
2. Tesla: Gefahren von den Eltern, die erfolgreicher sind, als ihr je sein werdet.
3. Prius: Gefahren von den Eltern, die wünschten, sie wären erfolgreicher, als ihr je sein werdet, und sich damit begnügen, euch krass unter Druck zu setzen.
4. Dodge: Gefahren von den Eltern, die ein Stipendium für euch beantragt haben.
5. Croissants aus dem Rooster: Trocken wie Professor Hendricks Vorlesung zur Theorie der rationalen Entscheidung in den Wirtschaftswissenschaften.

6. Stoling: ein neues Wohnheim auf dem Westlichen Hauptshof, denn am Carter findet man immer Gelegenheit, das Geld reicher Spender auszugeben.
7. Big Boss: Angeber in Segelschuhen und Karoshorts, der in Manhattan aufgewachsen ist und die Sommerferien mit dem Kennedy-Clan verbringt. Zeitvertreib: Saufen und Grapschen.
8. Alles = Ihr. Ich mache mich über euch lustig.

1

ANNIE

Freitag, 25. August

Meine Geschichte über Tyler Brand beginnt an dem Tag, als ich ihn kennenlernte, in der ersten Woche meines zweiten Jahrs am Carter College. An diesen Tag kann ich mich noch lebhaft erinnern, bestimmt auch deswegen, weil ich wie elektrisiert war von dem Gefühl frischer Luft auf meinen Beinen und von der Aufregung, meine Narben zum ersten Mal seit Jahren nicht zu verstecken.

Meine Beine waren immer das Attraktivste an mir, oder hatten es zumindest sein sollen. «Ich habe gebetet, dass du die Beine deines Vaters bekommst, und das hast du», erzählte meine Mutter mir immer und immer wieder. Ich würde einmal eine gute Läuferin abgeben, sagte sie, vielleicht würde ich groß genug werden, um Basketball zu spielen oder als Supermodel zu arbeiten. Wenn ich erst in meine Beine hineingewachsen wäre, würde ich mit ihnen die Jungs verrückt machen, ganz egal, welche Schuhe ich trug.

Und dann, gerade als ich tatsächlich begann, in meine Beine hineinzuwachsen, wurden sie gegrillt. In den Sommerferien nach der achten Klasse saß ich im Garten, als der Grill umkippte und die Decke neben mir Feuer fing. Mir wurde ein viertel Quadratmeter Haut transplantiert – das meiste von einem Spender und ein bisschen von meiner linken Pobacke – und auf meinen linken Unterschenkel, mein rechtes Knie und meinen rechten Innenschenkel verteilt.

Nachdem Aufruhr und Schmerzen sich gelegt hatten, dauerte es eine Weile, bis ich begriff, dass ich von nun an mit ganz anderen Augen angeschaut werden würde. Zuerst war ich verwirrt über die Traurigkeit der anderen. Erkannten sie denn nicht, dass ich das Schlimmste überstanden hatte? Ich hatte das Feuer überlebt.

Meine Zehen, Hände und Brüste waren suboptimal, das hatte ich schon vor dem Unfall begriffen. Aber die Narben gehörten doch nicht richtig zu *mir*. Sie waren mehr wie ein Accessoire, wenn auch nicht besonders schmeichelhaft: So wie wenn jemand hässliche Ohrringe trägt, aber darum ja nicht selbst als hässlich bezeichnet wird. Die Narben waren nicht von meinem Körper hervorgebracht worden, sondern kamen von außen, von dem unglücklichen Umstand, dass ich zur falschen Zeit am falschen Ort gewesen war.

Aber als sie weder verschwanden noch verblassten, sondern im Gegenteil sogar dunkler und härter wurden, wurde ich eines Besseren belehrt. Und ich begriff, dass das hier nicht mit Ohrringen oder Impfnarben vergleichbar war. Meine Beine, die eigentlich übers Basketballfeld rennen und Jungs verrückt machen sollten, sorgten für aufgerissene Augen, Grimassen und offene Münder. Also begann ich, sie unter Jeans zu verstecken. Bei Partys, am Pool und am Strand, auf dem Schulabschlussball: Ich trug nichts anderes mehr. Sogar sonntags in der Kirche trug ich Jeans, nachdem ich meiner Mom gedroht hatte, Atheistin zu werden, falls sie weiter darauf bestand, dass ich ein Kleid anzog.

Als ich «mit Brandnarben leben» googelte, empfahl mir

das Internet Verbrennungswitze. Also entschied ich mich die folgenden sieben Jahre für die Strategie, meine Beine zu ignorieren: Von der Taille abwärts existierte ich praktisch nicht mehr.

Meine Heimatstadt Pineville als ‹klein› zu bezeichnen, wäre noch übertrieben. Wir haben ein *Red Lobster*, ein mickriges Einkaufszentrum und ein paar baufällige Kirchen, die der Staat Georgia als Baudenkmäler deklariert hat. Auf einem Schild zum Highway 280 prangt das Motto der Gemeinde: ‹Fast weg, aber nicht vergessen›. In meinem Jahrgang gab es 45 Schüler, von denen sechs den Nachnamen Cooper hatten.

Aber selbst in Kleinstädten gibt es sozialen Druck. Als Teenager erkannte ich nicht, dass meine Narben nicht nur Fluch, sondern auch Segen waren. Denn ich war so deutlich mit einem Makel behaftet, dass ich gar nicht erst Gefahr lief, mich über mein Aussehen zu definieren. Da ich aus der Kategorie ‹hübsches Mädchen› herausfiel, konnte ich mich auf andere Dinge konzentrieren. Ich entschied mich für die Musik und gewann mit meinem Fagott Wettbewerbe, zuerst in Pineville, dann im ganzen Land. Einmal flog ich sogar mit dem National Youth Orchestra nach Washington D.C., um vor dem Präsidenten zu spielen. Annie Stoddard, Fagottspielerin, Brandopfer, Jeansfanatikerin. Dass mein Körper im besten Falle unsichtbar und im schlimmsten grauenerregend war, rettete mich in gewisser Weise. Ich bekam mit, wie Freundinnen hungerten, sich den Finger in den Hals steckten oder sich ritzten. Wie sie weinten, weil sie auf Instagram zu wenig Likes erhielten. Ich nicht. Warum sich quälen, wenn einen sowieso niemand ansieht? Gesegnet sind die Unattraktiven.

Und dann geschah das Unfassbare. Ich wurde am Carter angenommen.

Vom Carter College hatte ich seit dem National Youth Orchestra geträumt, weil mir die erste Flöte, Klassensprecherin der Abschlussklasse einer Privatschule in Michigan, erklärte, sie wollte dorthin gehen, genau wie ihre ältere Schwester, deren Collegefreunde so gebildet waren, dass ihre Eltern keine Ahnung hatten, wovon sie sprachen, wenn sie in den Ferien nach Hause kamen und sich am Abendbrottisch unterhielten. Obwohl sich das Carter in North Carolina befand, nur zwei Staaten von uns entfernt, hatte es laut meiner Studienberaterin Ms. Flo noch niemand aus meiner High School besucht. Als ich ihr sagte, ich würde mich um einen Platz bewerben, zog sie eine Augenbraue in die Höhe.

«Willst du nicht lieber auf die Universität von Georgia? Wahrscheinlich kämst du dort aufs Honors College», nuschelte sie (wir waren ziemlich sicher, dass sie Alkoholikerin war) und nuckelte an dem mit Lippenstift beschmierten Strohhalm in ihrem riesigen To-go-Becher, den sie immer dabeihatte.

Aber Ms. Flo unterschätzte, was es bedeutete, in einer Welt aus Cellistinnen und Violinistinnen Fagottspielerin zu sein. Ich wurde nicht nur am Carter angenommen, sondern bekam sogar drei Viertel des Studiengelds vom College erlassen. Meine Eltern weinten beide vor Erleichterung, weil die Rücklagen für mein Studium im Jahr zuvor für eine Notoperation an der Gallenblase meines Bruders draufgegangen waren.

«Aber woher sollen wir den Rest nehmen? Und das Geld für Unterkunft und Verpflegung?», fragte ich und drehte das Schreiben um, als könnte sich auf der Rückseite ein Scheck verstecken.

«Das kriegen wir schon hin», sagte mein Vater und nahm mir stolz den Brief aus der Hand, obwohl er ihn bereits gelesen hatte. (In den folgenden fünf Jahren gab er Privatunterricht, um Schüler auf den Studieneingangstest vorzubereiten: sechs Stunden am Samstag und drei am Sonntag. Damit verdiente er die restlichen achtzehntausend Dollar pro Jahr und ersparte es mir, einen Studienkredit aufnehmen zu müssen.)

An meiner High School verbreitete sich die Nachricht schnell. Selbst jüngere Schüler, die ich nur flüchtig kannte, blieben auf den Gängen stehen, um mir zu gratulieren.

«Das ist Annie Stoddard. Sie geht aufs Carter», erklärte mein Mathelehrer dem neuen Bioreferendar in der großen Pause auf dem Gang.

«Meine Güte, dann bist du bestimmt extrasmart», erwiderte der und zwinkerte mir zu. Den Rest des Tages sagte ich das immer wieder leise vor mich hin, weil mir der Begriff ‹extrasmart› gefiel. Zwar hatte ich in der High School nur Bestnoten erzielt, aber ich wäre nie auf die Idee gekommen, dass ich außerhalb der Pineville High als besonders intelligent gelten könnte.

In der Woche vor meinem Abschluss überreichte mir mein Englischlehrer Mr. Royles leicht verlegen einen Artikel, den er aus dem Internet ausgedruckt hatte und der den Titel trug: VIERZIG KLASSIKER, DIE MAN GELESEN HABEN MUSS.

«Das hätten wir dir eigentlich hier in der High School beibringen sollen», sagte er.

Also ackerte ich in den Sommerferien vier davon durch: *Der große Gatsby*, *Was vom Tage übrig blieb*, *Mrs. Dalloway* und *Moby Dick*, für den ich den gesamten August brauchte. Als ich das Buch tatsächlich zu Ende gelesen hatte, war ich so stolz wie nie zuvor.

Mein erstes Jahr am Carter bestand nur aus Seminaren, Orchesterproben und meinem Job im Campus-Buchladen. Zwar verabredeten sich ein paar Leute aus dem Orchester am Wochenende, aber ich war nie dabei. Wenn ich nicht lernte, verbrachte ich die Zeit mit meinem besten Freund Matty und meiner Zimmergenossin Samantha. An den Samstagabenden sahen wir uns Dokus über *White Supremacy*, die größten Opfer des Klimawandels und die Schattenseiten des Kapitalismus an. Meine Zeit am Carter war eine einzige Herausforderung. Im Mai fühlte ich mich wie ein vollkommen anderer Mensch, der nichts mehr mit der Annie gemein hatte, die im August voller Stolz *Moby Dick* beendet hatte. Ich war den *Campus Progressives* beigetreten und auf meiner ersten Demo gewesen; ich war von Englisch zu Psychologie als Hauptfach gewechselt, weil ich erkannt hatte, dass ich in den Literaturseminaren noch verlorener war, als Mr. Royles befürchtet hatte; in meinem Jahrgang hatten alle viel mehr gelesen als ich, während der Psychologieprofessor meine Hausarbeiten in höchsten Tönen lobte. Es kam mir zweitrangig vor, ob ich mich für das Fach interessierte oder nicht.

Ich lernte unzählige Stunden im Leseraum des Wohnheims und sah durchs Fenster, wie andere Studenten Fußball spielten oder in der Sonne lagen und sich unterhielten. Ich wollte wie sie sein, wusste aber nicht, wie ich das anstellen sollte. Ich wusste nur, wie man sich hinter Büchern verbarrikadierte, wie man unauffällig und zu Hause blieb. Ich bekam Bestnoten und war einsam. Auf dem College war ich genau wie in der Pineville High nur das schlaue Mädchen mit den Brandnarben.

Eines Nachmittags Ende Februar erzählte mir mein Orchesterleiter, dass eine Frau aus dem Ort jemanden suchte, der ihrem Sohn das Fagottspielen beibrachte, und zwar für

65 Dollar pro Stunde – für mich eine unfassbare Summe. Außerdem wollten die Eltern des kleinen Danny Yeager, dass ich dreimal pro Woche kam. Der pflichtbewusste Zwölfjährige verpasste keine einzige Stunde. Als ich in den Semesterferien Ende Mai nach Hause fuhr, hatte ich über zweitausend Dollar verdient.

Ich wusste ganz genau, was ich damit machen wollte.

Ein Dermatologe in Atlanta empfahl mir eine Farbstofflaserbehandlung, die man so über den Sommer verteilt legen konnte, dass meine Beine im Herbst wesentlich besser aussehen würden. Da ich einen Ferienjob als Babysitterin hatte, würde ich ohnehin die meiste Zeit mit dem Baby auf dem Sofa verbringen.

«Die Narben werden nicht hundertprozentig verschwinden», sagte der Dermatologe, «aber mindestens zu siebzig Prozent.» Behandlungen dieses Umfangs kosteten normalerweise über zehntausend Dollar, doch der Arzt erließ mir einen Großteil davon, weil der Laser ein neues Modell war und ich an einer Vorher-nachher-Studie teilnehmen konnte. Das machte mir zwar ein wenig Angst, aber er versprach, dass ich absolut anonym bleiben würde.

Ich lag auf einer mit Papier bedeckten Liege, während die Laser sich ihren Weg über meine transplantierte Haut bahnten und dabei klangen wie schnalzende Gummibänder. Immer wieder blies eine Praktikantin über einen Schlauch kalte Luft auf die behandelten Stellen. Man hätte meinen können, der Geruch von verbranntem Fleisch würde Erinnerungen an den Unfall wachrufen, aber so war es nicht. Dieses Mal fühlte ich mich auf meiner Arztliege wie eine Superheldin, der gerade ihr Kostüm geschneidert wurde.

Der gesamte Prozess erforderte drei Behandlungen im Abstand von jeweils drei Wochen. Mit der Regenerationszeit dauerte es insgesamt zwölf Wochen, bis die neuen, von den Lasern verursachten Wunden langsam verheilten. Mit jeder Behandlung sahen meine Beine besser aus als seit Jahren.

Meine Eltern unterstützten mich so sehr, dass es fast beschämend war. Am Tag, bevor ich aufs College zurückkehrte, gingen meine Mom und ich Klamotten für den Herbst einkaufen. Meine Beine waren jetzt heller: pfirsichfarben und hauchzart an Stellen, die vorher rot und wulstig gewesen waren; wo sich früher fast lilarote Flecken deutlich abzeichneten, sah man jetzt nur noch rosa Haut mit hellroter Naht. Damit konnte ich leben.

An den Ausverkaufständern griff ich nach Klamotten, die ich normalerweise gemieden hätte: einem kurzen Kleid, Shorts und, nur aus Spaß, einem Minirock aus türkisfarbenem Leder. Zwar war ich kein Mädchen, das Minilederröcke trug, aber ich ahnte, dass ich eines Tages vielleicht eines sein konnte.

Als meine Mutter (eine erfahrene Schnäppchenjägerin) meine Kleiderwahl sah, nahm sie mich lächelnd in die Arme.

«Ich hab sie noch nicht anprobiert», rief ich ihr nach, als sie die Sachen zur Kasse trug, aber sie ignorierte mich und reichte der Kassiererin die Kreditkarte, noch bevor diese überhaupt die Preisschilder gescannt hatte. «Das kannst du zu Hause machen», erklärte sie.

Am Ende dieses Sommers war meine Mutter voller Hoffnung. Genau wie ich.

Am ersten Freitag des neuen Studienjahrs stand ich vor dem Schrank meines altmodischen Zimmers mit der hohen Decke, das nun mir allein gehörte. Meine Zimmergenossin Samantha war im August nach Stanford gewechselt und hatte ihre Geige, ihre Kaugummis und ihren bis in die Nacht das Zimmer erleuchtenden Laptop mitgenommen. Am Carter hatte es ihr nie gefallen; für sie als Tochter eines Filmemachers von der Westküste war dieses College so einengend wie eine Zwangsjacke, und sie war zum zweiten Studienjahr nicht zurückgekehrt, sondern hatte mitten in den Ferien ihre Pläne geändert. Da zu der Zeit jedoch alle Zimmer schon verteilt waren, hatte ich jetzt ein heißbegehrtes Einzelzimmer auf dem Haupthof des Campus.

Jackpot.

«Hast du ein *Glück*!», rief mein Freund Matty und warf sich auf mein Bett. «Ich meine, natürlich wird Samantha uns fehlen, blablabla, aber ganz ehrlich: ein Einzelzimmer? Umsonst?»

«Umsonst ist was anderes», erklärte ich von meinem Schrank aus.

«Ohne Einzelzimmerzuschlag, meine ich.»

Im Schrank lagen hauptsächlich Jeans und Tanktops, aber darunter, direkt neben meinem Fagott, war das Bord, auf dem ich meine neuen Sachen aufbewahrte: das Sommerkleid, den Minirock und die Shorts.

Ich zog meine schwarze Jogginghose aus und eine der Shorts an. Dann wickelte ich ein Handtuch um meinen Oberkörper und kam hinter der Schranktür hervor.

Matty, der an die Wand gelehnt auf meinem Bett saß, blickte von seinem Laptop auf.

«Was denkst du?», fragte ich. In Modedingen hatte ich ihn noch nie um Rat gefragt – so lief das nicht zwischen uns. Manchmal fragte er *mich* um Rat, vor allem wenn er mich überreden wollte, mit ihm in Schwulenclubs zu gehen. Ich hingegen trug meine College-Uniform, seit wir uns kannten, also gab's von meiner Seite aus nichts zu besprechen.

«Vielleicht solltest du dir obenrum noch was anziehen», bemerkte er.

Darauf ging ich nicht ein. Ich drehte mich von ihm weg zum großen Spiegel. Da waren meine Beine.

«Wenn du die Shorts meinst», sagte Matty schließlich – und seine Stimme verriet, dass er genau wusste, was ich gemeint hatte – «dann wird es wirklich höchste Zeit, dass du dich dem Wetter entsprechend anziehst. Es ist heiß in North Carolina. Und du hast ein ganzes Jahr gebraucht, um das zu kapieren.»

Ich rührte mich nicht. Er sah mich im Spiegel an.

«Du schaffst das», sagte er.

So fing es an.

2

BEA

Freitag, 25. August

Zu Beginn ihres letzten Schuljahres hatte Bea den nächsten Schritt in ihrem Leben geplant. Sie wollte ein medizinisches Vorstudium an der Miss Porter's School absolvieren und nach dem Abschluss ihrer besten Freundin Lorn nach Vassar, Amherst oder Dartmouth folgen – mit ein wenig Glück vielleicht sogar nach Harvard oder Yale, wo sie in die Fußstapfen ihrer Mutter treten und Medizin studieren würde. Beas Mom war Gynäkologin und Chirurgin gewesen, bevor sie die Leitung eines Krankenhauses übernahm, und während Beas Kindheit hatte sie kleine, glänzende Statuen mit Goldinschrift gesammelt, die von ihren Verdiensten um die Gesundheit der weiblichen Bevölkerung zeugten. Wie sollte Bea da einen anderen Weg einschlagen?

Aber dann, im September ihres Abschlussjahres, hatte Mr. Canon im Politikkurs das Buch «Radical Justice» von Lou Friedman durchgenommen. Der Strafverteidiger und Juraprofessor hatte sich in liberalen Kreisen durch sein weithin bekanntes Werk gegen die Todesstrafe einen Namen gemacht. In seinem Buch stellte er Männer aus fünf Generationen einer schwarzen Südstaaten-Familie vor. Angefangen mit dem versklavten Ururgroßvater, gefolgt von seinen Nachkommen während der Sezessionskriege und der Wiedereingliederung der Südstaaten in die USA, dann während der Jim-Crow-Ära mit den Rassentrennungsgesetzen bis zu den 1990er Jahren, wo der jüngste Spross der Familie zwei Jahre im Gefängnis auf seinen Prozess wegen Diebstahls warten musste, weil er sich die Kaution nicht leisten konnte, und schließlich Selbstmord beging. Letzten Endes wurde die Anklage fallen gelassen. Friedman legte dar, dass die Inhaftierung und der Selbstmord dieses Mannes sinnbildlich für die über ein Jahrhundert währende strukturelle Misshandlung seiner Familie waren.

Angesichts der systematischen Misshandlung der schwarzen Bürger forderte Friedman, dass das staatliche Rechtssystem bewusst und vollkommen auf den Aspekt der Vergeltung verzichten müsse. Um zu gewährleisten, dass die schwarze Bevölkerung nicht weiter unterdrückt würde, konnte Lou Friedman zufolge eine annehmbare Definition von Gerechtigkeit nur aus zweierlei bestehen: Täter-Rehabilitierung und Wiederherstellung von Opferwürde. Sein Ansatz von auf Versöhnung basierender restaurativer Gerechtigkeit wurde weltweit rezipiert.

Bea war so begeistert vom idealistischen Ton und von der Tiefe des Autors, dass sie das Buch während einer Oktobernacht in einem Rutsch las. In den Abschnitten, die sie am berührendsten fand, erzählte er die Geschichten von Opfern schlimmster Gewalttaten, die in Zusammenarbeit mit ihren Peinigern eine Art Aussöhnung erreichen konnten. Die Familie einer bei einem Einbruch getöteten Frau konnte sich dazu durchringen, dem einundzwanzigjährigen Einbrecher zu vergeben, der danach Zimmermann wurde und Theaterstücke schrieb.

«Ich werde in meinem Aufsatz die Parallelen zu Jesus aufzeigen», hatte Beas beste Freundin Lorn gesagt, nachdem Bea ihr den Inhalt des Buches zusammengefasst hatte. Denn Lorn hatte es weder so großartig gefunden noch zu Ende gelesen, was ihr Probleme bei ihrem zweiseitigen Aufsatz bescherte.

«Aber Jesus hat doch keine Stücke geschrieben», sagte Bea.

«Er war Zimmermann», gab Lorn zurück. «Klau mir die Idee ja nicht.»

Bea hatte die Idee nicht geklaut, sondern aus einer Laune heraus über Friedman selbst geschrieben. Sein Buch war ein *New York Times*-Bestseller geworden, genau wie einige seiner darauffolgenden Werke. Bea war auf einen Artikel gestoßen, in dem Friedman versprach, die Einnahmen aus dem Buch einer gemeinnützigen Organisation zu spenden, die sich um eine Reform des Strafrechts bemühte. Allerdings fragte sich Bea – und formulierte diese Frage auch in ihrem Aufsatz –, wieso Friedman, wenn er doch so am Ende der systematischen Unterdrückung der Schwarzen interessiert war und dies anhand der Darstellung einer einzelnen Familie dargelegt hatte, nicht *ihnen* das Geld gab. Schließlich war er Teil des Prozesses, über den er geschrieben hatte, und profitierte als Weißer von der Unterdrückung Schwarzer. Er war Teil des Systems. Das Versprechen, sein Honorar zu spenden, trug kaum zur Lösung des Problems bei, erklärte Bea, da es an eine Organisation ging, die *er* ausgesucht hatte. Ein Zyniker hätte mutmaßen können, dass er finanzielle oder andere Verbindungen zu dieser Organisation hatte oder dass es ihm bei der ‹Spende› mehr um seinen Ruf ging als um alles andere – und zwar, um genau der Art Kritik zu entgehen, die Bea gerade übte. Sie schrieb ihren Aufsatz in einem Rutsch, sehr von sich und ihrem kritischen Geist eingenommen, und gab ihn einen Tag vor der Deadline ab.

Eine Woche später verkündete Mr. Canon eine Überraschung: Dr. Friedman war ein Mitschüler von ihm gewesen und würde der Klasse einen Besuch abstatten.

Friedman – «Lou», wie er sich vorstellte – wirkte jünger, als Bea angenommen hatte. Er war in seinen Vierzigern, hatte sehr kurze Haare und gestikulierte lebhaft mit den Händen, als er den Schülern von seiner Arbeit erzählte: von einer kürzlichen Reise nach Rom, wo er einen Kurs für New Yorker Studenten gegeben hatte, die das italienische Rechtssystem studierten; von dem Buch, an dem er gerade schrieb, und von einem juristischen Programm, das er an der Carter University in North Carolina anbot.

Bea war wie gebannt. In der Gegenwart dieses Mannes fühlte sie sich genauso wie früher in der ihrer Mutter: Sie erlebte hautnah die Präsenz eines bedeutenden Menschen. Dies weckte den Wunsch in ihr, noch länger in seiner Gegenwart sein zu dürfen, als könnte dadurch irgendwann ein Teil der Energie, die ihn befeuerte, auf sie abfärben.

Dabei wusste sie es doch besser. Wie falsch diese Vorstellung war, hatte sie zwei Jahre zuvor beim Tod ihrer Mutter erkannt. Phaedra war ganz plötzlich gestorben: Herzstillstand bei einer scheinbar gesunden Zweiundfünfzigjährigen. Nach dem Tod ihrer Mutter empfand Bea neben ihrer Trauer noch etwas anderes: Sie fühlte sich haltlos, innerlich leer. Nicht nur ihre Seele war zerschmettert, sondern auch ihre Identität. Ohne die Verbindung zu ihrer charismatischen, überlebensgroßen Mutter kam sich Bea so verloren vor wie ein Luftballon, der seinem Besitzer versehentlich aus der Hand gerutscht ist. Nach mehreren Monaten erkannte sie, dass dies im Grunde immer so gewesen war: Eigentlich war es schon damals an ihr selbst gewesen, ihre Zukunft zu gestalten. Doch als ihre Mutter noch lebte, hatte Bea die Welt unbewusst nicht besonders ernst genommen. Es hatte sich alles wie ein Spiel angefühlt.

Sie wusste nicht, dass Mr. Canon Dr. Friedman die Aufsätze der Kursteilnehmer gezeigt hatte. Und ganz gewiss war ihr nicht klar gewesen, dass sie ihm danach gegenübertreten musste. Doch als sie nach seinem Vortrag das Klassenzimmer verlassen wollte, sprach der Mann mit den freundlichen Augen sie an.

«Bea?»

«Ja?», sagte sie leicht erschrocken.

«Danke für deinen Aufsatz. Danke, dass du dir so viele Gedanken gemacht hast.» Er gab ihr seine Karte, und sie eilte in ihr Wohnheim.

Später an diesem Tag erfuhr sie, dass sie den National Science Award gewonnen hatte – als sechste Schülerin der Porter's, die das jemals geschafft hatte. Die Direktorin verkündete es beim Mittagessen und ließ ein Foto von ihr machen, auf dem sie mit einem Taschenrechner an einem Brunnen stand.

Am Abend checkte sie die Facebookseite der Schule. Während sie durch die Kommentare scrollte, entdeckte sie, dass es genauso viele Anspielungen auf ihre Mutter gab wie Glückwünsche und Ermutigungen.

«Deine Mutter wäre so stolz auf dich!»

«Du trittst in die Fußstapfen deiner Mutter!»

«Ganz die Tochter ihrer Mutter! Phaedra war so eine bemerkenswerte Frau. Möge sie in Frieden ruhen.»

Gereizt schloss Bea den Tab und griff nach Dr. Friedmans Visitenkarte.

Sie rief ihr E-Mail-Programm auf und fing an zu schreiben: dass sie nie gedacht hätte, er würde ihren Aufsatz lesen, und dass sie andernfalls niemals so unhöflich gewesen wäre; dass es eine Freude gewesen sei, von seiner Arbeit zu erfahren, vor allem von dem juristischen Begabtenprogramm am Carter, dass sie es gegoogelt hätte und interessant fände – rasch änderte sie Letzteres in ‹faszinierend›.

Sie schickte die E-Mail ab und ging zu Bett.

Am nächsten Morgen hatte er ihr schon geantwortet und sie zu einem Kaffee nach New York eingeladen.

Während der Zug langsam den Bahnhof von Greenwich, wo sie bei Lorns Eltern untergekommen war, Richtung New York verließ, notierte Bea sich eine Liste von Fragen über Dr. Friedmans Programm am Carter, allerdings hauptsächlich, um im Gespräch vorbereitet zu wirken. Ein bisschen was hatte sie schon selbst im Internet gefunden. Sie wusste, dass nur zehn bis zwölf Bewerber angenommen wurden, dass drei bis vier davon ein Teilstipendium als «Begabte» bekamen und dass das Programm ein festgesetztes Curriculum mit Erstsemesterkursen zum Thema Recht und Gerechtigkeit hatte. Und dass Dr. Friedman eines dieser Seminare leitete.

Wie viel Zeit lässt das Programm noch für andere Aktivitäten?

Hilft es den Studierenden bei der Praktikumsplatzsuche?

Bea schloss die Augen. Sie wusste nicht, warum sie sich immer wieder dabei ertappte, von einem College zu träumen, das sie noch nie besucht hatte. Sie stellte sich vor, wie sie mit einem Stapel Bücher über Strafrecht einen begrünten Innenhof überquerte. In ihrer Phantasie wusste niemand, dass sie Phaedras Tochter war. Sie war ein unbeschriebenes Blatt.

Als sie das *Johnny's* erreichte, ein altes Diner im West Village, hatte Dr. Friedman es sich schon mit seinem Laptop in einer der Sitznischen bequem gemacht.

«Bea, hi!» Er klappte den Laptop zu und schob ihn in einen Stoffrucksack, während sie ihm gegenüber Platz nahm. «Wie war Ihre Reise?»

«Angenehm», sagte sie. Es war nichts Neues für sie, von New England nach Manhattan zu pendeln. Als Bea in der siebten Klasse war, hatte ihre Mutter eine Weile in New York gearbeitet, bevor sie nach Boston zurückkehrten. Gewohnt hatten sie an der Upper East Side, am Park, und Phaedra hatte Bea erlaubt, am Wochenende mit dem Zug ihre Freunde zu besuchen – allein, mit zwölf. Damals hatte sie sich unglaublich erwachsen gefühlt und das Zugfahren lieben gelernt. Sie fand die Fahrpläne, das Rattern der Züge und den muffigen Geruch in den Abteilen tröstlich.

Dr. Friedman bestellte Grillhähnchen und Hüttenkäse bei einer Kellnerin mit Schürze. Bea nahm nur einen Blaubeermuffin und einen Kaffee.

«Ich muss Sie warnen, der Kaffee ist hier nicht besonders gut», sagte er.

An einem Tisch auf der anderen Seite des Gangs unterhielten sich lautstark vier Männer mittleren Alters.

«Ich hab ihr verdammt noch mal gesagt – ich – ich – ich hab ihr gesagt, verdammt ...» Einer der Männer wollte unbedingt eine Geschichte erzählen, wurde aber ständig von seinen Begleitern unterbrochen.

«Verzeihung, Miss!», rief ein anderer der Kellnerin nach, die in der Küche verschwand. «Was denn, muss sie da erst die verfickte Kuh melken?», fragte er seine Kumpel.

«Was das Justice Scholar Program betrifft», setzte Bea an und versuchte, die Männer zu ignorieren. «Ich habe mich gefragt, ob eine Teilnahme die Chance auf ein Sommerpraktikum erhöht.»

Dr. Friedman nickte und faltete seine großen Hände auf

dem Tisch. Während er sprach, lehnte er sich vor und sah ihr direkt in die Augen. Seine Aufmerksamkeit und Offenheit beruhigten sie.

«Wir ermutigen all unsere Studierenden, sich ein Praktikum in der Strafjustiz zu suchen, aber momentan können wir nur ein einziges anbieten, das bezahlt ist. Nämlich bei mir in New York. Das heißt, *unter anderem* bei mir. Beim CJRI, das ist meine Organisation, das Criminal Justice Reform Institute. Von den drei Monaten verbringt man einen Monat bei mir mit Recherche, einen Monat mit der Interessenvertretung und einen in der Rechtsberatung. Der Praktikant vom letzten Jahr veröffentlicht gerade einen Aufsatz im *Journal of Criminal Justice*. Das ist für jemanden ohne Abschluss ziemlich ungewöhnlich. Normalerweise bringen Jurastudenten nicht oft etwas zustande, das sich veröffentlichen lässt. Aber Kyle ist etwas ganz Besonderes. Seine Studie zu medikamentöser Intervention und Rückfallquote bei Jugendlichen ist bereits vor Gericht zitiert worden. In Colorado. Ist das zu fassen? Im Herbst fängt er an der Columbia mit Jura an.»

«Ein Richter hat sich auf seinen Aufsatz bezogen?», fragte Bea verblüfft.

«Yes, Ma'am.»

«Wow», sagte sie. «Aber es gibt nur einen Praktikumsplatz pro Jahr.»

Dr. Friedman hob bedauernd die Schultern. «Das Auftreiben von Fördermitteln ist ein ewiger Kampf, meine Liebe. Strafrecht ist in den Augen von Philanthropen nicht besonders sexy. Die Leute wollen für *gute* Arme spenden, nicht für böse.» Er lachte leise. «Aber Sie und ich wissen, dass der Druck des Systems zu kriminellem Verhalten führt. Außerdem verliert die Bezeichnung ‹kriminell› ihr Gewicht, wenn man bedenkt, wer sie festlegt. Haben Sie je den Spruch gehört: ‹Wenn die da oben die Regeln bestimmen, dann haben die da unten keine Chance›? Die Sache ist die: Es braucht Zeit, ein Programm wie unseres zu entwickeln. Wir bauen etwas auf. Aber langsam. Ich hoffe, dass irgendwann einmal all unsere Studenten bezahlte Praktika bekommen.»

Als ihr Kaffee und ihr Muffin kamen, hatte sich Bea gerade über seine Wortwahl ‹Sie und ich› gefreut. Er hatte sie mit eingeschlossen! Sie teilte ihren Muffin in zwei Hälften und zupfte am Zuckerguss, während ihre Tischnachbarn sich ein paar Meter entfernt bei der Kellnerin beschwerten, ihr Kaffee sei kalt.

«Also, werden Sie sich für das Programm bewerben?», fragte Dr. Friedman.

«Ich denke darüber nach», antwortete Bea, ohne zu wissen, weshalb sie nicht einfach ja sagte.

«Warum?»

«Warum es mich interessiert? Oder warum ich nicht sicher bin?»

«Beides.»

Als sie sich eine Blaubeere in den Mund steckte, die auf den Tisch gerollt war, begriff sie, warum sie nicht sofort ja gesagt hatte: Sie hatte einfach keine gute Antwort auf die Frage nach dem Grund. Sie persönlich hatte nie negative Erfahrungen mit dem Gesetz oder etwas in dieser Richtung gemacht – sie hatte noch nicht einmal einen Strafzettel bekommen. Im Gegenteil: In der fünften Klasse hatte sie peinlicherweise den Preis für den ‹Folgsamsten Schüler› gewonnen. Als sie einmal herausgewunken wurde, weil sie mit Lorns Wagen unangeschnallt zum Supermarkt gefahren war, hatte der Polizist ihren Gipsarm gesehen (sie war vom Pferd gestürzt, und damit war alles, was mit Pferden zu tun hatte, ein für alle Mal abgehakt) und sie die zwei Meilen zurück zum Haus der Birches begleitet.

Aber eine Sache war da doch. In den Sommerferien nach der neunten Klasse, in den Hamptons, mit Lorn und ihrer Familie. Sie und Lorn hatten sich gegen Mitternacht rausgeschlichen und sich mit ein paar Jungs am Strand getroffen, deren Familien ebenfalls Häuser in East Hampton besaßen. Sie hatten vergeblich versucht, ein Lagerfeuer zu machen, und Hugh, der einzige andere Schwarze in der Clique, war zum Wagen zurückgelaufen, um mehr Zeitungspapier zu holen. Nach zwanzig Minuten war er immer noch nicht zurück und reagierte weder auf Anrufe noch auf Textnachrichten. Erst Stunden später hörten sie etwas von ihm. Jemand hatte gesehen, wie er den Kofferraum eines Wagens durchwühlte, und die Polizei gerufen, um einen Einbruch zu melden. Die beiden Beamten, die daraufhin auftauchten, glaubten Hugh nicht, dass der Wagen seinem Freund Tom gehörte. Sie riefen Toms Dad an, der natürlich dachte, der Wagen würde in der Einfahrt stehen. (Damals waren sie alle erst fünfzehn und durften noch gar nicht Auto fahren.)

Es war eine Geschichte, die sie jahrelang zum Besten gaben: von der einen verrückten Nacht, in der Hugh verhaftet wurde, weil sie alle jung und unvernünftig waren. Aber niemand verlor ein Wort über den darin verborgenen Rassismus. (Einmal hatte Bea es Lorn gegenüber erwähnt, aber dann nie wieder, weil Lorn erwidert hatte: «Du weißt doch gar nicht, ob sie deshalb die Bullen gerufen haben.»)

«Ich habe einen Freund, der mal für etwas verhaftet wurde, das er gar nicht getan hatte», sagte sie jetzt. «Deswegen interessiere ich mich für das Thema.»

«Haben Sie schon von den studentischen Beiständen gelesen?», fragte Dr. Friedman, worauf Bea den Kopf schüttelte.

Dr. Friedman erklärte ihr, dass am Carter Studierende, die auf dem Campus in ein juristisches Verfahren verwickelt waren, studentische Anwälte zur Seite gestellt bekamen, Mitstudenten, die sie während des Prozesses unterstützten. Wer ins Justice Scholar Program aufgenommen wurde, kam automatisch auf die Liste der studentischen Beistände.

«Sie meinen», sagte Bea, «man ist dann der Anwalt eines Kommilitonen? Als Erstsemester?»

«Nein», lächelte er. «Aber man unterstützt den Kommilitonen bei seinem Prozess. Man macht eine richtige Ausbildung, wo man alle Einzelheiten lernt. Man vertritt die betreffende Seite nicht vor Gericht, sondern dient eher als Rückhalt. Dennoch vermittelt es einen wertvollen Eindruck in die Arbeit eines Anwalts in einem kontradiktorischen System.» Dr. Friedmans Essen war immer noch nicht gekommen. «Ich sehe, Sie genießen den vorzüglichen Kaffee», sagte er und wies auf ihren nicht angerührten Becher. Sie lachten.

«Was Ihren Aufsatz betrifft», bemerkte er unvermittelt.

«Oh ...», stotterte sie. «Wie ich schon in meiner E-Mail geschrieben habe, hätte ich nie erwartet, Sie persönlich –»

Er unterbrach sie. «Die Wahrheit ist folgende: Ich konnte es nicht ... nicht öffentlich. Würden *Sie* vielleicht wollen, dass alle Welt erfährt, wenn Sie plötzlich reich sind? Mit dem ganzen Druck, der darauf folgt? Der öffentlichen Aufmerksamkeit? Denken Sie nur an die Lottogewinner, die schon nach ein, zwei Jahren wieder pleite sind: Liegt das daran, dass sie nicht mit Geld umgehen können? Weil sie es einfach nicht im Griff haben?»

An seinem Ton konnte Bea erkennen, dass für ihn die Antwort nein lautete, aber eigentlich war das genau das, was Bea immer über solche Leute gedacht hatte.

«Natürlich nicht», sagte er. «Sie haben das Geld gekriegt, Bea.»

«Was?», fragte Bea.

«Natürlich haben die Washingtons das Geld gekriegt. Aber ich habe es ihnen auf indirektem Weg zukommen lassen, um sie nicht in die Öffentlichkeit zu zerren. Über einen Treuhandfonds.»

«Oh.» Bea spürte, wie sich etwas in ihrer Brust löste. Erst jetzt erkannte sie, dass die Sache mit dem Geld sie gegen ihn eingenommen hatte.

Mit einem Mal fiel ihr auf, dass einer der Männer am Nebentisch sie anstarrte. Er trug eine zerrissene Jeans, ein Tarnshirt und eine Sonnenbrille. Obwohl sie verspiegelt und pink gefärbt war, konnte Bea seinen brennenden, herrischen Blick spüren.

Bea war empfindlich gegenüber solchen Blicken, seit sie ein kleines Mädchen war und die Leute sie musterten, als fragten sie sich, ob sie zu der Frau gehörte, deren Hand sie hielt. Sie konnte förmlich spüren, wie sie dachten: *Das Kind ist nicht weiß, aber die Frau ist wesentlich dunkler.* Manchmal waren sie auch so dreist gewesen, Phaedra zu fragen, ob sie das Kindermädchen war.

«Kann ich Ihnen helfen?», sprach Bea den Mann mit der Spiegelbrille an. Der Mann zog die Augenbrauen hoch und grunzte.

«Sie starren mich an, also frage ich Sie, ob ich Ihnen helfen kann», insistierte Bea.

Als einer seiner Kumpel hämisch lachte, zuckte der Mann nur die Achseln. Dr. Friedman beobachtete schweigend die Szene und stand nach ein paar Sekunden auf. Er holte seine Brieftasche hervor und legte zwanzig Dollar auf den Tisch. Sein Essen war immer noch nicht gekommen.

«Gehen wir», sagte er zu Bea und beäugte die Männer am Nebentisch.

Sie folgte ihm ins Freie, peinlich berührt davon, vor Friedmans Augen die Beherrschung verloren zu haben.

Auf dem Bürgersteig drehte er sich zu ihr um. «Ist alles in Ordnung?»

«Ach, ich ...» Sie wurde nur noch verlegener dadurch, dass er eine Geschichte hinter der Szene vermutete. «Ich hab einfach ein Problem damit, angestarrt zu werden.»

«Verstehe», sagte er nach kurzem Schweigen. Er blickte an ihr vorbei und lächelte plötzlich verschmitzt. «Hey, sehen Sie mal. Noch ein Café. Ist das denn die Möglichkeit? Wundersames New York.»

Die großen Schaufenster auf der gegenüberliegenden Straßenseite wurden von warm leuchtenden Lampen erhellt. Die roten Bistrotische drinnen waren alle unbesetzt. MOCHA stand auf dem Schild darüber.

Bea lachte.

«Das wollte ich sehen», bemerkte er. Er legte ihr eine Hand auf den Rücken und führte sie zur Ampel. Sie war grün.

Nur elf Tage, nachdem sie ihre Bewerbung für das JSP eingeschickt hatte (die gleichzeitig als Bewerbung für das Carter College galt), bekam sie eine E-Mail der stellvertretenden Direktorin mit dem Glückwunsch, dass sie angenommen war. Im Frühling erhielt sie eines der Begabtenstipendien des Programms. Zwar waren es nur zehntausend Dollar im Jahr, die gerade mal ein Fünftel der Studiengebühren abdeckten, aber im Grunde brauchte sie es ohnehin nicht, da sie ihr Erbe und ihre Lebensversicherung hatte. Das Carter war allerdings unfassbar teuer, also war das Stipendium nicht schlecht. Und zehn Monate später, am Freitag vor Vorlesungsbeginn, saß

Bea auf dem Rücksitz eines Taxis und fuhr vom Flughafen in Greensboro, North Carolina, nach Cartersboro, um ihr erstes Studienjahr zu beginnen.

Da vibrierte ihr Handy.

SCHON IM WAGEN???

Lorns Mutter Audrey, seit Phaedras Tod Beas Vormund, war wesentlich gluckenhafter, als Beas Mutter es je gewesen war. Bea fand ihre ständigen Nachfragen per WhatsApp – die alle in Großbuchstaben geschrieben waren – irritierend und wusste oft nicht, wie sie darauf antworten sollte.

«Ja», tippte sie und blickte dann wieder aus dem Fenster. Die Kiefernwälder in North Carolina waren ganz anders als die Mischwälder in Connecticut, obwohl sie nicht genau sagen konnte, inwiefern. Waren sie größer? Dichter?

«Ma'am, in welchem Wohnheim kommen Sie unter?», fragte der Taxifahrer. Sie sah über den Rückspiegel, wie er sie anzwinkerte. Das war also der berühmte Südstaatencharme. «Ich kann Sie zwar zum Carter fahren, aber dann müssen Sie mir weiterhelfen.»

«Natürlich», sagte sie, holte die Einführungsmappe aus der Tasche und gab ihm die Karte, auf der ihr Wohnheim angemarkert war. «Hier.»

«Oh, oh, brauche ich da meine Lesebrille?», fragte er schmunzelnd.

«Nein, da, wo das Kreuz ist.»

«Alles klar», nickte er.

Um den Südlichen Campus zu erreichen, wo sich die Erstsemester-Wohnheime befanden, mussten sie unter der berühmten Carter-Brücke hindurchfahren, die im College-Prospekt abgebildet war und von den Studierenden nur ‹Die Brücke› genannt wurde. Das Campus-Wahrzeichen war ein von bunten Graffiti bedeckter Betonbogen. Jetzt allerdings hingen darüber die Plakate der verschiedenen Studentengruppen, die um die Neuankömmlinge warben:

Du willst im Chor singen? Komm zu den Scarlets!
Vereinigung Schwarzer Studenten: Erstes Treffen 12. Sept.
Campus Crusade for Christ: Bibelstunde dienstags 19 Uhr. Geisteswiss. 4. OG

Beas Handy vibrierte in ihrer Hand. In Erwartung einer weiteren Nachricht von Audrey senkte sie den Blick, stattdessen jedoch sah sie eine Nachricht ihrer neuen Zimmergenossin Early, mit der sie Nummern ausgetauscht und in den Ferien ein paar organisatorische Dinge geklärt hatte.

Gleich sehen wir uns, Mitbewohnerin!!!! ☺☺☺☺☺

3

STAYJA

Freitag, 18. August

Diese verdammte Nicole! Stayja hastete über den Hof, einen Becher Urin in der Hand. Sie schob sich durch die massiven Glastüren des Gebäudes und stieg die Treppe hinauf zur Krankenstation des Colleges, wo ihre Cousine auf der Toilette hockte.

Wo bleibst du? Langsam fällts auf!

Gleich da, antwortete Stayja und bog um die Ecke des mit Teppich ausgelegten Gangs, um durch eine weitere geräuschlose Schwingtür zu gehen. Ein Mädchen in Stayjas Alter, vermutlich eine Studentin, saß hinter einem großen weißen Empfangstisch. Ihre seidig glatten Haare schimmerten im Neonlicht.

«Kann ich dir helfen?», fragte sie Stayja.

«Ich wollte nur ... wenn ich, also, einen Schwangerschaftstest machen müsste, das bietet ihr doch auch an, oder?»

«Bist du ... Studentin?», fragte das Mädchen und hob seine Stimme um eine ganze Oktave.

«Ich arbeite im *Rooster Roast*», erklärte Stayja. Das Mädchen runzelte verwirrt die Stirn. «Im Café vom Studentenzentrum.»

«Oh! Ach so, ich wusste nicht, dass das einen Namen hat. Äh …»

Das Mädchen trommelte ratlos mit den Fingern auf den Tisch. Das war Stayjas Plan, und er funktionierte. Als Stayja ihr Gewicht ein wenig verlagerte, schwappte der Urin in dem Kaffeebecher, den sie so hielt, als wäre ein Heißgetränk darin. Der Becher war fast so warm, als wäre wirklich Kaffee darin. Warum machte sie bloß immer den ganzen Scheiß für ihre Familie? Erst hatte sie Nicole einen Job im Campusbuchladen besorgt, und jetzt konnte ihre Cousine nicht mal den verdammten Drogentest alleine bestehen. Kein Wunder! Nicoles Urin war schon seit ihrem vierzehnten Geburtstag nicht mehr clean. Nur Gott wusste, was für eine Mixtur aus Pot und anderem Zeug sich gerade in ihrer Blase befand.

«Also bist du hier versichert?» Das Mädchen hatte einen dunklen Teint der indischstämmigen Art, die Stayja bei ihrer Arbeit am Carter zum ersten Mal gesehen hatte und die ihre Mutter ‹Punktgesichter› nannte – während sie indianische Ureinwohner als ‹woo-woos› bezeichnete.

«Nein», sagte Stayja.

Das Mädchen presste die Lippen zusammen und schwenkte leicht mit ihrem Stuhl hin und her. *Ja, los. Du musst bei deinem Boss nachfragen.*

«Da muss ich erst mit meinem Vorgesetzten reden. Eine Sekunde.»

Vorgesetzter. Das klang wesentlich feiner als Boss. Wie aus dem Nichts tauchte plötzlich Nicole auf, mit ausgestreckter Hand stürzte sie aus dem Gang.

«Her damit, los!» Ihre Cousine entriss ihr den Becher und verschwand genau in dem Augenblick wieder durch die Tür, als die Studentin mit den Shampoo-Werbung-Haaren zurückkehrte.

«Also, du bist nicht über das College versichert?»

Stayja war deshalb nicht versichert, weil sie wegen ihrer reduzierten beziehungsweise gestrichenen Arbeitszeit während der Semesterferien (denn das Café war den Sommer über geschlossen) nicht mal mit Überstunden die erforderliche jährliche Stundenzahl erreicht hätte, um in den Genuss von Sozialleistungen zu kommen.

«Nein», wiederholte sie.

«Tja, leider können wir hier nur Krankenversicherte behandeln», sagte das Mädchen und nahm wieder auf seinem hochlehnigen Stuhl Platz. «Aber ein paar Meilen weiter östlich gibt es einen Notdienst –» Sie warf einen Blick auf einen Zettel, den sie vorher noch nicht in der Hand gehabt hatte. «Auf der Wythe Avenue.»

«Cool. Danke», sagte Stayja und wandte sich zum Gehen.

«Willst du das mitnehmen?» Die Studentin hielt ihr den Zettel entgegen.

«Nein danke», erwiderte Stayja über ihre Schulter hinweg und stieß die Tür auf.

Als sie über den Hof eilte, warf sie einen Blick auf die Uhr. Noch drei Minuten Pause. Gerade genug Zeit für eine Zigarette.

Sie atmete durch die Nase ein, so tief, bis ihr Bauch vollständig mit Luft gefüllt war, und dann wieder aus. Noch mal: Einatmen, ausatmen.

Diesmal würde sie durchhalten. Eine Krankenschwester kann echt nicht rauchen, ermahnte sie sich, als sie den grünen, sonnenbeschienenen Rasen überquerte. Zwei Jahre lang hatte sie das Rauchen damit gerechtfertigt, dass sie ja noch in der Ausbildung war und aufhören würde, sobald sie eine richtige Stelle als Krankenschwester bekäme, dabei wusste sie, dass das nur eine dämliche Ausrede war. Allerdings war sie wegen Nicole und deren unheimlichem Talent, Stayjas Lebenspläne zu versauen, immer noch zwei Jahre von ihrem Abschluss entfernt. Mindestens – wenn es nicht noch weitere Krisen gab und Nicole weiter so einen Scheiß baute, wie wegen Drogenmissbrauch am Steuer eingebuchtet zu werden und nur auf Kaution wieder rauskommen zu können.

Ihr Handy vibrierte.

Mom. *Wo geht's auf der Morehead zum Krankenhaus?*

Stayja stöhnte und rief ihre Mutter an.

«Nach links oder nach rechts?», fragte Donna.

«Nimm den Bus, Mom.»

«Der fährt nicht. Ich laufe. Nach links oder rechts?»

Zusätzlich zu ihrem Diabetes hatte Donna jetzt auch noch COPD, eine chronische Lungenerkrankung. Ihre einst so lebendige Mutter saß nun den ganzen Tag im Wohnzimmer, weil sie nur noch mühsam atmen konnte. Während Stayjas gesamter Kindheit war Donna eine Naturgewalt gewesen: Jeden dritten Juli war sie mit Stayja und Nicole zur Grenze nach South Carolina gefahren, um illegale Feuerwerkskörper einzuschmuggeln, die sich wild drehten, Funken sprühten und lautstark explodierten. Im Laufe ihres Lebens hatte sie siebenundzwanzig verschiedene Jobs gemacht, indem sie ihren Lebenslauf mit erfundener Berufserfahrung in jeder nur denkbaren Branche aufpoliert hatte, und noch während der Schwangerschaft hatte sie ihren Mann verlassen, weil sie fand, dass er nicht mal den Platz in ihrem Bett verdiente. Einmal hatte sie bei Target einer Frau ins Gesicht geschlagen, weil diese sie als ‹white trash› beschimpft hatte. Mit neunundfünfzig schließlich bekam Donna die Quittung dafür, dass sie seit über vier Jahrzehnten rauchte. Und letzte Woche hatte ihr Arzt befunden, dass sie von nun an einmal pro Woche eine Bluttransfusion brauchte. (Zu Stayjas Verblüffung wurden die tatsächlich von der Versicherung für Erwerbsunfähigkeit übernommen.)

Stayja wusste, dass ihre Mutter ihre gesundheitlichen Probleme am liebsten ignoriert hätte. Als sie mit ihr und Nicole nach Asheville gefahren war und dann auf dem Weg zu ihrem Motelzimmer eine Treppe hinaufsteigen musste, hatte Donna behauptet, sie sei zu müde, um mit ihnen zum Abendessen zu gehen. Stayja wusste nicht, ob sie damit Geld sparen oder vermeiden wollte, sich danach wieder die Treppe hinaufzuschleppen, aber eines von beidem musste es sein, denn Donna liebte nichts mehr, als auswärts zu essen. Als sie ihr Calamari mitbrachten, stellte sie ihnen tausend Fragen über das Restaurant, den Service und die Getränke. War das Eis in Würfeln oder gecrusht? Waren die Brötchen warm?

Theoretisch konnte Donna noch Auto fahren, aber Stayja brauchte den Wagen für die Arbeit. Also musste Donna den Bus nehmen, wenn sie irgendwohin wollte.

«Warte an der Bushaltestelle, ich komme», erklärte Stayja.

«Ich gehe zurück nach Hause und warte da auf dich.» Donna legte auf.

Stayja betrat das Studentenzentrum durch den Haupteingang und eilte den langen Gang hinunter. Zwar begannen die Vorlesungen erst in einer Woche, aber Hunderte von Studenten kamen schon früher zurück auf den Campus. Die Gründe dafür hatte Stayja im Laufe der Jahre herausgefunden: Zum Beispiel mussten sie mit ihrer Gruppe noch für einen Auftritt üben, oder sie waren im Verbindungsfieber.

Studenten mit hellen Leder-Flip-Flops und überdimensionalen Sonnenbrillen standen in Grüppchen zusammen und umklammerten ihre neu gekauften, makellosen Lehrbücher. Die Quittungen guckten noch zwischen den Seiten hervor und flatterten im Wind. Sie ging an den bronzefarbenen Briefkästen der Studenten und an den Besprechungsräumen der Verwaltung vorbei. Das *Rooster Roast* hatte keine Wände oder Türen: Der Gang endete einfach in einem Raum mit sechs runden Tischen, drei geometrisch gemusterten Sofas und einer Kaffeebar. Trotz des laminierten Schildes ‹Bin gleich zurück›, das Stayja auf die Theke gestellt hatte, wartete schon eine kleine Schlange aus drei Personen auf sie. Die erste war eine hellblonde Studentin, die an einem Niednagel zupfte. Ihr Pferdeschwanz klebte ihr im Nacken.

«Was darf's sein?», fragte Stayja, während sie gleichzeitig eine Nachricht an ihren Chef Frank schrieb.

Mir ist total übel geworden, muss nach Hause. Sorry.

Sie blickte auf.

«Ein kleiner Latte mit Hafermilch, bitte.»

Stayja verdrehte die Augen, aber erst, als die Studentin es nicht mehr sehen konnte. Rasch arbeitete sie die Schlange ab, stellte das Schild wieder auf die Theke und machte sich auf den Weg nach Hause.

Als sie in die Schottereinfahrt bog, wartete ihre Mutter schon vor dem Haus.

«Nicht aussteigen!», rief Donna und hievte sich von dem rostigen Metallstuhl, den sie eigens für solche Gelegenheiten dort aufgestellt hatte. Donna mochte es nicht, wenn ihretwegen jemand warten musste. Lieber saß sie schon draußen und betrachtete die Backsteinmauer vom Haus ihrer Schwester, als jemanden an der Tür klingeln zu lassen.

Noch zwei Jahre zuvor war Donna, mit der unvermeidlichen Zigarette zwischen den Fingern, ständig in Bewegung gewesen und hatte in beeindruckendem Tempo Jobs begonnen und wieder verloren. Sie wurde von einem Reinigungsunternehmen eingestellt, hatte aber recht bald einen

Holztisch mit Bleichmittel versaut und wurde gefeuert. Ihr Job bei 7-Eleven endete, als sie einem Kunden zwanzig Dollar aus der Kasse lieh. Und ihre Stelle in der Bibliothek, wo sie Bücher in die Regale zurückräumen musste, gab sie auf, weil ihr Boss ‹ein blöder Wichser› war. Bei der Gelegenheit hatte Donna Stayja auch erklärt, dass sie generell ‹nichts von Bossen hielt›.

«Zumindest von den *meisten* Bossen. Von keinem, den ich bis jetzt hatte», hatte sie eingeschränkt. «Ich halte nichts davon, für jemanden zu arbeiten, der dümmer ist als ich. Und bislang war jeder Boss, den ich hatte, dümmer als ich!»

Donna hatte sich vergeblich bemüht, ihre Neigung, Regeln zu umgehen und Vorgaben und Erwartungen zu missachten, die sie als nutzlos oder unangenehm empfand, an ihre Tochter weiterzugeben.

«Dir ist schon klar, dass du einfach so tun kannst, als ob, oder?», hatte sie erwidert, als Stayja ihr mitteilte, sie wolle eine Ausbildung zur Barkeeperin machen. «Dazu brauchst du keine Ausbildung, du musst dir einfach nur merken, wie die Drinks gemacht werden. Ich schreib dir einen Lebenslauf.» Sie suchte sich eine Vorlage im Internet und füllte sie mit Erfindungen. Demnach hatte Stayja schon seit sieben Jahren als Barkeeperin gearbeitet – also seit ihrem vierzehnten Lebensjahr. Stayja hatte zu viel Angst gehabt, mit dem gefälschten Dokument beim Vorstellungsgespräch aufzutauchen, also erzählte sie ihrer Mutter, sie hätte den Job nicht bekommen. Ihre Mom sollte sie nicht für feige halten.

Dies war die Frau, die jetzt schwer atmend mit einem bunten Stock und zerknitterter cremefarbener Bluse zum Wagen gehumpelt kam. Selbst die kleinsten Bewegungen kosteten sie Kraft. Sie hatte in zwanzig Monaten mindestens ebenso viele Kilos zugelegt.

«Na dann, Töchterchen», stöhnte Donna, als sie sich auf den Beifahrersitz fallen ließ. «Holen wir uns ein bisschen frisches Blut.»

Sie fuhren durch ihr Viertel, vorbei an Häusern, die wie ihr eigenes verzogene Fensterrahmen und abblätternde Fassaden hatten, außerdem zugewucherte Vorgärten mit vor sich hin rostenden Geräten, die zu teuer gewesen waren, um sie einfach wegzuwerfen, die aber im Haus nicht mehr zu gebrauchen waren. Stayja bog auf die Straße ein, die zur Klinik führte. Keine von beiden sagte ein Wort.

«Was hast du, Süße?», ächzte ihre Mutter schließlich.

«Nichts», antwortete Stayja. Kurz darauf fuhr sie auf den Parkplatz der Kardiologie und steuerte die Doppeltür des Gebäudes an. «Ich bring dich hin, dann lerne ich im Wagen.»

Ihre Mom murmelte, sie würde Stayja eine Nachricht schicken, wenn sie fertig wäre, und hievte sich mit pfeifendem Atem von ihrem Sitz.

Stayja parkte den Wagen weit weg vom Eingang, am Rand des Parkplatzes, wo das Kommen und Gehen der Patienten sie nicht stören würde und wo die sengende Sonne des Nachmittags von einem anderen Klinikgebäude abgeschirmt wurde. Sie griff auf den Rücksitz und wühlte durch die in Folie eingeschlagenen Romane der Bibliothek, um das Anatomiebuch für Fortgeschrittene zu finden, das sie sich im Semester zuvor gekauft hatte, bevor sie die Ausbildung hatte abbrechen müssen. Wenn sie nicht an den Kursen teilnehmen konnte, musste sie eben allein lernen. Sie ertastete das Buch am Gewicht und legte es zum Lesen aufs Lenkrad. Da leuchtete auf ihrem Display Franks Name auf.

Wann geht's dir wieder besser brauch dich heute Abend. Trudy trotz Kündigungsfrist einfach abgehauen.

Stayja quiekte auf.

Fühl mich schon besser (nicht ansteckend), kann heute Spätschicht übernehmen. Kann ich die generell haben?, gab sie ein und zögerte kurz, weil ihr aufging, wie anstrengend es wäre, fünf Tage die Woche bis zehn Uhr abends zu arbeiten. Aber dann konnte sie tagsüber lernen oder sich noch einen zweiten Job suchen. Oder, wie jetzt, ihre Mutter zu ihren Arztterminen fahren.

Ich kann beide Schichten übernehmen, bis du jemanden für die Frühschicht findest ... Sie wusste, Frank sah es gar nicht gern, wenn jemand Überstunden machte – sie bekam für jede Stunde, die vierzig Wochenstunden überstieg, fünfzig Prozent mehr, aber wenn er in der Klemme steckte, würde er es machen.

Pünktchen, Pünktchen, Pünktchen.

Die Pünktchen verschwanden.

Sie schrieb: *Mir geht's besser. Bin um 5 zurück.*

Pünktchen.

Okay, aber nur, bis ich jemand finde.

Sie legte ihr Anatomiebuch beiseite und überschlug noch mal die Berechnungen, die sie immer und immer wieder angestellt hatte. Von insgesamt neunzehn Kursen hatte sie sechs geschafft, was hieß, es blieben noch dreizehn. Eigentlich war das Ganze als Vollzeitausbildung gedacht. Es war wie Tetris auf hohem Niveau, ihre circa zwanzig Arbeitsstunden pro Woche um die Anforderungen der Ausbildung herumzubauen: Drei Kurse wurden nur im Sommer angeboten, und die dafür erforderlichen Vorkurse gab es nur im Herbst und Frühling. Wenn sie also einen Vorkurs im Frühling verpasste, hatte das Auswirkungen auf den Sommer und Herbst und warf sie ein ganzes Jahr zurück.

Im Rooster verdiente sie 16500 Dollar im Jahr. Glücklicherweise wurden ihre laufenden Kosten zum größten Teil von Donnas Erwerbsunfähigkeitsrente gedeckt. Stayja steuerte etwa 200 Dollar pro Monat zu anderen Rechnungen und 100 Dollar pro Woche zu den Lebensmitteln bei, die sie nicht mit Donnas Lebensmittelmarken bekamen. Damit konnte sie ungefähr 1500 Dollar pro Semester für drei Kurse im Frühling, zwei im Sommer und zwei im Herbst zurücklegen. (Ihr Sommerferienjob im Open-Air-Kino reichte gerade mal, um ihre Handyrechnungen zu bezahlen.)

Sie und Donna machten, was sie immer gemacht hatten, wenn das Geld knapp wurde: Im Supermarkt bedienten sie sich am Tisch der reduzierten Waren, nutzten Sonderangebote bei Walmart oder nahmen sogar die fünfundvierzig Minuten Fahrt raus zu Sam's Club auf sich, um in großen Mengen tiefgekühlte Hühnerbrüste für 1,88 Dollar zu kaufen.

Aber bei all ihren Berechnungen hatte Stayja die Zigaretten vergessen. Eine Schachtel kostete 5,45 Dollar, über ein Drittel ihres gemeinsamen täglichen Budgets für Essen. Sie musste realistisch sein: Bislang hatte sie nie richtig aufhören können. Wenn sie eine halbe Schachtel pro Tag rauchte, verschwendete sie ungefähr 80 Dollar pro Monat für das verdammte Rauchen. Da sie sich das nicht leisten konnte, fühlte sie sich nur noch elender, weil sie es einfach nicht schaffte aufzuhören.

Sie blickte in die Ferne, zu dem Wäldchen, das den Klinikparkplatz vom Highway trennte, und ihre Augen begannen zu brennen. Das ist die Müdigkeit, redete sie sich ein. Sie weinte nur, wenn sie müde war.

Als es am Fenster klopfte, wachte sie auf. Sie langte nach dem Griff und drückte die Beifahrertür ihres alten Corolla auf, die nur von innen geöffnet werden konnte.

«Tut mir leid, Mom. Bin eingeschlafen», sagte sie.

«Ein Glück, dass du mich hier nicht vergessen hast», erwiderte Donna und keuchte vom anstrengenden Weg quer über den Parkplatz. Stayja hatte sieben Nachrichten verpasst, drei von ihrer Mutter, vier von Nicole. Es war 16:29 Uhr.

«Wie war's?», fragte sie und startete den Wagen.

«Keine große Sache», antwortete ihre Mutter. «Die meinen, ich könnte es auch allein zu Hause machen, aber ich weiß nicht.»

«Warum nicht? Probier es doch mal.»

Offenbar hatte Stayja zu hoffnungsvoll geklungen, denn Donna zog ihre Augenbrauen in die Höhe.

«Dass ich dich ja nicht zu sehr belaste, mein Fräulein.»

Stayja fuhr vom Parkplatz. «Es wäre nur gut, wenn ich nicht ständig von der Arbeit wegmüsste. Ich werde deswegen noch gefeuert.»

«Wer soll dich denn feuern? Bislang bist du doch noch nie gefeuert worden. Dich kann man gar nicht feuern. Dazu kannst du alles viel zu gut.» Donna schaltete das Radio ein. Es ertönte Popmusik, ein Lovesong aus den 80ern, den sie mitsummte.

«Heute irgendwelche passablen Kerle getroffen?», fragte sie nach einer Weile.

«Ich habe heute kaum jemanden gesehen, Mom», erwiderte Stayja.

«Was? Es ist doch schon Nachmittag!»

«Aber die Vorlesungen haben noch nicht angefangen.»

«Du brauchst jemanden auf deinem Niveau», sagte Donna, als Stayja in ihr Viertel einbog.

«Tja, es ist nicht so leicht, neue Leute kennenzulernen», entgegnete Stayja, was ein Fehler war, da Donna jetzt sofort ihre übliche Predigt vom Stapel ließ: Wenn Stayja an einer Universität arbeitete, dann musste sie doch von klugen, ehrgeizigen Männer geradezu umringt sein, Herrgott noch mal!

«Diese Typen wollen aber nicht mit mir ausgehen», gab Stayja zurück. «Sondern nur mit Mädchen, die eine Zahnspange hatten.»

Kaum hatte sie das gesagt, wenn auch in scherzhaftem Ton, bereute sie es schon. Sie spürte, wie Donnas Körper erschlaffte. Donna zu enttäuschen, oder genauer: Donnas Enttäuschung wegen Stayjas Enttäuschung zu sehen, quälte Stayja schon seit ihrem zweiten Schuljahr, als sie von der Schule nach Hause kam und vor Begeisterung über einen geplanten Ausflug in den Zoo fast platzte. Giraffen! Delfine! Sie würden zwei Stunden mit dem Bus fahren und ein Lunchpaket mitnehmen. Sie würden erst nach dem Abendessen zurückkommen!

Aber natürlich konnten sie sich das nicht leisten. Am Tag des Ausflugs saß Stayja mit Zusatzaufgaben bei den Erstklässlern, während ihre Klassenkameraden sich die Giraffen und Delfine ansahen. Das war schlimm gewesen, aber noch schlimmer war Donnas Gesicht gewesen, als Stayja ihr erzählte, wie viel der Ausflug kosten sollte. Obwohl sie erst sieben war, begriff sie, dass ihre Mom niedergeschlagener war als sie selbst. Von da an hatte sie sich an Ausflugstagen immer krank gestellt und vor ihrer Mutter verborgen, dass ihr sehnlichster Wunsch war, anders zu sein, als sie waren, anders, als Donna war. Sie hasste alle Bezeichnungen für Arme, all die entwürdigenden Beschönigungen wie ‹mit niedrigem Einkommen›, ‹bedürftig› oder ‹unterprivilegiert›. Aber noch mehr hasste sie es, arm zu sein. Seit Stayja in der ersten Klasse jeden Morgen von ihrer Lehrerin ein leuchtend blaues Kärtchen bekam, das sie in der Kantine gegen ein Tablett mit kostenlosem Essen eintauschen konnte, während rings um sie herum Schüler saßen, die sich ihr Essen von zu Hause mitbrachten, hatte ein einziger Wunsch alle anderen überragt: der Armut zu entfliehen.

«Unsinn», widersprach Donna trotzig. «Das ist doch alles nur Einbildung. Du hättest da auch hingehen können, wenn du gewollt hättest.»

Stayja fragte sich oft, ob das stimmte – sie hatte tatsächlich überlegt, sich am Carter zu bewerben, es aber verworfen, denn selbst wenn sie angenommen worden wäre, wofür die Chancen gering standen, hätten sie es niemals bezahlen können. Aber dann verkündete Rhonda Jenkins im April des letzten Schuljahrs, sie hätte sich beworben und ein Vollstipendium bekommen, das der Staat North Carolina afroamerikanischen High-School-Absolventen gewährte. Rhonda Jenkins hatte immer schlechtere Noten als Stayja gehabt und gehörte nicht mal zu den zehn Jahrgangsbesten (mehr wurden nicht aufgelistet), während Stayja auf Platz fünf landete. Als sie die Nachricht erfuhr, war sie hin und her gerissen gewesen zwischen Neid und Enttäuschung, was sich bis heute im Grunde nicht geändert hatte. Mittlerweile hatte Rhonda ihr Studium abgeschlossen und war nach New York gezogen, wo sie auf dem Weg zur Arbeit über die Brooklyn Bridge musste – wie das verdammte Foto der Brücke bewies, das sie wieder und wieder auf Instagram postete.

Nein, Donna hatte keine Ahnung, wie groß auf dem Campus die Kluft zwischen Angestellten und Studierenden war. Sie zeigte sich an ihren Kleidern und der Art und Weise, wie sie miteinander sprachen und wie sie mit Stayja redeten. Stayja trug Klamotten vom Ausverkauf bei Goodwill (immer freitags 50 % Rabatt auf eine Farbe bei der Friday Color Clearance!) oder bescheidenere von Forever 21, die Nicole ihr überließ. Zwar fand sie ihre Kleider okay und wollte auch nicht so rumlaufen wie die Carter-Studenten – viele zogen sich für ihren Geschmack viel zu geschniegelt an, helle T-Shirts mit kleinen Krokodilen darauf oder gemusterte Kleider, die in Stayjas Augen an Kindergeburtstagsdeko erinnerten –, aber sie staunte immer wieder, *wie viele* Kleider sie hatten. Es gab Stammkunden im Café, die sie mehrere Semester hindurch täglich sah, aber jedes Mal in einem anderen Shirt. Sie sprachen vollkommen akzentfrei, als kämen sie von überall und nirgends. Und ihre Zähne waren makellos.

4

ANNIE

Freitag, 25. August

Bei der ersten Orchesterprobe des Jahres nahm ich wie immer hinter den Flöten und neben den Posaunen Platz.

«Willkommen zurück, und auch alle Neuankömmlinge heiße ich herzlich willkommen», sagte Juan Pablo, der Dirigent und Professor für Musiktheorie, von seinem Pult aus. «Dann wollen wir mal.»

Ich befeuchtete mein Rohrblatt und wartete. Meine Schenkel klebten an dem kalten Metallstuhl.

Fürs Fagott hatte ich mich entschieden, weil Mrs. Hays, die Leiterin der High-School-Band, mich darum gebeten und mir dafür die sofortige Aufnahme im Pineville County Youth Orchestra versprochen hatte. Sie brauchte dringend einen Fagottisten, da sie die Schulleitung überredet hatte, ein Fagott anzuschaffen, und die Ausgabe rechtfertigen musste.

In einem Orchester zu spielen klang viel interessanter und extravaganter als nur in einer High-School-Band, außerdem gefiel mir, dass ich mir ein Instrument von der Schule leihen konnte und meine Eltern nicht mit den Kosten belasten musste. Der Rest war Geschichte.

Mit dem Fagott war ich also kostengünstig aufs College gekommen und hatte mir jetzt sogar meine Beine in Ordnung bringen lassen können. Das Instrument war wohl die beste Entscheidung meines Lebens gewesen. Trotzdem war ich es nach fünf Jahren ziemlich leid.

Um mein Stipendium zu behalten, musste ich allerdings im Orchester bleiben. Es zu verlassen, konnte ich Juan Pablo ohnehin nicht antun. Ein Orchester ohne Fagott? Wie sollte das gehen?

Für Juan Pablo mit seinen ewigen Khakihosen und Sportschuhen hatte ich schon von Anfang an eine Schwäche, als ich nicht zum Orchesterausflug ins Spaßbad mitkommen wollte (Badeanzug) und er mich in sein Büro rief, um mich nach dem Grund zu fragen. Den ich ihm natürlich nicht verriet. Stattdessen schützte ich Arbeit vor.

Dennoch verkündete er bei der nächsten Probe, das Orchester würde doch nicht ins Spaßbad, sondern in einen Freizeitpark gehen. Ich fragte mich, woher er es wusste – wenn er es denn wusste. Aber irgendwie war ich mir sicher.

Jetzt fingen wir an, ein neues Stück vom Blatt zu spielen: die Titelmelodie eines Films namens *October Sky*, von dem ich noch nie gehört hatte. Und als die Musik anschwoll, war ich froh, wieder hier zu sein, obwohl wir uns beim ersten Versuch oft verspielten und den Rhythmus nicht halten konnten.

Nach der Probe trottete das ganze Orchester zum alljährlichen Begrüßungspicknick auf dem Campusrasen. Um mich herum unterhielten sich alle über den Sommer in ihren heimischen Orchestern, die Stundenpläne und die Größe und Lage ihrer neuen Zimmer, aber das ungewohnte Lüftchen an meinen nackten Beinen lenkte mich so ab, dass ich Mühe hatte, mich zu konzentrieren. Falls die anderen das, was von meinen Narben übrig geblieben war, bemerkten, zeigten sie es nicht.

Dann lag ich in der Sonne, geschützt von unsichtbarer Zinkcreme mit extrem hohem Lichtschutzfaktor. Ich schloss die Augen. Zwar wusste ich nicht, was mich erwartete, aber ich spürte, es war etwas Gutes.

Die Carter Progressives veranstalteten am selben Abend eine Roller-Skate-Party zum Semesteranfang, und ich hatte Matty überredet, mich zu begleiten.

Für Matty waren Veranstaltungen mit vielen Menschen nicht besonders verlockend, wie ich rasch merkte, nachdem wir uns in meinem allerersten Seminar, ‹Einführung in die Philosophie›, kennengelernt hatten.

«Gibt es noch Lektüreempfehlungen für diejenigen, die die Bücher auf der Liste schon gelesen haben?», erkundigte sich der schmächtige Junge mit penibel zurückgegeltem Haar. Ich überflog die vor mir liegende Literaturliste: *Drei Dialoge zwischen Hylas und Philonous. Dialoge über natürliche Religion. Über die Freiheit*. Und so weiter und so fort, drei Seiten lang: lauter Titel, von denen ich noch nie gehört hatte.

«Ich kann etwas für Sie zusammenstellen», antwortete der Dozent, ein energiegeladener Doktorand mit Fliege, der höchstens dreißig sein konnte. Der Junge dankte ihm.

Als ich nach dem Seminar zurück zum Wohnheim ging und mich fragte, ob ich es sausen lassen sollte, tauchte der Junge neben mir auf.

«Hey. Ich bin Matty. Woher kommst du?»

«Aus Pineville. Georgia», antwortete ich und blieb stehen.

«Klingt ja mondän», erwiderte er grinsend. Dann bemerkte er, immer noch lächelnd: «Du findest mich blöd.»

«Was?»

«Du hast kein besonders gutes Pokerface.»

«Ich finde nur, wenn du für die Einführung in die Philosophie schon alles gelesen hast, musst du den Kurs vielleicht gar nicht belegen», erklärte ich.

«Stimmt auch wieder», nickte er und streckte die Hand aus, um mich zu begrüßen, als wären wir Erwachsene.

«Ich heiße Annie», sagte ich.

«Also, wie groß ist Pineville?», fragte er.

Ich hatte keine Ahnung, wie viele Einwohner es hatte. Pineville war zwar nicht so klein wie Argyle oder Jenkinsburg, aber auch nicht so groß wie Augusta.

«Medium?», erwiderte ich.

Er lachte. «Sehr witzig! Medium. Als wäre es ein T-Shirt. Sollen wir einen Kaffee trinken?»

Und so überrumpelte mich Matty Tuttle, mit ihm Freundschaft zu schließen.

Im Café erfuhr ich, dass er als Einzelkind in Washington D.C. aufgewachsen war, wo sein Vater als Abgeordneter aus New Hampshire und seine Mutter als Vorsitzende etlicher gemeinnütziger Organisationen arbeitete. Matty hielt nichts von Regierungen oder Religionen, auch nichts von Institutionen wie dem College. Mit dreizehn hatte er sich geoutet und erinnerte sich gerade mal an eine einzige schwulenfeindliche Reaktion in seiner kleinen, liberalen Privatschule in der Nähe der Hauptstadt.

Schon am Tag unseres Kennenlernens erklärte mir Matty, dass er nur aus einem einzigen Grund am Carter war: um für die Unizeitung zu schreiben. Er wollte unbedingt Journalist werden und betrachtete seine Artikel für das täglich erscheinende Blatt als mühsamen, aber notwendigen ersten Schritt in diese Richtung. Übers College redete er, als hätte er es schon hinter sich. Da ich unsere Kommilitonen einschüchternd fand und er sie langweilig, passten wir mit unseren Einsiedlerneigungen perfekt zusammen.

Deshalb war es ein ziemlicher Kraftakt, ihn zu einer Roller-Skate-Party mitzuschleifen, und als wir da waren, weigerte er sich, Rollschuhe anzuziehen.

Wir setzten uns auf eine Bank, Matty in seinen Halbschuhen, die er ohne Socken trug, und ich in meinen braunen, geliehenen Rollschuhen, deren Schnürsenkel ich sehr straff zugebunden hatte. Der johlende Studentenpulk tummelte sich munter auf der Rollschuhbahn.

«Komm, geh fahren, wenn du willst», sagte Matty schon zum dritten Mal.

«Alleine habe ich keine Lust», antwortete ich, ebenfalls zum dritten Mal.

«Na schön», sagte er schließlich und stand auf. «Jetzt hab ich Schuldgefühle. Hauptsache, du hörst auf zu schmollen!» Er verschwand und tauchte kurz darauf mit Rollschuhen und zwei Halbliterbechern Bier wieder auf. «Da ich nicht Rollschuhfahren kann, müssen wir uns vorher betrinken.»

Eine halbe Stunde später machten Matty und ich uns auf der Rollschuhbahn unkontrollierbar kichernd zu Idioten. Wie sich herausstellte, war Matty in der einen Sache, die er nicht konnte, wirklich grottenschlecht.

«Nur Mut», brüllte ich und zog ihn mit beiden Händen. Als er vorwärtsrollte, drifteten seine Beine auseinander, sein Oberkörper neigte sich gefährlich vor, und Panik blitzte in seinen Augen auf, bis er langsam das Gleichgewicht wiedergewann. Wir blieben auch beim Hokey Pokey, beim Limbo, beim Rückwärts- und Paarlaufen und bei einer Figur namens ‹Shoot the duck› auf der Bahn, wo man in die Hocke gehen und nur auf einem Rollschuh fahren musste, während das andere Bein nach vorne gestreckt wurde. Wir fielen ständig hin, vor allem Matty, der sein Bein nicht ausstrecken konnte, weil er so steif war wie ein Opa.

So ist mir der erste Teil dieses Abends in Erinnerung geblieben: Ich hatte den Spaß meines Lebens.

Als Matty aufs Klo musste, rollte ich außer Atem zu unserer Bank und ließ mich darauf sinken.

Der Junge war mir zum ersten Mal beim Hokey Pokey aufgefallen, da stand er mir gegenüber in dem riesigen Menschenkreis, der fast die Wand der ovalen Bahn berührte. Zuerst bemerkte ich ihn, weil er der Einzige ohne Rollschuhe war. Er tänzelte in seinen leuchtend blauen Converse-Sneakern herum, während eine quäkende Stimme aus dem rauschenden Lautsprecher plärrte: «Und jetzt im Kreis rumdrehen, und das war's.»

Er sah auf diese Art gut aus, wie ein Klassennerd, der langsam erwachsen wird, gut aussieht. Er war schlaksig, hatte einen wilden, rotblonden Haarschopf und Wadenmuskeln, die sich beim Gehen verformten, das sah ich sogar aus der Entfernung. Später erfuhr ich von seinen Verbindungsbrüdern, dass er ‹Shaggy Tyler› genannt wurde, wegen seiner Wuschelhaare und um ihn von ‹Big Tyler› und ‹Gay Tyler› zu unterscheiden (der gar nicht schwul war, bloß ziemlich schmächtig, und damit natürlich Zielobjekt der latenten Homophobie in jeder Studentenverbindung).

Als die Menge immer ausgelassener und die Rollschuhbahn immer dunkler wurde, weil nur noch die Discokugel und die trübe Lampe im Anmeldeschuppen am Eingang für Licht sorgten, merkte ich, dass ich mir mit dem Bier tatsächlich Mut angetrunken hatte: Ich stand auf und ging zu ihm rüber. Er lehnte an der Bande und war allein. Ich glaube, er trug eine dieser pastellfarbenen Strandshorts, die Studenten gerne im Sommer tragen, aber die Farbe habe ich vergessen.

«Nettes Hokey Pokey eben», bemerkte ich.

Seine Augenwinkel knitterten, wenn er lächelte.

«Danke», erwiderte er. «Aber ich hätte mich danach dehnen sollen. Will doch keinen Krampf kriegen.» Er beugte sich vor und berührte seine Zehen.

Ich lachte.

Da richtete er sich wieder auf und strich sich die Haare aus der Stirn. «Ich bin Tyler. Und du?»

«Annie Stoddard», sagte ich, sofort peinlich berührt, weil ich Vor- und Nachnamen genannt hatte.

«Mit Nachname, damit ich dich online stalken kann?», fragte er.

«Nur, wenn du willst», gab ich zurück und spürte, wie mir die Röte ins Gesicht stieg. Ich war wirklich betrunken. Zum Glück war es ziemlich dunkel.

«Lass uns ein Spiel spielen, Annie Stoddard», sagte er. «Würdest du lieber ...» Er blickte sich nachdenklich um. «Hände statt Füßen oder Füße statt Händen haben?»

«Hände statt Füßen», antwortete ich. «Auf jeden Fall. Ich spiele Fagott, da brauche ich meine Hände. Außerdem, wer würde schon vier Füße wählen?»

«Da hast du recht. Du bist dran.»

Ich kannte das Spiel, bei langen Autofahrten hatte ich es jahrelang mit meinem Bruder gespielt.

«Würdest du lieber den Rest deines Lebens stinken oder eine echt schrille Stimme haben?», fragte ich.

Er dachte darüber nach.

«Wie sehr würde ich denn stinken?»

«Auf jeden Fall wäre klar, dass du es bist.»

«Dann die Stimme. Wenn du Todesphantasien hast: Stirbst du selbst, oder sterben andere?»

«Wow ...», setzte ich an.

«Okay, ich antworte zuerst. Ich selbst. Jetzt bist du dran.»

Ich zögerte.

«Leugnen ist zwecklos. Jeder hat Todesphantasien», sagte er.

«Beides», erwiderte ich, merkte aber, dass er damit nicht zufrieden war. Also fuhr ich fort: «Aber öfter andere Menschen. Mein Dad. Ich glaube, davor habe ich am meisten Angst.»

Eine Gruppe Mädchen rollte vorbei. Tyler hielt einem von ihnen die Hand zum Abklatschen hin.

«Du hast also Phantasien über deinen eigenen Tod?», fragte ich ihn.

Er nickte. «Ich überlege ständig, wie ich wohl sterben werde. Schon seit ich zwölf bin. Aber trotzdem bin ich noch da. Das schockiert mich irgendwie.»

«Wieso?», fragte ich.

Er zuckte die Achseln.

«Weil ich der Welt eigentlich noch nichts gegeben habe. Ich habe bisher nur genommen. Für die globalen Ressourcen bin ich eine Belastung.»

Das fand ich komisch: Wie sollte man etwas Bedeutsames geleistet haben, wenn man noch nicht mal das College beendet hatte?

«Aber du studierst doch noch», wandte ich ein.

«Na und?», gab er zurück. «In meinem Alter hatte Mark Zuckerberg schon Facebook erfunden.»

«Das ist der *Einzige*, der das College geschmissen und trotzdem was Großes geschaffen hat!» Eigentlich wollte ich lachen, aber mit seiner Ernsthaftigkeit und seinen Ambitionen wirkte er irgendwie verletzlich.

«Ist das dein Freund?», erkundigte er sich, und als ich seinem Blick folgte, sah ich Matty auf uns zukommen.

«Nein, mein bester Kumpel», erklärte ich.

«Wie ist er denn so?», fragte er.

Eine Welle der Panik überflutete mich, während Matty immer näher kam. Auf ein Gespräch wie dieses würde Matty nicht einsteigen. Unsicherheit kannte er nicht – er schien immun dagegen oder irgendwie ein Experte darin, sie abzuwehren. Das erfüllte mich mit ehrfürchtigem Staunen und gab mir oft ein Gefühl von Sicherheit, aber manchmal konnte man sich an seiner Seite auch genau deshalb ziemlich einsam fühlen.

«Witzig», sagte ich.

Plötzlich kam ein Mädchen mit langem Zopf rasend schnell auf uns zugeschlittert, krachte gegen Tyler und zog ihn mit sich auf die Bahn. Er winkte mir zu, als er in Laufschritt verfiel, um mit ihr mitzuhalten. Mir fiel auf, dass sie für eine Kollision viel zu gut Rollschuh fuhr.

Als ich sah, dass Matty einen Umweg machte, um noch ein Bier zu holen, ging ich auf die Toilette und durchforstete im Schutz einer Kabine Instagram, bis ich Tylers Profil fand, das öffentlich war. Ich scrollte durch seine Fotos: Freunde auf Partys, der Familienhund, Ferien in Cabo. Die Mädchen auf den Fotos hatten große, bunte Longchamp-Taschen, die ich am Carter zum ersten Mal gesehen hatte und mir persönlich nicht leisten konnte, aber wenigstens entdeckte ich in seinem Feed kein besonderes Mädchen, das immer wieder auftauchte.

Dann googelte ich ihn. Er war im vierten Studienjahr, in der Studentenverbindung PiKa und im Vorstand des Intrafraternity Council, einer Dachorganisation der Studentenverbindungen. Abteilung Multikulturalität. Im Vorjahr war er vom *Carter Chronicle*, der täglich erscheinenden Campuszeitung, interviewt worden, und zwar im Rahmen einer Serie zum Thema ‹Unsere Campusgrößen›. Sein Traumurlaub war ein Segeltörn rund um Südamerika, weil er als Junge während der Familienferien in Nantucket von seinem Vater das Segeln gelernt hatte. Sein Sternzeichen war Fische, aber er glaubte nicht an Astrologie. Seine Eltern hatten beide in den 80ern am Carter studiert, waren hier auch zusammengekommen und lebten jetzt in Houston. Sein Dad hatte ein Unternehmen gegründet, das sich um Suchtbehandlung kümmerte. Tylers Hauptfach war Geschichte und sein Nebenfach Kunst. Er wollte Jura studieren.

Während Matty und ich langsam zum Campus zurückschlenderten, summte mein Handy. Matty stöhnte auf und spähte mir über die Schulter. Tyler hatte mich ebenfalls auf Instagram gesucht, folgte mir jetzt und hatte mir eine Nachricht geschickt.

«Musstest du dir unbedingt den Typen aussuchen, der sich fürs Skaten zu fein ist?»

«Dich musste ich auch zum Skaten zwingen!», gab ich zurück. Ich wollte so schnell wie möglich die Nachricht lesen, ohne dass er sie sehen konnte.

Matty ignorierte die Bemerkung.

«Ist das so einer, der bei Campus-Partys einen Bierstand organisiert? Denn wenn du mit einem Bierstandtypen zusammenkommst, schreibe ich schon mal den Nachruf auf unsere Freundschaft.»

«Nein, er organisiert keinen Bierstand», gab ich gereizt zurück, weil Mattys Snobismus mich plötzlich nervte. Das war oft so: Seine Selbstgefälligkeit störte mich eigentlich nicht, aber dann auf einmal schon. «Er ist im Vorstand für Multikulturalität. Von einer Studentenverbindung.»

Matty schnaubte und rief dann: «Oh ja – im Dienste der Menschheit!»

«Halt die Klappe», murmelte ich. Es war immer besser, wenn man auf Mattys Ansichten gar nicht einging. Man musste sie anhören, würdigen und vergessen.

«Jetzt lenk nicht mit Führungsqualitäten ab», sagte er. «Du findest ihn nur heiß.»

«Ist er doch auch, oder nicht?», grinste ich.

«Nicht mein Typ. Viel zu ungepflegt.»

Das einzig Ungepflegte an Tyler waren vielleicht die Haare – der diametrale Gegensatz zu Mattys manieriertem Stil, der so aufwendig war, dass er mir nicht mal verraten wollte, wie viel sein Haarschnitt kostete. Dazu sagte er nur: «An meine Haare lasse ich hier niemanden ran», und ging ausschließlich zu Hause bei seinen Eltern zum Friseur.

«Ich finde ihn cool», erwiderte ich.

«So, so.» Matty verlor schnell das Interesse an dem Gespräch, worüber ich nur froh war. Schon bald würde er das Thema wechseln. «Aber wie du ihn als Vorbild in Sachen Toleranz dargestellt hast, war mein Höhepunkt des Abends. Der weiße Martin Luther King vom Carter College.»

Darauf reagierte ich nicht.

«Können wir was zu essen besorgen?», jammerte Matty. «Ich brauche Kohlehydrate zum Aufsaugen des Alkohols.»

Mein Handy summte wieder. Noch eine Nachricht von Tyler.

Ich verdeckte das Display mit meiner Hand.

«Klar», nickte ich.

Als ich später im Bett lag, leuchtete mein Handy im Dunkeln. Immer wieder rief ich die Nachrichten auf.

Ich mag deine Stimme, und du stinkst nicht.

Und: *Gute Nacht, Annie.*

Vielleicht hatte Matty recht. Vielleicht fand ich ihn einfach nur heiß.

Aber das war er auch. Und er mochte mich.

Den Kopf voller prickelnder Möglichkeiten schlief ich ein. Ich hatte das Gefühl, das *alles* passieren konnte. Ich weiß noch, dass mir nichts unmöglich erschien.

5

BEA

Freitag, 25. August – Samstag, 26. August

In Leggins mit Leoprint, lila Flauschpantoffeln und einem hellgrauen Sweatshirt, das ihr über eine Schulter rutschte, saß Beas Mitbewohnerin im Schneidersitz auf ihrem Bett, das eine Tagesdecke mit leuchtend roten Mohnblüten zierte. Ihr gelbes Haar schlängelte sich bis zur Taille. Das Mädchen weinte.

Mit der Hand am Griff ihres Trolleys stand Bea auf der Türschwelle.

«Alles in Ordnung?», fragte sie.

«Oh Gott, oh Gott. Hi. Hi. Ich bin Early. Logisch.» Ihre neue Zimmergenossin drückte ihre Finger mit den glitzernd lackierten Nägeln gegen die Augenlider. «Als du meintest, du wärst gleich da, dachte ich nicht, dass es *so* schnell geht. Aber ich bin nicht verrückt, ehrlich.» Sie hüpfte vom Bett, breitete die Arme aus, um Bea zu umarmen, und bemerkte, dass ihre Handflächen voller Mascara waren. «Oh Gott. Ich wasch kurz meine Hände», sagte sie und eilte an Bea vorbei in den Flur.

Durch die wenigen E-Mails, die sie sich über die Sommerferien geschrieben hatten, war bei Bea der Eindruck entstanden, dass ihre Mitbewohnerin vollkommen anders war als sie. Nach ihrem einzigen Telefongespräch im Juli waren ihr die Worte *überschwänglich, geschwätzig* und *extrem um Freundschaft bemüht* in den Sinn gekommen. Earlys letzte E-Mail, in der es um die Abstimmung der Farben in ihrem Zimmer ging, hatte Bea ignoriert. Waren alle Südstaatler so?

Bea sah sich um. Auf Earlys Seite des Raums stapelten sich auf Regalen bunte Plastikkisten und nach Farbe geordnete Bücher: *Dienstags bei Morrie, Vom Winde verweht, The Brain – Die Geschichte von dir*, flankiert von großen Tupperware-Behältern mit der Aufschrift *Winterpullover* oder *Reiseutensilien.* Beas Seite hingegen war leer, abgesehen von dem Bett, dem Schreibtisch und dem Stuhl, die das College zur Verfügung gestellt hatte.

Early kam zurück.

«Ist eine lange Geschichte», sagte sie, als sie sich unbeholfen umarmten, «aber kurz gesagt bin ich von allen Studentinnenverbindungen abgelehnt worden. Nicht eine einzige hat auf meinen Antrag auch nur reagiert.» Sie zog die Nase hoch.

Da Bea ein Mädcheninternat besucht hatte, war sie an Tränen ziemlich gewöhnt. Allerdings hatten die Tränen da anderen Dingen gegolten. Ihre Schulkameradinnen an der Porter's wollten später mal Indiefilme drehen, die Großindustrie bekämpfen oder an die Spitze von Unternehmen, gemeinnützigen Organisationen und Regierungen kommen. Sie maßen Intelligenz an einem gewissen Sinn für Ironie. Ihre Familien setzten auf Anstand und Etikette, also taten sie das auch. Beas Freundinnen weinten wegen Jungs, wegen Mädchen, wegen hoher Erwartungen und der Angst vor dem Scheitern, aber sie konnte sich nicht vorstellen, dass irgendeine Schülerin der Porter's offen wegen einer Studentenverbindung geweint hätte – obwohl: ein paar von ihnen vielleicht doch.

«Ich bin am Boden zerstört», fuhr Early fort. «Aber mein Gott, das muss super egozentrisch klingen. Also, hast du Hunger? Ich hab hier was zum Naschen.» Early zog einen durchsichtigen Behälter unter ihrem Bett hervor, dessen Beine sie verlängert hatte, um noch mehr Stauraum zu bekommen. «Oder soll ich dir eine Cola holen? Im Flur ist ein Automat. Ich brauche immer eine Cola nach einem Flug, damit mein Magen sich wieder beruhigt.»

«Nein danke, mir geht's gut.» Bea spürte Earlys Blick, während sie ihren Trolley öffnete. «Sind irgendwelche Kisten für mich angekommen?»

«Oh, *das* ist das also im Lernbereich?» Sie winkte Bea, ihr zu folgen. Auf dem Weg den Flur hinunter plapperte sie in einer Tour. «Beim Speed-Dating der Erstsemester habe ich ein paar Flyer für dich mitgenommen. Und ich hab dir Platz im Schrank frei gehalten, aber wenn du mehr brauchst, sag es einfach. Ich hab auch noch Bügel übrig.»

Der offene Raum am Ende des Flurs, der etwa die Größe eines Elternschlafzimmers hatte, war vollgestopft mit Beas Sachen.

«Ach du liebe Zeit», flüsterte Bea. Als die Männer im Internat aufgetaucht waren, um ihre Sachen zusammenzupacken und abzutransportieren, war ihr das gar nicht so viel vorgekommen. Ganz anders hatte sie es empfunden, als damals Möbelpacker ihr Haus ausgeräumt hatten, um alles einzulagern («falls du irgendwann was davon haben möchtest», hatte Audrey gesagt). Dass ihr gesamtes Leben innerhalb weniger Stunden in ein paar Kisten verstaut werden konnte! Es ging so schnell und leicht, viel schneller und leichter, als Bea angemessen fand.

«Hast du gedacht, das Zimmer wäre größer?», fragte Early glucksend. «Keine Sorge. Ich hab auch noch einen Satz Böcke fürs Bett.» Sie umarmte eine Kleiderkiste, hob sie hoch und manövrierte sie geschickt durch den Gang. «Wird schon schiefgehen! Willkommen im College!»

In den nächsten Stunden half Early Bea, sich einzurichten. Dabei überhäufte sie sie mit einer Million Fragen: Wo hatte sich Bea noch beworben? Wo war sie angenommen worden? Wie waren die Ergebnisse ihres Eingangstests? Und ihr Notendurchschnitt?

«Ich hatte 1520 Punkte», erklärte Early, «die höchste Punktzahl an meiner Schule, aber mein Notendurchschnitt war nur der drittbeste in meiner Klasse, was scheiße war, weil ich unbedingt Lisa Gardener schlagen und die Rede bei der Abschlussfeier halten wollte. Dass Ross Hughes Jahrgangsbester werden würde, war schon immer klar, weil er wirklich nichts anderes machte als lernen. Er geht nach Yale. Bist du da angenommen worden?»

Wahrheitsgemäß antwortete Bea: 1550 Punkte, fünftbeste ihres Jahrgangs, und ja, sie war in Yale, Harvard und Princeton angenommen worden. Nein, ihre Mom lebte nicht mehr in Connecticut, ihre Mom war tot. Schon gut. Nein, zu ihrem Vater hatte sie keine Verbindung. Ja, sie hatte eine Ersatzfamilie (Audrey wäre begeistert gewesen, wenn sie das gehört hätte). Nein, sie kannte niemanden, der am Carter ein Vollstipendium bekommen hatte, aber sie hatte ein Teilstipendium vom Justice Scholar Program.

«Mein Bruder war auch in dem Programm», nickte Early. «Du bist in *Princeton* angenommen worden? Für Princeton würde ich das Carter sofort sausenlassen!»

«Was ist dein Hauptfach?», fragte Bea, um das Thema zu wechseln.

Zu ihrer Überraschung war Early Programmiererin. Ihr

Hauptfach war Informatik, und sie überlegte, Mathe als zweites Hauptfach zu nehmen. Ihr Bruder war im letzten College-Jahr und in einer Verbindung. Early krümmte sich ein bisschen, als sie das sagte. Sie hatte immer noch schwarze Ränder unter den Augen.

«Wirst du dich bei einer Verbindung bewerben?»

Da Bea den Mund voll von einem von Earlys Müsliriegeln hatte, schüttelte sie nur den Kopf und runzelte verwirrt die Stirn. Die Bewerbungsfrist war längst abgelaufen.

«Ich meine, falls du einer Schwarzen-Verbindung beitreten willst. Da fangen die Bewerbungen erst im Januar an, glaube ich.» Early wirkte nervös, als hätte sie etwas Falsches gesagt. Aber Bea wusste schon, dass die Studentenverbindungen am Carter in Schwarz und Weiß dachten. Die Fotos auf den Flyern hatten das deutlich gezeigt.

«Nein, so was interessiert mich nicht, trotzdem danke», sagte sie.

Gegen zehn wirkte Beas Zimmerseite langsam eingerichtet, vor allem durch die mandarinenfarbene Tagesdecke mit der blauen Bordüre, die sie schon die ganze High-School-Zeit hindurch gehabt hatte. Lorn war schockiert gewesen, dass Bea fürs College keine neue Decke wollte, aber Bea hing an ihrer alten. Sie hatte sie mit ihrer Mom zusammen in der achten Klasse ausgesucht.

Durch die Stunden mit Early und die Müdigkeit von der Reise waren ihre Hemmungen gesunken, sodass sie mit einem Mal ganz offen fragte: «Muss unser Zimmer eigentlich wie ein Verbindungszimmer aussehen, bloß weil du nirgendwo angenommen wurdest?» Als Early die Miene entgleiste, überkam sie ein schlechtes Gewissen. «Sorry, war nur ein Scherz», sagte sie hastig, «ich, äh, liebe Paisleymuster ...»

«Du bist eine schlechte Lügnerin», erwiderte Early.

«Nein, ich lüge nicht. Ich scherze nur.»

«Also, *ich* mag Paisley.»

«Gut. Wenn's dir gefällt, schön. Ich will bloß nicht irgendeine Verbindung als dritte Zimmergenossin, wenn du noch nicht mal in einer bist.»

«Ha! Darf ich vorstellen: Kappa», erwiderte Early. Und fügte kurz darauf hinzu: «Scheiß auf Kappa.»

«Richtig so!», bekräftigte Bea.

Als sie etwas später im Dunkeln in ihren Betten lagen, bombardierte Lorn Bea mit Nachrichten. WO BIST DU BITTE ANTW DU BAUMELST DOCH NICHT SCHON AM DACHBALKEN?

Mit Selbstmord scherzt man nicht! Nein, ich lebe ... noch

Oh, gut. Wie ist Late, deine Mitbewohnerin?

Early war in ihrem Bett ebenfalls mit dem Handy zugange.

Sie ist vieles, antwortete Bea. Darauf reagierte Lorn mit einer ganzen Reihe verzweifelter Emojis.

«Darf ich dir eine Frage stellen?», fragte Early und ließ ihr Handy sinken. «Ich hoffe, ich kränke dich nicht damit.»

Bea wusste schon, was jetzt kam. Sie hatte, seit sie laufen konnte, Privatschulen und Internate in New York und Massachusetts besucht. Als sie in der neunten an der Porter's anfing, waren nur zwei weitere nicht weiße Schülerinnen in ihrer Klasse gewesen: Adrienne aus LA und Sujita aus Nepal. Sie war immer die Dunkelhäutigste der Klasse gewesen und hatte das in vielerlei Hinsicht zu spüren bekommen: Sie wurde in der Mittelschule als Letzte beim Mathequiz gewählt, hatte beim Abschlussball in der Achten als Einzige keinen Begleiter und wurde sogar offen beschuldigt, Sloan Petersons Parka aus ihrem Zimmer gestohlen zu haben, bloß weil sie den gleichen hatte. So viel zu der Frage, die Early ihr stellen wollte.

«Meine Mutter ist schwarz und mein Vater weiß», sagte Bea.

«Eigentlich wollte ich wissen, wieso du in keine Verbindung willst.»

«Oh», sagte Bea. Wie drückte sie das taktvoll aus? Sie hatte den Eindruck, Studentenverbindungen wären etwas für Mädchen, die keinen Ehrgeiz hatten, Mädchen, die später wie die Mütter von Beas Freundinnen wurden, inklusive Audrey. Sie mochte Audrey sehr, wollte aber auf keinen Fall so werden wie sie. Diese Frauen hatten an Ivy-League-Unis studiert, sogar Jura oder Medizin, und waren dann bereitwillig Hausfrauen geworden, was in Beas Augen nichts anderes bedeutete, als das Personal zu schikanieren, Pilates zu machen und nur um die Ausbildung und Interessen der eigenen Kinder zu kreisen. Bea empfand ihnen gegenüber gleichzeitig Mitleid und Verachtung, weil sie einfach so aufgegeben hatten und ihre erstklassige Ausbildung bestenfalls als schickes Accessoire betrachteten.

«Ich glaube, ich will einfach nur mehr Zeit zum Lernen haben», erklärte Bea.

«Aber es ist echt schwer, hier außerhalb einer Verbindung was zu erleben. Mein Bruder sagt, Partys finden eigentlich nur in Verbindungshäusern statt. Dazu werden dann die anderen Verbindungen eingeladen. Wenn man also in keiner ist ... Ich weiß nicht, vielleicht kann man auch einfach so zu einer Party gehen, aber was, wenn nicht?», sagte Early.

«Ach, das wird schon», erwiderte Bea.

«Und was willst du außer den Seminaren fürs Programm machen?», erkundigte Early sich gähnend.

«Physik», antwortete Bea und fragte sich, ob das jetzt jeden Abend so laufen würde – endloses Geplapper, obwohl das Licht schon längst aus war.

Zwei der vier Herbstseminare musste Bea im Rahmen des Justice Scholars Program belegen: JSP, kurz als ‹Justice› bezeichnet, war das Seminar am Freitagvormittag, für das Dr. Friedman jede Woche extra aus New York kam, und den Schreibkurs, den alle Erstsemester am Carter belegen mussten, der für die Mitglieder des Programms aber spezifiziert war und den Titel ‹Der Begriff der Gerechtigkeit weltweit› trug. Die beiden anderen Seminare waren Wahlfächer. Sie hatte sich für ‹Verhaltenspsychologie› entschieden, weil es interessant klang – und weil sie schon an der High School die dafür erforderliche ‹Einführung in die Psychologie› absolviert hatte. Auf ihr viertes Seminar war sie beim Durchforsten des Vorlesungsverzeichnisses gestoßen: ‹Krimis schreiben›. Sie fand, das klang unfassbar cool.

Aber ein paar Tage, bevor sie nach North Carolina flog, war sie nervös geworden. Was, wenn sie doch noch Medizin studieren wollte? Um Mitternacht hatte sie die Krimis kurzerhand gegen Physik getauscht. An der High School war sie ziemlich gut in Physik gewesen. Es hatte ihr Spaß gemacht, über Drehmomente und Geschwindigkeit zu reden.

«Mein Bruder war im ersten Jahrgang des Justice Programs», sagte Early.

«Echt?», murmelte Bea.

«Vor drei Jahren. Aber jetzt hat niemand aus seinem Jahrgang mehr was mit Jura zu tun. Sie haben mittlerweile alle Wirtschaft als Hauptfach und wurden schon für Beraterjobs angeheuert.»

«Mmh.»

«Er meint, man würde ziemlich schnell desillusioniert oder so. Ich weiß nicht mehr genau, wie er das ausgedrückt hat. Im Wesentlichen meinte er, man hätte ziemlich schnell gemerkt, dass Strafrechtsreformen nur Zeitverschwendung sind. Also hab ich ihm erklärt, das Seminar hätte ihm dann immerhin die hunderttausend Dollar fürs Jurastudium erspart, verstehst du?»

Bea war froh, dass es dunkel war, so konnte sie ungehindert die Augen verdrehen. Es war, als würde man sich unheimlich auf eine Reise freuen und jemand würde einem alle Gründe aufzählen, wieso das Reiseziel scheiße war.

«Cool», sagte sie nur und gähnte laut.

Sekunden später schnarchte Early schon, und nur noch das Licht von Beas Handy drang noch durch die Dunkelheit. Sie scrollte durch Instagram, meldete sich bei Facebook an und gab einen Namen ein: Lester Bertrand. Ihr Geheimnis.

Bea wachte früh auf und zog ihre Laufsachen an. Es war bewölkt, als sie sich auf den Weg zu der sechs Meilen langen Joggingstrecke machte, die um den Campus herumführte, wie sie auf der Collegewebsite gelesen hatte. Sie rief ihre Sportplaylist auf. Wie immer, wenn sie zu Beginn ihrer Runde die Musik einschaltete, dachte sie an den Jungen, der sie zum Laufen gebracht hatte. Noah war auf die Avon Old Farms gegangen, die Partnerschule der Porter's. Beim gemeinsamen Abschlussball hatten sie hinter dem Musikgebäude geknutscht und sich danach ein paarmal getroffen. Er war Langstreckenläufer, hielt aber nichts davon, mit Musik zu laufen. Er meinte, das würde ihn ablenken.

Abgesehen von Noah hatte Bea nur noch mit einem Jungen namens Demetri so etwas wie romantische Erfahrungen gemacht. Nach dem zweiten High-School-Jahr hatte sie ihn in den Sommerferien in East Hampton kennengelernt, und zwar in einer Eisdiele, in der die High-School-Schüler sich nachmittags trafen. Er kam aus Massachusetts und war dort im Abschlussjahr einer Schule, von der sie noch nie gehört hatte. Er kannte Lorn von den Sommerferien in den Hamptons und hatte Bea gleich nach ihrer Nummer gefragt. Sie hatten zwei Abende zusammen verbracht, davon einen zu zweit und einen mit den anderen am Strand. Danach hatte er nicht mehr auf ihre Nachrichten reagiert.

Eines Nachts, als Lorn und ihre andere Freundin Isabel Bea im Bett wähnten, war sie in die Küche gegangen, um sich ein Glas Wasser zu holen, und hatte mitbekommen, wie ihre Freundinnen auf der Terrasse über sie redeten.

«Er meint, sie sei zu verklemmt», sagte Lorn gerade. «Er hatte das Gefühl, mit einer Puppe auszugehen, sie war total passiv. Ich hab ihm gesagt, dass sie wirklich witzig ist, wenn man sie besser kennt.»

Am liebsten hätte Bea sie angeschrien: *Meine Mutter ist gerade gestorben! Ich gebe mein Bestes!*

Das hatte Demetri nicht gewusst. Aber als Bea in dieser Nacht im Bett lag, dachte sie, selbst wenn, dann hätte er wahrscheinlich sofort vor Angst das Weite gesucht. Die meisten benahmen sich, als wäre Trauer ansteckend.

Ich bin total witzig, wenn man mich näher kennenlernt, ermahnte sie sich im Rhythmus ihrer Laufmusik. In der achten Klasse gab es bei jeder Übernachtungsparty Flaschendrehen. Meredith Welcher zwang die Mädchen ständig dazu, sich im Schrank zu küssen, und behauptete, man könnte dabei Lesben an der Temperatur der Lippen erkennen. Sie war sehr erpicht darauf, Lesben zu outen. Da alle Angst vor Meredith hatten, gehorchten sie, bis Bea eines Abends mit ihr im Schrank landete und eine kalte Jalapeño von ihrer Pizza auf Merediths Lippen drückte. Meredith kreischte, und danach musste niemand mehr in den Schrank.

Außerdem hatte Bea, obwohl sie sich eigentlich immer an alle Regeln hielt, ein paarmal nachsitzen müssen, weil sie der

Gelegenheit, die Klasse zum Lachen zu bringen, einfach nicht widerstehen konnte: Einmal, in Mrs. Woods Lateinstunde, entdeckte sie die frisch fertig gestellten, noch klebrig feuchten Pappmaché-Hoden von Pegasus. Das Pferd wurde von den Lateinschülerinnen für die Kunstmesse der Schule gebastelt, sollte natürlich aber keine Hoden haben. Mrs. Wood hatte sie vor der Stunde entfernt und auf ihren Tisch gelegt, in Beas Reichweite. Als Mrs. Wood sich nun ein bisschen zur Seite drehte, um einer Schülerin auf der anderen Seite des Raums eine längere Standpauke zu halten, berührten ihre langen blonden Haare den Schreibtisch. Da hatte Bea den Pferdeeiern einfach einen kleinen Schubs gegeben, sodass sie sich in den Haaren ihrer Lehrerin verfingen. «Was zum ...», hatte Mrs. Wood gesagt, als sie ihr Gewicht an den Haaren spürte. Sie stand auf, zog an ihnen, was alles noch schlimmer machte, und schrie: «Sofort die Pferdegenitalien aus meinen Haaren!»

Es war einfach zu verlockend gewesen.

Wie eine Puppe. Also bitte! Sie war eben ein bisschen abwesend gewesen. Als würde sie sich durch Treibsand bewegen. Aber jetzt war sie im Justice Scholars Program!

Nach drei Meilen musste sie pinkeln. Sie rannte schneller, bis sie das Studentenzentrum erreicht hatte, und tupfte sich mit ihrem Sweatshirt den Schweiß vom Gesicht, bevor sie eintrat. Während sie auf der Suche nach einer Toilette durch den langen Flur ging, fiel ihr ein, dass sie bei ihrem ersten Besuch auf dem Campus ein Café am hinteren Ende des Gebäudes bemerkt hatte. Da würde es sicher auch eine Toilette geben. Sie lief an den Briefkästen und einer langen Reihe dunkler Büros vorbei, bis sie beim Café landete. Dort sah sie endlich eine Tür mit zwei aufgeklebten Figuren. Besetzt.

Ihr Handy vibrierte.

Soll ich mit dem Frühstück auf dich warten? Da wird's bald ziemlich voll, schrieb Early.

Bea wollte gerade antworten, sie solle ruhig ohne sie gehen, da fiel ihr ein Flyer an der Pinnwand auf: C.U.N.T. stand da in Großbuchstaben und darunter: *Carter University Nimblest Turtles, die berühmteste Improtruppe im Südwesten!* Die zweite Hälfte des Flyers wurde von der Zeichnung einer Schildkröte mit extrem langen Beinen in Yoga-Pose eingenommen. Die nächste Vorstellung der Truppe fand am selben Abend statt.

Hast du Lust, heute Abend zum Improtheater zu gehen?, schrieb sie Early.

OK!!! antwortete Early, da ging die Tür zur Toilette auf, und eine Frau mit blondierten Haaren und grüner Schürze kam heraus.

«Es gibt kein Klopapier, also würde ich mir an deiner Stelle Servietten besorgen», sagte sie zu ihr.

Wäre das nicht dein Job?, dachte Bea und folgte ihr ins Café, um sich welche zu holen.

Die Tür öffnete sich, und ein Student im Carter-Sweatshirt erschien, der den Schlange stehenden Zuschauern zubrüllte: «Kommt rein und setzt euch. Los, los, rückt auf, alle Plätze besetzen!»

Als sich über hundert Menschen in einen Raum schoben, der viel zu klein für sie schien, kam Bea sich vor, als würde sie ein Flugzeug betreten.

«Wenn alle Stühle besetzt sind, setzt euch davor auf den Boden», rief der Student mit dem Sweatshirt.

Early und Bea fanden Plätze ganz vorne auf dem Boden, und als Bea ihre Knie anzog, staunte sie, wie groß das Publikum war.

Um kurz nach sieben senkten sich Dunkelheit und Stille über den Saal. Dann brandete Jubel auf, als die bekannten Eingangstakte von Drake ertönten:

You used to call me on my cell phone

Late night when you need my love

Zu ohrenbetäubendem Applaus wurde es wieder hell, und die Mitglieder der Improtruppe – acht Jungen und ein Mädchen – kamen auf die Bühne gerannt.

Ein pummliger Typ mit glänzend roten Haaren trat vor.

«Willkommen zur ersten C.U.N.T.-Vorstellung des Jahres!» Er wartete, bis Applaus und Jubel abklangen. «Wer zum ersten Mal da ist, hebe mal die Hand!» Schüchtern gehorchten Bea und Early. «Wir freuen uns, heute Abend so viele Erstsemester bei uns zu haben. Wer uns noch nicht kennt, sollte wissen, dass unser Name – C.U.N.T. – nur ein *Akronym* ist und nicht ein Synonym für *Pussy.* Wir sind zwar vulgär, aber doch nicht *so.*»

Gelächter.

«Mal ganz kurz zur Entstehung des Namens: Am Anfang, als wir noch nicht mal eine offizielle Gruppe waren, trafen wir uns dienstags zum Improtheater, *just for fun.* Eines Nachmittags meinte einer, der angeblich Stephen hieß, aber das weiß ich nicht mit Sicherheit, weil das lange vor meiner Zeit war, also, der meinte: ‹*See you next Tuesday*›, und merkte gar nicht, dass er damit einen Euphemismus benutzte, und zwar für …» Er hielt inne und flüsterte dann laut: «*Cunt.* Von da an war C.U.N.T. unser Name. Zur Elternbesuchszeit sind wir natürlich immer die Carter University's Nimblest Turtles. Das verwirrt die Eltern zwar, aber sie sind wenigstens nicht so geschockt, dass sie ihre Kinder vom College holen, zumindest nicht, dass wir wüssten.»

Er erklärte, die Gruppe würde auf ein Stichwort aus dem

Publikum spontan eine Szene spielen. Die gesamte Vorstellung von Anfang bis Ende sei improvisiert; nichts sei im Voraus geplant, geübt oder entschieden worden. Zuerst würde eines der Mitglieder eine wahre Geschichte erzählen, damit die Gruppe Ideen bekomme, mit denen sie spielen könne.

«Könnte ich bitte mal ein paar Charaktereigenschaften hören?», fragte er.

Sofort ertönten laute Vorschläge. Direkt hinter sich hörte Bea: «Narzissmus!» Irgendwo ertönte: «Irrsinn» und «Altruismus»! Als Early schüchtern «Freundlichkeit» rief, musste Bea kichern. Der Rothaarige hatte zuerst «Altruismus» gehört.

«Okay: Altruismus!», entschied er. Die Menge johlte, als er sich ein Stück zurückzog.

Jetzt trat ein großer Junge mit buschigem, braunem Bart vor.

«Als ich auf der Oberschule war – oder High School, wie ihr das nennt ...» Er hatte einen britischen Akzent, und Bea ertappte sich dabei, dass sie sich unwillkürlich vorbeugte, um ihn besser sehen zu können, «... hatte ich Angst vor Mädchen. Schreckliche Angst! Ich weiß, was ihr denkt: Alle Jungs haben Angst vor Mädchen. Äh, ja – aber nicht so. Obwohl ich aus einer ganz und gar nicht religiösen Familie stamme und mich auch selbst nicht für Religion interessierte, wurde ich mit meinem Kumpel Fritz Mitglied in einer christlichen Jugendgruppe, nur um mich mit Mädchen treffen zu können, die so fromm waren, dass sie keinen Sex von mir wollten.»

Leises Gelächter.

«Nicht, dass *ich* keinen Sex wollte. Mir gefiel nur die Vorstellung nicht, ich müsste sofort und auf Kommando geil sein, wenn einem Mädchen nach Sex war. Und da ich wusste, dass Jungs normalerweise anders sind, schämte ich mich ein bisschen. Also, es funktionierte. Ich kam mit einer zusammen, die sich für die Ehe aufsparte, was ich großartig fand, weil ich mich auch aufsparen konnte, ohne dass meine Männlichkeit in Frage gestellt wurde.

Doch dann nahmen die Dinge eine unerwartete Wendung. Als ich an meinem siebzehnten Geburtstag zu ihr ging, stellte ich fest, dass ihre Eltern nicht zu Hause waren, und sie stand vollkommen nackt vor mir. ‹Das ist dein Geburtstagsgeschenk›, verkündete sie. *Mein Geburtstagsgeschenk!*

Mir blieb nichts anderes übrig, als mit der Wahrheit rauszurücken. Ich sagte: ‹Hör mal, Sally, ich weiß nicht, ob ich dazu bereit bin›, worauf sie natürlich etwas gekränkt war, obwohl ich ihr versicherte, dass es nicht an ihr lag. Sie zog sich wieder an, und wir sahen uns *Hautnah* im Fernsehen an – eine britische Serie, die ihr bestimmt nicht kennt, aber darin geht es um Teenagerdramen. Und während ich mich so auf dem Sofa fläzte, war ich wirklich sehr erleichtert, versteht ihr? Schließlich war ich ehrlich gewesen und hatte das Gefühl, auf Verständnis und Akzeptanz gestoßen zu sein. Aber dann dachte ich: Vielleicht bin ich *doch* dazu bereit. Da ich keinen Druck mehr hatte, konnte ich meine echten Gefühle spüren.

Und gerade, als mir das bewusst wurde, sagte sie: ‹Russell, ich bin echt froh, dass es heute nicht passiert ist.› Und ich so: ‹Ja, ich auch.› Und dann fragte sie, ganz ernst und behutsam, als ginge es um etwas Heikles: ‹Wann hast du gemerkt, dass du schwul bist?›»

Tosendes Gelächter.

«Meine nächste Freundin fand die Geschichte witzig», schloss er und machte Platz für das einzige Mädchen in der

Gruppe. Als das Lachen verstummte, verschränkte sie die Hände hinter dem Rücken und hob ihr Kinn wie ein Kind beim Buchstabierwettbewerb.

«Altruismus! A! L! T!»

Zwei ihrer Kollegen flitzten herbei und hockten sich vor sie.

«Mr. Nettles, ich weiß, Sie sind dieses Jahr der Leiter des Wettbewerbs, also will ich jetzt nicht herumkritteln, aber finden Sie nicht, dass Sie etwas unfair sind?», sagte der eine zum anderen.

«Ich weiß nicht, was Sie meinen, Mr. Watts. Unterstellen Sie mir etwa, ich würde Delilah bevorzugen, bloß weil sie meine Nichte ist?»

An diesem Punkt reihten sich drei weitere Improspieler hinter dem Mädchen auf und taten, als wären sie Mitstreiter im Wettbewerb.

«Scarlett!», rief Mr. Watts einen von ihnen auf. «Kannst du uns noch mal die Wörter nennen, die du heute schon buchstabiert hast?»

«Aber gewiss doch!», nickte der Angesprochene. «Exzentrisch. Schifffahrt, Divergenz, Anemone und Supercalifragilisticexpialigetisch.»

«Und du, Marcus?»

«Ich habe Ponton, Rhythmus, Petit-Four, Pyrrhussieg und Klamauk buchstabiert.»

«Danke», sagte Mr. Watts. «Und nun du Delilah, was hast du bis jetzt buchstabiert?»

«Hund! Haus! Eimer! Loch und Land! Und jetzt wollte ich Altruismus buchstabieren!»

Mr. Nettles zuckte die Achseln. «Kommt mir ziemlich fair vor.»

«Aber ich möchte noch etwas zur Begriffsklärung fragen»,

sagte Delilah. «Ist Altruismus ein Synonym für Nepotismus? Oder hab ich das falsch verstanden, Mr. Watts?»

Sie brach in Gelächter aus, und das Publikum schloss sich ihr an, als Mr. Nettles aufsprang und zum Rand der Bühne rannte, um das Ende der Szene anzuzeigen.

Bea konnte ihren Blick nicht von dem Mädchen lösen. In einer Szene spielte sie einen Radfahrer, der nur rückwärts fahren konnte. Wohin sie auch ging, sie ging immer rückwärts, mit einer Hand auf dem ‹Lenker› und mit der anderen an ihrem ‹Sattel›. Für Letzteren hatte sie einen Hocker besorgt, und zwar vom hinteren Ende des Zuschauerraums. Während das gesamte Publikum wartete, war sie mit dem Hocker über dem Kopf durch die Menschenmasse gepflügt und über einzelne Zuschauer hinweggestiegen. So mutig!

Nach der Hälfte der Vorstellung gab es eine zehnminütige Pause. Beas Po war ganz taub vom Sitzen auf dem kalten Boden, und vom Lachen taten ihr die Kiefermuskeln weh.

«Guck mal, Bea! Da solltest du hingehen.» Early gab Bea einen petrolfarbenen Bogen Kartonpapier, auf dem stand: VORSPRECHEN: Mi, 30.8., 18–22 Uhr. WIR ERMUTIGEN AUSDRÜCKLICH FRAUEN, TRANSGENDER UND SCHWARZE, DENN ... AUSSER LESLEY UND RADJ: SEHT UNS NUR AN!

Bea grinste. «Wieso sprichst du denn nicht vor?», fragte sie.

Early schüttelte energisch den Kopf. «Ich bin zwar witzig, aber nicht mutig genug.»

«Und ich bin nicht witzig genug», erwiderte Bea. «Obwohl ich glaube, das eigentlich Witzige ist die Spontaneität. Man muss nicht witzig sein, sondern eher schlagfertig ...»

«Ganz genau! Man muss auf Zack sein. Ich könnte dein Groupie werden. Dann komm ich zu allen Vorstellungen, und du bringst mich mit dem rothaarigen Nerd zusammen.» Da wurde das Licht gedimmt, und die Zuschauer strebten auf ihre Plätze zurück.

«Versuch's doch einfach», sagte Early, als es wieder still im Saal wurde. «Was hast du schon zu verlieren?»

6

STAYJA

Freitag, 18. August – Montag, 21. August

Als Stayja am Rooster ankam, wartete LA auf sie.

«Ich dachte, du freust dich vielleicht über Gesellschaft», sagte er, als sie das Café betrat.

«Ich muss arbeiten», entgegnete sie, schmiss ihre Tasche in den Schrank unter der Spüle und bemerkte, dass der Campus-Caterer eine neue Lieferung Fertiggerichte für die Studenten gebracht hatte, die keine Zeit hatten, in einer der Mensen zu essen. So waren die Studenten hier: immer mit etwas beschäftigt, das Stayja verborgen blieb.

«Och», sagte er und verzog schmollend den Mund.

Er wurde LA genannt, weil zwei Jahre zuvor eine Produktionsfirma zum Campus gekommen war, um hier eine Staffel der Miniserie *Carolina Crimespree* zu drehen. LA war zum Statisten-Casting gegangen und hatte eine Sprechrolle ergattert, mit der er in ganzen vier Folgen als er selbst auftauchte: Gärtnerjunge Nummer zwei. Damit hatte er dreitausend Dollar verdient, wovon er sich einen Flatscreen-Fernseher und einen gebrauchten Honda kaufte. Seinen alten, orangefarbenen Corolla überließ er Stayja für zehn Dollar. (Der war ein Fahrschulwagen gewesen, doch als LA ihn sieben Jahre zuvor kaufte, hatte er die Beifahrerbremse entfernt. Der Wagen hatte 220000 Meilen auf dem Tacho, fuhr aber immer noch. An beiden Vordertüren sah man noch ganz schwach die Telefonnummer der Fahrschule.)

LA trug seine übliche alte Arbeitsjeans und dazu ein Baumwollhemd mit aufgerollten Ärmeln. Dieses Outfit, gepaart mit seinem leichten Geruch nach gemähtem Gras und frischer Luft, war es wohl, was ihm einen Platz zur besten Sendezeit eingebracht hatte. Zumindest nahm Stayja das an. LA war süß – fast unerträglich süß –, und das schon, seit er als Nachbarsjunge ständig zu ihnen gekommen war, um mit ihr und Nicole zu spielen.

Als Stayja sechzehn und Nicole vierzehn war, kam Nicoles Dad bei einem Arbeitsunfall ums Leben, und die Familie nutzte seine Lebensversicherung, um seine Werkstatt im Hinterhof in eine Wohnung für Donna und Stayja umzubauen, damit sie die Mietwohnung ein paar Straßen weiter aufgeben konnten. Aber ihnen ging das Geld aus, bevor das Dach gedeckt war, also kletterte LA mit den Dachziegeln in der Hand eine wacklige Leiter hinauf und erledigte die Aufgabe innerhalb einer Woche mitten im Juli. Zu den Geburtstagen bekamen Stayja und Donna selbstgemachte Karten von ihm: Er schnitt sogar Buchstaben aus bunter Pappe aus wie eine bastelwütige Frau in den Wechseljahren. Und doch konnte Stayja sich nicht vorstellen, ihn zu küssen – und das war eine Tatsache, die er einfach nicht zu begreifen schien.

Die Plastikbehälter der Fertiggerichte waren gefüllt mit Sushi-Rollen in Mayonnaise, mit Häufchen von Thunfisch- oder Hühnchensalat, die sich kaum voneinander unterschieden, und einer ‹pikanten› veganen Version davon. Stayja band sich die Schürze um und fing an, die kleinen Tabletts in den Kühlschrank zu räumen.

Da kam Nicole breit grinsend herein.

«Ich hab den Job!» Sie hielt die Hand für ein High Five in die Höhe.

Stayja tat ihr den Gefallen. «Glück gehabt», sagte sie.

«Danke fürs Pipi, Kusinchen.»

«Wovon redet sie da?», fragte LA.

«Was geht?», erkundigte sich Nicole bei Stayja, ohne LA zu beachten. Die beiden taten so, als könnten sie sich nicht ausstehen. Beide fanden, der andere nähme zu viel von Stayjas Zeit in Anspruch.

«Nichts», seufzte Stayja. «Ich hab nur 'ne Doppelschicht. Also kann LA dich vielleicht nach Hause fahren.»

«Die hab ich für dich besorgt.» Nicole schob ein Päckchen Marlboro Lights auf die Theke.

«Nicole!», mahnte Stayja.

«Nein, das ist nicht zurückzuverfolgen. Wenn die Leute ihren Kaffee bar bezahlen, gibst du's einfach nicht ein, und sobald du genug Geld für eine Schachtel zusammenhast, verbuchst du es in der Kasse. Brillant, oder?»

Stayja verdrehte die Augen. «Das geht nicht. Der Kaffee gehört auch zum Warenbestand.»

Nicole zuckte die Achseln. «Das kann doch keiner so genau überprüfen.»

«Ich dachte, du rauchst nicht mehr», sagte LA zu Stayja.

«Bist du etwa ihr Aufpasser?», mischte Nicole sich ein.

«Du kannst das schaffen, Stayja. Manche der größten Heldentaten in der Geschichte wurden von Menschen vollbracht, die gar nicht wussten, dass sie dazu fähig sind.»

«Wo hast du das denn gehört, LA? Ist doch viel zu schlau für dich.»

«Und es stimmt auch nicht», ergänzte Stayja. «Leute, ich muss jetzt arbeiten.»

Nicole sah Stayja mit hochgezogenen Augenbrauen an und schnalzte mit der Zunge. «Na schön, gibst du mir dann die Schlüssel? Wann soll ich dich abholen, um zehn? Elf?»

«Nein», rief Stayja entnervt. «Du darfst jetzt nicht fahren, schon vergessen? Du bist wegen Trunkenheit am Steuer erwischt worden. Entweder du nimmst den Bus, oder du lässt dich von ihm fahren.»

«Ach, bin ich jetzt euer Dienstleister?», fragte LA. Er wandte sich an Nicole. «Hey, ich hab eins für dich. Bist du bereit?» Momentan war Nicoles Lieblingsspiel, aus zwei Namen ein Paar zusammenzustellen, wobei der erste sich ganz normal anhörte, bis der zweite dazukam. Nur sie durfte entscheiden, wer gewonnen hatte, und Stayja besetzte bereits seit zwei Monaten den ersten Platz mit ‹Philipp› und ‹Flathead›, dicht gefolgt von Donna mit ‹Mari› und ‹Tim›.

Nicole hatte LA nie mehr als den vorletzten Platz zugestanden, weil er sich zu Stayjas und Nicoles Belustigung endlos darüber aufregen konnte.

«Granny und Smith», sagte er. «Gut, oder?»

«Darauf bist du nicht selber gekommen, LA.»

«Bin ich wohl!»

«Das hast du doch irgendwo gehört.»

«Nein, verdammt. Echt nicht!»

«Stayja? Hast du das nicht auch schon irgendwo gehört ...»

Als LA schmollend das Gesicht verzog, lachten beide. Da kamen zwei Dozenten ins Café.

«Zeit zu gehen, Leute.» Stayja scheuchte Nicole und LA hinaus.

«Wenn ich dich fahre, glaubst du mir dann, dass ich selbst draufgekommen bin?», fragte LA, als er mit Nicole das Café verließ.

Als nicht mehr so viel Betrieb war, warf Stayja sich eine

Grippostad Complex ein, ihr Mittel der Wahl, wenn sie wach und konzentriert bleiben musste, schnappte sich die von Nicole gestohlenen Zigaretten und ging durch die Hintertür hinaus auf den Parkplatz. Sie setzte sich auf den Bordstein und klopfte mit dem Päckchen gegen ihre Handkante, bevor sie die Plastikhülle entfernte. Irgendein Arschloch hatte beschlossen, dass Zigarettenschachteln mit Bildern von verrotteten Lungen und blutigem Zahnfleisch geschmückt werden sollten, und diese hier zeigte einen abstoßenden Luftröhrenschnitt. Sie riss das Trennpapier aus der Schachtel und ließ es zu Boden fallen.

«Als wüssten wir das nicht, verdammt», murmelte sie. Sie nahm gerade ihren kostbaren ersten Zug, da trat ein Typ, den sie als Student verbuchte, aus dem Schatten eines Baums in den orangefarbenen Lichthof einer der Lampen, die den Campus jeden Abend schon weit vor Anbruch der Dämmerung beleuchteten.

«Darf ich eine schnorren?», fragte er.

Nicht viele Studenten am Carter rauchten offen, obwohl Stayja *wusste*, dass etliche von ihnen Raucher waren, weil sie in ihrem ersten Jahr als Angestellte der Universität ohne Ende Zigaretten im QuikMart verkauft hatte. Sie selbst verbrachte ihre Raucherpausen an einem versteckten Rückzugsort hinter dem Rooster, auf einem Parkplatz, den außer ihr und ein paar Studenten aus dem angrenzenden Verbindungshaus kaum jemand nutzte.

Es kam selten vor, dass Studenten bei ihr Zigaretten schnorrten, und wenn, dann nervte sie das ziemlich. Wie gern hätte sie gesagt: *Gib mir einen Dollar dafür. Von den Millionen, die du mehr hast als ich.* Stattdessen rückte sie immer wortlos eine heraus.

Aber heute Abend hatte sie nicht mal mehr die Kraft, sich

darüber zu ärgern. Der Typ konnte gleich die ganze Schachtel haben. Nachdem er sich die Zigarette angezündet hatte, ließ er sich neben ihr auf dem Bordstein nieder.

«Wie war dein Tag?», fragte er.

Er war blond und angezogen wie alle am Carter: Steppweste mit makellos weißem T-Shirt und hellgelben Shorts darunter. Aber seine Stimme war überraschend tief, und er wirkte nicht so unbedarft wie die anderen, sondern so, als hätte er schon was durchgemacht.

«Gut», sagte sie.

«Klingt aber ganz anders», bemerkte er und entließ den Rauch in einer Wolke aus seinem Mund. «Willst du anfangen, oder soll ich?»

Sie wandte ihm ihr Gesicht zu.

«Es war nur ein langer Tag», erklärte sie. «An dem ich viele Lattes mit Hafermilch machen musste.»

Er lachte. Was sie überraschte.

«Willst du damit etwa sagen, dass du nicht liebend gern als Barista an einer Eliteuniversität arbeitest?» Sein Sarkasmus war unüberhörbar, aber sie war unsicher, ob er mit ihr flirtete.

«Ob du's glaubst oder nicht», erwiderte sie und spürte, wie sich etwas in ihr entspannte.

«Hör mal, ich bin nicht perfekt. Aber als ich hierherkam, konnte ich kaum fassen, wie versnobt manche Leute sind, vor allem die Mädchen. Vor einem Jahr oder so war ich abends unterwegs und ging gerade zu meinem Wohnheim zurück, da kam ich an einem Mädchen vorbei, das mit nacktem Hintern auf dem Rasen tanzte. Sie war vollgetankt bis oben hin. Ihre Freunde versuchten sie nicht mal aufzuhalten, weil sie auch sternhagelvoll waren. Als ich da ankam, hatte wohl schon jemand die Campuspolizei gerufen. Ich sah, wie der Cop zu ihr ging und sie dazu bringen wollte, sich wieder anzuziehen. Da schrie sie: ‹Weißt du eigentlich, wer mein Dad ist?› »

Stayja lachte leise. «Und wer war ihr Dad?»

«Wahrscheinlich irgendein wichtiger Spender. Aber so was sagt man doch nicht.»

Stayja nahm einen Zug von ihrer Zigarette. «Warum nicht? Ich würde es sagen, wenn ich damit um eine Verhaftung herumkäme. Oder was hier sonst die Strafe wäre. Vom Unterricht ausschließen oder so.»

«Ach bitte, die wär doch niemals vom Unterricht ausgeschlossen worden!»

«Wieso nicht?»

«Weißt du nicht, wer ihr Vater ist?»

Sie lachten.

«Allerdings hab ich gut reden. Ich hab meinen Platz hier auch nur geerbt.»

«Was heißt das?»

«Ich wurde angenommen, weil meine Eltern auch schon hier waren.»

«Ach so.» Stayja starrte zu Boden, damit er ihr nicht anmerkte, wie faszinierend sie ihn plötzlich fand.

«Wird dir eigentlich oft was anvertraut?», fragte er unvermittelt.

Stayja schnaubte. «Ständig», sagte sie. «Ich hab da wohl so eine Ausstrahlung.»

Er zog an seiner Zigarette.

«Willst du was loswerden? Dann nur zu», ermutigte sie ihn.

«Was willst du zuerst hören: Drogenprobleme oder Vaterkomplexe?»

«Oh, wow. Wie soll ich mich da nur entscheiden?»

Er lachte. «Du bist witzig.»

«Vaterkomplexe», sagte sie.

«Hast du je was von den New Start Treatment Centers gehört?»

«*Ruf an: 800-NEW-START?* Weg von den Schmerzmitteln ohne den Schmerz?»

«Genau, das ist mein Vater.»

«Er besitzt ein Drogentherapiezentrum?»

«Eine ganze *Kette* von Drogentherapiezentren. Über zweihundert!»

«Okay, und?», fragte Stayja. Bei jeglicher Anspielung darauf, wie reich jemand war, schützte sie Gleichgültigkeit vor. Nur weil jemand mehr Glück im Leben gehabt hatte, würde sie ihm nicht auch noch die Genugtuung gönnen, sich davon beeindruckt zu zeigen.

«Was weißt du über Opiatabhängigkeit?»

«Also, ich bin nicht von Opiaten abhängig, wenn du das meinst.»

«Da hast du Glück, denn wärest du abhängig, dann ein Leben lang. Da kann man nicht clean werden. Man behandelt die Sucht mit anderen Drogen, die aber nicht heilen, sondern nur Erleichterung verschaffen. Aber man braucht ständig Nachschub. Dadurch verdienen die Zentren jahrelang an immer denselben Personen. Was sag ich: *Jahrzehnte!* Ist wie 'ne Drehtür. Die Behandlung ist nie abgeschlossen. Weißt du, was *Erholung ist ein lebenslanger Prozess* bedeutet? Es bedeutet, da ist jemand, der von diesem lebenslangen Prozess profitiert. Mein Vater ist dank der Opioidkrise ein gottverdammter Drogenboss.» Er spuckte auf den Boden und fuhr fort: «Und dabei wird er noch als Held verehrt. Alle Welt liebt ihn. Weil er so viel Gutes tut. Was für eine Lüge!»

«Wieso?»

«Zum Beispiel wird der neue Flügel der Wiggins-Bibliothek nach ihm benannt. Und eine Galerie im Kunstmuseum von Dallas. Natürlich, weil er dafür gespendet hat. Auf dem Papier ist er ein wahrer Wohltäter.»

«Und was ist mit deinen Drogenproblemen?»

«Direkt ans Eingemachte», sagte er, nicht abwehrend, sondern belustigt. «Ach, ist nur Alkohol und Gras. Als mir letztes Jahr ein Weisheitszahn gezogen wurde, wollte ich keine Schmerzmittel außer Ibuprofen. *Die* Genugtuung gebe ich meinem Vater nicht.»

«Du glaubst, dein Vater *will*, dass du süchtig nach Schmerzmitteln wirst?»

Er ließ die Kippe zu Boden fallen.

«Ich glaube, mein Vater hat gerne über alles Kontrolle. Ich glaube, ein Teil von ihm wünscht mir Erfolg, weil ich sein Sohn bin und er dann gut dasteht, aber ein anderer Teil will, dass ich abkacke, weil er dann glauben kann, er wär was Besseres als ich.»

«Klingt, als wäre dein Vater ein Arschloch, auch wenn dir das vermutlich nicht neu ist.»

Er gluckste. «Du solltest mal hören, wie er in Selbstgerechtigkeit badet, wenn er den Leuten erzählt, wie lange ich fürs College brauche.»

«Wie lange denn?»

«Ich bin im letzten Jahr, aber schon 23. Wenn jemand nachfragt, sagen wir immer, ich hätte zwei Urlaubssemester genommen, aber in Wahrheit war ich in einer Entzugsklinik.»

«Na und? Wen kümmert's, dass du schon 23 bist?»

«23 ist viel zu alt fürs College.»

Stayja lachte laut auf. «Ich bin auch 23 und brauche noch mindestens zwei Jahre für meinen Abschluss als Krankenschwester, also kannst du von mir kein Mitleid erwarten.»

Er wirkte mit einem Mal verlegen, als er sagte: «Ich meinte

nicht, dass es mich persönlich stört. Sondern nur, dass mein Vater sich hämisch darüber freut.» Er zögerte, dann fragte er: «Du wirst Krankenschwester?»

«Wenn ich je die Ausbildung zu Ende kriege», antwortete Stayja. «Ich bin schon zwei Jahre dabei, muss aber ständig Kurse ausfallen lassen … Ist 'ne lange Geschichte.»

Er zog fragend die Augenbrauen in die Höhe.

Stayja holte tief Luft. «Ich arbeite am Carter seit meinem High-School-Abschluss. Zuerst im QuikMart, jetzt im Café. Vor drei Jahren beschloss ich, Krankenschwester zu werden, und fing an zu sparen. Ich brauche 76 Credit Points, um am WCC durchzukommen – äh, das ist das Wake Community College. Dafür brauche ich pro Kurs 490 Dollar, aber jedes Mal, wenn ich ein bisschen was beiseitegelegt habe, kommt wieder irgendwas dazwischen: Das Dach vom Carport bricht ein, oder ich muss zum ersten Mal in meinem Leben in die Notaufnahme, weil eine Zyste an meinem Eierstock platzt und ich denke, das ist mein Blinddarm. Man konnte zwar nichts anderes tun als abwarten, bis es von selbst heilt, trotzdem hat es mich 1700 Dollar gekostet. Also musste ich drei Wochen nach Semesterbeginn den Anatomiekurs abbrechen und bekam das Geld dafür nicht zurück …»

Donna wollte sie überreden, die Rechnung einfach nicht zu bezahlen, aber sie störte es auch nicht, wenn ständig irgendwelche Gläubiger anriefen. Stayja aber zahlte lieber jede Rechnung, als mit Anrufen bombardiert zu werden, bei denen sie sich zu Tode schämte, weil sie eine solche Versagerin war.

«… also werde ich im Frühling die drei Kurse belegen, die ich brauche, um die zwei Kurse zu schaffen, die ich im Sommer absolvieren sollte. Und wenn das klappt, brauche ich von jetzt an noch zwei Jahre.»

Als sie verstummte, sagte er: «Und ich dachte, ich hätte es schwer.»

«Ist schon okay», wehrte sie peinlich berührt ab. «Kein Mitleid, bitte.»

«Hey», sagte er amüsiert. «Schenk mir mal ein Lächeln.»

Überrumpelt lächelte sie ihn mit geschlossenen Lippen an.

«Nein, so!» Er zeigte es ihr.

Schüchtern zeigte sie ihre Zähne.

«Deine Zähne sind niedlich», sagte er.

«Halt die Klappe», gab sie zurück. «Die sind krumm und schief, du Arsch.»

«Nein, ich mein's ernst. Ehrlich. Sie gefallen mir.»

Stayja lächelte. Diesmal richtig.

Cheston ‹Chet› Blum, Esquire, wie es an seinem Türschild stand, war etwa fünfundvierzig Jahre alt. Sein Deckhaar war zurückgegelt, die Seiten kurz geschnitten. Er würdigte Nicole und Stayja kaum eines Blickes, bevor er sich seinem Monitor zuwandte und etwas eintippte.

«Nachname», sagte er.

«Rankin –», setzte Nicole an.

«Buchstabieren», unterbrach er sie.

«Was?», fragte Nicole.

«Buchstabieren», wiederholte er. Stayja konnte den Monitor nicht sehen, merkte aber, dass etwas Neues aufgeploppt war. Chet Blum, Anwalt für Trunkenheit am Steuer, betrachtete es kurz.

«Zwölfhundert.»

«Was?», fragte Nicole.

«Als Anzahlung im Voraus. Mein Honorar.»

Stayja fragte, ob damit alles bezahlt oder ob das nur der erste Teil wäre.

«Müsste eigentlich reichen. Plus Kosten und Gebühren», antwortete er abwesend.

«Wie hoch sind die?», hakte Stayja nach.

«Kommt drauf an. Wenn die Klage vor einer Anhörung abgewiesen wird, haben wir nur eine einmalige Gebühr von dreißig Dollar.»

«Ich muss nicht vor Gericht?», fragte Nicole hoffnungsvoll.

«Kommt drauf an. Vielleicht nicht.»

«Müssen wir die Anzahlung sofort bezahlen?», fragte Stayja.

«Ja, Ma'am», nickte Chet und checkte seine E-Mails. «Per Überweisung oder Lastschrift. Oder natürlich bar.»

Stayja und Nicole blickten sich an.

«Aber wir haben es gerade nicht in bar», sagte Nicole mit ihrer mädchenhaftesten Stimme. «Wären Sie vielleicht bereit, uns den großen Gefallen zu tun und noch mit der Bezahlung zu warten? Ich wäre Ihnen wirklich sehr, sehr dankbar.»

Er merkte auf. Zum ersten Mal, seit sie sein Büro betreten hatten, sah Chet Blum Nicole wirklich an, die sich jetzt mit der Hüfte an seinen Schreibtisch lehnte.

«Nein», sagte Chet nach ein paar Sekunden Schweigen. «Cash oder Überweisung.» Damit wandte er sich wieder seinem Monitor zu.

«Wir kommen bald wieder», verabschiedete sich Stayja. «Danke.»

Als sie zum Wagen zurückgingen, fummelte Nicole in ihrer Tasche herum und holte einen grellpinken Post-it-Block heraus, an dem Krümel und Fussel klebten.

«Stift?», fragte sie.

Stayja griff in ihre eigene Tasche und holte einen grünen Textmarker heraus. «Hab nur den hier», sagte sie und sah dann zu, wie ihre Cousine auf einen Zettel *Nicole* schrieb, gefolgt von ihrer Handynummer und einem Herzen. Sie ging zu einem BMW, der auf einem reservierten Platz am Eingang parkte, und steckte ihn unter den Fahrergriff.

«Nicole! Was zum –»

«Keine Sorge, das ist sein Wagen! Guck mal aufs Nummernschild», sagte Nicole.

CB ESQ.

«Nein», entgegnete Stayja, marschierte zur Fahrertür und riss das Post-it wieder ab. Sie knüllte es zusammen und ging zu ihrem Wagen. «Das kann nicht dein Ernst sein!»

«Stayja! Was soll das!» Nicole folgte ihrer Cousine über den Parkplatz, bis sie den Corolla erreichten, der momentan hinter einem später gekommenen Monstertruck verborgen war. «Der steht doch total auf mich, und so müssen wir ihn nicht bezahlen, weil er nämlich nicht mit Mandanten schlafen darf. Wenn wir's getan haben, droh ich ihm also, ihn zu melden, wenn er uns nicht die zwölfhundert Dollar erlässt. Und die Gebühren.»

Stayja wirbelte herum. LA wartete im Wagen auf sie, und er sollte ihr Gespräch nicht mitbekommen.

«Du bist noch nicht seine Mandantin, Nicole. Bist du behindert?»

Nicole verschränkte die Arme. «Nein, bin ich nicht. Sei nicht so gemein. Außerdem darf man das Wort gar nicht mehr sagen.»

«Ich bin diejenige, die dir das erzählt hat!»

«Ich weiß! Also darfst du's erst recht nicht benutzen!»

Stayja holte tief Luft. «Was du da vorhast, nennt man, glaube ich, Erpressung. Oder Nötigung oder so. Jedenfalls bin ich ziemlich sicher, dass das strafbar ist.»

«Ich weiß nicht, wie ausgerechnet du dazu kommst, *mich* zu verurteilen», konterte Nicole, versuchte, eine Zigarette aus ihrer Schachtel zu klopfen, und bekam aus Versehen vier. Drei rollten über den Boden, eine berührte Stayjas Zehe. Sie hob sie auf und bat ihre Cousine wortlos um Feuer. Nicole zündete erst ihre eigene an und gab dann Stayja das Feuerzeug. «Wo du doch meinst, du könntest einen Carter-Typen daten.»

«Was soll das denn?» Es waren drei Tage vergangen, seit Stayja und der blonde Junge, dessen Namen sie nicht kannte, fast eine Stunde lang miteinander geredet hatten (wovon ihr Chef Gott sei Dank nichts wusste, zumindest noch nicht).

LA war aus dem Wagen gestiegen und hörte zu. «Wen denn?»

«Niemanden», wehrte Stayja ab.

«Einen, für den Stayja sich fast hätte feuern lassen, damit sie noch länger auf dem Parkplatz rumknutschen konnten.»

«Und der geht aufs Carter?»

«Das geht dich gar nichts an, LA», sagte Stayja.

«Ist der jüdisch?»

«Wie bitte?», rief Stayja.

«Das Wort darf man nicht sagen», erklärte Nicole.

«Das Wort *jüdisch* darf man schon sagen», erwiderte Stayja.

«Willst du echt mit so einem Versager vom Carter zusammen sein? Einem, der noch nicht mal einen verfickten Reifen wechseln kann?», regte LA sich auf.

«Psch», sagte Stayja.

«Was denn: psch! Das ist aber nicht dieser Muslim, oder?»

Als LA ihr das letzte Mal seine Liebe erklärt hatte – was regelmäßig vorkam –, hatte Stayja einen Fehler begangen. In dem Glauben, LA würde endlich die Hoffnung aufgeben, wenn sie ihm einen konkreten Grund gäbe, hatte sie ihm von ihrem Schwarm erzählt: Eric Gourdazi.

Eric war dunkelhäutig und schlaksig. Er scheitelte seine dicken, glatten, schwarzen Haare seitlich und trug Khakihosen, sogar im Seminar, was Stayjas Wissen nach selbst für Carter-Standards peinlich war. Aber unerklärlicherweise fand sie das liebenswert. Sie fand ihn perfekt: intellektuell, nerdig und respektvoll. Jedes Mal, wenn er kam, bestellte er einen schwarzen Kaffee, lächelte und sah sie direkt an, während er sich bei ihr bedankte. Das machte sonst kaum einer von den Studenten. Er hatte sie nie nach ihrem Namen gefragt, aber sie kannte seinen vom Studentenausweis. Den Sommer über hatte sie sich darauf gefreut, ihn zu Semesterbeginn wiederzusehen, aber seit ihrer Begegnung mit dem blonden Jungen vor drei Tagen hatte sie nicht ein Mal an Eric gedacht.

Damals hatte sie ihren Fehler sofort bemerkt, als LA mit erhobener Stimme fragte: «Seit wann stehst du auf Minderheiten?»

«Sei still», hatte sie kaum hörbar geflüstert und ganz schnell den Milchaufschäumer angeschmissen, damit niemand ihn mehr hören konnte.

«Ich hasse Juden», sagte LA jetzt. «An diesem College sind nur jüdische Studenten.»

«Du kennst nicht mal einen einzigen Juden, LA», gab Stayja zurück und ging zum Wagen. «Können wir jetzt einfach fahren?»

«Doch, verdammt, kenne ich wohl! Der Typ, der meinen Dad verarscht hat, war Jude.»

Stayja brauchte einen Moment, um sich zu erinnern, von wem er redete: Sein Vater hatte außerhalb der Stadt auf einer Tabakplantage gearbeitet, bis sie vor ein paar Jahren geschlossen wurde. Jetzt arbeitete er bei Lowe's in der Gartenabteilung. «Weißt du nicht mehr? Irgend so ein großkotziger

Jude aus Charlotte. Hat die Plantage nach Übersee verlegt und alle im Stich gelassen. Der gierige Hurensohn.»

«Aber doch nicht, weil er Jude war», sagte Stayja. «Jesus!»

«Oh, ich hab ein Pärchen für dich, Nicole!», rief LA. «Zwillinge: Jesus und Jude.»

Nicole starrte Stayja an. «Dir ist schon klar, dass er nie mit dir ausgehen wird, oder?», fragte sie.

«Hab ich gesagt, dass ich mit ihm ausgehen will?», gab Stayja zurück. «Hab ich das gesagt? Nein, ich glaube nicht!»

Da wurde Nicoles Miene weich, fast, als hätte sie Mitleid mit Stayja.

«Musst du auch nicht», sagte sie und drückte ihre Zigarette aus, obwohl sie sie nur zur Hälfte geraucht hatte. «Jesus und Jude ist nicht schlecht, LA. Du bist jetzt auf dem zweiten Platz.»

7

ANNIE

Samstag, 2. September

Ich habe ein Date mit Tyler Brand. Dieser Satz zog in einer Endlosschleife durch meinen Kopf, während ich mich bemühte, mich auf das Stück vor mir zu konzentrieren: ein Halloweenmedley, das wir zum Besuchswochenende im Oktober spielen wollten. *Ich habe ein Date mit Tyler Brand.*

Zugegeben, es war vielleicht kein richtiges Date, aber irgendwie doch. Er hatte mich zur ersten Party seiner Verbindung eingeladen, zur Blauen Party – weil alle Blau tragen sollten –, auf der eine beliebte hiesige Band namens Something McGee spielen würde. Von der hatte ich allerdings noch nie gehört, also sah ich sie mir erst mal auf YouTube an, als Tyler mir davon schrieb, um nicht zu lügen, wenn ich ihm mit dem Applaus-Emoji antwortete.

Der Samstag kam und sollte laut Wettervorhersage der heißeste zweite September seit einem halben Jahrhundert werden. Während ich mit jeder Stunde nervöser wurde, aß ich nur ein Mini-Zitronenmohnmuffin und kritzelte für Politik einen vierseitigen Aufsatz über die Auswirkungen der letzten Wahlbeteiligung zusammen. Dann ging ich ins Fitness-Studio und zwang mich, auf dem Crosstrainer zu bleiben, bis ich meine Lektüre für Verhaltenspsychologie erledigt hatte.

Die Probe war von zwölf bis drei. Als die Trompeten das Ende von ‹Monster Mash› anstimmten, riss mein Rohrblatt. Ich suchte in meiner Tasche nach Ersatz und fragte mich, ob ich vor der Verabredung noch Zeit für Mani- und Pediküre hätte.

«Okay, Leute, jetzt October Sky. October Sky von Anfang an.» Juan Pablo zückte seinen Taktstock.

Eilig befeuchtete ich das neue Rohrblatt. Zum ersten Mal in dieser Probe war ich wirklich da und eifrig darauf bedacht, nichts zu verpassen. In das Stück aus *October Sky* hatte ich mich auf Anhieb verliebt. Seit vier Jahren spielte ich in Orchestern und hatte Hunderte Stücke in unterschiedlichen Stilen kennengelernt, aber nur wenige hatten mich so berührt wie dieses.

Wie zum Beispiel auch Bachs Suite Nummer 1 in G-Dur für Cello, die ich das erste Mal als Neunjährige bei der Hochzeit meiner Cousine hörte. Damals hatte ich noch keinerlei Trauma erlebt – bis zum Feuer waren es noch drei Jahre, und Bekanntschaft mit dem Tod hatte ich nur ein Mal gemacht, als meine Großmutter starb, wobei das Traurigste die Tränen meiner Mutter waren. Aber dieses Cellopräludium beschwor aus dem Nichts eine allumfassende Trauer in mir herauf, ein grundloses Gefühl der Melancholie. Nach der Zeremonie ging ich zum Organisten und fragte ihn nach dem Titel des Stücks. Wie war es möglich, dass Musik solche Gefühle erwecken konnte?

Wie sich herausstellte, waren viele Menschen von diesem Präludium berührt. In den nächsten zehn Jahren hörte ich es bei jeder Hochzeit und jeder Trauerfeier, neben Pachelbels Kanon in D-Dur und Bachs ‹Jesus bleibet meine Freude›. Allmählich hörte ich es nicht mehr so wie beim ersten Mal. Aus einem Symbol für die Macht der Musik wurde eher ein Symbol dafür, wie ein großes Kunstwerk durch übermäßigen Gebrauch zerstört werden kann.

Doch die erste Wirkung dieses Präludiums, dieses Gefühl, setzte meine Entwicklung zur Musikerin in Gang. Von da an war ich ständig auf der Suche nach Musik, die mich im tiefsten Inneren berührte, und fand sie doch nur selten – aber wenn, dann war es köstlich: das *Nessun Dorma*, ein paar von Max Richters Kompositionen. Das Stück aus *October Sky*.

Während ich nun Takt für Takt den Noten folgte, obwohl mein Rohrblatt nicht feucht genug war, ließ die Stimmung des Stücks in mir etwas Unerwartetes aufsteigen: Hoffnung. Ich spürte, wie sich in meinem Brustkorb etwas öffnete und neugierig herausspähte.

Voller Energie von der Probe und in prickelnder Vorfreude kam ich gegen zwanzig nach drei im Nagelstudio an, stellte dort aber fest, dass ich eine Dreiviertelstunde warten musste. Das Beauty Snail war der einzige Salon, den man vom Campus zu Fuß erreichen konnte, und daher immer voll, vor allem am Wochenende. Ich schrieb meinen Namen und ‹Mani-Pedi› ins Reservierungsbuch und entschied mich dann, weil der Tag überraschenderweise nicht unerträglich heiß, sondern einfach nur wunderschön geworden war, einen Spaziergang zu machen und dabei meine Mom anzurufen. Unser letztes Telefonat war schon drei Tage her, und da hatte sie mit einer Bronchitis zu kämpfen gehabt.

«Yo», meldete sich mein Bruder Cory, als ich ihre Handynummer wählte.

Ich war überrascht, seine Stimme zu hören.

«Hey! Hast du heute nicht Football?» Ich ging mit großen Schritten durch die Sonne und setzte meine Sonnenbrille auf.

Wenn ich mich beeilte, konnte ich vor meinem Termin im Beauty Snail den gesamten Südlichen Campus umrunden.

«Mom hat's mir verboten», knurrte er. «Sie hat eine Doku gesehen, in der gezeigt wurde, dass man davon Hirnschäden kriegen kann.»

«Oh nein», sagte ich und bemühte mich, mir nicht anmerken zu lassen, wie zufrieden ich darüber war. Ich würde Cory nicht verraten, dass *ich* meiner Mutter die Doku empfohlen hatte. «Und wie geht's dir damit?»

«Gut.» Ich fand es komisch, dass er sich wirklich gut anhörte, bis er hinzufügte: «Sie kauft mir dafür eine Xbox One.»

«Du darfst zocken, wenn du mit Football aufhörst?»

«Du hast es erfasst.»

Im Hintergrund hörte ich, wie meine Mutter ihm befahl, mir etwas auszurichten, verstand aber nicht, was.

«Und, was macht ihr gerade?», fragte ich.

«Wir sind auf dem Weg zu Target. Ja, mach ich doch! Gleich! Ich soll dich fragen, ob du deine neuen Shorts trägst.»

«Sag ihr: Ja.»

«Mom, ist das wirklich wichtig? Okay: welche?»

«Die Jeansshorts. Geht es ihr besser?» Die Leichtathleten sprinteten in Carter-Trikots an mir vorbei.

«Sie sagt ja und lässt fragen, ob du den Rock –»

«Gib sie mir mal!», hörte ich meine Mutter.

«Nein!», entgegnete Cory tadelnd. Dann sagte er zu mir: «Wenn ich nicht Football spielen darf, darf sie auch nicht beim Fahren telefonieren oder simsen!» Hin und wieder bewies mein Bruder überraschende Reife. «Mom, die Ampel! Verdammt!», rief er laut.

«Nicht fluchen», herrschte sie ihn an.

Dann murmelte sie etwas, worauf Cory sagte: «Mom will, dass du heute Abend bei deinem Date vorsichtig bist.»

Ich betrachtete das Treffen nicht nur als Date, sondern hatte es meiner Mutter gegenüber auch so dargestellt. Eltern brauchten solche Begriffe.

«Sag ihr, ich geb mir alle Mühe, *nicht* vorsichtig zu sein.»

«Sie meint, sie hätte eine Sendung über Alkoholvergiftungen an Colleges gesehen, die du dir auch mal anschauen sollst. Außerdem sollst du nicht vergessen, dass du morgen arbeiten musst.»

Meine Mutter betrachtete meine Arbeit im Campusbuchladen als sakrosankt und tat so, als sei ich ständig kurz davor, gefeuert zu werden. Während meiner Schicht am Sonntagnachmittag schrieb sie mir jedes Mal: *Wie läuft die Arbeit?*, um zu prüfen, ob ich auch da war. Als würde ich jemals meinen Job schwänzen!

«Bye, Cory», sagte ich, obwohl ich hörte, dass meine Mutter im Hintergrund noch redete.

«Bis bald», erwiderte er.

Rückblickend betrachtet glaube ich, in meiner Familie versuchten wir alle krampfhaft, uns vor uns selbst zu schützen. Wir wollten größtmögliche Sicherheit.

Ich entschied mich, ein blaues Schlauchtop und meinen türkisfarbenen Lederrock anzuziehen. Aus Angst vor einem Blähbauch holte ich mir in der Mensa nur eine Misosuppe und eine kleine Tüte Diätcracker aus der Küche meines Wohnheims, bevor ich zur PiKa aufbrach.

Das Wohnhaus der Verbindung lag auf demselben Hof wie mein eigenes, aber auf der gegenüberliegenden Seite. Da kein direkter Weg zwischen den Gebäuden verlief, musste ich auf Zehenspitzen über den Rasen, damit meine Stilettos sich nicht in die Erde gruben. Als ich dort ankam, waren meine Schuhe zwar sauber, aber meine Waden brannten. Ich folgte einer Gruppe Mädchen durch die Haupttür, die mit einem Backstein offen gehalten wurde. Da Tyler mir seine Zimmernummer nicht gesagt hatte, machte ich mich auf die Suche nach ihm. Die Mädchen vor mir kicherten albern und zogen die Schultern zusammen, daher schloss ich, dass sie wohl Erstsemester waren, so nervös, wie sie schienen. Wie eine gebügelte, frisch epilierte Amöbe auf hohen Schuhen bewegten wir uns durch den Erdgeschossflur und spähten auf der Suche nach unseren Gastgebern in jedes Zimmer. Als die anderen laut kreischend auf ihre stießen, blieb ich allein im Gang zurück. Es war dunkel, das einzige Licht drang aus den angelehnten Türen. In den Zimmern saßen oder standen unter blauen Luftschlangen Grüppchen zusammen und tranken Dosenbier. Tyler sah ich nirgends. Schließlich entdeckte ich ihn hinter der vorletzten Tür am Ende des Flurs: Er saß auf einem braunen Ledersofa hinter einem Couchtisch, auf dem Spielkarten lagen. Drei andere Jungs, die aussahen wie PiKa-Mitglieder, und ein spindeldürres Mädchen in Jeans und goldenem Top fläzten sich auf Sesseln ihm gegenüber.

«Annie», sagte Tyler und stand auf. «Das sind Blake, Andrew, Sam und Ellen.»

«Hi», erwiderte ich auf ihren flüchtigen Gruß, während Tyler sich wieder aufs Sofa setzte, allerdings weiter rechts, was ich als Aufforderung betrachtete, neben ihm Platz zu nehmen. Ich zwängte mich an Blake vorbei und setzte mich, wobei ich darauf achtete, meine Knie geschlossen zu halten. Mein Rock kam mir plötzlich viel kürzer und enger vor als noch in meinem Zimmer. Ich war heilfroh über das trübe Licht, da mir meine Beine auf einmal mehr als bewusst waren.

«Hast du schon mal Kings gespielt?», fragte Tyler, öffnete eine Dose Bier und stellte sie vor mich.

Ellen lehnte sich zu mir. «Oder willst du lieber Punsch? Mit Korn und Brausepulver.» Sie lächelte.

Ich lächelte zurück.

«Ja, gerne, danke», sagte ich.

Tyler zog das Bier zu sich, als Ellen anmutig in eine Ecke des Zimmers ging, wo auf einem Holztisch eine Bowle mit gelblicher Flüssigkeit stand. Ich fragte mich, wie ihre Beine wohl nackt aussahen. In der Jeans fand ich sie, wie bei unglaublich vielen Mädchen auf dem Campus, einfach perfekt.

Als sie die Bowle einschenkte, fiel mir zum ersten Mal auf, dass es in dem Zimmer nur ein Doppelbett gab. Also hatte Tyler ein Einzelzimmer. Das war nicht selten bei Studenten im Abschlussjahr, die noch auf dem Campus wohnten.

«Ich hatte da so eine Ahnung», sagte Ellen, als sie mir einen roten Plastikbecher reichte, «dass du lieber Punsch als Bier trinkst.» Mit dieser Bemerkung zeigte sie, dass sie mich schlank fand. Sofort stieg mein Selbstvertrauen.

Sam oder Andrew – ich wusste schon nicht mehr, wer wer war – zückte ein Ass.

«Wasserfall!», brüllte er. Alle hoben die Becher und fingen an zu trinken. Ich folgte ihrem Beispiel, setzte meinen Becher an die Lippen wie sie und trank, aber nur in kleinen Schlucken. Am Ende zerdrückte der, der das Ass gehabt hatte, die Bierdose.

«Du bist erledigt, Annie!», sagte er und rülpste. Ich senkte den Becher. Genauso wie Tyler, Ellen und die anderen Jungen.

Wir spielten etwa eine Stunde. Die Regeln gingen so: Eine Zwei hieß, zwei Personen, die man aussuchen konnte, mussten was trinken; eine Drei hieß, man musste selber drei Becher trinken; eine Vier plus Dame hatte Variationen von einer Drei zur Folge. Wer einen König zog, musste etwas von seinem Getränk – ob Bier, Punsch oder Spuckschluck – in den gefürchteten roten Becher auf dem Tisch schütten, der sich langsam mit einer entsprechend ekelhaften Flüssigkeit füllte. Wer auch immer den letzten König zog, musste die trinken.

Als ich einen Kreuzkönig zog – den vierten und letzten –, enthielt der Becher auf dem Tisch eine Mischung aus Punsch, Bier und irgendeiner braunen Flüssigkeit, die Sam trank.

«Du musst nicht alles austrinken», bemerkte Tyler. «Leute, ist doch okay, wenn sie nicht alles trinkt, oder?» Und zu mir: «Annie, du musst nur dran nippen.»

Aber da riefen die anderen im Chor: «Ex! Ex! Ex!»

Also trank ich, so viel ich nur konnte, und reichte das ekelhafte Gesöff dann an Tyler weiter, der es in einem Akt studentischer Ritterlichkeit leerte. Als er den Becher abstellte, erschauerte er und sah mich an. Leicht angetrunken wischte ich zuerst mir und dann ihm den Mund ab. Wir lachten beide.

«Verdammt widerlich!», sagte er, und ich bestätigte: «Brutal», aber so laut, dass ich zusammenzuckte.

«Wann fängt die Band an?», fragte Ellen und sah auf ihrem Handy nach der Uhrzeit.

«Ohne mich geht gar nichts», antwortete Tyler und erklärte, auf unsere fragenden Mienen hin: «Ich kündige sie an.» Während er das sagte, hatte er sich zu Ellen gewandt, warf mir aber dabei einen kurzen Blick zu. Es rührte mich, dass er mich offenbar beeindrucken wollte.

«Okay, Leute, wollen wir los?», fragte Ellen.

Wir stimmten zu, standen auf und füllten noch mal unsere Becher, bevor wir das Zimmer verließen. Als wir den mittlerweile dicht bevölkerten Flur hinuntergingen, fiel mir auf, dass meine Sicht nicht mit meiner Bewegung übereinstimmte. Ich war erst zweimal in meinem Leben betrunken gewesen – richtig betrunken, nicht nur beschwipst –, und jetzt erkannte ich das Gefühl wieder.

Tyler nahm meine Hand und führte mich durch die Menschenmenge. Seine Hand war warm und weder trocken noch feucht. Ich versuchte, seine Berührung zu genießen, da überkam mich Übelkeit. Ich schluckte und holte tief Luft, spitzte die Lippen und atmete langsam aus, wie mein Dad es mir beigebracht hatte, als ich noch klein war. Als ich es noch mal machte, merkte ich gar nicht, dass Tyler sich umgedreht hatte und mich ansah.

«Alles in Ordnung?», fragte er, mit dem Gesicht so dicht vor meinem, dass ich seinen Atem riechen konnte: Bier mit einem Hauch Pfefferminze. Er war high, seine Augen zuckten, und sein Körper verströmte wilde Energie. So als würde er jeden Moment lossprinten oder anfangen zu tanzen.

Ich nickte und schluckte die beißende Flüssigkeit, die in meiner Kehle aufstieg. Ich musste mich unbedingt hinsetzen und kniff die Augen zu. Aber das war eine schlechte Idee. Schwankend riss ich sie wieder auf.

«Oh Mann», sagte Tyler. «Komm.» Er führte mich zurück in sein Zimmer und half mir dort, mich aufs Sofa zu legen. «Atmen», befahl er. Ich gehorchte.

«Ich komm später zurück und guck, wie's dir geht», sagte er. Dann füllte er einen neuen Plastikbecher mit gefiltertem Wasser aus seinem Minikühlschrank und stellte ihn neben mir auf den Boden.

Das Letzte, woran ich mich erinnere, ist meine Scham darüber, dass ich schon blau war, bevor Tyler Something McGee auch nur angekündigt hatte – und bevor sie unseren Song gespielt hatten, von dem er noch nicht wusste, dass es unser Song war. Ich weiß noch, dass ich fand, Tyler ginge mit meinem peinlichen Benehmen sehr nobel um, verständnisvoll und fürsorglich. Ich hoffte nur, dass er mich jetzt nicht scheiße fand. Ich weiß noch, dass mir vor Dankbarkeit ganz schwindelig war.

Als ich wieder zu mir kam, war es dunkel, und ich wollte mich zum Kotzen bringen: Ich hatte mir die Finger in den Hals gesteckt wie damals, als wir es alle im Waschraum der Mittelschule versuchten.

Aber – das waren gar nicht meine Finger.

«Yeah, Baby – lutsch ihn, Süße.» Eine leise, heisere Stimme gab mir nuschelnd Befehle. Ich brauchte ein paar Sekunden, um sie zu identifizieren. Seine Hände hatten meinen Kopf gepackt und drückten so fest auf meine Ohren, dass sich die Ohrringe in meine Wangen bohrten.

«Gefällt dir das?», fragte er, wieder und wieder. «Hm, ja, das gefällt dir», antwortete er sich selbst.

Bei jedem Stoß musste ich würgen, doch gerade als ich spürte, wie mein Magen sich zusammenkrampfte, wurde ich losgelassen. Dann ergoss sich etwas Warmes auf mein Gesicht, in meine Augen. Dadurch wurde ich wacher, und meine Augen nahmen durch den Schleier der Flüssigkeit die Lage meines Körpers wahr. Meine Haut klebte an dem Leder des Sofas. Direkt vor mir zog Tyler sich schweigend Basketballshorts an. Er ging zu seinem Schrank, verschwand hinter der Tür, erschien mit einem T-Shirt und reichte es mir. Es war weiß und ordentlich gefaltet.

Mit seiner normalen Stimme fragte er: «Hast du was in die Augen gekriegt? Sorry.»

Ich tupfte meine Augen ab, ohne das T-Shirt aufzufalten, dann legte ich es neben mich aufs Sofa und zog meinen Rock wieder runter, der hochgerutscht war und meinen ganzen Unterkörper freigelegt hatte – mein Höschen war spurlos verschwunden. Nein, da war es: auf dem Boden. Grauen beschlich mich.

«Das war geil», bemerkte er, verschränkte die Arme und gähnte. «Willst du hier pennen?»

Ich blickte noch blinzelnd auf meine Unterhose auf dem Boden und versuchte mit aller Kraft, mich an das Letzte zu erinnern, was ich bewusst wahrgenommen hatte.

Gefällt dir das? Hm, ja, das gefällt dir.

«Nein», sagte ich, schnappte mir mein Höschen und ballte die Faust.

«Okay.» Er nickte gleichgültig. «Dann komm gut nach Hause.»

Und dann, als ich mit hängenden Schultern da stand, mit dem Höschen in der Faust, küsste er mich auf den Mund. Nicht lang. Ohne Zunge. Aber sanft und nachdrücklich, als wollte er mir etwas Gutes mit auf den Weg geben. Und obwohl ich mich dafür hasste, obwohl ich innerlich vor der Vorstellung zurückzuckte, nahm mein Körper es erleichtert an.

Ich wachte mit starken Kopfschmerzen auf. Als ich auf dem Handy nach der Zeit sehen wollte, blieb das Display schwarz. Ausgedörrt, mit trockenen, brennenden Augen, schleppte ich mich zum Schreibtisch und fuhr meinen Computer hoch. 11:22 Uhr.

Ich hatte mich mit Matty für halb zwölf zum Brunch verabredet, bevor um zwei meine Schicht im Buchladen anfing. In meinem Posteingang blinkten fettgedruckt vier Nachrichten von ihm auf.

Treffen wo?

WO ESSEN WIR?

Dein Handy ist aus. Geht's auch um elf? Bin am Verhungern

Omg Annie, ich hasse dich, echt!

Jemand klopfte an der Tür und ruckelte an der Klinke.

«Ich bin's», rief Matty genervt.

Also hatte ich es tatsächlich nach Hause geschafft und die Tür hinter mir abgeschlossen. Kleine Bläschen der Erkenntnis stiegen in mir auf.

Ich war am Leben.

Ich hatte es nicht geträumt.

Meine zusammengeknüllte Unterwäsche, das Würgen, das Sperma und das T-Shirt. Hatten wir Sex gehabt? Dann würde ich doch wohl was spüren: ein Kribbeln, ein wundes Gefühl. Andererseits hatte es bei meinem ersten und einzigen Mal weder weh getan, noch war ich nachher wund gewesen. Aber: Meine Unterhose hatte auf dem Boden gelegen.

«Ich wusste es», verkündete Matty, als ich die Tür öffnete. «Wie lang warst du weg? Wer *bist* du?» Normalerweise schlief ich höchstens bis acht. Er nahm mein totes Handy und blickte sich nach dem Ladekabel um.

«Hat der Converse-Typ was damit zu tun?»

Ich griff in meine Tasche, holte mein Ladekabel heraus und gab es ihm. Er stöpselte mein Handy ein, drehte sich zu mir um und stemmte die Hände in die Hüften.

«Was ist?», fragte ich.

«Musst du unbedingt vorher duschen, oder können wir direkt essen gehen? Na ja, vielleicht solltest du vorher duschen. Du stinkst wie ein Abflussrohr.»

Ich konnte mich zwar erinnern, dass ich mir das Gesicht gewaschen, aber nicht, dass ich geduscht hatte. Meine Kleider – Rock und Top – lagen zusammengeknüllt auf dem Schreibtisch. Ich nahm meine Tasche und sah Matty an. «Na schön, gehen wir.»

Er schnitt eine Grimasse.

«Willst du dir nicht was anderes anziehen? Oder wenigstens einen BH?»

Ich blickte an mir herunter. Ich trug das Carter-Shirt, das mein Dad mir zwei Jahre zuvor gekauft hatte, bevor ich überhaupt Studentin war, und das ich jetzt als Nachthemd benutzte. Außerdem hatte ich eine Yogahose und den halterlosen BH vom Abend zuvor an. Entweder hatte ich vergessen, ihn auszuziehen, oder nicht mehr die Kraft dazu gehabt.

«Ich hab einen an», sagte ich.

«Was ist denn mit deinem Gesicht ...» Mit leicht zusammengekniffenen Augen musterte er mich. «Hast du auf irgendwas geschlafen? Du hast da so komische Abdrücke.»

Da blickte ich zum ersten Mal an diesem Morgen in den Spiegel und sah die roten Schrammen, die meine Ohrringe auf den Wangen hinterlassen hatten. Dazu Eulenaugen von der Wimperntusche. Vielleicht hatte ich mir doch nicht das Gesicht gewaschen.

«Ich hab mit Ohrringen geschlafen», log ich.

«Dann wisch dir wenigstens die Smokey Eyes ab.»

«Verdammt, Matty!» Mir brach die Stimme. «Ich bin nicht deine Freundin, also brauchst du dich auch nicht für mich zu schämen.»

«Okay», wehrte er ab und hob die Hände. «Aber du siehst aus, als wärst du – du weißt schon.»

«Als wär ich *was*?», hakte ich nach, weil ich nicht glauben konnte, was da passierte, was er anscheinend glaubte.

«Als wärst du bei einem Casting für die Rolle eines Vergewaltigungsopfers oder so ...»

Ich spürte, wie mir die Tränen kamen.

«War ein dummer Witz, tut mir leid. Ich bin nur gereizt, weil ich seit sieben auf bin und Mordshunger habe. Können wir jetzt bitte einfach essen gehen?»

Noch während er redete, hatte ich meine Tasche auf den Boden fallen lassen.

«Ich hab keine Lust mehr», sagte ich.

«Nur weil ich einen blöden Witz gemacht habe? Bist du deshalb ernsthaft beleidigt?», fragte Matty. «Tut mir leid. Mit Vergewaltigung macht man keine Witze. Ich bin Feminist und so weiter und so fort. Blablabla. Aber jetzt lass uns was essen. Du siehst gut aus.»

«Ich bin nicht rund um die Uhr für dich verfügbar!», brüllte ich. «Gott! Kannst du nicht mal zwei Stunden überleben, ohne zu fressen?» Ich warf mich aufs Bett und drehte mich zur Wand. Kurz darauf hörte ich, wie die Tür sich schloss und seine Schritte sich entfernten.

Ich textete meinem Chef Frank, dass ich nicht arbeiten konnte, weil ich eine Lebensmittelvergiftung hatte. Dann döste ich ein und schlief, bis ich vom Signal meines aufgeladenen Handys geweckt wurde.

Hey. Wie geht's dir heute?

Was zum – ? Ich setzte mich auf, ergriff mit beiden Händen das Handy und merkte, dass sie zitterten. Ich wusste nicht, ob das am Kater oder am niedrigen Blutzucker lag oder ob ich Angst hatte.

Ging mir schon mal besser, schrieb ich. Doch kaum hatte ich es abgeschickt, fragte ich mich, ob ich nicht was anderes hätte schreiben sollen. Was Ehrliches. *Mir geht's ganz okay, abgesehen davon, dass ich gestern mit deinem Schwanz in meinem Mund aufgewacht bin und deswegen einiges in mir tobt, zum Beispiel Wut auf dich und Scham über mich und Schuldgefühle, weil ich gerade einen Streit mit meinem besten Freund vom Zaun gebrochen habe, nur um nicht vor die Tür zu müssen!*

Er schrieb zurück: *Können wir reden? Ich kann auch zu dir kommen.*

Ich erstarrte, war hin und her gerissen. Auf keinen Fall wollte ich, dass Tyler in mein Zimmer kam. Andererseits wollte ich auch reden, aber nicht in der Öffentlichkeit. Ich musste begreifen, was eigentlich passiert war. Da waren so viele Fragen: Was war denn *seiner* Meinung nach passiert? Wieso hatte meine Unterwäsche auf dem Boden gelegen? Warum war ich erst so spät aufgewacht?

Ich komm zu dir, schrieb ich. Aber zuerst musste ich duschen.

Seine Tür war nur angelehnt. Als ich sie aufstieß, sah ich Tyler barfuß am Schreibtisch sitzen, mit Jeans und einem langärmligen T-Shirt in Armeegrün. Vorne waren noch zwei Knicke vom Falten, und mit einem Mal fiel mir wieder das weiße T-Shirt ein, das er mir gegeben hatte. Offenbar gab er seine Wäsche in die Wäscherei. Manche der reicheren Studenten taten das. Seine Haare waren noch feucht, und im Zimmer roch es nach Männershampoo. Ich bemerkte, dass er aufgeräumt hatte – es gab keinerlei Spuren mehr von der Party oder von mir.

«Komm rein», sagte er, und da sah ich, dass er an einer PowerPoint-Präsentation arbeitete, was ich irgendwie komisch fand. Ich lachte.

«Was ist?» Seine Miene verfinsterte sich, als würde ich mich über ihn lustig machen.

«PowerPoint?», stöhnte ich und hielt mir die Hände vor die Augen.

«Wieso?»

Sollte ich ihm meine Wangen zeigen? Oder sollte er die Schrammen selber bemerken? Zwar hatte ich geduscht, mich aber gefragt, ob ich mich schminken sollte, und mich am Ende dagegen entschieden. Ich wollte mich nicht für Tyler schön machen, nicht jetzt. Ich würde nicht auch noch Concealer auftragen, so konnte ich wenigstens einen letzten Rest von Selbstachtung bewahren.

«Setz dich doch», sagte er förmlich.

«Nein danke», lehnte ich schroff ab, weil mir beim Anblick der Couch übel wurde. Ich staunte über meinen Ton – er klang schärfer, als ich mich je hatte sprechen hören. Tyler schien auch alarmiert davon, was mir leichte Befriedigung verschaffte.

«Na gut.» Er schob die Hände in die Taschen. Ich hatte den Eindruck, er sei verlegen, so als sei er kurz davor, mir sein unangenehmstes Geheimnis zu verraten.

Bitte, bitte entschuldige dich nicht, dachte ich.

«Ich hatte nur gehofft», setzte er an, «du könntest mir sagen, was letzte Nacht passiert ist.»

Mir stockte der Atem. Was *passiert* war? War das ein Trick? Hatte er Angst, ich würde ihn anzeigen, und tat deshalb so, als wüsste er von nichts? Forschend betrachtete ich sein Gesicht, konnte seine Miene aber nicht deuten.

«Was meinst du?», fragte ich vorsichtig. «Welchen ... Teil?»

«Du warst ausgeknockt», sagte er und blickte kurz zum Sofa. Ich wappnete mich, als er fortfuhr: «Und ich hab 'ne Weile gefeiert und bin dann zurückgekommen. Aber ich weiß nicht mehr, was dann passiert ist. Als ich heute Morgen aufwachte, hatte ich das Gefühl ... ich meinte, mich zu erinnern ... haben wir uns gestritten?» Als ich nicht antwortete, erklärte er: «Ich bin aufwacht mit dem Gefühl, du wärst sauer auf mich.»

«Du meintest, dich an *was* zu erinnern?», fragte ich mit zitternder Stimme.

«An einen Streit. Du bist gegangen, weil du wütend auf mich warst. Hatten wir Sex?»

Er wirkte immer noch, als stünde er vor einem Rätsel. Seine Miene verriet rein gar nichts.

«Dann hör mal gut zu, Tyler, wenn du dich nicht erinnern kannst. Folgendes ist passiert: Ich bin mit deinem Schwanz in meinem Mund aufgewacht», zischte ich. «Und meine Unterwäsche lag auf dem Boden, aber ich kann mich nicht daran erinnern, dass ich sie ausgezogen hätte. Ich bin sogar ziemlich sicher, dass ich das nicht getan habe.» Ich hätte das *Ich* betonen sollen: ziemlich sicher, dass *ich* das nicht getan habe. Aber das war selbst für mich zu viel.

Das darauf folgende Schweigen waren die merkwürdigsten Sekunden meines ganzen Lebens. Tyler schien meine Worte auf sich wirken zu lassen, darüber nachzudenken und zu befinden, dass sie nicht schlüssig waren.

«Nein», sagte er kopfschüttelnd. «Unmöglich. Ich kam rein, und du bist aufgewacht, als ich das Licht anmachte. Du hast gefragt, wie die Band war, und dich immer wieder entschuldigt, dass du so betrunken warst. Wir haben uns unterhalten. Dann hab ich mir noch ein Bier geholt und dir Wasser, aber das wolltest du nicht.» Erneutes Schweigen. «Erinnerst du dich daran nicht?»

Ich schüttelte den Kopf und spürte fast körperlich, wie mich Zweifel beschlichen.

«Wir sind beide auf der Couch eingeschlafen», sagte er und schien sich mit einem Mal besser zu erinnern. «Und danach weiß ich nichts mehr, außer dass wir rumgemacht haben. Aber an das, was du gerade erzählt hast, kann ich mich nicht erinnern.»

«Tja, und ich kann mich nicht an das erinnern, was *du* gerade erzählt hast», gab ich zurück.

Wie war das möglich? Wir klangen wie streitende Schulkinder. War es denkbar, dass es so gewesen war, wie er es beschrieben hatte? Schließlich war ich wirklich *sehr* betrunken gewesen. Ich hatte das Bewusstsein verloren. Nein, nein, nein. Ich würde mich nicht von ihm verwirren lassen.

«Okay, aber ich verspreche dir, dass es wahr ist», sagte er. «Ich schwöre es. Und ich schwöre, wenn wir Sex hatten, dann wolltest du es auch, oder ich dachte es zumindest. Ich würde doch nie ... mit einem bewusstlosen Mädchen? Spinnst du? Das ist doch ekelhaft!»

«Haben wir denn miteinander geschlafen?», fragte ich. Ich zwang mich, die Frage zu stellen, die mich quälte.

«Ich glaube nicht.»

«Bist du sicher?»

«Äh, fragst du mich etwa, ob ich dich *vergewaltigt* habe? Nein!»

Ich kämpfte mich fassungslos durch einen Nebel aus Verwirrung, Scham und Wut. Es stimmte: Als ich zu mir gekommen war, hatte ich ihn nicht abgewehrt. Ich hatte sogar mitgemacht. Warum nur? Wenn es gegen meinen Willen geschehen war, warum hatte ich mich nicht gewehrt? Außerdem: Wenn ich ihm nur einen geblasen hatte, war das dann auch Vergewaltigung? Warum hatte meine Unterhose auf dem Boden gelegen? Mir schwirrte der Kopf vor lauter Fragen.

«Ich dachte, du hättest mich vergewaltigt», sagte ich leise und dachte: *Ich denke immer noch, es könnte so gewesen sein.*

«Ich wusste doch, dass irgendwas nicht in Ordnung ist», seufzte Tyler erleichtert auf, als wäre endlich alles geklärt. Er kam zu mir und umfasste sanft meine Ellbogen. «Annie, ich war vollkommen blau. Das waren wir beide. Wir waren zwei Stockbesoffene, die so was wie Sex hatten. Ich würde dich *niemals* vergewaltigen. Ich hab dich wirklich gern, weil du klug und wunderschön bist. Gestern Abend fand ich dich superheiß in deinem Rock, kein Wunder also, dass ich nicht die Finger von dir lassen konnte.»

Unwillkürlich lächelte ich. Wieso lächelte ich?

Und dann musste ich plötzlich weinen.

«Nein, nicht. Wein doch nicht.» Er zog mich in seine Arme, und ich ließ es zu. Sein Geruch war beruhigend, genau das, wonach mein geschundener Körper sich sehnte. Ich ließ mein Gesicht auf seine Brust sinken. «Können wir diese Woche mal ein echtes Date haben? Bei dem wir nichts trinken, jedenfalls nicht so viel? Wir könnten uns richtig kennenlernen, und ich behalte meine Hände bei mir. Vollkommen jugendfrei. Oder ab 16, falls wir ein bisschen kuscheln wollen.»

Rückblickend weiß ich nicht, was in diesem Moment mit mir los war. Ich weiß noch, dass ich Angst hatte – nicht vor der Zukunft, sondern vor der Vergangenheit. Da war unglaublich heftige, fast schon schmerzhafte Hoffnung, die sich als Überzeugung tarnte. Zwar denke ich nicht, dass ich ihm wirklich glaubte, aber ich wollte es, und zwar mehr, als ich je etwas gewollt habe. Nie hatte ich etwas so unbedingt, so inbrünstig gehofft, wie dass Tyler Brand mich nicht vergewaltigt hatte.

«Ist gut», sagte ich und hob den Kopf, um ihn anzusehen.

8

BEA

Mittwoch, 30. August – Samstag, 2. September

«Kochzutat!»

Die Gruppe beim Vorsprechen bestand aus Bea und sechs anderen Anwärtern – alles Jungen. Sie sollten Haltungen annehmen, die das verdeutlichten, was Chris, der Typ mit dem Schnurrbart, der die letzte Vorstellung moderiert hatte, ihnen von einem Klappstuhl aus zurief. Der Rest der Improtruppe beobachtete sie von den Wänden des in Neonlicht getauchten Saals.

Bea lief in die Mitte des Raums und presste ihre Hände über dem Kopf zusammen.

«Hallo, was bist du?», fragte Chris.

«Olivenöl. Solange ich nur *irgendwo* hier auf der Theke ausgestellt werde, ist alles in Ordnung», sagte sie und hörte es hinter sich kichern, «aber auf gar keinen Fall sollte ich in ein Regal kommen. Dafür bin ich viel zu lecker.» Sie kehrte zur Gruppe zurück, jemand anderes trat vor.

Die nächsten zwei Runden verliefen ähnlich: Sie mussten (glücklicherweise) nicht miteinander interagieren, sondern nur einzeln vortreten und auf irgendein Stichwort reagieren, das Chris rief. Für ‹Meerestier› wählte Bea eine Schnecke mit

Platzangst und schlang Arme und Beine um sich. Bei ‹Zirkusartist› spielte sie einen stotternden Clown mit ruckartigen Bewegungen. Während sie das vorführte, hörte sie das Mädchen aus der Gruppe – die ihnen als ‹Lesley› vorgestellt worden war – lachen, was sie mit Stolz erfüllte.

«Okay. Jetzt bildet bitte Pärchen für die nächste Szene», sagte Chris an. Beim Sprechen hüpfte sein Schnurrbart ein bisschen, so als würde er auf den Worten reiten. «Jeweils zwei von euch setzen sich» – er zog zwei Klappstühle in die Mitte des Raums und stellte sie so hin, dass sie beide in die gleiche Richtung blickten. «Dann erzählt ihr uns gemeinsam etwas über euch und eure Beziehung. So, als würdet ihr für eine Doku oder eine Talkshow befragt, nur ohne Interviewer.»

Er erklärte, das Ziel dieser Übung sei, mit dem ‹Ja, und› vertraut zu werden.

«Beim Improtheater gibt es zwei wichtige Regeln», rief Chris und hielt zwei Finger in die Höhe. «Erstens, du darfst deinen Partner nie sabotieren. Wenn er dich als Elefant bezeichnet, bist du ein Elefant. Wenn er dich als Clown darstellt, was bist du dann?»

«Ein Clown!», riefen alle.

«Wir nennen das die ‹Ja, und-Aktion›. Was immer euer Szenenpartner tut, ihr sagt *Ja* und fügt etwas hinzu. *Ja, und.* Regel Nummer zwei lautet, dass ihr euch zeigen müsst. Ihr könnt euch nicht verstecken. Bei dieser Form des Theaters dürft ihr nichts zurückhalten. Wenn jemand Angst hat, sich zu zeigen, steht der Szenenpartner im Regen, und alle Energie verpufft. Klar?»

Alle nickten.

«Klar?», wiederholte er.

«Klar!»

«Wer will als Erstes?»

Bea saß schon auf einem der Stühle, bevor sie mitbekam, wer sich noch in Bewegung setzte. Sie wandte sich zu ihrem Partner: Es war der Junge, der zum Stichwort ‹tropisch› eine Kumquat dargestellt hatte.

«Hi», sagte er. «Ich bin Paul.»

«Bea», erwiderte sie lächelnd.

«Applaus für Paul und Bea!» Alle fingen an zu klatschen. «Bereit, wenn ihr es seid, Leute!»

Paul fing an.

«Kennengelernt haben wir uns vor ... ich weiß nicht, vier Jahren?», sagte er und legte Bea eine Hand aufs Knie. Sie legte ihre auf seine.

«Ja, ich glaube schon, Schatz», nickte Bea. «Vor vier Jahren hast du mich um ein Date gebeten, noch bevor du meinen Namen wusstest. Und der Rest ist Geschichte.»

«Soll ich ihnen verraten, *wo* wir uns kennengelernt haben? Weil dieser Teil der Geschichte ziemlich amüsant ist», sagte Paul.

«Wäre doch albern, es zu verheimlichen», erwiderte Bea. «Sag's ihnen. Oh nein, ich verrat's ihnen. Wir sind uns im Badezimmer begegnet. Bei ihm zu Hause.»

Gekicher.

«Ziemlich ungewöhnlich», fuhr Paul fort. «Dass wir uns bei mir zu Hause getroffen haben. In meinem eigenen ... Badezimmer. Aber sie war da, weil ...»

Da er offenbar feststeckte, sprang Bea ein: «Na, wegen der Party ...»

«Genau, weil ich am Abend zuvor eine Party geschmissen hatte und die ganze Bude aussah wie ein Saustall. Normalerweise habe ich keine Putzfrau, aber das konnte ich unmöglich allein wieder sauber machen.»

«Uuuund *Cut*!», rief Chris und stoppte uns damit. «Okay, Leute, fangt noch mal von vorne an, aber diesmal, Paul, achte darauf, Bea nicht zu sabotieren.»

«Wieso hab ich sie sabotiert?», fragte Paul und wirkte ehrlich geschockt.

«Sie sagte, sie wäre wegen der Party da gewesen, und du hast erklärt, sie wäre zum Putzen da gewesen.»

«Ach so. Aber damit ist sie doch auch wegen der Party da gewesen, oder? Sie war da, weil es eine Party gab. Ich dachte, unsere Beziehung bekäme eine interessantere Dynamik, wenn sie meine Putzfrau wäre. Kam mir wesentlich witziger vor, als wären wir nur zwei Menschen, die sich auf einer Party kennengelernt hatten, verstehst du?»

«Es ist eure Entscheidung. Achtet nur darauf, den anderen nicht zu sabotieren. Mehr sage ich nicht», erwiderte Chris.

Sie fingen noch mal von vorn an. Bea war immer noch die Putzfrau, und sie kamen zusammen, weil Paul so ein Gentleman war, dass er ihr beim Putzen half. Am Ende der Szene bat er sie um ein Rendezvous.

«Und, wie sie schon sagte: Der Rest ist Geschichte», erklärte Paul und drückte ihr Knie.

«Ein kleines Detail hast du jetzt aber ausgelassen, nicht wahr, Schatz?», sagte Bea. Hatte sie gegurrt? Tatsächlich.

«Ach ja?», fragte Paul nervös. Offenbar hatte er beschlossen, dass die Szene zu Ende war. «Und welches?»

«Ich habe *nein* gesagt.»

«Ja, richtig, sie sagte ... sie sagte nein, zunächst jedenfalls. Sie wollte erst darüber nachdenken ...»

«Ich sagte nein, weil er sich so toll dabei vorkam, mir beim Putzen zu helfen, dass ich wusste: Der Typ ist ein aufgeblähter, selbstgerechter Gockel. Und selbst ein einziges Date mit ihm erschien mir so langweilig, dass ich mir nicht vorstellen konnte, wie ich auch nur eine Stunde mit ihm aushalten sollte. Ich war sicher, er würde die ganze Zeit nur von sich selbst reden und erwarten, dass ich beeindruckt wäre. Also lehnte ich ab.»

Paul sagte nichts.

«Aber dann hörte er nicht auf, mich zu belästigen, und drohte mir am Ende sogar, wenn ich nicht zu diesem Interview mitkäme, würde er mich umbringen. Also, da sind wir. Und HILFE!» Dramatisch riss Bea die Arme hoch und stürzte unter lautem Gelächter der Umstehenden von der Bühne.

«Das ist mal 'ne Wendung», murmelte Paul sichtlich verärgert.

«Und Cut», sagte Chris grinsend. «Danke, Leute. Das nächste Paar.»

Während das Vorsprechen weiterging und Bea von der Wand aus zusah, wuchsen ihre Zweifel und bereiteten ihr zunehmend Magenschmerzen. Warum hatte sie das getan? Sicher, sie hatte ein paar Lacher erzielt, aber Chris hatte nicht besonders begeistert gewirkt, und Paul war richtig angepisst gewesen. Sie hatte Paul eindeutig sabotiert, und das mit Vorsatz. Und zwar deswegen, weil er aus ihr eine gottverdammte Putzfrau gemacht hatte. *Sehr* originell von ihm, dem weißen Mann, seiner schwarzen Putzfrau zu helfen und sie dann auch noch anzubaggern!

Trotzdem, verdammt!, mahnte Bea sich selbst. Es war ein Vorsprechen. Und die einzige Regel war, die anderen nicht zu sabotieren.

Während die restlichen Paare spielten, lächelte und applaudierte Bea mit den anderen, dachte aber: Wenn sie nicht in die zweite Runde käme, dann aus gutem Grund. Sie hatte sich von ihrer Kränkung leiten lassen.

Nach anderthalb Stunden überließ es Chris einem anderen Improspieler namens Mike, das Vorsprechen abzumoderieren. Man würde sich bei denen melden, die in die zweite und letzte Runde kämen; sie wären alle großartig gewesen; beim Impro ginge es um Mut und Risikobereitschaft; sie könnten stolz sein, dass sie überhaupt vorgesprochen hätten.

Als Bea zur Haltestelle lief, um mit dem Bus zum Südlichen Campus zu fahren, fühlte sie sich trotz der Reue über ihren einen Fehltritt so lebendig, als stünde sie unter Strom. Dies waren die zwei elektrisierendsten Stunden ihres Lebens gewesen!

Da vibrierte ihr Handy, und auf dem Display erschien eine unbekannte Nummer.

«Hi, hier ist Bea», meldete sie sich.

«Bea! Hier ist Chris. Von C.U.N.T.»

«Oh. Hi, Chris», erwiderte sie verblüfft.

«Glückwunsch! Du bist dabei!»

«Was?» Sie blieb stehen. «Aber gibt es nicht ...»

«Ein zweites Vorsprechen? Manche können das überspringen. Heute warst du die Einzige, die alle dabeihaben wollten. Also: hurra! Gut gemacht. Herzlichen Glückwunsch.»

«Aber ich habe Paul sabotiert. Und ich weiß nicht mal, warum.» Sie wusste es genau. Wieso behauptete sie jetzt das Gegenteil?

«Hör mal», sagte Chris. Bea tigerte in der Nähe eines blauen Notfalltelefons hin und her – *die sind hier überall*, registrierte sie abgelenkt. Sie hatte ihr Handy ans eine Ohr und einen Finger ins andere gedrückt, um Chris trotz eines nicht weit entfernten Rasenmähers und des Geplappers vorbeilaufender Studenten gut hören zu können. «Es stimmt, du hast Paul ein bisschen auflaufen lassen. Aber in etlichen Szenen haben wir auch gesehen, dass du teamfähig bist. Ganz sicher hast du noch viel zu lernen. Es ist auch gut, dass du dein Verhalten ansprichst, denn obwohl er sich ziemlich beknackt verhalten hat, war er doch dein Szenenpartner. Manchmal hat man eben ein Arschloch als Szenenpartner, trotzdem muss man auf jeden eingehen. Also: Du hast es ein bisschen übertrieben. Aber du hast es bewusst gemacht, und offen gesagt, du bringst eine neue Perspektive in unsere Gruppe, die wir dringend brauchen.»

Als sie darauf nicht antwortete, fragte er: «Hallo?»

«Ich bin noch dran», antwortete Bea. «Das ist alles schön und gut. Aber was meinst du mit ‹neuer Perspektive, die wir …›» Sie verstummte. Denn sie war nicht nur ausgewählt worden, sondern durfte auch das normale Procedere überspringen. Wenn sie jetzt vor dem gesamten College auf die Bühne gehen sollte, musste sie unbedingt wissen, dass sie auch wirklich witzig war. Die Leute sollten nicht nur lachen, um politisch korrekt zu sein.

«Ganz ehrlich, Bea, das war meine Art zu sagen, dass du heute beim Vorsprechen wirklich die beste Vorstellung abgegeben hast. Du hast das Spiel der ganzen Gruppe auf ein neues Niveau gehoben. Das war das Erste, was Lesley sagte, als ihr gegangen wart.»

«Wer?», fragte sie nach, obwohl sie eigentlich wusste, wer das war.

«Lesley. Die übrigens auch keine Quotenfrau ist. Falls du's noch nicht bemerkt hast, sie ist verdammt gut.»

Lesley!

«Aber lass dir das um Himmels willen nicht zu Kopf steigen», fuhr Chris fort. «Ich hoffe, du schließt dich uns an. Wir haben jede Menge Spaß. Deshalb machen wir das. Aber es nimmt auch viel Zeit in Anspruch. Dieses Jahr stehen wir außerdem unter besonderem Druck, weil …» Er lachte leise. «Wahrscheinlich, weil *ich* so viel Druck mache. Denn vor vier

Jahren, dem Jahr also, bevor ich am Carter anfing, hat unsere Gruppe die Nationalen Collegemeisterschaften im Improtheater gewonnen. Jetzt bin ich im letzten Jahr und will unbedingt dabei sein. Aber zuerst müssen wir im Dezember die Regionalausscheidung gewinnen. Also, bist du dabei?»

«Na klar», sagte Bea.

«Phantastisch. Dann lass uns über Termine reden. Wir proben immer sonntags, und ich dachte, unsere erste Aufführung mit dir könnte am nächsten Samstagabend sein. Das wäre der 9. September. Zu dieser Jahreszeit treten wir manchmal mehrmals in der Woche auf. Ist ziemlich viel. Aber dann hast du erst mal zwei Proben vor dem Auftritt. Was meinst du?»

«Klingt super», sagte sie. *Ja, ja und ja!*

Wegen des Improtheaters war Bea schon am ersten Mittwoch über ihr Studium am Carter begeistert, aber die Ereignisse am Donnerstag weckten in ihr einen innerlichen Dauerjubel.

Dr. Friedman kam für das Justice-Seminar am Freitag aus New York. Am Donnerstagabend hatte er Bea und die anderen drei Stipendiaten ins Ovolini eingeladen, ein italienisches Restaurant in der Nähe des Campus.

An einem milden Augustabend machte Bea sich also auf den Weg dorthin. Sie trug ein ärmelloses Baumwollkleid, das sie sich in den Ferien von Lorn geliehen und dann nicht zurückgegeben hatte, weil ihr gefiel, wie es sich an ihre Hüften schmiegte und ihr die Illusion erlaubte, so etwas wie Kurven zu haben. Wegen des schwülen Wetters hatte sie ihre Haare zurückgebunden. Die Plateausandalen hatte sie in letzter Minute gegen flache eingetauscht, weil sie Bedenken wegen des steilen Steinpfads hatte, der vom Campus zur Hauptstraße führte.

Als sie das im Abendlicht leuchtende Ovolini erreichte,

schlug ihr von innen ein Schwall kalter Luft entgegen. Das Restaurant roch schwach nach frischer Farbe, und die dunklen Hartholzböden schimmerten. Am Haupttisch im hinteren Bereich entdeckte sie Dr. Friedman, der den Stipendiaten Mark und Dionne gegenübersaß. Dr. Friedman kostete gerade Wein und schwenkte ihn im Glas herum, während der Kellner mit einer Flasche neben ihm wartete.

«Bea! Hallo!» Dr. Friedman stand auf und umarmte sie, was ein schmerzlich-süßes Gefühl in ihrer Brust auslöste, eine Sehnsucht, die sie nicht einordnen konnte. Seine Berührung war so sanft und aufmerksam. Widerstrebend löste sie sich von ihm. «Jetzt warten wir nur noch auf Veronique.»

Als Dr. Friedman als Vorspeise für alle Burrata bestellte, füllte der Kellner sein Glas mit Weißwein auf.

«Ich habe gerade zu Mark gesagt, dass ich dieses Semester versuchen werde, donnerstags immer so früh zu kommen, dass ich mit euch essen kann. Es können alle kommen, die Zeit haben. Sonst bin ich hier nur auf Stippvisite: Direkt nach dem Seminar fahre ich zum Flughafen, um Freitagnachmittag rechtzeitig für meine Söhne da zu sein.» Dr. Friedman hatte zwei Jungen, die er als irische Zwillinge bezeichnete. Bea hatte zunächst angenommen, es ginge dabei um ihre Herkunft, doch dann stieß sie in einem Roman auf den Ausdruck und verstand, dass damit Kinder gemeint waren, die weniger als zwölf Monate auseinanderlagen. Sie war nur erleichtert, dass sie nicht irgendwas gesagt hatte, was ihre Unkenntnis verraten hätte. Schließlich hatte Dr. Friedman sie im letzten Herbst als ‹etwas Besonderes› bezeichnet, nachdem er ihren Essay gelesen hatte. Sie wollte ihn nicht enttäuschen, nicht mal bei solchen Kleinigkeiten.

Seine Frau unterrichtete Spanisch an einer High School, mehr wusste Bea nicht über sie. Aber sie war ganz sicher, dass es keine Privatschule war; Dr. Friedman mit seinem leidenschaftlichen Engagement für soziale Gerechtigkeit hatte bestimmt eine Frau, die an einer staatlichen Schule unterrichtete.

Veronique traf kurz nach Bea ein. Sie trug ein Oberteil aus Leinen und einen lässig um den Hals drapierten Seidenschal. Bea fragte sich, ob der unordentliche Dutt auf ihrem Kopf nicht eigentlich ein kunstvolles Arrangement war.

Dr. Friedman bat sie, sich reihum vorzustellen. Bea sollte den Anfang machen.

«Hi, ich bin Bea», sagte sie, «bin in New York und Boston aufgewachsen und in Connecticut zur Schule gegangen.» Dass sie im Internat gewesen war, erzählte sie nie.

«Hallo, Leute. Ich bin Veronique und habe die ersten acht Jahre meines Lebens in Frankreich verbracht», sagte die Nachzüglerin. Ihr Akzent war kaum wahrnehmbar. «Seitdem lebe ich in Amerika, genauer gesagt, in Los Angeles, wo ich Schauspielerin war und zu Hause unterrichtet wurde.» Bea kannte sie nicht aus dem Fernsehen, allerdings hatte sie auch nie viel ferngesehen, nicht mal vor der Porter's. Veronique forderte die anderen auf, sie ‹V› zu nennen.

Mark kam aus Houston, stammte aus einer Familie mit langer militärischer Tradition und absolvierte am Carter das Reserve Officer Training Corps, und Dionne war eine ‹Einheimische› und hatte die hiesige Kunstschule besucht. Sie hatte einen charmanten Südstaatenakzent, ähnlich wie Early, nur mit etwas anderen Vokalen.

«Weil ich so entsetzt über all die ungleich verteilten Chancen an meiner High School und darüber hinaus war», erklärte Dionne, «habe ich beschlossen, hierzubleiben und extra wegen des Programms am Carter zu studieren.»

«Es freut mich, euch alle kennenzulernen», sagte Dr.

Friedman. «Morgen treffen wir auch eure Kommilitonen. Insgesamt besteht die Gruppe aus fünfzehn Studierenden.»

Nach der Vorstellungsrunde hatte Bea das Gefühl, sich nicht richtig präsentiert zu haben. Hätte sie denn nicht sonst noch was sagen können? Abgesehen von der Tatsache, dass sie es *am Abend zuvor* ins Improteam geschafft hatte, aber das war zu frisch und auch zu belanglos für die Runde.

«Und, habt ihr die Einladung zur Ausbildung als studentische Beistände bekommen?», fragte Dr. Friedman.

Sie nickten alle, während der Kellner Dr. Friedmans Glas wieder auffüllte.

«Dr. Friedman», setzte Mark an.

«Lou, bitte», erwiderte Friedman.

«Lou», wiederholte Mark lächelnd. «Was war Ihr härtester Fall?»

Und dann erzählte ihnen Dr. Friedman – Lou –, dass er als junger Pflichtverteidiger in Kalifornien den Fall von Walden Summer zugesprochen bekommen hatte, der auch als Amokläufer vom Merrell College bekannt war, wo er acht Studenten erschossen und siebzehn weitere verletzt hatte, aber sowohl seinen eigenen Schuss auf sich selbst wie auch die der Polizei überlebt hatte. Nun sollte ihm der Prozess gemacht werden.

«Natürlich war Walden wegen dieser Gewalttat aller Welt verhasst.» Es war komisch und sogar irritierend, dass Dr. Friedman den Amokläufer beim Vornamen nannte. «Er hatte das Leben von vielen hundert Menschen zerstört. Er zeigte keinerlei Reue und war sich vollkommen bewusst, was er getan hatte. Sein Motiv war Rache, weil er von den Frauen auf dem Campus zurückgewiesen worden war. Vielleicht erinnert ihr euch. Er war ein erbitterter Frauenhasser.»

Fasziniert hörten sie zu. Eine Platte mit in Schinken gewickelten, dampfenden Jakobsmuscheln wurde auf den Tisch gestellt.

Bea erinnerte sich kaum noch an den Amoklauf: Es hatte schon viel zu viele gegeben, um sich im Einzelnen an sie zu erinnern, und ehrlich gesagt fand sie sie so erschreckend und deprimierend, dass sie sich lieber nicht weiter über sie informierte. An der Porter's hatte sie das Gefühl gehabt, viel sicherer als ihre Altersgenossen an gemischten Schulen zu sein. Ihr war bewusst, dass eine private Mädchenschule kaum zum Ziel eines Massakers werden konnte, denn die Motive der Täter waren zwar anscheinend breitgefächert, aber Tatsache blieb, dass die Amokläufer fast immer männlich waren.

«Wie sollte ich diesen Typen überhaupt verteidigen? Ich meine: vom ethischen Standpunkt aus», fragte Dr. Friedman. Seine Augen schimmerten im sanften Kerzenlicht. «Die Leute waren fuchsteufelswild, was nur verständlich war. Sie *hassten* mich. Und nicht nur mich – auch meine Rolle, den Umstand, dass so jemand überhaupt verteidigt wurde. Wieso bekam dieser Kerl einen Anwalt? Mein Wagen wurde mit Eiern beworfen. Jemand legte mir ein totes Eichhörnchen vor die Haustür. Ich bekam so viele Drohanrufe, dass ich meine Telefonnummer ändern musste. Der allgemeine Tenor lautete: Wie *können* Sie nur? Und diese Frage stellte ich mir auch selbst, nur war sie bei mir nicht rhetorisch gemeint. *Wie konnte ich?* Wie sollte ich mich überwinden, diese Aufgabe zu übernehmen, zu der ich von Berufs wegen verpflichtet war? Klar, als ich das Jurastudium abschloss und als Pflichtverteidiger anfing, wusste ich, dass ich auch Schuldige würde vertreten müssen. Menschen, die etwas Schlimmes getan hatten. Darüber machte ich mir keine Illusionen. Das würde einen großen Teil des Jobs ausmachen. Aber das akzeptierte ich, weil ich zutiefst überzeugt war vom Sechsten Zusatzartikel, diesem Hoffnungsstreifen im amerikanischen Rechtssystem.»

Er verstummte, und nach kurzem Schweigen lachte er leise. Mark kaute wild auf einer Jakobsmuschel.

«Es war Neuland für mich, und ich wusste nicht, ob ich das bewältigen konnte. Zwar glaubte ich, dass er das Recht auf einen Anwalt hatte, wusste aber nicht, ob ich ihn vertreten konnte. Nicht wegen des öffentlichen Drucks – auch das war eine Herausforderung, aber der konnte ich mich stellen. Werdet niemals Strafverteidiger, wenn euch die öffentliche Meinung nicht am Arsch vorbeigeht.

Nein, viel schlimmer war, dass ich mir selbst unsicher war. Zum ersten Mal fühlte ich mich innerlich zerrissen. Ich dachte, ich müsste ablehnen.»

Der Kellner leerte die Flasche Wein in Dr. Friedmans Glas. Bea und die anderen warteten, aufs äußerste gespannt. Sie wussten, wie die Geschichte endete, wie sie enden musste – schließlich war er, wer er war, und sprach zu seinen Studenten –, aber selbst Mark hatte aufgehört zu kauen.

«Und das war ein Wendepunkt in meiner Laufbahn. Mir wurde klar, dass diese Erfahrung – dieses innerliche Schwanken – keine Ausnahme sein würde, sondern der Normalzustand. Es würde mein ganzes Leben lang so bleiben. Es war sozusagen eine Berufskrankheit. Wie ein Bauarbeiter sich daran gewöhnen muss, Ohrenschutz zu tragen, so würde ich lernen müssen, den Konflikt zweier oder mehrerer Wertevorstellungen in mir auszuhalten. Andernfalls würde ich in diesem Beruf nicht überleben. Und wenn ich tatsächlich dabei bleiben wollte, dann ging das nur, wenn ich mein Bestes gab, buchstäblich alles, und zwar *jedes* Mal. In jedem einzelnen Fall, diesen eingeschlossen. Da würde ich nicht drum herumkommen.»

Bea versuchte, Veroniques wissendes Nicken zu ignorieren.

«Wie ich da also um acht Uhr abends mit einer Cola Light auf meinem Bett saß, sagte ich mir, wenn ich am folgenden Tag zur Arbeit ginge, hätte ich eine grundsätzliche Entscheidung getroffen. Am nächsten Morgen stand ich auf, zog meinen Anzug an und ging. Ich hatte meine Entscheidung getroffen und habe nie mehr zurückgeblickt.»

«Was ist passiert?», fragte Dionne. «Mit dem Kerl?»

«Lebenslänglich. Keine Todesstrafe. Ich weiß nicht, wie viel ich damit zu tun hatte.» Er schwieg und trank einen Schluck Wein. «Aber diese Erkenntnis – dass man zwei unvereinbare Überzeugungen in sich aushalten, mit dem Paradox leben muss – hat mich seitdem getragen. Im Laufe des Seminars werden wir noch viel darüber reden.»

Es kam Bea so vor, als würde sie seit einer Ewigkeit zum ersten Mal wieder blinzeln. Im Restaurant war es ziemlich warm, weil noch mehr Gäste gekommen waren; Beas Unterarme klebten an der Tischplatte. Die Burrata suppte unangetastet vor sich hin. Der Duft von Knoblauch und Trüffelöl drang Bea in die Nase, als sie wahrnahm, wie sie ausatmete und sich wieder in der Gegenwart einfand. Die Welt war so groß und kompliziert, und sie hatte das Gefühl, in den letzten achtundvierzig Stunden mitten in ihr Zentrum vorgestoßen zu sein. Nichts in ihr wehrte sich dagegen, nichts hielt sie zurück. Sie wollte genau das, was Dr. Friedman und das Carter College ihr anboten. Sie wollte das alles: das *Ja, und*, das innerliche Schwanken, den Konflikt unvereinbarer Werte.

Beas erste Probe verging in einem Wirbel aus wildem Spaß und Experimenten – eine solche Begeisterung hatte sie seit

Jahren nicht mehr empfunden, wenn überhaupt je. Es fühlte sich an, als wäre die Last, erwachsen zu werden, für ein paar kostbare Stunden von ihr genommen worden. Es war fast ein Schock, sich daran zu erinnern, wie man spielte zu erkennen, dass sie es noch in sich hatte. «Spielen» hieß für Bea: etwas ohne Zweck und Ziel tun. Sie arbeitete nicht auf eine weitere Leistung, einen Erfolg, eine Wegmarke, ein Stadium hin. Beim Improtheater gab es keinen Abschluss und keine Pluspunkte für ihren späteren Werdegang; es erhöhte weder ihren Status noch die Chancen auf ein Praktikum. Es sorgte nur dafür, dass ihr Körper sich lebendig fühlte und ihre rechte Hirnhälfte zu tanzen anfing. Im Proberaum trat Bea, die Studentin, wie schon beim Vorsprechen beiseite und machte Platz für das Kind, das die ganze Zeit in ihr geschlummert hatte.

Zuerst lernte Bea die Grundlagen des sogenannten ‹Harold›, der Standardszenenfolge beim Improtheater. Ein Harold war, einfach ausgedrückt, eine Sammlung improvisierter Szenen zu einem generellen Thema. Es fing immer mit dem Eröffnungsmonolog eines Improspielers an, der von einem Stichwort aus dem Publikum inspiriert war. Die nachfolgenden Szenen hatten diesen Monolog dann als Basis. In der Vorstellung, die Bea gesehen hatte, war der Monolog von Russell übernommen worden, dem schlampigen Briten mit den großen grünen Augen. Die Geschichte über seine Freundin an der High School, die ihn wegen seiner Angst vor Sex für schwul gehalten hatte.

Die Feinheiten eines Harold wurden Bea nun von Bart erklärt, dem ernsthaftesten Spieler der Gruppe. Im Gegensatz zu seinen Kollegen lachte er nur selten, während er den anderen zusah. Sein Humor war eher intellektuell; recht häufig brachte er Kant oder Nietzsche ins Spiel, aber nie direkt. Er machte obskure Anspielungen und war frustriert, wenn sein Szenenpartner nicht darauf einging. Das versuchte er zwar zu verbergen, aber es gelang ihm oft nicht.

«Kapiert? Herren- und Sklavenmoral?», sagte er während der ersten Probe zu Bea, und zwar in einer Szene, die Bea als Philosophieprofessorin eröffnet hatte und der Bart als Leiter der philosophischen Fakultät beitrat.

«Nee», sagte sie, was ihn eindeutig enttäuschte.

Am Ende der Probe, kurz bevor sie sich trennten, gab Chris bekannt, dass Bea bei ihrer ersten Vorstellung am kommenden Samstag den Eröffnungsmonolog des Harold übernehmen sollte.

«Ist ein Initiationsritus», sagte er und lächelte ihr verschmitzt zu. «Gefolgt von einer Reihe erniedrigender Aktionen, die dich vielleicht das Leben kosten, dir Hämorrhoiden bescheren oder all deine Schuhe so ruinieren werden, dass sie nur noch als Segelschuhe taugen.»

Bart, der Segelschuhe trug, stöhnte laut auf, was Lesley mit einem Lachen quittierte. Aber das bekam Bea kaum mit, denn sie war in Panik.

Improtheater war *eine* Sache: sich ins Absurde stürzen, eine Rolle annehmen, eine Szene spielen. Sie hatte es überraschend leicht gefunden, muhend auf die Bühne zu rennen oder nach einem imaginären Sturz von einem tollwütigen Kamel ins Rampenlicht zu kriechen. Aber der Monolog war eine ganz andere Sache. Eine wahre Geschichte aus ihrem Leben erzählen? Natürlich gab es Geschichten, die sie erzählen konnte. Aber ihrer Erfahrung nach führte alles aus ihrem Privatleben irgendwann unweigerlich zu dem großen Loch in ihrem Dasein.

«Er ist nur irgendein Mann», hatte ihre Mutter immer

gesagt und gleichgültig die Achseln gezuckt, wenn Bea sie nach ihrem Vater gefragt hatte. Nur irgendein Mann.

Ist er nett? Ja.

Erfolgreich? Schon.

Hast du ihn geliebt? Damals, vor langer Zeit.

Weiß er von mir? Ja.

Und die eine Frage, die sie nicht stellen konnte: Möchte er mich kennenlernen?

Im Laufe der Jahre hatte sie hier und da Informationen über ihn aufgeschnappt. Sie wusste, dass er in dem Krankenhaus gearbeitet hatte, in dem ihre Mutter ihre Facharztausbildung gemacht hatte – was hieß, er war Arzt, der damals in Boston gelebt hatte. Sie wusste, dass er einen Teil zu ihrem Trust Fund beigesteuert hatte und dass er weiß war. Nach endlosem Suchen und Stöbern war sie endlich auf einen entscheidenden Fund gestoßen: eine angelaufene Silberkette mit Anhänger, die sie verknotet in einer blauen Samtschatulle ganz hinten in der Sockenschublade ihrer Mutter gefunden hatte. Auf der einen Seite des Anhängers stand ein Datum zwei Jahre vor ihrer Geburt und auf der anderen Seite Initialen, die nicht die ihrer Mutter waren: LRB.

Als Bea sieben Jahre alt war, hatte Phaedra ihr erklärt, ihr Vater hätte sie sowohl vor als auch nach der Entdeckung ihrer Schwangerschaft heiraten wollen, Phaedra aber hätte abgelehnt, weil sie grundverschieden waren. Eine Galaxie hat nur einen Mittelpunkt, hatte sie gesagt, und sie waren beide Menschen, die im Mittelpunkt stehen mussten. Also trennten sie sich, damit jeder der Mittelpunkt seines Lebens bleiben konnte. Und genau so kam es dann: Phaedra wurde die Leiterin des Brigham and Women's Hospital und war damit verantwortlich für über 1200 Ärztinnen und Ärzte. Sie und Bea bildeten samt Kindermädchen und Hauslehrern, diversen

Internaten, Klavier- und Ballettlehrerinnen ein Sternbild, in dessen Zentrum Phaedra stand. Die Abwesenheit ihres Vaters konnte man, wenn überhaupt, als dunklen, interstellaren Raum betrachten.

Mit vierzehn hatte Bea ihre Mutter zum letzten Mal gefragt, ob sie wüsste, wo er war. «Keine Ahnung», hatte diese geantwortet.

Allerdings war Beas Frage sehr halbherzig gewesen, denn sie hatte ihn längst selbst gefunden. Die Kette war ihr erster Hinweis gewesen, und danach war es nicht mehr schwer. Das Internet und vor allem Facebook hatten ihre Suche innerhalb von Minuten eingegrenzt. (Typisch für die Generation ihrer Mutter, wie Bea fand, im Netz nicht auf Privatsphäre zu achten.) Ihr Vater wohnte in Michigan und hatte einen kleinen Sohn namens Noah, wovon viele Fotos zeugten, auf denen Beas Vater mit ihm und seiner Frau, einer nett wirkenden Blondine, zu sehen war. Bei Beas Geburt war er Chirurg am Brigham gewesen, aber nun arbeitete er in Ann Arbor als Abteilungsleiter einer Forschungseinrichtung mit Schwerpunkt Genetik. Gewissenhaft hatte sie in seinen wenigen von ihm geposteten Videos nach Gemeinsamkeiten gesucht und erfreut bemerkt, dass er Linkshänder war, genau wie sie. Außerdem schien die Tatsache, dass er keine Brille trug, nicht mal zum Lesen (auf einem Foto las er Noah vor), ihre Verwandtschaft zu bestätigen. (Ihre Mutter hatte seit ihrer Kindheit eine Brille gebraucht, während Beas Sehvermögen laut ihrem Augenarzt ‹besser als perfekt› war.)

Soweit sie verstanden hatte, wusste er von Beas Existenz, aber mehr nicht. Sie war ein Punkt auf seiner Zeitachse.

Sie hatte nie ernsthaft in Betracht gezogen, sich mit ihm in Verbindung zu setzen, da ihr das wie ein Verrat an ihrer

Mutter vorgekommen wäre. Allerdings hatte sie vor einiger Zeit das Facebookprofil ihrer Mutter, das zu ihrem Andenken weiter bestand, öffentlich gemacht – nur für den Fall, dass er Phaedra googeln sollte.

Natürlich musste sie in dem Monolog nicht über ihren Vater sprechen. Warum also war ihr fast schlecht vor Angst?

Auf der Busfahrt zurück zum Südlichen Campus rief sie sich noch mal Russells Monolog vom Wochenende zuvor in Erinnerung. Sie mochte Russells britische Art, die etwas weniger vornehm war als die der wenigen Briten, die sie bislang kennengelernt hatte. Sie mochte seine Flachserei und seinen bärtigen Überschwang.

Als Early nach dem Auftritt mit ‹Der englische Typ, der sich geoutet hat› auf ihn anspielte, musste Bea ihr seine Pointe erklären: dass er nicht schwul war, seine Freundin sich bloß seine Zurückhaltung nicht anders hatte erklären können.

Eins war gewiss: Auf gar keinen Fall würde sie über Sex reden oder darüber, dass sie noch keinen gehabt hatte.

Zurück auf ihrem Zimmer, betrieb sie ein bisschen Recherche und schaute sich bei YouTube Videos von Harold-Monologen an. Über eine Stunde beschäftigte sie sich damit und entdeckte erleichtert, dass sie nicht unbedingt persönlich sein mussten. Manche konnte man nicht mal als Geschichten bezeichnen. Es gab auch wacklige, schlecht ausgeleuchtete, mit Handy aufgenommene Videos, die ziemlich zusammenhanglos waren: wo Anekdoten sich mit politischen Ansichten und Bemerkungen über menschliches Verhalten abwechselten. Manche arteten in Tiraden aus – um der Komik willen, aber dennoch blieben es Tiraden; über Steuern, die Erderwärmung oder den Pfad der Tränen.

Langsam schwand ihre Angst vor dem Monolog. Wenn sie

sich nicht an Fakten aus ihrem Privatleben halten musste, dann würde es vielleicht nicht so schrecklich werden.

Sie würde einen Weg finden, nicht zu viel von sich preiszugeben. Hatte sie das nicht schon immer?

9

STAYJA

Dienstag, 22. August

«Dein neuer Schichtplan passt mir gar nicht», sagte Nicole und befingerte ein Tütchen kandierter Mandeln für 4,99 Dollar, das mit einem grünen Schleifenband verschlossen war, auf dem *Rooster Roast* stand. Stayja streckte die Hand aus, nahm es ihrer Cousine ab und legte es zurück in den Metallkorb neben der Kasse. «Was soll ich denn in der Stunde machen, bis du Feierabend hast?»

Nicoles Schicht im QuikMart endete um neun, Stayjas neue Schicht aber erst um zehn. Da Nicole keinen Wagen hatte (beziehungsweise wegen Trunkenheit am Steuer nicht fahren durfte), musste sie jeden Abend eine Stunde Zeit totschlagen, während sie auf Stayja wartete.

«Vielleicht könntest du lesen lernen», bemerkte Stayja.

«Ach, halt doch die Klappe», erwiderte Nicole.

Da kam LA mit einer halbvollen Flasche Sprite in der Hand hereingeschlendert.

«Yo. Hey, was ist das denn?», fragte er und wies mit dem Kopf auf die Schachtel Zigaretten, die aus dem Regal unter der Kasse hervorlugte.

«Wonach sieht's denn aus?», gab Stayja zurück.

«Aber du hast doch aufgehört», sagte LA.

«Ach, wirklich?» Stayja griff nach der Schachtel, nahm eine Zigarette heraus und steckte sie sich hinters Ohr. Sie war schon selbst streng genug mit sich, da brauchte sie niemanden, der ihr ins Gewissen redete. Und schon gar nicht LA.

Die Chance auf ein weiteres zufälliges Treffen mit dem Studenten hatte ihre schlechte Angewohnheit verstärkt. Vielleicht war es auch nur ein Vorwand, aber sie redete sich ein, ein paar Raucherpausen mehr wären nicht schlimm, nur bis sie sich noch mal begegneten, sie seinen Namen erfuhr und ihn vielleicht ein bisschen besser kennenlernte.

Es war 21:18 Uhr, also noch zweiundvierzig Minuten bis Feierabend.

«Was machst du denn noch hier?», fragte sie LA. Seine Schicht endete um fünf.

«Ich bin für ein Nickerchen nach Hause gefahren.»

«Und was machst du dann *wieder* hier?»

«Was macht LA schon überhaupt?», bemerkte Nicole abgelenkt, während sie auf ihrem Handy herumtippte. Ein kokettes Lächeln huschte über ihr Gesicht.

«Dich nerven, natürlich», sagte LA zu Stayja.

«Wem schreibst du da?», fragte Stayja.

«Niemandem», antwortete Nicole und schob das Handy in die Hosentasche.

«Was hältst du von Snow und Flakes?», fragte LA Nicole.

«Flakes ist doch gar kein Vorname.»

«Aber Stayja durfte Philipp und Flathead nehmen?»

«Flathead könnte ja ein Spitzname sein. Aber kein Mensch würde jemanden ‹Flakes› nennen.»

«Bullshit!»

«Ehrlich gesagt, ist die linke Seite deines Kopfs echt platter als die rechte ...»

«Hör auf, ihn zu ärgern», schaltete Stayja sich ein.

«Kann ich einen Brownie haben?», fragte Nicole.

«Sicher, kostet 2,50 Dollar.»

«Im Ernst jetzt?»

«Ja, der gehört zum Warenbestand.»

Stayja bemerkte den Blick der ernsten älteren Studentin, die täglich von früh bis spät am selben Tisch saß und auf ihren Laptop einhackte. Ihr vielsagender Blick hieß, dass sie zu laut waren.

«Seid mal leiser», sagte Stayja. «Sonst kriege ich Ärger.»

«Oh mein Gott», erwiderte Nicole und verdrehte die Augen. «Dann leg ich mich mal ein bisschen hin und spiele Candy Crush, bis du fertig bist. Du findest mich unten auf einem der Sofas.» Sie wirbelte herum und stolzierte mit wiegenden Hüften hinaus, wie immer, wenn sie sich beobachtet fühlte.

«Ich hab eine Geschichte für dich», sagte LA. «Von einem Busch, der mich heute frontal angegriffen hat. Ich schnitt gerade –»

«Hey!», ertönte eine Stimme von der Tür.

Da stand er, größer, als sie ihn in Erinnerung hatte. Er hatte sofort wieder diese anziehende Wirkung auf sie. In der einen Hand baumelten seine Schlüssel, in der anderen hielt er ein Sixpack Bier. Er steckte die Schlüssel in die Hosentasche, hob das Bier hoch und zog grinsend die Augenbrauen hoch. Stayja warf einen Blick auf ihr Handy: 21:23 Uhr.

Sie löste ihre Schürze und stellte das GESCHLOSSEN-Schild vom Regal auf die Theke. Scheiß drauf, die Maschinen würde sie reinigen, bevor sie heimfuhr. Oder am nächsten Morgen.

«Was machst du da?», fragte LA. «Wer ist der Typ?» Als sie nicht antwortete, brüllte er dem Jungen nach, der bereits aus der Tür war: «Sie hatte schon ihre Pause!» Währenddessen löste Stayja ihren Pferdeschwanz und stöberte in ihrer Tasche nach einem Labello.

«Soll ich auf dich warten?», fragte LA.

«Was? Natürlich nicht!» Sie schloss die Kasse ab und ging zur Hintertür. «Wir sehen uns morgen, LA.»

Sein SUV parkte in der hinteren Ecke neben seinem Wohnheim. Sie setzten sich an den Rand des geöffneten Kofferraums und ließen ihre Beine baumeln, während sie das Craft-Bier aus einer lokalen Brauerei tranken, das ein blauweiß gestreiftes Etikett mit Schnörkelschrift hatte. Er öffnete eine Flasche mit einem Öffner der Carter Bulldogs, den er an seinem Schlüsselbund trug, reichte sie Stayja und öffnete für sich die zweite.

«Cheers», sagte er, als sie die Flaschenhälse aneinanderstießen. Er trank einen großen Schluck, und sie folgte seinem Beispiel. Das Bier war überraschend dickflüssig und bitter.

«Krankenschwester also?», bemerkte er und senkte die Flasche. Stayja konnte durch das Buntglas erkennen, dass er schon ein Drittel geleert hatte.

«Wenn ich je fertig werde.» Sie trank noch einen Schluck.

Er löste die Verschränkung seiner Beine und zupfte seine Shorts zurecht. Dann trank er seine Flasche aus, steckte sie zurück in das Sixpack und öffnete eine neue.

«Kannst du nicht einfach einen Kredit aufnehmen? Alle, die ich kenne, haben Studienkredite.»

«Ich weiß nicht», log sie. Nein, konnte sie nicht. Sie bekam keinen Kredit mehr, weil sie vor drei Jahren ihre einzige Kreditkarte, eine Visakarte, bis zum Maximum ausgereizt hatte. Diese Schulden zahlte sie immer noch ab: mühsam wie ein Eichhörnchen, Stückchen für Stückchen, um dann mit anzusehen, wie sie in den Monaten wieder stiegen, in denen sie kein Geld für die Tilgung hatte. Als sie das letzte Mal nachgesehen hatte, waren es fast tausend Dollar.

«Aber die Regierung vergibt doch an alle Kredite.» Wieder hatte er seine Flasche schon zur Hälfte geleert.

«Schon, aber einen Kredit muss man auch zurückzahlen können», sagte Stayja.

«Wie viel verdient man denn so als Krankenschwester?»

Das wusste Stayja genau: Es war der Hauptgrund, warum sie sich für den Beruf entschieden hatte – neben der Schwäche für eine Krankenschwester, die sie versorgt hatte, als sie sich mit zwölf den Arm brach.

«Das Anfangsgehalt liegt bei ungefähr fünfzigtausend im Jahr», erwiderte sie. «Und dann steigt es, wenn man sich spezialisiert. Aber ich weiß noch nicht, in welche Richtung ich mich spezialisieren will.»

Er kroch zum vorderen Teil des Wagens und holte aus dem Handschuhfach ein zerdrücktes, gelbes Päckchen Camels.

«Mittlerweile sind auch Ärzte nur noch glorifizierte Krankenpfleger», sagte er. «Die machen doch alle nur, was die Pharmaindustrie ihnen diktiert. Verdammt, besorg dir einfach einen Kredit», sagte er.

«Lass uns über was anderes reden.»

«Ja, Ma'am.»

«Wo bist du aufgewachsen?», fragte Stayja.

«In Houston, aber in Jersey geboren.» Er erklärte, dass seine Eltern kurz nach seiner Geburt nach Texas gezogen waren. Wegen der Steuern. Beziehungsweise, weil man dort keine zahlen musste. Dann hüpfte er vom Wagen und fing an, Hampelmänner zu machen. Während er auf und ab sprang und dabei die Arme hob und senkte, wandte sie ihren Blick zu den Bäumen. Seine Energie machte sie nervös.

«Wie viel verdienst du hier? Oder geht mich das nichts an?», fragte er unvermittelt, immer noch in Bewegung.

Sie zögerte.

«Kannst mir ruhig sagen, dass ich mich um meinen eigenen Kram kümmern soll», bemerkte er.

«Sechzehntausend», gab sie zu.

«Im Jahr? Ach du Scheiße!» Er hielt inne und fuchtelte so heftig mit seiner Flasche, dass Bier auf den Asphalt schwappte. «Mann, wie soll man denn davon leben! Selbst in Cartersboro stelle ich mir das schwer vor.»

Meine Mom kriegt Geld und Lebensmittelkarten vom Staat, und wir müssen auch nicht immer Miete zahlen, weil unsere Wohnung unserer Tante gehört, und lange ging's auch nicht, aber jetzt schon, obwohl es nicht leicht ist.

Stayja hasste alles, was mit Geld zu tun hatte. Das Geld hatte ihr immer wieder alles versaut. Wegen Geld hatten ihre Mutter und Tante Adrienne sich zerstritten: Zwar wohnten sie auf demselben Grundstück, aber Donna und ihre ältere Schwester redeten schon seit Monaten nicht mehr miteinander. Adrienne hatte das Gefühl, dass Donna sie ausnutzte, obwohl Stayja ihrer Tante mittlerweile dreihundert Dollar Miete bezahlte. Sie hatte auch mitbekommen, wie sehr die Geldsorgen Nicole und Adrienne zugesetzt hatten und wie Adriennes Gesundheit sich verschlechterte, nachdem ihr wegen eines Formfehlers bei ihrem Neuantrag die Unterstützung vom Staat gestrichen worden war. Eines Abends im Frühling musste Adrienne in die Notaufnahme, weil sie nichts mehr *sehen* konnte.

Stayja zuckte die Achseln.

«Wir kommen klar», sagte sie und wünschte, sie hätte ihm nichts erzählt.

«Bist du wenigstens versichert?»

Sie schüttelte den Kopf. «Das Rooster ist in den Sommer- und Winterferien geschlossen, deshalb ist meine Durchschnittsstundenzahl nicht hoch genug.»

«Aber kriegst du Medicaid oder so was? Irgendeine Unterstützung? Obamacare?»

Tatsächlich bekam sie Medicaid, allerdings erfüllte sie das mit großer Unruhe, denn die zuständige Sachbearbeiterin hatte ihr am Telefon erklärt, sollte sie mit ihrem Verdienst bis Dezember einen bestimmten Betrag überschritten haben, müsste sie die Unterstützung möglicherweise zurückzahlen. Das war für Stayja wie ein Damoklesschwert.

«Ja, ich krieg Unterstützung», sagte sie seufzend. «Aber ich muss einfach so schnell wie möglich Krankenschwester werden und genug verdienen, damit meine Mom wieder arbeiten kann.»

«Hä?», fragte er, leicht schwankend.

Stayja erklärte ihm, dass es Donna sehr zusetze, nicht arbeiten zu können, dass sie es aber nicht durfte, weil sie sonst keine Hilfe mehr vom Staat bekäme, und dann könnten sie weder Stayjas Ausbildungsgebühren noch ihre Unterhaltskosten aufbringen. Im Grunde lief es darauf hinaus, dass Donna mit der staatlichen Unterstützung mehr bekam, als sie mit ihren gesundheitlichen Einschränkungen verdienen konnte: Sie schaffte es nicht mal, länger als zwei, drei Stunden täglich auf den Beinen zu sein.

«Kann sie nicht einfach schwarzarbeiten und trotzdem Sozialhilfe beziehen?», fragte er.

«Die wird ihr aber gestrichen, wenn sie erwischt wird.»

«Verdammt», murmelte er und schnipste sein Feuerzeug. «Und da heißt es immer, die Armen *wollen* nicht arbeiten.»

«Die *Armen*?» Stayja schnaubte und verdrehte die Augen. «Herrgott! Wir sind doch keine Spezies.»

«Hey, vielleicht könnte ich dir einen besseren Job oder so besorgen.»

«Und wie?»

«Über meinen Dad.»

«Hat er so gute Beziehungen?»

«Vitamin B in Reinform.»

Sie lächelte. Meinte er das ernst?

Er hielt seine Flasche gegen das Licht und betrachtete sie.

«Ich sollte mit dem Trinken aufhören», bemerkte er. «Wirklich und wahrhaftig.»

«Wenn du das meinst, wieso machst du es dann nicht?», fragte sie.

Darauf stieß er einen langen, lauten Seufzer aus und setzte sich wieder neben sie.

«Vaterkomplexe? Schamspirale? Selbstsabotage? Endlosschleife?» Er rieb sich die Augen. «Ich weiß es verflucht noch mal nicht.»

«Was ist denn so schlimm an deinem Dad?» Als er nicht antwortete, fügte sie hinzu: «Klar, ich weiß, du hältst ihn für ein Monster, weil er Profit mit Suchtkranken macht, aber was genau hat das mit deiner Trinkerei zu tun?»

Eine Weile antwortete er nicht, dann sagte er: «Ich war nie gut im Sport. Meine Auge-Hand-Koordination ist echt schlecht. Als Kind hatte ich außerdem ein träges Auge und musste in der Grundschule ein Pflaster darüber tragen. Sah aus wie ein Pirat. Jedenfalls beeinträchtigte das meine sportlichen Fähigkeiten, weil ich es erst zwei Jahre tragen musste und dann plötzlich nicht mehr – räumliches Vorstellungsvermögen geht mir total ab.

Aber meine Eltern meldeten mich in allen möglichen Sportvereinen an: Softball, Basketball, Fußball. Ich wusste gar nicht, dass ich schlecht bin, bis ich ein Teenager wurde. Du weißt ja, wie es in Kindermannschaften ist ... die Trainer beziehen alle mit ein. Also hab ich nicht gemerkt, wie schlecht ich bin. Ich hielt mich zwar auch nicht für besonders gut, weil ich nie ein Tor schoss, ordnete mich aber irgendwo in der Mitte ein. Eigentlich dachte ich kaum darüber nach.

Mein Dad wusste auch nicht, dass ich so schlecht war, weil er nie zu meinen Spielen kam. Er war ständig unterwegs, aus geschäftlichen und anderen Gründen. Eines Abends erlaubte mir mein Softballtrainer, in einem Spiel der Texas Rangers den Ball ins Spiel zu werfen. Mein Dad war deswegen total aufgeregt und dachte wohl, das läge daran, dass ich so gut wäre. Er mietete eine Loge und lud all seine Freunde und meine Onkel und Cousins ein.

An dem Abend ging ich mit zwei anderen raus aufs Feld, um die Bälle von der Abwurfstelle aus ins Spiel zu werfen. Die beiden anderen waren Mädchen aus anderen Schulen. Eine saß im Rollstuhl, die andere hatte eine künstliche Hand. Ich hatte damals noch mein Augenpflaster. Über die anderen dachte ich nicht sonderlich nach. Ich war stolz. Ich bekam ein Trikot und wurde mit ein paar Spielern fotografiert. Dann rannte ich vom Feld und ging mit meiner Mutter zur Loge.

Noch bevor ich sie betrat, hörte ich meinen Vater schon brüllen: ‹Mein Sohn ist nicht behindert!› Und als ich reinkam, sagte er: ‹Tyler, komm her!› Alle verstummten und beobachteten uns. Er sagt: ‹Wirf mir den Ball zu.› Und die nächsten dreißig, vierzig Minuten, vielleicht auch eine Stunde, zwingt er mich, mit ihm zu spielen, um all seinen Freunden zu ‹beweisen›, dass ich nicht behindert bin. Aber ich hab es immer wieder vermasselt. Und er: ‹Noch mal!› Dann machten wir eine Pause. Aber ein paar Minuten später sagt er: ‹Tyler! Wirf mir den Ball zu!› Und wir mussten wieder von vorn anfangen. Ich weiß nicht, ob er nur vergessen hatte, dass wir es schon mal gemacht hatten (das war, bevor er mit dem Trinken aufhörte), oder ob er einfach nicht aufgeben wollte. Aber irgendwann ... ich meine, ich war erst sieben, aber irgendwann dachte ich *will er zeigen, dass ich fangen kann, oder stellt er mich bloß, weil ich es nicht kann?* Schließlich fing ich an zu weinen, und meine Tante schritt ein und holte Popcorn mit mir.»

«Hat er sich denn geändert, als er aufgehört hat zu trinken? Wann war das?»

«Als ich in der High School war. Ich hatte das Gefühl, dass er danach nur noch wütender wurde. Schließlich hatte er sich das nicht ausgesucht. Seine Leber war kaputt, und der Arzt meinte, wenn er nicht aufhörte, würde er sterben. Also ist er seit sechs Jahren trocken und stinksauer deswegen.»

«Wow. Und wie kommt deine Mom damit klar?»

Er zuckte die Achseln. «Irgendwie kümmert sie das nicht. Sie lebt in ihrer eigenen Welt. Wie Dichter halt so sind.»

«Deine Mom ist *Dichterin*?»

«Ja, aber keine berühmte oder so. Sie hat nur in ein paar Anthologien veröffentlicht.»

Diesen Begriff hatte Stayja noch nie gehört. Sie nahm an, dass das Bücher mit Gedichten waren, fragte aber nicht nach.

«Andere Geschichte: Ich hab einen GPA von 3,8, okay?», sagte er.

«Aha.»

«Das ist echt gut.»

«Ja, schon klar.»

«Als ich meinem Dad davon erzählte und meinte, ich würde wahrscheinlich mit *summa cum laude* abschließen, sagte er nur: ‹Bei der Noteninflation ist das wahrscheinlich wie 3,2 im Jahr 1992.› In dem Jahr hat er hier seinen Abschluss gemacht.»

«Warum sieht er seinen eigenen Sohn als Konkurrenz?»

Er schüttelte den Kopf. «Nicht als Konkurrenz. Er will mich demütigen. Sein Daseinszweck besteht darin, mich in den Boden zu stampfen.»

Unwillkürlich griff sie nach seiner Hand. Sofort schlossen sich seine Finger um ihre und umklammerten sie so fest, als würde sie ihn vor irgendwas retten.

In diesem Moment, als seine warme Hand die ihre umfasste, hätte sie alles für ihn getan.

10

ANNIE

Samstag, 9. September

Im Verlauf der kommenden Woche waren wir ständig über WhatsApp und Snapchat in Kontakt. Er schickte mir lustige Videos und Screenshots von alten politischen Karikaturen, die er für einen Aufsatz über die Entstehung der politischen Satire aufgestöbert hatte. Die Satire bezeichnete er als den aktuellen Primärmodus des öffentlichen politischen Diskurses in den Vereinigten Staaten. Er arbeitete auch an einem Aufsatz für sein Seminar *Religion in Amerika*, und zwar über die wachsende Beliebtheit des Mystizismus sowohl bei der religiösen als auch bei der nicht religiösen Bevölkerung.

«Jeder interessiert sich auf einmal für seine persönliche Spiritualität. Mystizismus ist die einzige Möglichkeit für traditionelle Religionen, überhaupt weiter zu bestehen.» Zum Beispiel die Kabbala: die jüdische Variation des Mystizismus, die sehr populär sei in kritischen Kreisen, bei Leuten, die, wie er behauptete, sich nie einer traditionellen Religion verschrieben hätten, aber jetzt ihre alten Schriften studierten, um persönliche Erleuchtung zu erreichen.

Ich wusste ja gar nicht, dass du Jude bist, schrieb ich zurück. *Bist du sehr fromm?*

Ich bin nicht jüdisch, antwortete er. *Nur fasziniert von der Kabbala.*

Ich griff nach jedem Strohhalm, der darauf hindeutete, dass er doch ein guter Mensch war. Ich stürzte mich geradezu auf jeden Hinweis und nutzte ihn als Rückversicherung, verbuchte ihn als Beweis, dass Tyler ein anständiger Typ war.

Wie konnte ein gläubiger Mensch ein Vergewaltiger sein?

Und als sich herausstellte, dass er gar nicht religiös war:

Wie konnte jemand, der sich für Spiritualität interessierte, ein Vergewaltiger sein?

«Die Kabbala betont auch die göttliche Weiblichkeit und trotzt damit wie andere populäre Formen des Mystizismus in der gegenwärtigen Kultur der Frauenfeindlichkeit jeder größeren traditionellen Religion.»

Wie konnte jemand, dem Gleichberechtigung so wichtig war, ein Vergewaltiger sein?

Er erzählte mir von seinem Abschlussprojekt im Nebenfach Kunst: eine Reihe Bilder zum Thema ‹Goldener Schnitt›. Ich wusste nicht, was das war, und er erklärte es mir auch nicht. Das Projekt machte er zusammen mit einer Kommilitonin, die Tanz im Hauptfach studierte und eine Choreographie auf der Grundlage dieses geheimnisvollen goldenen Schnitts entworfen hatte. Von dem Tanz hatte er Fotos gemacht, und jetzt malte er Aquarelle davon.

Er malt.

Er arbeitet mit Frauen zusammen.

Es war unglaublich wichtig für mich, dass er normal war: So konnte auch ich normal sein und nicht sein Opfer – überhaupt kein Opfer. Nur ein Mädchen, für das er sich interessierte.

In diesen sieben Tagen erfuhr ich, wie leicht man etwas

glauben kann, wenn man es unbedingt will. Ich war sowohl von Tyler Brand bezaubert als auch wild entschlossen, von ihm bezaubert zu sein, und nachdem wir uns nach dem Übergriff eine ganze Woche umworben hatten, spürte ich nur einen winzigen Anflug von Furcht, als ich vor meinem Schrank stand und überlegte, was ich für unser zweites Date anziehen sollte. Und diesmal war es ein echtes Date, sodass ich nicht das Gefühl hatte zu flunkern, als ich es meiner Mutter gegenüber auch so bezeichnete. (Natürlich hatte ich kein Wort darüber verloren, wie das letzte ‹Date› gelaufen war, sondern nur gesagt: ‹War ganz lustig.›)

Als er nach meinem Lieblingsrestaurant fragte, sagte ich *Pi*.

Ein Vergewaltiger fragt einen doch nicht nach seinem Lieblingsrestaurant.

Im Lokal war die endlose Zahlenreihe von Pi mit Edding auf die Wände gekritzelt worden, dreimal rundherum, bevor sie immer kleiner wurde und irgendwo ins Nichts abrutschte. Spätabends an den Wochenenden kam es ständig vor, dass betrunkene Studenten versuchten, die Ziffernfolge auswendig aufzuzählen – wer 314 Ziffern schaffte, bekam eine Pizza Formaggi gratis.

Tyler hatte vorgeschlagen, nach dem Pi noch zum Improtheater auf dem Campus zu gehen.

Ich prüfte meine Klamotten auf der Suche nach einem passenden Outfit. Als Reaktion auf das Wochenende zuvor hatte ich das überwältigende Bedürfnis, ganz normal zu wirken, als hätte ich mir über meine Kleidung keine Gedanken gemacht. Ich wusste, dass Grün meine Augen betonte, daher entschied ich mich für ein olivgrünes T-Shirt und Jeansshorts – die fand ich lässiger als die dunkelblauen. Eine lange

Jeans wollte ich nicht anziehen: Er würde mich nicht dazu bringen, mich wieder zu verstecken.

Eine Stunde später kam ich am Restaurant an und wartete draußen, bis ich schließlich sah, wie er sich mit einem kurzen Winken näherte. Als ich ihm entgegenblickte, kam mir der Gedanke, dass ich ihn vielleicht wegen seines Gangs so attraktiv fand: wippend wie ein Kind und leicht nach vorn geneigt. Weder cool noch reserviert. Man konnte sich leicht vorstellen, dass er schon als Kind so gegangen war: fast auf den Zehenspitzen, unbewusst nach vorn strebend, als wollte er sagen: *Ich bin offen für alles und verberge das auch nicht.*

Im Pi gab es Pizzen in Varianten wie ‹Knoblauch-Trüffel-Parmesan› oder ‹Chorizo-Ananas›. ‹Salami› war auf der Speisekarte nicht zu finden. Brotsticks hießen hier ‹Cheddarspieße›. Tyler bestand darauf, sich mit mir sein Lieblingsgericht zu teilen: einen Cheddarspieß und Schinkenciabatta mit gerösteten Mandeln.

In meiner Jugend hatten sich meine Erfahrungen mit Pizza auf das Little Caesars beschränkt, das drei Blocks von meinem Haus entfernt lag und wo man mit dem altmodischen elektronischen Spiel ‹Simon› gratis Brotsticks zum Essen gewinnen konnte. Jeden Freitagabend gingen wir dorthin, und jedes Mal hieb mein Dad unfehlbar mit der Hand auf die bunten Felder, um 2,99 Dollar zu sparen.

«Wieso hast du Geschichte als Hauptfach gewählt?», fragte ich, nachdem wir bestellt hatten.

Mit der Frage kam ich mir zwar langweilig vor, aber vor lauter Nervosität fiel mir keine bessere ein. Ich fühlte mich verletzlich, fast schon gefährdet. Wie wenn man sich das Handgelenk verstaucht hat und den Arm zum ersten Mal wieder benutzt, nachdem es geheilt ist. Es tut zwar nicht mehr weh, aber man weiß nicht, ob man der Sache trauen kann.

«Das habe ich entschieden, nachdem meine Klasse in der High School eine Privatführung durch den Westflügel des Weißen Hauses bekam.»

Ich verschluckte mich an meinem Bissen und trank vor lauter Nervosität viel zu viel Wasser auf einmal. Er lachte. Obwohl ich bereits über ein Jahr am College war, staunte ich immer noch häufig darüber, wie sehr sich meine eigenen High-School-Erfahrungen von denen meiner Kommilitonen unterschieden. Die hatten – *in der High School* – ganze Semester in Italien, Frankreich oder Spanien verbracht. Sie hatten Theatervorstellungen auf Mandarin gegeben. Sie konnten als Sportfach Abfahrtski wählen.

«In meiner Schule», erklärte er selbstironisch, während ich mir die Tränen aus den Augen wischte, «hatten wir ein Hallen- und ein Freibad. Zum Mittagessen konnte man nicht nur in eine normale Cafeteria gehen, sondern auch in ein Restaurant mit Bedienung. Und für die Abschlussklasse gab es ein Fach namens *Im Büro des Präsidenten*. Jeder bekam eine Position im Beraterstab des Weißen Hauses, und ein Semester lang simulierten wir die Staatsregierung, mit internationalen Krisen, Gesetzen, Lobbyisten und Regierungserklärungen.»

«Lass mich raten ...», sagte ich.

«Yep!», nickte er breit lächelnd. «Mr. President!» Er wirkte geradezu idiotisch begeistert.

Ein Vergewaltiger benimmt sich doch nicht so idiotisch.

Nach dem Essen gingen wir zu Fuß zum Improtheater, das im großen Auditorium auf dem Campus stattfand. Während der Vorstellung musste ich so heftig lachen, dass ich mir ein bisschen in die Hose machte und danach zum Klo rennen musste, um mich zu vergewissern, dass ich nicht meine Tage bekommen hatte. Hatte ich nicht.

Als ich wieder rauskam, plauderte Tyler mit einem der beiden Mädchen von der Truppe. Ich war beeindruckt, wie ungeheuer selbstsicher sie und das andere Mädchen gewirkt hatten. Kannte Tyler sie?

«Hey, da bist du ja», sagte er, als ich zu ihnen kam. «Bist du bereit?»

«Du warst super», sagte ich zu dem Mädchen.

«Danke», erwiderte sie und lächelte mich an.

Als Tyler und ich Richtung Wohnheime zurückgingen, erwähnte er nicht, woher er das Mädchen kannte – wenn er es denn kannte. Stattdessen redete er von einem Film, an den ihn die Vorstellung erinnert hatte. Er sagte, dass er diesen Film auf DVD besäße, aber lange nicht mehr gesehen hätte.

«Er ist aus den Neunzigern und besteht eigentlich nur aus Bildern», erklärte er, als wir unnatürlich langsam über den Campus schlenderten, so als wollten wir nicht, dass der Abend endete. Oder so, als wären wir für den nächsten Schritt noch nicht bereit. «Bilder aus aller Welt. Ohne Handlung, ohne Kommentare. Nur visuelle Eindrücke. Wie *Koyaanisqatsi* von Reggio. Kennst du den?»

«Nie gehört.»

«Er ist wie eine Art Kaleidoskop», fuhr er fort. «Ich kann dir sagen: Dieser Film hat mein Leben verändert.»

«Wow», sagte ich.

Er blieb stehen und sah mich an. «Kommst du noch mit zu mir, und wir sehen ihn uns gemeinsam an?»

Er hatte die Hände in die Hosentaschen gesteckt, und seine wilde Mähne wehte im Wind. Mein Magen zog sich zusammen, und ich holte tief Luft und atmete geräuschvoll aus. Wollte ich noch mitkommen? Ich wusste nicht, was ich wollte – nur, was ich nicht wollte. Ich wollte keine Angst haben.

Ein Vergewaltiger sagt doch nicht, dass ein Film sein ganzes Leben verändert hat.

«Ja, klar», nickte ich.

Als wir zu seinem Zimmer kamen, öffnete er die Tür, ohne sie vorher aufzuschließen.

«Ist mir zu mühsam, sie jedes Mal abzuschließen», bemerkte er und trat ein. Ich folgte ihm. «Genauso war's mit meinem Schließfach in der High School. Hab's nie abgeschlossen. Als ich es eines Morgens in meinem letzten Jahr öffnete, waren all meine Bücher weg. Das Fach war komplett leer. Der Konrektor, mit dem ich mich super verstand, hatte es ausgeräumt, um mir zum Spaß eine Lektion zu erteilen. Als ich zu ihm ging, warteten all meine Sachen auf seinem Schreibtisch, und ich brachte sie einfach zurück in den Spind.»

«Ja, aber das war nur ein Schließfach», sagte ich.

Er zuckte die Achseln.

«Ist doch alles nur Zeug. Nichts ist unersetzlich. Außer ...»

Er ging zu seinem Bücherregel und zog vom obersten Bord eine riesige Mappe aus schwarzem Leder.

«Darf ich dir mein Projekt zeigen?» Er setzte sich mit der Mappe aufs Bett, lehnte sich an die Wand und klopfte neben sich auf die Decke, damit ich mich zu ihm setzte. Dann öffnete er die Mappe und zeigte mir ein Aquarell. Obwohl ich es kopfüber sah, erkannte ich eine Tänzerin, die auf den Zehenspitzen stand und sich zum Himmel reckte.

Mein Körper fühlte sich an, als würde er gegen einen unsichtbaren Sog ankämpfen, als ich zu Tyler ging und mich neben ihm aufs Bett setzte. So als hätte ich ein Seil um meinen Bauch, das mich zurückhielte.

Er blätterte die Seiten so vorsichtig, so behutsam um, als wären sie zart wie Blütenblätter. Es waren etwa fünfzehn, und bei jedem verharrte Tyler einige Sekunden. Die Bilder waren in gedämpften und dennoch leuchtenden Farben gehalten, die einem sofort ins Auge sprangen. Man sah Bewegung und Leidenschaft, aber auch große Weichheit, die ich von einem Mann nie erwartet hätte. Sie waren so zärtlich.

«Das ist das Projekt, von dem ich dir erzählt habe», sagte er. «Vom goldenen Schnitt. Auch bekannt als Fibonacci-Folge. Drei muss ich noch machen.»

«Sie sind wunderschön», sagte ich.

Er klappte die Mappe zu und hüpfte vom Bett. Mit beiden Händen schob er die Mappe zwischen einen Stapel Druckerpapier und eine kleine Pflanze zurück, die mir vorher noch nicht aufgefallen war.

Welcher Collegestudent hatte eine Zimmerpflanze?

Ein Vergewaltiger jedenfalls nicht.

«Da oben sind sie sicher», erklärte er.

«Darf ich eine dumme Frage stellen?», sagte ich. «Was ist die Fibonacci-Folge?»

«Das ist keine dumme Frage», erwiderte er und zog sein Shirt hoch.

Auf seiner Brust sah ich Quadrate in verschiedenen Größen so ineinander verschachtelt, dass sie eine Art eckige Spirale bildeten.

«Erkennst du den goldenen Schnitt?», fragte er.

«Ganz ehrlich», gestand ich, «ich weiß gar nicht, was das ist.»

Er holte seinen Laptop und kam zurück aufs Bett. Als er wieder neben mir saß, googelte er: «Goldener Schnitt». Auf dem Monitor ploppten Bilder auf: Schneckenhäuser, Orchideen, die Mona Lisa, eine zusammengerollte Katze. «Das Leitmaß, das alles in der Natur prägt. Die Größenverhältnisse zwischen Blüte und Stängel oder bei Tierskeletten und Kristallen. Das Grundprinzip aller schönen Formen.» Er rief ein Foto von einem Sandstrand auf, wo Wasserrinnsale erstaunliche geometrische Formen bildeten. «Siehst du hier, wo das Wasser sich zurückzieht und immer dasselbe Muster hinterlässt, das aussieht wie Hände oder Bäume. Das ist in Costa Rica.»

«Aber dein Tattoo ...», wandte ich ein. Sein Tattoo sah nicht aus wie Schneckenhäuser oder Bäume.

«Ja, ich wollte ein bisschen weniger Klischee. Die Quadrate sind eher wie ein Puzzle. Außerdem wollte ich keine Meeresschnecke auf meiner Brust.» Er kicherte und stand erneut auf, um einen Collegeblock und einen Stift zu holen. Ich schaute ihm über die Schulter, als er etwas aufschrieb:

$^{(a+b)}/_{a} = {}^{a}/_{b}$

$^{a}/_{a} + {}^{b}/_{a} = {}^{a}/_{b}$

$1 + {}^{b}/_{a} = {}^{a}/_{b}$

$1 = {}^{a}/_{b} - {}^{b}/_{a} = {}^{a^2}/_{ab} - {}^{b^2}/_{ab} =$

Er hielt inne und wirkte frustriert.

«Ich fasse es nicht, dass ich nicht mehr weiß, wie die Gleichung geht ...»

«Schon gut», sagte ich. «Wir sind im College und müssen uns nicht mehr an Algebra erinnern. Das ist einer der Vorteile am College.»

Ich lachte über meinen eigenen Witz. Er nicht.

«Nein», sagte er abwesend. «Ich muss das hinkriegen.»

«Wir können es doch googeln», sagte ich und griff nach seinem aufgeklappten Laptop.

Er ignorierte mich. Mehrere Minuten lang dachte er nur nach, dann griff er wieder nach seinem Stift.

«Ah ja», sagte er. «Das ist es.»

Er reichte mir den Block. Die ganze Seite war gefüllt mit manischen Kritzeleien, die in der Gleichung $\varphi + 1 = \varphi^2$ endeten.

«Gratuliere», sagte ich.

Peinlich berührt nahm er mir den Block ab und erklärte: «Das hat mir mein Mathelehrer in der siebten Klasse gezeigt, Mr. Getty. Als er sah, wie aufgeregt ich darüber war, bat er den Direktor, mich von dem normalen Mathekurs in den für Fortgeschrittene zu versetzen. Das war das erste Mal, dass ich das Gefühl hatte, schlau zu sein.»

«Was ist aus Mr. Getty geworden?»

«Was aus ihm geworden ist? Ich schätze, er ist immer noch Mathelehrer.»

«Bist du mit deinem Lieblingslehrer nicht in Verbindung geblieben?»

«Seit ich elf war?», fragte er entgeistert.

«Warum nicht?», sagte ich.

Er grinste mich an.

«Grundanständig!», sagte er. «Das ist das Wort, das ich die ganze Zeit gesucht habe. Du bist grundanständig.»

«Ich bin doch nicht grundanständig!», erwiderte ich gekränkt.

«Doch, durch und durch amerikanisch.»

Ich schnaubte spöttisch.

«Das ist doch keine Beleidigung.»

«Wer will schon grundanständig sein? Ich bin doch keine Amish!»

«Siehst du? So was sagen nur Grundanständige.»

«Ach, halt doch die Klappe.»

«Selbst das ist grundanständig.»

Ich wandte mich ab. Als ich mich wieder zu ihm drehte, starrte er auf die Tulpen, zusammengerollten Katzen und Schlangen auf seinem Bildschirm.

«Ich liebe es einfach, weil es wie ein Geheimcode der Natur für Schönheit ist», erklärte er. Dann sah er mich an. «Nur weil du grundanständig bist, heißt das doch nicht, dass du nicht auch schön bist», sagte er.

Schön. Noch nie hatte mich jemand als schön bezeichnet. Ich spürte, wie Wärme in meiner Brust aufstieg.

«Du hast noch gar nichts über meine Beine gesagt», erwiderte ich und blickte auf meine nackte Haut, die sich deutlich von seiner Decke abhob.

«Ich dachte mir», antwortete er behutsam, «wenn du bereit wärest, würdest du mir schon davon erzählen.»

Natürlich hatte ich mir auch seine Beine angesehen, so wie ich die von jedem studierte. Seine waren schlank, muskulös und mit einem hellen Flaum bedeckt – der Illusion von Härchen, einem Schleier. Seine Haut war irgendwie durchscheinend, als hätte eine zufällige genetische Besonderheit ein, zwei Pigmente ausgelassen.

«Cool», sagte ich lächelnd.

Ich dachte wirklich, es würde gut gehen. Wirklich und wahrhaftig.

11

BEA

Samstag, 9. September – Montag, 11. September

«Jemand oder etwas, das ihr liebt!» Chris' Stimme klang verhalten, und Bea fragte sich, ob die Zuschauer im hinteren Teil des Auditoriums ihn hören konnten. Der Saal war mindestens doppelt so groß wie der in dem kleinen Theater, wo sie die Truppe zwei Wochen zuvor zum ersten Mal gesehen hatte. *«Donuts!»*, hörte sie. *«Harry Potter! Ariana Grande! Die Obamas!»*

«Frankreich!», verkündete Chris. «Das Stichwort ist Frankreich!» Als er sich umdrehte, bedachte er Bea mit einem kurzen Blick. Wie vereinbart trat sie vor. Am Morgen noch war ihr unter der Dusche eine Idee gekommen: Sie würde nichts über ihre eigene Familie erzählen, sondern über Lorns. Und glücklicherweise tauchte beim Stichwort ‹Frankreich› sofort eine Erinnerung in ihr auf. Sie stellte sich in die Mitte der Bühne und holte tief Luft.

«Vor ein paar Jahren war ich mit der Familie einer Freundin in Paris. Der Vater meiner Freundin konnte nicht besonders gut Französisch – genauer gesagt: Er war grottenschlecht. Meine Freundin und ich hatten Französisch in der Schule, und seine Frau konnte es auch ein bisschen, aber er war wild entschlossen, selbst zu sprechen und sich nicht von uns helfen zu lassen. In jedem Restaurant übernahm er die Bestellung, und wir durften ihn nicht korrigieren, weil er wissen wollte, ob er – ich zitiere – *kommunizieren* konnte.

‹Es geht nur darum zu kommunizieren›», imitierte Bea die tiefe, dröhnende Stimme von Lorns Vater, «‹und das ist viel leichter, als alle glauben. Grammatik ist eigentlich überflüssig. Wir machen es uns viel zu schwer.› Deswegen war er auch überzeugt davon, dass er mehr oder weniger fünf Sprachen ‹sprach› – wenn er nur mit genügend Gestik nachhälfe, würde das Gegenüber irgendwann schon begreifen, was er sagen wollte.»

Hier und da lachte jemand im Saal.

«Eines Abends saßen wir beim Essen, und er wollte noch mehr Muscheln. Das Wort für Muscheln wusste er nicht, also sagte er immer wieder ‹beaucoup› und deutete mit den Armen einen großen Haufen an. Der Kellner sah ihn mit merkwürdiger Miene an, was wir mittlerweile gewohnt waren. Wir dachten uns, der Kellner würde denken: *Wieso meint dieser Mann bloß, ich würde ihn verstehen, wenn er mich nur lange genug so intensiv anstarrt, dass ihm fast die Augen aus dem Kopf quellen?*

Am nächsten Abend gesellte sich eine seiner französischen Bekannten zu uns. Und als er diesmal wieder anfing, mit rudernden Armen ‹beaucoup!› zu rufen, schlug sie sich mit der Hand vor den Mund, als würde sie sonst ihren Wein herausprusten, und packte ihn am Arm. Offensichtlich sagte er mit seiner Aussprache eher *beau cul* – ‹schöner Arsch!›.

Er hatte in ganz Paris allen Kellnern und Kellnerinnen zugerufen: ‹Schöner Arsch! SCHÖNER! ARSCH!›»

Lauter Applaus begleitete Bea zurück in den Hintergrund der Bühne, während Lesley an ihr vorbei nach vorn rannte und eine Szene begann, in der sie eine verklemmte Muschel spielte.

Die Vorstellung war ein voller Erfolg. Während der Ovationen am Schluss war Bea in Hochstimmung, stolz und geradezu entflammt: Beim Improtheater schien ihr alles möglich! Es fühlte sich an, als würde die Welt nur auf sie warten, damit sie sie mit Spaß und Begeisterung erfüllte. Von nun an wollte sie nichts anderes mehr tun!

Als sie vor dem Auditorium auf die anderen wartete, um mit ihnen in Russells Wohnheim zu feiern, war sie ganz erschöpft vor Glück.

«Hey du», ertönte da eine Stimme. Als sie sich umdrehte, stand ein Junge mit wildem Haarschopf und Zigarette in der Hand vor ihr.

«Hi», sagte sie.

«Du bist echt witzig», sagte er.

«Danke», erwiderte sie.

«Ehrlich, du bist die Witzigste. Du und das andere Mädchen.»

«Bea!», rief Early laut und winkte, als sie sich einen Weg durch die Menge bahnte, die aus dem Gebäude strömte. «Das war super!» Sie umarmte Bea.

Im selben Augenblick erschien ein Mädchen in grünem T-Shirt und abgeschnittener Jeans hinter dem Jungen, was er erst etwas später bemerkte.

«Du warst echt toll», sagte sie zu Bea. Als sie und der Junge sich zum Gehen wandten, fiel Bea auf, dass die Beine des Mädchens mit Narben übersät waren.

Wie traurig, dachte sie. Nicht die Narben, sondern das, was sie verursacht hatte: Es war offensichtlich, dass es sehr weh getan haben musste.

Sie machten es sich in Russells Zimmer bequem, das sich in einem der exklusiveren Wohnheime befand, die man auch ‹unabhängig› nannte, um sie von den verbindungseigenen Wohnheimen zu unterscheiden. Alle zwölf Mitglieder der Truppe verteilten sich auf zwei Matratzen, einen schäbigen Teppich, einen schwarzen Schreibtischsessel und einen Futon, den Russell von seinem Vormieter geerbt hatte.

Chris nahm neben Bea auf dem Boden Platz, was sie für Zufall hielt, bis sie drei Stunden später bei dem Spiel *Fuck, Marry, Kill* hörte, dass er sie vögeln und Todd heiraten wollte. Mit steigendem Bierkonsum merkte Bea gerade dann, dass sie irgendwie nuschelte, als Lesley und Todd aufstanden und fragten, wer noch mit in eine Bar gehen wollte.

«Ich geh lieber nach Hause», sagte Bea und stand etwas wackelig auf. Es war ihr erster Abend am Carter, an dem sie getrunken hatte, und sie hatte offenbar genug gehabt. Außerdem hatte sie keinen gefälschten Ausweis.

«Ich auch», bemerkte Chris.

Sie gingen alle gemeinsam in den Hof, wo Todd und Lesley sich in Richtung Bar verabschiedeten und die anderen sich zu ihren Wohnheimen aufmachten. Chris wandte sich zu Bea und bot ihr an, sie nach Hause zu begleiten.

«Ich wohne auf dem Südlichen Campus, schon vergessen?», erwiderte sie. «Außerdem bin ich Feministin.»

Das war ein lahmer Spruch. Aber sie war betrunken. Also versuchte sie, betrunken, wie sie war, sich den lahmen Witz zu verzeihen.

«Dann kannst du ja mich nach Hause bringen», gab Chris zurück, während Bea anfing, in ihrer Tasche nach dem Handy zu suchen. Noch bevor sie es fand, trat er zu ihr und legte eine Hand auf ihre Hüfte. Sein Atem strich warm über ihre Nase. Chris fragte, ob er sie küssen dürfe.

«Okay», sagte sie leise.

Seine Lippen waren fester, als sie erwartet, und sein Schnurrbart kitzelte weniger, als sie befürchtet hatte. Sie schloss die Augen, erwiderte seinen Kuss und glitt mit ihrer Hand an seinen Nacken. Der war kalt und hatte eine Gänsehaut. Sie löste sich von ihm.

«Was ist los?», fragte er.

«Nichts. Ich sollte nur gehen.» Wieder suchte sie nach ihrem Handy, fand es und sah nach der Uhrzeit. «Ist schon fast zwei.»

«Na gut», sagte er. «Aber dann bringe ich dich wenigstens zur Bushaltestelle.»

«Nein», erwiderte sie rasch. «Es geht schon.»

«Alles klar», sagte er, nicht unfreundlich, aber schon so, als hätte er die Botschaft verstanden. «Dann gute Nacht, Bea.»

Er bedachte sie mit einem matten, enttäuschten Grinsen, drehte sich um und trabte los. Ihr war klar, dass sie seine Gefühle verletzt hatte, aber sie hatte nicht anders gekonnt: Ihr Widerwille hatte sich prompt und unmissverständlich gemeldet.

Wieso hatte sie ihm überhaupt erlaubt, sie zu küssen? Verdammt, Bea!, schimpfte sie mit sich, während sie in der Dunkelheit den feuchten Rasen überquerte, um zur Haltestelle zu gelangen. Jetzt würde es zwischen ihnen immer irgendwie komisch sein.

Aber während der Fahrt über den Campus vergaß sie Chris und wanderte in Gedanken zurück zur Vorstellung, die so viel Spaß gemacht hatte. Als sie ihr Zimmer erreichte, schlief Early schon und schnarchte laut. Mittlerweile war Beas Rausch verflogen, und sie hatte ihren toten Punkt überwunden.

Wie es ihr schon fast zur Routine geworden war, loggte sie sich vor dem Schlafengehen noch mal bei Facebook ein und rief Lester Bertrands Profil auf. Aber dieses Mal sah sie sich nicht nur die Fotos an.

Verlieh ihr der Alkohol den Mut? Oder ihr Stolz, vor so vielen Leuten eine gute Vorstellung abgegeben zu haben? Und zwar nicht nur vor Altersgenossen, sondern auch vor älteren Kommilitonen? Zum Beispiel dem Jungen mit dem wilden Haarschopf, der sie am witzigsten gefunden hatte?

Sie klickte *Freund hinzufügen* an. Der Text im Balken verschwand, stattdessen tauchte das Wort *ausstehend* auf. Zu Earlys heiserem Schnarchen starrte Bea darauf, bis die Buchstaben vor ihren Augen verschwammen. Eine Freundschaftsanfrage ohne Kommentar war zu seltsam. Ohne Erklärung würde er die sicher sehr merkwürdig finden, selbst wenn er von ihr wusste.

Sie klickte auf *Nachricht* und fing an zu schreiben:

Lieber Lester,
ich weiß, dass Sie und meine Mutter Phaedra in den Neunzigern zusammen im Brigham gearbeitet haben. Vielleicht wissen Sie das nicht, aber sie ist vor drei Jahren gestorben.
Ich frage mich jetzt schon seit langer Zeit, ob Sie und ich verwandt sind. Mit anderen Worten: ob Sie mein Vater sein könnten. Deshalb wollte ich mich vorstellen. Sollte es sich um einen Irrtum handeln, löschen Sie diese Nachricht einfach.
Ich hoffe, es geht Ihnen gut. Sie haben einen sehr niedlichen Sohn.
Mit freundlichen Grüßen
Bea Powers

Zwei Tage später, am Montag, hatte sie zwar immer noch keine Antwort auf ihre nächtliche Anfrage bekommen, wohl aber zwei E-Mails vom Carter College: Eine kam von ihrem Studienberater, einem exzentrischen Mann namens Dr. Toast (Dr. Toast!), mit dem sie sich einmal kurz getroffen hatte, damit er ihren Stundenplan abnickte. Seine E-Mail erinnerte sie daran, bis zum Semesterende noch mindestens zwei ‹Check-ins› bei ihm einzuplanen. Auf die andere E-Mail hatte Bea schon gewartet: Sie kam vom Koordinator des Justice Scholars Program. Ihr war ihr erster Fall als studentischer Beistand zugeteilt worden.

Am vorangegangenen Samstag waren sie und die anderen Programmteilnehmer von einer etwa dreißigjährigen Frau mit korallenroter Bluse, cremefarbenem Bleistiftrock und sandfarbenen Pumps geschult worden, einem Aufzug, der eindeutig zeigte, dass sie nicht vom Carter selbst kam. Sie hatte eine PowerPoint-Präsentation gemacht und sich ewig bei dem Begriff BEISTAND aufgehalten. Jemand, den man um HILFE bat. Der UNTERSTÜTZUNG bot.

Im Verlauf der dreistündigen Schulung hatte ihre Ausbilderin wiederholt auf die Vielschichtigkeit des Begriffs hingewiesen:

«Sie sollen keine Unterstützung *in* juristischen Angelegenheiten bieten», hatte die Frau mit dem Businessoutfit wieder und wieder gesagt, «sondern *rund um* juristische Angelegenheiten. Wenn Studierende in einen Fall verwickelt werden, droht ihnen manchmal Einsamkeit oder sogar Isolation. Oft möchten sie nicht mit ihren Freunden über den Fall sprechen, weil es ihnen peinlich ist, weil sie sich schämen oder weil sie es einfach für sich behalten wollen. Der Prozess selbst kann außerdem verwirrend und bedrohlich wirken, obwohl wir uns sehr bemühen, den Studierenden so klar wie möglich zu vermitteln, was sie erwartet. Sie als studentischer Beistand sind da, um ihnen emotionale Unterstützung, Informationen und Orientierung zu bieten. Betrachten Sie es so: Wenn die Betreffenden nicht wissen, mit wem sie reden oder was sie machen sollen, kommen Sie ins Spiel.»

In der E-Mail wurde Bea aufgefordert, sich so bald wie möglich im Studienbüro zu melden, um ihre Fallakte abzuholen, und als sie auf dem Weg zum Physiklabor noch bei Dekanin Arroyo vorbeischauen wollte, kamen ihr Veronique und Simone, eine Studentin, die schon im dritten Jahr des Programms war, auf dem Gang entgegen.

«Hi, Bea», begrüßte sie Veronique. «Holst du auch deine Fallakte ab?»

«Ja», sagte Bea und bemerkte, dass beide Ordner in der Hand hielten. «Haben wir denn alle schon Fälle?» Das Studienjahr hatte doch gerade erst begonnen.

«Zumindest wir drei», antwortete Veronique, «obwohl meiner anscheinend noch aus den Semesterferien stammt.» Zwei Sommerstudenten hatten wohl einen provisorischen Wasserspeier von der Fassade des neuen Wohnheims entfernt, das auf dem südöstlichen Hof stand. Er wurde mit einem Sonnenhut neben einem Eimer mit eisgekühltem Bier gefunden. «Damit erzähle ich dir nichts, was nicht allgemein bekannt wäre», fügte Veronique hinzu. «Die beiden haben das Ganze gefilmt und direkt gepostet.»

«Was ist ein provisorischer Wasserspeier?», erkundigte sich Bea.

«Einer, der nicht ewig da bleibt? Keine Ahnung.» Veroniques Lachen war tief und kehlig. «Ich glaube, er war nur aus Gips oder so. Seltsamer ist, dass diese Wasserspeier tatsächlich so aussehen *sollen* wie die Spender, die das Wohnheim finanziert haben. Man kann sie jetzt da oben sehen. Als wäre es was Tolles, sein Gesicht monströs verzerrt an einer Hausfassade zu sehen! Grässliche Idee!»

Bea hatte gemerkt, dass sie sich wünschte, Veronique würde sie mögen. Sie erinnerte sie ein bisschen an Lorn: ihre Nonchalance, so als wäre ihr egal, was andere über sie dachten. Bea hatte sich sogar gefragt, ob Veronique und sie nicht beste Freundinnen werden konnten. Aber sollte ‹V› etwas an einer Freundschaft mit Bea gelegen sein, zeigte sie es nicht.

«Was ist dein Fall?», wandte Bea sich an Simone, die höflich lächelte. Sie hatten sich bisher nur einmal kurz beim Begrüßungstreffen des Programms gesehen.

«Wahrscheinlich sollte ich nicht darüber sprechen», erwiderte sie. «Jedenfalls nicht ohne ausdrückliche Erlaubnis.»

«Ja, klar», nickte Bea, peinlich berührt, dass sie überhaupt gefragt hatte, aber auch vor lauter Fremdscham, weil Simones Ton unnötig herablassend war und vor süßlicher Selbstgerechtigkeit nur so troff.

Kurz darauf betrat sie das Büro von Dekanin Arroyo, wo ihr eine Assistentin einen Ordner mit ihrem Namen reichte. Bea nahm ihn und schaffte es gerade vor die Tür des Gebäudes, bevor sie ihn aufschlug.

Nachdem sie eine allgemeine Präambel gelesen hatte, der zufolge in einen Fall verwickelte Studierende und deren Beistände nicht im selben Jahrgang sein durften, um Konflikte zu vermeiden, bla, bla, bla, kam sie zum wichtigen Teil: zwei Anschuldigungen wegen sexueller Übergriffe. Der Name der Klägerin wurde nicht genannt – es war eine Studentin im zweiten Jahr –, nur der des beklagten, ihr zugewiesenen Studenten. Er war im vierten Jahr, und sie sollte sich so schnell wie möglich bei ihm melden.

Bea hielt die Luft an.

Mist.

Bea gehörte zu den Menschen, die jeder Frau glaubten, die sagte, sie sei sexuell belästigt worden. Am Porter's hatte sie – im Unterricht und privat – genug Zeit mit Diskussionen zu dem Thema verbracht, um einen Standpunkt in der Sache zu haben. Und jetzt ging es in ihrem ersten Fall ausgerechnet um *sexuelle Übergriffe*?

Sie stand auf und ging zum naturwissenschaftlichen Trakt, der sich an der Rückseite des Haupthofs entlangzog. Für ihr Physikseminar war sie schon zu spät dran, aber daran dachte sie auch nicht. Während sie mit der Akte in der Hand und der Tasche über der Schulter vor sich hin trottete, dachte Bea an Samantha Pilch, die in der achten Klasse die Porter's verlassen hatte, nachdem sie allen – nicht den Erwachsenen, nur ihren Mitschülerinnen – erzählt hatte, dass der Fußballtrainer Coach Reed sie betatscht hatte. Er war Anfang, Mitte zwanzig, sehr süß und flirtete manchmal mit ihnen. Zum Beispiel tätschelte er ihnen den Po oder kniff sie in die Taille. Offen gestanden hatten sie das genossen. Ein paar von ihnen, Bea eingeschlossen, schwärmten sogar für ihn, auch wenn das nur der Tatsache geschuldet war, dass es sonst kein männliches Wesen in ihrem Umkreis gab, das annähernd in ihrem Alter war.

Als Samantha also sagte, er hätte eines Sonntags nach dem Spiel ihre Brüste betatscht und versucht, ihr das Trikot auszuziehen, war die Reaktion ihrer vierzehnjährigen Schulkameradinnen eher misstrauisch. Sie fragten sich laut, wieso sie ihnen das überhaupt erzählte. Wollte sie die anderen neidisch machen?

Erst als Samantha nach den Sommerferien nicht mehr zurückkam, fragte sich Bea, ob ihre Reaktion angemessen gewesen war: sich die Sache anzuhören und dann einfach weiterzumachen wie immer; nichts an ihrem eigenen Verhalten gegenüber Coach Reed zu ändern. Der war noch ein paar Jahre an der Porter's geblieben. Aber in Beas letztem Jahr war er verschwunden, und als mittlerweile Achtzehnjährige sah sie den Fußballtrainer mit anderen Augen. Schließlich war er erwachsen gewesen und Mitglied des Lehrkörpers. Er hätte nicht mal mit ihnen flirten dürfen!

Andererseits glaubte sie an das Rechtsstaatsprinzip.

Zwei unvereinbare Überzeugungen, wie Dr. Friedman gesagt hatte.

Als sie den Naturwissenschaftstrakt erreichte, schaute sie nach der Uhrzeit: Sie war zwölf Minuten zu spät, aber sie hatte in der Nähe eine Bank entdeckt und wandte sich dorthin. Sie ließ ihre Tasche ins Gras fallen und setzte sich. Bislang hatte sie Dr. Friedman noch nie auf dem Handy angerufen, und sie fragte sich, ob er überhaupt drangehen würde.

Als das Freizeichen ertönte, fühlte sie sich erbärmlich: Wie schnell war doch ihre Begeisterung über die Sache mit den unvereinbaren Überzeugungen verflogen! Schon bei ihrem ersten Fall knickte sie ein.

Dr. Friedman meldete sich sofort, und sie kam direkt zur Sache.

«Ich habe meinen ersten Fall zugewiesen bekommen. Sexuelle Übergriffe», erklärte sie.

Im Hintergrund hörte sie Autohupen und die ferne Sirene eines Streifenwagens.

«Wie geht's Ihnen damit?», fragte er. Sie hörte auch seine schnellen Schritte auf dem Asphalt.

«Ich fühl mich unwohl», gestand sie. «Es ist mir unangenehmer, als ich gedacht hätte.»

«Eine Sekunde», bat er. Einen Augenblick lang hörte sie nur Verkehrsgeräusche und Rascheln. «Okay, da bin ich wieder», sagte er. «Ich habe Ihnen gerade ein Foto geschickt. Sagen Sie Bescheid, wenn Sie es haben.»

Genau in diesem Moment summte ihr Handy, und da war es: ein Schnappschuss von einem pummeligen Jungen, aufgenommen in den Zeiten vor der Digitalfotografie.

«Haben Sie's?», fragte er.

«Ja», sagte sie.

«Das bin ich», erklärte er.

Sie lachte. «Aha ...»

«Und zwar, *nachdem* ich ein ganzes Jahr die Atkins-Diät gemacht und den Sommer in einem Abnehm-Camp verbracht hatte.»

Sie wartete darauf, dass er noch mehr sagte. Was hatte das mit ihrem Fall zu tun?

«Bis ich dreißig wurde, hatte ich Übergewicht, was bei mir für große Unsicherheit sorgte. Einer meiner ersten Mandanten fand es wohl witzig, sich jedes Mal, wenn wir uns sahen, über mein Gewicht lustig zu machen. Er nannte mich *the biggest loser*. Das ist nur ein Beispiel. Viele Mandanten hatten schreckliche Spitznamen für mich. Oder beschuldigten mich, schlimmer als der Staatsanwalt zu sein. Oder sagten, ich sei ein Idiot und einfach zu dumm, ihr Anwalt zu sein. Oder sie würden sich lieber vom Teufel als von mir vertreten lassen. Einer behauptete sogar, ich sei schlimmer als Donald Trump.»

Bea lachte leise. Dieses Mal hörte sie auch ihn lachen.

«Aber hier bin ich und reiße mir den Arsch für sie auf! Bis spät in die Nacht, und auch noch an den Wochenenden ... ich arbeite für Menschen, die mich aufs schlimmste beleidigen. Einer hat mich viermal gefeuert. Viermal!»

«Was?», fragte Bea.

«Tja, in der Regel hat er mich eine Stunde oder auch einen Tag später schon wieder engagiert. Aber jedes Mal versicherte er, dass er das nur aus reiner Verzweiflung machen würde. Was ich damit sagen will? Dass Sie Ihre persönlichen Gefühle aus dem Fall raushalten müssen. Auch die Gefühle darüber, worum es in dem Fall geht. Ihre Vorurteile und Ängste. Ihre Reizthemen. Sie, Bea Powers, dürfen sich von dem, was die Mandanten Ihnen zumuten, nicht beeinträchtigen lassen, denn sonst werden Sie am Ende nur noch für Menschen, die Sie mögen, Ihr Bestes geben. Und das wäre doch nicht besonders fair, oder?»

«Okay», sagte sie. Das klang einleuchtend.

«Das ist nicht als Vorwurf oder so gemeint», sagte er. «Also bitte – kein Grund, so entmutigt zu klingen. Es ist nicht leicht, und Sie fangen gerade erst an. Da wachsen Sie schon rein. Hören Sie, ich habe jetzt ein Seminar. Wir können nächste Woche ausführlicher darüber reden. Bleiben Sie dran. Und Bea», sagte Dr. Friedman, «vergessen Sie nicht: Wir alle sind mehr als das Schlimmste, was wir je getan haben.»

«Stimmt», erwiderte sie. Den Satz hatte sie schon mindestens vier Mal von ihm gehört.

«Also, auf geht's: Was werden Sie diesem Menschen anbieten?»

«… emotionale Unterstützung?»

«Ganz genau. Aber ich meinte eigentlich: Ihr Bestes», sagte er. «Nicht weniger als Ihr Bestes.»

Danach saß sie auf dem Campus, der abgesehen vom Vogelgezwitscher ganz still war, weil sich alle in ihren Seminaren befanden. Sie spielte mit dem Handy auf ihrem Schoß.

Ihr war klar, dass sie Physik nicht schwänzen sollte, aber mittlerweile war sie schon zwanzig Minuten zu spät, und ihr Laborpartner war bestimmt schon mitten im Experiment. In der Woche davor hatte sie auch schon geschwänzt, weil sie nach einer langen C.U.N.T.-Probe lieber ausgeschlafen hatte. Es sah ihr gar nicht ähnlich, ihr Studium so zu vernachlässigen, aber je mehr sie sich für das Justice Program und für das Improtheater engagierte, desto schwerer fiel es ihr, Physik ernst zu nehmen. Sie würde keine Ärztin werden. Das wurde ihr immer klarer.

Erneut schlug sie die Fallakte auf und suchte nach der Kontaktadresse. Dann gab sie seine Nummer in ihr Handy ein, überlegte, sie zu speichern, verwarf das aber und schickte ihm nur eine Nachricht.

> Hi, ich bin Bea, dein studentischer Beistand im schwebenden Verfahren gegen dich. Melde dich, wenn du dich mit mir treffen willst.

Sie lehnte sich zurück und blinzelte in die Sonne, die hinter dem Turm der Kapelle auftauchte. Dann schloss sie die Augen.

Ihr Dad – also Lester, ob er nun ihr Vater war oder nicht – hatte noch nicht geantwortet. Zwar waren seit ihrer Nachricht noch nicht mal achtundvierzig Stunden vergangen, aber im Internet war das bekanntlich eine Ewigkeit. Sie hatte bislang nicht den Mut aufgebracht nachzuprüfen, ob er die Nachricht gelesen hatte. Wahrscheinlich hatte er sie noch gar nicht gesehen – da er ihre Freundschaftsanfrage noch nicht akzeptiert hatte, war ihre Nachricht vermutlich in einem separaten Ordner mit Nachrichten von Nichtfreunden gelandet. Aber wieso hatte er ihre Freundschaftsanfrage noch nicht akzeptiert? Weil er nicht wusste, wer sie war? Oder weil er übers Wochenende nicht auf Facebook gewesen war? Oder weil er wegen seines Alters nicht wusste, wie man Freundschaftsanfragen annahm?

Diese harmloseren Erklärungen verwarf sie. Je mehr Zeit verging, desto idiotischer kam sie sich mit ihrer Bitte um Kontakt vor. Höchstwahrscheinlich war er nicht mal ihr Dad. Wieso auch? Nur weil er zur rechten Zeit mit ihrer Mom gearbeitet hatte, seine Initialen L(?)B lauteten, er ein kleines bisschen wie Bea aussah und gute Augen hatte?

... *ja*. Genau deswegen.

Er musste einfach ihr Dad sein.

Er *konnte* ihr Dad sein.

War er ihr Dad?

Schämte er sich wegen ihr? War er Rassist? War sie ein Geheimnis, dem er sich nicht stellen wollte? War sie seine Büchse der Pandora, die er zu öffnen fürchtete?

Während sie immer heftiger zwischen Befürchtungen und Reue hin und her schwankte, vibrierte das Handy auf ihrem Schoß: eine Nachricht von Audrey, an sie und Lorn.

HI, MÄDELS!
2 DINGE: 1. T-GIVING HIER??? 2. BIN ICH ZU ALT
FÜR DIESE SANDALEN?

Beigefügt war ein Foto, das Audrey in einer Umkleide mit Stilettos zeigte, deren Schnüre sich das halbe Bein hinaufschlängelten. Bea zuckte zusammen. Die Schuhe waren grässlich. Aber das sollte Lorn übernehmen. Bevor sie ihr Handy weglegte, bemerkte sie, dass sie eine zweite Nachricht bekommen hatte: Der Junge hatte geantwortet.

Hi. Jetzt wäre gut. Bin im PiKa, 112.

Er wollte sich in seinem Zimmer mit ihr treffen? Alles klar.

Sie war dazu da, ihm emotionale Unterstützung zu bieten,

sagte sie sich, während sie ihre Sachen nahm. Es war sein Recht, den Treffpunkt auszuwählen.

Sie verschaffte sich mit ihrer Schlüsselkarte Zutritt zum PiKa-Wohnheim, das genauso grell beleuchtet, kalt und ungemütlich war wie die anderen Wohnheime, die sie bislang gesehen hatte, und suchte nach Zimmer 112. Hinter offen stehenden Türen sah sie Jungen mit Caps an ihren Schreibtischen auf Tastaturen eintippen. In einem Zimmer fläzten sich auf einem Futon drei, die mit Controllern herumfuchtelten und «Los, los, los!» brüllten. Am Ende des Gangs entdeckte sie Nummer 112 und klopfte.

«Herein», ertönte eine Stimme.

Er saß vornübergebeugt auf dem Sofa und stützte die Ellbogen auf die Oberschenkel.

«Hey, das Mädchen vom Impro», bemerkte er.

«Hi», sagte Bea, leicht schockiert darüber, dass es der Typ mit der wilden Mähne vom Samstagabend war. Als sie gelesen hatte, er sei im vierten Jahr, war sie nicht davon ausgegangen, ihn zu kennen. «Ich bin Bea.»

«Tyler», erwiderte er. «Willst du Tee?» Er wies mit dem Kopf auf einen Wasserkocher auf seinem Schreibtisch, neben dem eine Packung Beuteltee und ein Becher standen.

«Nein danke», sagte sie, fragte sich, wo sie sitzen sollte, und zog dann seinen Schreibtischstuhl heran. «Ist es okay, wenn ich …»

«Klar.» Er nickte und fuhr sich heftig mit der Hand übers Gesicht.

Erst da merkte sie, dass er geweint hatte. Seine Augen waren rot und geschwollen, und seine Wangen glänzten noch feucht.

«Wie geht es dir?», fragte sie.

Daraufhin fing er, dieser Student im Abschlussjahr, wieder an zu weinen. Er schluchzte abgehackt, mit langen Pausen. Um die Laute zu dämpfen, die sein Körper hervorbrachte, bedeckte er mit beiden Händen sein Gesicht. Sie überlegte, ihn an der Schulter zu berühren, um ihn zu trösten, entschied sich dann aber dagegen.

Endlich löste er die Hände vom Gesicht. «Ich – ich weiß nicht, was ich machen soll! Meinem Dad kann ich es auf keinen Fall sagen. Es geht einfach nicht, verdammt! Aber ich fühle mich, als ob – brauche ich einen Anwalt?»

Wieder bedeckte er seine Augen, blieb aber diesmal still.

«Nicht unbedingt. Aber manche nehmen sich einen», sagte Bea und gab damit wieder, was sie in der Schulung gelernt hatte.

«Mein Dad wird ausrasten. Er wird ... nie wieder mit mir reden!»

«Wie kommst du darauf?», fragte Bea.

«Das hat er gesagt. Er hat gesagt, wenn so was noch mal passiert ...»

Bea stockte der Atem. Er bemerkte, wie sie erstarrte.

«Nein, nicht *so was*. Ich meine, wenn ich noch mal in Schwierigkeiten komme. Dann bin ich nicht länger sein Sohn, hat er gesagt. Ich hatte mal ein Verfahren wegen Trunkenheit am Steuer. Aber das hier ... Gott, das ist so viel schlimmer.»

Erleichtert sagte Bea: «Aber du bist ja zunächst einmal beschuldigt worden. Es gibt ja noch gar kein Urteil.»

Tyler schüttelte den Kopf. «Das interessiert ihn nicht.»

Sie zog die Augenbrauen hoch. «Meinst du nicht, dass dein Dad dir glauben wird?»

«Das *interessiert* ihn nicht», seufzte Tyler. «Er wird angepisst sein, dass es überhaupt so weit gekommen ist. Er findet immer einen Grund, mir die Schuld für alles zu geben. Dann hätte ich nicht mit einer ausgehen sollen, die ich noch nicht gut kenne. Oder ich hätte nichts trinken sollen. Oder nicht zulassen, dass sie sich auf mein Bett legt. Am besten wäre, ich würde einfach gar nicht *existieren*.»

Wieder begann er zu schluchzen. Bea stand auf, ging um den Sofatisch herum und hockte sich neben ihn auf die Couch. Sanft legte sie ihm die Hand auf die Schulter.

«Das wird schon wieder», sagte sie, weil ihr nichts Besseres einfiel.

«Das weißt du doch nicht», entgegnete er.

Da hatte er recht. Wissen konnte sie es nicht.

Auf einmal schien er zu begreifen, dass die Situation nicht zu ändern war: Sein Vater würde von der Anklage erfahren. Er hörte auf zu weinen und setzte sich auf.

«Ich kann es nicht verhindern», sagte er. «Er kennt eh die gesamte Uni-Leitung.»

«Ist das was Schlimmes?», fragte Bea.

Vielsagend und beinahe wütend sah er sie an.

«Du kennst meine Eltern nicht», sagte er.

«Selbst wenn du für unschuldig erklärt wirst?» Der korrekte Begriff lautete nicht ‹unschuldig›, sondern ‹nicht verantwortlich›, aber den fand sie komisch.

«Für meine Eltern», erklärte er, «zählt nicht, ob etwas wahr ist oder nicht, sondern nur, wie es aussieht. Und schlimmer kann es gar nicht aussehen!» Er verschränkte die Hände hinter dem Nacken, schloss die Augen und seufzte tief.

«Ich habe keine Eltern», bemerkte Bea.

Er sah sie an.

«Meine Mom ist tot, und meinen Dad habe ich nie kennengelernt.»

Nach einer Weile sagte er: «Tut mir leid für dich.»

«Ich sage das nicht, um dein Mitleid zu erregen, sondern

nur ... wenn wirklich das Schlimmste eintritt und deine Befürchtungen wahr werden, tja, dann wirst du es auch überleben. Genau wie ich.»

Sein Blick huschte durchs Zimmer und dann wieder zu ihr. Er wirkte eindeutig ruhiger; seine Miene war nicht mehr panisch.

«Kann sein», sagte er. «Danke.»

«Lass mich dir kurz erklären, was meine Aufgaben als dein Beistand sind», sagte sie, ihren Instruktionen gemäß. «Ich bin da, um dir emotionale Unterstützung und auch Informationen anzubieten, falls du Fragen hast. Außerdem soll ich dich daran erinnern, dass ein Campus-Untersuchungsverfahren kein juristischer Prozess ist. Die möglichen Konsequenzen sind beschränkt auf das College – bist du darüber aufgeklärt worden?»

Er nickte.

«Ich kann dir auch dabei helfen, Zeugenaussagen zu deinen Gunsten zu sammeln. Bis Ende der Woche müssen wir die Namen der Zeugen vorlegen ...» Die Ausbilderin hatte erklärt, dass es bei den neuen Richtlinien, die knappe Fristen vorsahen, vor allem darum ging, die Prozesse zu beschleunigen und schnelle Urteile zu erwirken. Früher hatten die Verfahren Monate oder gar mehrere Semester lang gedauert, während die beteiligten Studierenden, die sich in dem Fall gegenüberstanden, sich auf dem Campus oder sogar in Seminaren trafen.

«Kann ich nicht einfach mit ihr reden?», fragte er unvermittelt und in drängendem Tonfall.

Bea wusste, dass sie ihm diese Idee ausreden sollte. Aber es nahm sie für ihn ein, dass er diesen Impuls hatte.

«Ist es nicht komisch, dass du uns zusammen gesehen hast? Bei deiner Vorstellung?», fragte er abwesend.

Was?, dachte Bea und verstand dann, dass es das Mädchen mit den Narben sein musste. Sie hatte nicht nur Tyler schon mal gesehen, sondern auch das Mädchen, mit dem er an dem betreffenden Abend zusammen gewesen war. Beas Magen zog sich zusammen, denn jetzt konnte sie der Anklage, der ganzen Geschichte, ein Gesicht zuordnen. Entschlossen verdrängte sie es.

«Ja, das war sie. Du hast sie gesehen. Sie ist so *nett*. Verstehst du? Es muss einfach ein Missverständnis sein, also dachte ich, wenn ich nur mit ihr reden kann, dann ...»

Seine Stimme erstarb.

Nach einem Augenblick sagte Bea: «Ich fürchte, die Möglichkeit besteht nicht, da ihr beide ja keinen Kontakt haben sollt.» Aber sie war erleichtert, dass er es vorgeschlagen hatte. Vielleicht konnte sie tatsächlich auf seiner Seite sein. Vielleicht war es wirklich ein Missverständnis gewesen. «Kannst du mir jetzt erzählen, was passiert ist? Vielleicht kann ich dir ja helfen, es zu klären.»

12

STAYJA

Freitag, 25. August

«Er hat ein Sixpack. Im Ernst: richtige Bauchmuskeln, wie ein Model», erklärte Nicole auf ihrer morgendlichen Fahrt zur Arbeit. Sie schlief jetzt tatsächlich mit Chet-dem-Anwalt, der sie dafür kostenlos vertrat.

«Ist das so was wie ein Bonus im Austausch gegen sexuelle Gefälligkeiten?», fragte Stayja. Die Bemerkung klang gemeiner, als sie beabsichtigt hatte.

Mittlerweile schob Stayja freitags Doppelschichten. Frank, der alle Lokale und den Buchladen auf dem Campus managte, hatte das Mädchen, das die Frühschicht im Rooster hatte, ins Café am anderen Ende des Campus versetzt. Und an diesem Freitag hatte Nicole angeboten, für ihre Kollegin im QuikMart einzuspringen, weil die ein Date hatte. Es überraschte Stayja, dass Nicole sich zusätzliche Arbeit auflud, auch wenn es nur dieses eine Mal war. Sie unterstellte ihrer Cousine Hintergedanken: Vielleicht war es freitagabends, wenn Frank frei hatte, leichter, Zigaretten zu klauen oder so.

«Meinst du dich oder mich?», fragte Nicole.

«Ich erweise Tyler keine Gefälligkeiten, wir hatten keinen Sex.»

«Aber ihr seid jetzt zusammen?», fragte Nicole spöttisch. «Ist er dein Freund?»

Darauf antwortete Stayja nicht.

«Gehst du mit ihm zu Partys und triffst seine Freunde?»

«Ach, halt die Klappe.»

Stayja dachte an die eine Party, die Tyler erwähnt hatte – die plante er selbst. Eine *Black-and-White-Party* (so hatte er es bezeichnet), wo schwarze und weiße Studenten zusammenkommen sollten. Sie hatte gar nicht erst nachgefragt, weil sie wusste, sie würde sowieso nicht eingeladen werden. War ja auch verständlich, schließlich wurde die Party vom College finanziert; also war es eine Party für zahlende Studenten, und Tyler konnte nicht einfach so ganz Carterboro dazu einladen.

Nachdem sie geparkt hatten, gingen sie getrennte Wege: Nicole zum QuikMart und Stayja zum Rooster, wo sie entdeckte, dass nichts angeliefert worden war, kein Kaffee, kein Frühstück, kein Lunch, kein Gebäck. Abgesehen von den schwarzen Gummimatten auf dem Boden, die klebrig blieben, ganz gleich, wie oft oder gründlich sie sie wischte, war das Café leer.

«Verzeihung», ertönte eine Stimme hinter ihr, «habt ihr geöffnet? Oder erst ab sieben? Könnte ich vielleicht schon einen Kaffee kriegen?»

«Ich weiß nicht, ob welcher da ist ...» Stayja spähte unter die Theke, um zu prüfen, ob sich dort noch eine Packung versteckte.

«Ihr habt keinen Kaffee? Aber das hier ist doch ein Café, oder?»

«Eine Sekunde», erwiderte Stayja und fing an, die Schränke zu öffnen, obwohl sie wusste, dass dort nur Vorräte lagerten, die nie benutzt wurden. Das Rooster hatte schon als alles Mögliche gedient: als Smoothie-Bar, dann als Sushi-Bar und dann noch mal als Smoothie-Bar. Die Spuren dieser Vergangenheit verstopften die Schränke, die Stayja jetzt vor allem wegen der ungeduldigen Studentin öffnete, die jede ihrer Bewegungen beobachtete. Nachdem sie alle Schränke durchsucht hatte, holte sie ihr Handy aus der Tasche. Das Mädchen seufzte übertrieben auf. Stayja tat so, als würde sie das überhören, während sie Frank textete: *kein Kaffee da und sonst auch nichts ... wo ist die Lieferung?* Sie legte das Handy auf die Theke und öffnete eine Tür hinter ihr, wo ihre Schürze hing. Während sie sie umband und sich wieder umdrehte, leuchtete ihr Handy auf. Das Mädchen starrte sie immer noch mit hochgezogenen Augenbrauen an.

Mist ok. Kümmere mich, schrieb Frank zurück.

«Es gibt noch keinen Kaffee. Tut mir leid», sagte sie zu dem Mädchen, das schnaubend abzog.

Da betrat Tyler das Café.

«Hi!», sagte Stayja.

«Hey», erwiderte er. «Hast du 'ne Minute?»

«Tja, wir haben keinen Kaffee, also gibt's für mich nichts zu tun, bis die Lieferung kommt.»

«Wie praktisch», sagte er.

«Stimmt.»

Sie folgte ihm durch die Hintertür. Er drehte sich um, schob die Hände in die Hosentaschen und lächelte.

«Ich hab 'ne Idee», verkündete er. «Wieso versuchst du nicht einfach, Medizin zu studieren?»

Sie bedachte ihn mit ihrem besten *Bist du verrückt*?-Blick.

«Wieso Krankenschwester sein, wenn du auch Ärztin werden kannst?», erklärte er.

«Äh ... dafür gibt's tausend Gründe», gab sie zurück.

«Zum Beispiel?»

«Zum Beispiel bin ich schon dreiundzwanzig. Und hab nicht mal genug Zeit und Geld, eine normale Ausbildung zu machen. Zum Beispiel kostet ein Medizinstudium zigtausend Dollar, und man braucht dafür einen Bachelor.»

Er holte sein Handy aus der Hosentasche.

«Und wenn ich dir sagen würde», er tippte einmal aufs Display und zeigte es ihr, «dass all das egal ist?»

Auf dem Display stand «Gibson College Linkage Program». Von einem Gibson College hatte Stayja noch nie gehört.

Sie sah ihn an. «Was soll das heißen?»

«Wenn du da oder in einer ähnlichen Uni angenommen wirst, fängst du mit dem Bachelor an und studierst direkt im Anschluss Medizin. Es geht schneller. Und ich wette, dafür musst du nicht viel mehr zahlen als das, was du jetzt schon blechen musst. Ich wette auch, du wirst angenommen, weil du gute Noten hast. Klar, du müsstest umziehen. Das hier ist an der Küste, aber wer will nicht am Strand leben?»

Sie überflog die Webseite.

«Wie bist du denn darauf gekommen?»

Er zuckte mit den Schultern. «Ich wusste von solchen Colleges, weil mein Cousin so eins besucht hat. Also hab ich einfach welche in North Carolina gegoogelt.»

Sie scrollte durch die Webseite und versuchte, sich einen Überblick zu verschaffen.

Tylers Kommentar über *die Armen* beschäftigte sie schon seit ein paar Tagen. Seitdem fragte sie sich, ob sie Entscheidungen traf, die nur arme Leute trafen, reiche aber nicht. Zum Beispiel: Hätte sie *doch* versuchen sollen, einen Studienkredit aufzunehmen, um aufs College zu gehen? Hätte sie sich am Carter bewerben sollen? Sollte sie ihre Mutter ermutigen schwarzzuarbeiten? Sollte sie sich einen anderen Job suchen, bei dem sie krankenversichert wäre? *Die Armen,* hatte er gesagt, und sie hatte sich aufgeregt. Doch seitdem ertappte sie sich immer wieder bei der Frage, ob sie irgendwie grundsätzlich anders dachte als Leute wie Tyler.

«Phase eins macht überhaupt keine Arbeit. Du musst nur …» Er nahm ihr das Handy ab. «Einen Aufsatz schreiben. Einen einzigen Aufsatz. Den schreibst du und füllst dann das Bewerbungsformular aus. Wenn du zum Vorstellungsgespräch eingeladen wirst, schaffst du den Rest auch.»

Ihr Handy summte.

«Wirst du darüber nachdenken?», fragte er.

Bin hier mit Kaffee. Wo bist du?, hatte Frank geschrieben.

«Danke. Ja, ich denke drüber nach», sagte sie und drehte sich zur Tür.

«Hast du Lust, heute Abend nach der Arbeit bei mir vorbeizukommen?», fragte er.

Wie sollte Nicole dann nach Hause kommen? Stayja zögerte. Sie konnte ja den Bus nehmen. Auch wenn sie sauer wäre, sie würde es überleben.

«Gern», sagte Stayja.

Den ganzen Tag über ertappte sie sich dabei, wie sie bei dem Gedanken an Tyler und den vor ihr liegenden Abend lächelte. Sie würden nicht mehr am Bordstein oder auf dem Parkplatz sitzen, sondern auf sein Zimmer gehen. Selbst als sie fünf, sechs, neun Stunden auf den Beinen war und ihre Füße und ihr Rücken schmerzten, tat das ihrer guten Laune keinen Abbruch. Als es langsam dunkel wurde und sie gerade die Milchkännchen nachfüllte, betrat Eric Gourdazi, gepflegt, aufrecht und wie immer mit gebügeltem Hemd, das Café zusammen mit einem Mädchen, das in der einen Hand seinen Studentenausweis hielt und mit der anderen etwas in sein Handy eingab.

«Thunfischsalat, bitte», sagte sie, ohne aufzublicken.

Mit hämmerndem Herzen nahm Stayja ihren Ausweis entgegen, zog ihn durch die Kasse und holte einen Thunfischsalat aus dem Kühlschrank. Sie reichte ihn dem Mädchen, das stirnrunzelnd daran schnüffelte, ohne auch nur den Deckel zu lüften.

«Ich glaube, der ist schon schlecht», sagte sie. «Dazu muss ich ihn nicht mal aufmachen.»

Sie hielt ihn Stayja hin, damit sie auch daran riechen konnte. Stayja nahm den Deckel ab, schnupperte und fand, dass der Thunfisch roch, wie er immer roch: schlecht. Donna freute sich jedes Mal, wenn Stayja abgelaufenen Thunfischsalat mit nach Hause brachte. Das war mittlerweile eine ihrer Standardmahlzeiten geworden. Aber Stayja hatte sich nie mit dem stinkenden Dosenfisch anfreunden können.

Die eingeschweißten Tabletts kamen immer tiefgekühlt, aber am Tag zuvor hatte sie bei der Lieferung gerade Pause gehabt, daher hatte sie sie einfach zur Seite gestellt, und danach war so viel los gewesen, dass sie sie vergessen hatte. Als sie sie schließlich in die Kühlung räumte, hatten die Tabletts schon Zimmertemperatur. Aber das konnte ja wohl kaum einen Unterschied machen. Thunfisch war Thunfisch.

«Ich finde, der riecht normal», erklärte Stayja.

Aber das Mädchen verzog das Gesicht und schüttelte den Kopf. «Nein, der ist schlecht. Eindeutig», befand sie, wandte sich zu Eric Gourdazi und hielt ihm das Tablett vor die Nase. «Hier, sag du mal!»

Als er den Kopf schüttelte, anstatt daran zu riechen, fuhr das Mädchen fort: «Den solltest du nicht mehr anbieten. Ist zu gefährlich.»

Sie schob das geöffnete Behältnis über die Theke zurück, und Eric Gourdazi machte eine Bemerkung, die Stayjas Blick auf ihn veränderte. Diese Bemerkung war demütigender als alles, was je irgendjemand am Carter zu ihr gesagt hatte – und sie hatte sich im Laufe der Jahre wirklich einige gemeine, unfassbar herabwürdigende Kommentare anhören müssen. Der nette Eric Gourdazi, der einmal mit einem Mädchen im Rollstuhl ins Café gekommen war – eine Verwandte? Ein Schützling? – und mit ihm eine ganze Stunde lang Schach gespielt hatte, flüsterte der Studentin zu, als hätte Stayja keine Ohren: *Das weißt du wahrscheinlich besser als sie.*

Was meinte er damit? Bloß weil Stayja nicht reich war, konnte sie nicht erkennen, wann Essen verdorben war? Sie konnte nicht wissen, wie der verdammte Thunfischsalat riechen sollte?

Sie warf das Tablett in den Müll und ging zur Kasse, um dem Mädchen sein Geld zurückzugeben.

Noch nie zuvor war Stayja in einem Wohnheim am Carter oder einem anderen College gewesen. Sie hatte sich immer breite Flure mit Teppich und Mahagonimöbeln vorgestellt, wie in den Bibliotheken auf dem Campus oder in Kunstmuseen. Aber nachdem Tyler seine Schlüsselkarte benutzt und sie ins Gebäude geführt hatte, staunte sie über einen nüchternen Gang mit Fliesen und Neonlicht.

Der Erste, dem sie auf ihrem Weg begegneten, war Stayja unbekannt, obwohl er aussah wie jeder andere Verbindungsstudent auf dem Campus. Er nickte Tyler schweigend zu. Aber den Nächsten kannte Stayja aus dem Café. Luke? Loren? Als sie an ihm vorbeigingen, raunte er scherzend: «Ist das eine gute Idee, Shaggy?»

Tyler winkte nur ab, und Stayja wusste, dass er lächelte, obwohl sie sein Gesicht nicht sehen konnte. Weil sie annahm, mit ‹das› hätte er sie gemeint, machte sie sich im Hinterkopf eine Notiz, beim nächsten Mal in Lukes/Lorens Kaffee zu spucken (was sie zu Nicoles Enttäuschung überhaupt noch nie getan hatte).

Schließlich landeten sie vor seiner Tür, die er für sie aufhielt.

«Wieso ‹Shaggy›?», fragte sie und warf einen Blick ins Zimmer.

Er war ordentlich. Alles lag an seinem Platz: Die Bücher standen aufrecht auf dem Schreibtisch, eine Tasche hing an einem einzelnen Haken an der Schranktür. Das Bett war gemacht, und eine grüne Kapuzenjacke hing ordentlich über der Rückenlehne des Schreibtischstuhls. Auf dem Fenstersims standen drei Gläser mit Teelichten, die schon gebrannt hatten.

«Wegen meiner Haare. Die sind nur neidisch», erklärte er, warf den Schlüssel auf den Sofatisch, setzte sich an den Schreibtisch und beugte sich vor, um sich die Schuhe aufzubinden. «Mach's dir gemütlich», sagte er. «Ich zieh mich kurz um.»

Nachdem er sich die Schuhe ausgezogen hatte, verschwand er in einem begehbaren Kleiderschrank, während Stayja auf dem braunen Ledersofa Platz nahm. Die Rückenlehne war stark geneigt, und die Polster sanken unter ihrem Gewicht so tief ein, dass ihre Schenkel in einem Winkel von fünfundvierzig Grad zu ihrem Oberkörper hochgeschoben wurden. Tyler kam in Shorts und T-Shirt zurück und schloss die Schranktür hinter sich, worauf das Bild der amerikanischen Flagge an der Wand dahinter sichtbar wurde.

«Die Fahne gefällt mir. Woher hast du die?», fragte sie.

«Hab ich selbst gemalt», antwortete er und ließ sich neben ihr auf die Couch sinken. Als sie darauf nichts erwiderte – sie war mit den Gedanken wieder bei Eric Gourdazi und grübelte, wieso er den Kopf geschüttelt hatte –, fragte Tyler: «Alles in Ordnung? Was ist los?»

Daraufhin erzählte sie ihm die Geschichte mit dem Mädchen und dem Thunfischsalat und Gourdazis Schlussfolgerung, Stayja würde verdorbenes Essen nicht erkennen.

Tyler hörte mit leicht zusammengekniffenen Augen zu und drückte ihr Knie, als sie geendet hatte.

«Scheiß doch auf die. Du wirst eine großartige Ärztin werden», sagte er und zwinkerte ihr zu. Dann legte er zu ihrer Verblüffung seinen Kopf auf ihren Schoß. Sie berührte mit der Hand seine wilde Mähne und streichelte sie sanft. Er schloss die Augen.

«Was bereust du am allermeisten?», fragte er, ohne die Augen zu öffnen.

Sie dachte darüber nach.

«Irgendwie wünschte ich jetzt, ich hätte mich bei einem echten College beworben und einen Studienkredit beantragt. Vielleicht hätte ich ja sogar ein Stipendium bekommen. Wer weiß.»

«Das könntest du doch immer noch», sagte er.

«Und du? Was bereust du am meisten?», fragte sie.

Darauf antwortete er nicht, sondern stellte eine neue Frage: «Und was ist das Schlimmste, das du je getan hast?»

«Ich hab die Bong meiner Cousine zertrümmert», gestand sie. «Auf dem Fliesenboden.»

«Das ist alles? Eine Tat aus Sorge um deine Cousine?»

«Ich hab es nicht aus Sorge um sie gemacht», gab Stayja zurück, den Blick immer noch auf die Fahne gerichtet. «Sondern weil sie die Bong mochte und ich sauer auf sie war.»

Daraufhin öffnete er kurz ein Auge, um ihr einen verschmitzten Blick zuzuwerfen.

«Und du?», fragte sie.

Eine ganze Weile sagte er nichts. Dann setzte er sich auf und zog sein T-Shirt aus.

«Was viel Schlimmeres, als eine Bong zu zertrümmern», sagte er, den Kopf im blauen T-Shirt. «Komm mal her, Miss Stayja.» Er warf sein Shirt beiseite und neigte sich zu ihr, um ihr Kinn zu umfassen. Als er mit der anderen Hand unter den Träger ihres BHs glitt, dachte sie nur *yes, yes, yes.*

Fallakte: Fall Nr. 234:
Annie C. Stoddard vs. Tyler J. Brand

TEIL I A: ZEUGENAUSSAGE DER KLÄGERIN

Name: Annie Stoddard
Jahrgang: Zweites Studienjahr
Mutmaßlicher Verstoß: Sexueller Übergriff
Datum: 2.9.17 / 9.9.17 **Zeitpunkt:** 23:30 Uhr / 21:30 Uhr
Ort: Wohnheim der Studentenverbindung PiKa

Schilderung des Vorfalls:

Am ersten Abend war ich betrunken und auf seiner Couch eingeschlafen. Als ich aufwachte, hatte ich seinen Penis in meinem Mund. Zuerst schob ich Tyler nicht weg, weil ich nicht begriff, was los war. Als es mir klarwurde, wollte ich mich zurückziehen, aber er hielt meinen Kopf fest.

Am nächsten Tag überzeugte er mich davon, dass ich mich geirrt hatte und es einvernehmlich gewesen war.

Die zweite Vergewaltigung passierte eine Woche später. Diesmal war kein Alkohol im Spiel. Wir sahen uns in seinem Zimmer einen Film an. Wir knutschten, und ich war einverstanden, mein T-Shirt auszuziehen, aber danach machte ich deutlich, dass ich nicht mit ihm schlafen wollte. Trotzdem kam es zum Geschlechtsverkehr.

Nachdem ich sein Zimmer verlassen hatte, ging ich zur Klinik, um den Vorfall zu melden und mich untersuchen zu lassen. Aber am Ende ließ ich mich nicht untersuchen, weil es zu viel für mich war.

Am nächsten Tag meldete ich es der Dekanin.

TEIL I B: ZEUGENAUSSAGE DES BEKLAGTEN

Name: Tyler Brand
Jahrgang: Viertes Studienjahr
Mutmaßlicher Verstoß: Sexueller Übergriff
Datum: 2.9.17 / 9.9.17 **Zeitpunkt:** 23:30 Uhr / 21:30 Uhr
Ort: Wohnheim der Studentenverbindung PiKa

Schilderung des Vorfalls:
Am Abend des zweiten September war Annie Stoddard mit mehreren anderen Kommilitonen in meinem Zimmer. Es wurde sehr viel Alkohol getrunken, woran sie und ich uns beteiligten. Ein paar Stunden später hatten wir beide Sex.
Am nächsten Morgen sprachen wir über die Nacht zuvor und waren uns einig, dass wir beide betrunken waren und uns nicht mehr an die Einzelheiten erinnern konnten. An diesem Morgen knutschten wir erneut, daher dachte ich, alles wäre in Ordnung.
Am nächsten Wochenende gingen wir Pizza essen und dann ins Improtheater. Danach kam sie mit auf mein Zimmer, wo wir uns einen Film ansahen und Sex hatten. Zu keinem Zeitpunkt teilte sie mir mit, dass sie aufhören wollte, daher war ich vollkommen überzeugt, dass es einvernehmlich war. Ich bin aufrichtig schockiert und entsetzt, etwas anderes von ihr zu hören.
Das Ganze ist furchtbar für mich. Ich bin ein anständiger Mensch. Ich wollte nie jemandem weh tun. Niemals würde ich jemanden vergewaltigen.

UNTERSUCHUNGSBERICHT

An: Dekanin Sharon Arroyo, Dekanin für studentische Angelegenheiten
CC: Annie Stoddard, Klägerin; Tyler Brand, Beklagter; Carla Bitman, Stellvertretende Dekanin für studentische Angelegenheiten
Von: RA Lila Wutke, Externe Untersuchungsbeauftragte
Betreff: Untersuchung mutmaßlicher sexueller Übergriffe
Datum: Freitag, 22. September 2017

A. UNTERSUCHUNGSVERFAHREN

Zwischen dem 15. und dem 18. September befragte die Untersuchungsbeauftragte folgende Personen im Carter Boathouse Hotel:

Annie Stoddard, Klägerin
Tyler Brand, Beklagter
Joelle Pasha, Zeugin der Klägerin
Matty Tuttle, Zeuge der Klägerin
Ellen Harris, Zeugin des Beklagten

Alle Zeugen haben sich schriftlich einverstanden erklärt, ihre Aussagen aufzeichnen zu lassen, und wurden darüber aufgeklärt, dass sie im Zusammenhang mit der Untersuchung verwendet werden.

B. ZUSAMMENFASSUNG DER BEFRAGUNGEN

1. Befragung von Annie Stoddard, Klägerin

Die Untersuchungsbeauftragte fand keine größeren Diskrepanzen zwischen dem, was die Klägerin in ihrer Anzeige, und dem, was sie während der Befragung schilderte. Bei der Befragung konzentrierte sich die Untersuchungsbeauftragte vor allem auf zwei besondere Aspekte der Klage, die bis dato unklar geblieben waren:

1. Wie die Klägerin dem Beklagten ihre Nichteinwilligung in den sexuellen Akt vermittelte und
2. Warum die Klägerin die Klinik verließ, bevor die Untersuchung auf Vergewaltigung vorgenommen werden konnte.

Bezüglich der ersten Frage erklärte Miss Stoddard Folgendes:

Untersuchungsbeauftragte: Wieso nahmen Sie an, dass er wusste, dass Sie keinen Sex wollten?

Miss Stoddard: Das machte ich mit meinem Körper mehr als deutlich.

Untersuchungsbeauftragte: Inwiefern?

Miss Stoddard: Das merkt man doch, wenn jemand keinen Sex mit einem will. Genauso, wie man es merkt, wenn jemand einen nicht küssen oder berühren oder mit einem reden will.

Untersuchungsbeauftragte: Bitte beschreiben Sie mir genau, wie Sie Ihre Abwehr körperlich und verbal vermittelt haben. Bei beiden Vorfällen.

Miss Stoddard: Also, in der ersten Nacht musste ich würgen und zog mich zurück, aber er hielt mich mit beiden Händen fest, also, äh, ließ ich es geschehen. Und in der zweiten Nacht habe ich mich gewunden und versucht, unter ihm wegzurutschen. Aber er lag auf mir, und ich so, äh, ich weiß nicht, ob das eine gute Idee ist.

Untersuchungsbeauftragte: Sie sagten, Sie wüssten nicht, ob das eine gute Idee sei?

Miss Stoddard: Ja, genau. Damit wollte ich nein sagen, ohne direkt das Wort ‹Stopp› zu benutzen.

Untersuchungsbeauftragte: Warum wollten Sie nicht einfach ‹Stopp› sagen?

Miss Stoddard: Das weiß ich nicht. Ich hab's eben nicht getan. Ich konnte es nicht sagen. Ich hab's nicht ... ich glaube, wahrscheinlich, weil ich nicht vergewaltigt werden wollte. Und ich dachte, wenn ich nicht ‹Stopp› sage, dann wäre es auch keine Vergewaltigung, verstehen Sie? So, als könnte ich uns beiden dann vormachen, dass es eigentlich keine wäre. Mein Freund Matty und ich haben heute darüber geredet ... also darüber, wie man sich selbst überzeugen kann, dass etwas vielleicht nicht das ist, was man glaubt, solange man das Wort nicht ausspricht. Aber wenn man das nicht macht, dann kann man natürlich später schwerer beweisen, dass es das war, was man von vornherein wusste. Und vielleicht muss man das können, um, Sie wissen schon, seinen Frieden zu finden. So wie ich jetzt. Es ist, wie wenn man daliegt und sich überlegen muss, wie das zukünftige Ich sich damit wohl einmal fühlen wird. Aber man hat keine Ahnung. Und man hat auch keine Zeit dazu, denn es passiert in diesem Augenblick ... und ist einfach verstörend und schrecklich. Also war ich ... irgendwie hin und her gerissen und machte dann irgendwas dazwischen, also wehrte mich, ohne nein zu sagen. Obwohl, ich hab nicht gedacht: Ich muss mich wehren. Ich hab's einfach gemacht, weil, also, ich wollte es ja nicht.

Untersuchungsbeauftragte: Mit ‹Es› meinen Sie …

Miss Stoddard: Sex.

Untersuchungsbeauftragte: Wann dachten Sie, dass es Vergewaltigung ist?

Miss Stoddard: Direkt, als es passierte.

Untersuchungsbeauftragte: Könnten Sie sich vorstellen, dass er dachte, Sie seien einverstanden?

Miss Stoddard: Auf gar keinen Fall. Wie ich schon sagte, meine Körpersprache war mehr als deutlich.

Bezüglich der Frage, warum die Klägerin sich nicht auf Vergewaltigung untersuchen ließ, erklärte sie Folgendes:

Untersuchungsbeauftragte: Schildern Sie mir bitte, was Sie danach getan haben. Sie haben sein Zimmer verlassen. Und dann?

Miss Stoddard: Zuerst ging ich zur Krankenstation. Da war eine Krankenschwester, eine ältere Dame, die mir ein Päckchen Käsekräcker und eine Flasche Wasser gab und mich fragte, ob sie einen Krankenwagen rufen sollte. Das lehnte ich ab, denn den brauchte ich ja nicht. Ich meine, es war so … bizarr. Sie gab mir ein Schmerzmittel.

Untersuchungsbeauftragte: Was genau war bizarr?

Miss Stoddard: Also, für Käsekräcker und Wasser fand ich es irgendwie zu ernst und für einen Krankenwagen nicht ernst genug. Aber sie bot mir nur diese beiden Möglichkeiten an.

Untersuchungsbeauftragte: Wie sind Sie dann in die Notaufnahme gekommen?

Miss Stoddard: Zu Fuß.

Untersuchungsbeauftragte: Wie weit ist es bis dahin?

Miss Stoddard: Ein paar Meilen. Ich weiß nicht. Es hat ziemlich lange gedauert. Vielleicht eine Dreiviertelstunde?

Untersuchungsbeauftragte: Was ist dann passiert?

Miss Stoddard: Gegen ein Uhr nachts kam ich am Krankenhaus an und bekam ein Klemmbrett mit einem Formular. Darauf gab ich an, ich wäre vergewaltigt worden. Ich musste nur ein paar Minuten warten. Die Krankenschwester – die befragen Sie doch auch, oder? Als Zeugin?

Untersuchungsbeauftragte: Ja, das werde ich.

Miss Stoddard: Sie maß meinen Blutdruck und forderte mich auf, ihr zu erzählen, was passiert war. Sie sagte, ich ... also, sie empfahl mir – das ist das Wort, das sie, glaube ich, benutzte – sie empfahl mir, sofort medizinische Hilfe in Anspruch zu nehmen. Dann fragte sie, ob ich meiner Meinung nach in Gefahr wäre oder jemand verhaftet werden müsste, von dem Gefahr ausginge. Das verneinte ich. Darauf meinte sie, in diesem Fall wäre es okay, wenn ich noch warten wollte und die Polizei erst nach der medizinischen Untersuchung verständigen würde. Aber das wollte ich nicht ... ich sagte ihr, ich wollte keine Polizei. Darauf erwiderte sie, sie wären verpflichtet, die Polizei zu informieren. Dann fragte sie, ob ich volljährig wäre. Als ich das bestätigte, sagte sie, dann müssten sie nicht meinen Namen nennen, wenn ich anonym bleiben wollte. Und das wollte ich. Warum, weiß ich nicht.

Darauf erklärte sie mir, eine vollständige medizinische und forensische Untersuchung würde zwei bis drei Stunden dauern. Zuerst müsste ich mich ausziehen und einen Krankenhauskittel anziehen. Sie ging, um mir einen zu holen. Während ich wartete, kamen langsam Zweifel in mir auf. Ich fragte mich, warum ich überhaupt gekommen war. Ich hatte Beweise dafür haben wollen, dass ich vergewaltigt worden war. Aber so eine Art Vergewaltigung war es ja nicht gewesen. Ich ging nicht davon aus, dass es Spuren von einem richtigen Kampf geben würde. Also bekam ich immer mehr Zweifel, dass das Ganze überhaupt einen Zweck hatte. Und ich war todmüde.

Dann kam die Schwester mit einem Krankenhauskittel, einem großen, grünen Eimer und einer durchsichtigen Plastiktüte zurück. Sie wies mich an, meine Kleider in die Tüte zu stecken und den Kittel anzuziehen. Wenn ich dann später nach Hause wollte, könnte ich mir fremde Kleider aus dem Eimer aussuchen. Sie meinte, die wären alle sauber. Gespendete Kleider. Irgendwann würde ich auch meine eigenen zurückbekommen, aber zuerst würden die als Beweismittel dienen.

Also zog ich den Kittel an und steckte meine Sachen in die Tüte. Sie kam zurück, nahm die Tüte und gab mir einen Becher für eine Urinprobe. Als sie wieder ging und ich mit dem Becher da saß, in den ich pinkeln sollte, da fühlte ich mich wie vor einer wichtigen Prüfung. Das war einfach zu viel für mich. Also bin ich gegangen.

Untersuchungsbeauftragte: In dem Kittel?

Miss Stoddard: Nein, ich hab mir eine Leggings und ein Sweatshirt aus dem Eimer genommen.

Untersuchungsbeauftragte: Wohin sind Sie dann gegangen? Nach Hause?

Miss Stoddard: Ich wollte nach Hause, klappte aber auf dem Campus auf irgendeiner Bank zusammen. Ich war einfach nur erschöpft und überwältigt. Also schickte ich meinem Freund Matty eine Nachricht – den befragen Sie doch auch, oder?

Untersuchungsbeauftragte: Ja.

Miss Stoddard: Ich schickte ihm eine Nachricht, und er holte mich ab und brachte mich auf sein Zimmer. Dort übernachtete ich auf seinem Futon. Schließlich war es schon nach zwei. Was danach passierte, wissen Sie ja. Am nächsten Tag ging ich zur Dekanin und meldete, was passiert war.

2. Befragung von Tyler Brand, Beklagter

Die Untersuchungsbeauftragte fand keine größeren Diskrepanzen zwischen dem, was der Beklagte in seiner protokollierten Aussage, und dem, was er während der Befragung schilderte. Die Untersuchungsbeauftragte wollte in der Befragung vor allem klären, wie der Beklagte den Gemütszustand der Klägerin beurteilte und welche Anzeichen ihn zu der Auffassung brachten, dass die Klägerin mit dem Sex einverstanden war. Der Beklagte erklärte Folgendes:

Untersuchungsbeauftragte: Miss Stoddard hat ausgesagt, sie hätte mit ihrer Körpersprache deutlich zum Ausdruck gegeben, dass sie keinen Geschlechtsverkehr mit Ihnen wollte. Was sagen Sie dazu?

Mr. Brand: Dem widerspreche ich.

Untersuchungsbeauftragte: Können Sie das näher ausführen? Wie haben Sie das Geschehen in Erinnerung?

Mr. Brand: Ehrlich gesagt, erinnere ich mich kaum noch an Einzelheiten, weil ich bei beiden Gelegenheiten ziemlich betrunken war. Ich war hackedicht. Sie aber auch, zumindest beim ersten Mal. Das soll keine Entschuldigung sein. Nur als Erklärung, wieso ich Ihnen keine Einzelheiten schildern kann. Und ehrlich gesagt glaube ich, aus genau diesem Grund passiert so was manchmal, weil beide Beteiligten keine besonnene Entscheidung treffen.

Damit will ich nicht sagen, dass meine unbesonnene Entscheidung eine Vergewaltigung war. So was würde ich nie tun, egal, wie betrunken ich bin.

Ich glaube nur ... ich meine, mir ist klar, wieso man verwirrt sein kann. Nicht, dass ich verwirrt gewesen wäre. Sie hat weder nein oder Stopp gesagt noch sonst was, und selbst wenn sie nicht ganz bei der Sache war, also, soll ich etwa ihre Gedanken lesen? Was soll das heißen, sie hat es mit ihrer Körpersprache deutlich gemacht? Ohne jetzt allzu explizit zu werden, aber beim Sex machen die Leute ja alles Mögliche ... manchmal sogar echt abgefahrene Dinge. Bloß, weil jemand seinen Körper auf eine bestimmte Art bewegt, muss das doch nicht automatisch bedeuten, dass derjenige aufhören will.

Untersuchungsbeauftragte: Erinnern Sie sich daran, dass sie sich Ihnen entzogen hat?

Mr. Brand: Nein.

Untersuchungsbeauftragte: Oder dass sie sich gewunden hat, um unter Ihnen wegzurutschen? Sie sagt, Sie hätten sie festgehalten.

Mr. Brand: Ich erinnere mich nicht, das getan zu haben. Aber wie ich schon sagte: sich winden? Sex ist doch was Körperliches. Da windet man sich schon mal. (Lacht.)

Untersuchungsbeauftragte: Gut. Möchten Sie noch etwas hinzufügen, bevor wir fortfahren?

Mr. Brand: Ich will nur sagen, dass ich es mit Sicherheit wüsste, wenn auch nur die geringste Möglichkeit bestünde, dass ich sie vergewaltigt habe. Ist eigentlich offensichtlich. Aber ich habe das Gefühl, ich muss das noch mal sagen.

Außerdem weiß ich nicht, ob Sie meine Theorie zu dem Ganzen hören wollen. Wenn ja, dann kann ich sie Ihnen gerne erzählen. Annie hat diese Narben auf ihren Beinen, die ihr sehr peinlich sind. Letzten Sommer hat sie sich deshalb einer kosmetischen Operation unterzogen, und jetzt fühlt sie sich wohler in ihrer Haut und zieht andere Sachen an, echt kurze Röcke zum Beispiel ... und sie geht aus ... auch mal was trinken. Eigentlich sollte sie eine Mitbewohnerin haben, aber die hat in letzter Minute auf ein anderes College gewechselt. Dadurch hat Annie nun ein Einzelzimmer. Ich weiß, dass sie echt gute Freundinnen waren. Jetzt hat sie nicht mehr viele Freunde hier, jedenfalls nicht, dass ich wüsste. Und ich fand es schon komisch, dass die Mitbewohnerin einfach so abgehauen ist.

Jedenfalls will ich damit sagen, dass sich ihr Lebensstil dieses Semester ziemlich verändert hat. Und ich habe mich gefragt, ob ihr Verhalten ... die Labilität, der Alkohol, ihre Behauptung, ich hätte sie vergewaltigt ... ob das daher kommt, dass sie es bereut und sich schämt ... das würde doch alles erklären. Ich meine, Sie können sich gar nicht vorstellen, wie betrunken sie beim ersten Mal war. Das war nicht mehr normal, sondern echt unkontrolliert.

Außerdem: Wieso ist sie noch mal mit mir ausgegangen, wenn ich sie wirklich vergewaltigt hätte? Das passt doch nicht zusammen.

Und noch was: Ich weiß, dass sie ein Stipendium hat, weil sie Fagott spielt. Aber irgendwie hat sie gar keine Lust mehr dazu. Das hat sie mir selbst erzählt. Und dass sie sich das Carter ohne ihr Stipendium nicht leisten könnte. Also hab ich mich gefragt: Hat sie sich das vielleicht ausgedacht, um, Sie wissen schon, meine Familie zu verklagen? Ich weiß, das klingt krass, aber ist es wirklich so abwegig? Hier am College ist allgemein bekannt, dass meine Eltern großzügige Spender sind. Annie weiß es jedenfalls definitiv.

Also will ich diese Möglichkeiten erwähnt haben. Weil das Ganze für mich echt keinen Sinn ergibt. Es sei denn, es steckt was anderes dahinter.

3. Befragung von Matty Tuttle, Zeuge der Klägerin

Mr. Tuttle studiert im zweiten Jahr und ist mit Miss Stoddard befreundet. Am frühen Morgen des 10. September bat sie ihn um Hilfe, als sie vor Erschöpfung auf einer der Bänke auf dem Campus ‹zusammenklappte›. Mr. Tuttle sagt aus, dass er ein paar Minuten nach Erhalt ihrer Nachricht bei ihr eintraf und fand, dass sie ‹außer sich, erschöpft und verzweifelt› wirkte. Für ihn war offensichtlich, dass ‹etwas Schreckliches passiert› sein musste, noch bevor sie ihm davon erzählte.

Mr. Tuttle teilte mir auch mit, er habe gemerkt, dass ‹irgendwas nicht stimmt›, als er am Wochenende zuvor Miss Stoddard am Morgen des 3. September in ihrem Zimmer aufsuchte, obwohl sie ihm damals noch nichts von der Nacht zuvor erzählte.

4. Befragung von Joelle Pasha, Zeugin der Klägerin

Mrs. Pasha ist die für sexuelle Übergriffe zuständige Bereitschaftsschwester in der Notaufnahme des Carter University Hospital Systems. Ihre Befragung bestätigte Miss Stoddards Version der Ereignisse vom 9. September.

Sie fügte hinzu, dass ihrer fachlichen Meinung nach Miss Stoddards Verhalten und Auftreten stimmig mit dem Kontext eines sexuellen Übergriffs waren.

5. Befragung von Ellen Harris, Zeugin des Beklagten

Miss Harris studiert im dritten Jahr und ist mit dem Beklagten befreundet. Am Abend des 2. September war sie zusammen mit der Klägerin und dem Beklagten im Zimmer des Letzteren.

Miss Harris bestätigte, was der Beklagte zu den Ereignissen des frühen Abends erzählte, insbesondere, dass alle Anwesenden

extrem viel Alkohol tranken. Sie war mit dem Beklagten zusammen, bis er wieder auf sein Zimmer zurückging. Sie hatte nicht das Gefühl, sein Verhalten sei unkontrolliert oder in irgendeiner Weise ungewöhnlich. Sie fügte hinzu, sie würde den Beklagten ziemlich gut kennen und halte ihn sexueller Übergriffe nicht für fähig. Deshalb wäre sie auch äußerst überrascht gewesen, als sie von den Anschuldigungen hörte. Der Beklagte erschien ihr sehr erschüttert, als er ihr davon erzählte.
Die Klägerin kennt sie nicht und hat nur diesen einen Abend am 2. September mit ihr verbracht.

ZUSAMMENFASSUNG UND SCHLUSSFOLGERUNG

Die Untersuchungsbeauftragte findet alle Zeugenaussagen glaubwürdig. Klägerin und Beklagter berichten übereinstimmend von den Ereignissen in der Nacht des 2. September und in der Nacht des 9. September. Uneins sind sie in der Frage, ob Mr. Brand begriff, dass Miss Stoddard bei beiden Gelegenheiten keinen Sex mit ihm wollte. Die Klägerin behauptet, sie hätte das mit ‹ihrer Körpersprache› eindeutig klargemacht, während der Beklagte dem vehement widerspricht und erklärt, es sei viel Alkohol im Spiel gewesen und er glaubte, sie wäre einverstanden gewesen.
Die Untersuchungsbeauftragte steht für weitere Informationen oder persönliche Eindrücke zur Verfügung, falls dies gewünscht und erforderlich ist.

Büro der Dekanin für studentische Angelegenheiten
Carter University
120 Campus Drive

Tyler Brand
Postfach 937
Via E-Mail

25. September, 2017
Sehr geehrter Mr. Brand,
die Untersuchung der Anschuldigungen, die gegen Sie aufgrund der College-Regeln zu sexuellem Fehlverhalten erhoben wurden, ist nun abgeschlossen. Auf Grundlage der Erkenntnisse der externen Untersuchungsbeauftragten und der Charakterzeugnisse, die über Sie und die Klägerin beigebracht wurden, kommt die Vorsitzende hiermit zu folgendem Schluss:

Beschuldigungen:
Anschuldigung Nr. 1: Sexueller Übergriff am 2. September 2017
Auf Grundlage der vorgelegten Beweise befindet die Vorsitzende Sie **aus triftigen und eindeutigen Gründen für nicht verantwortlich** für sexuelles Fehlverhalten im Sinne des im *Carter University Student Handbook* dargelegten Kodex zu sexuellem Respekt. Zur Begründung dieser Entscheidung siehe weiter unten.

Anschuldigung Nr. 2: Sexueller Übergriff am 9. September 2017
Auf Grundlage der vorgelegten Beweise befindet die Vorsitzende Sie **aus triftigen und eindeutigen Gründen für nicht verantwortlich** für sexuelles Fehlverhalten im Sinne des im *Carter University Student Handbook* dargelegten Kodex zu sexuellem Respekt. Zur Begründung dieser Entscheidung siehe weiter unten.

Begründung:
Was Anschuldigung Nr. 1 betrifft, gaben beide Parteien an, sich wegen exzessiven Alkoholgenusses nicht mehr genau an die Ereignisse erinnern zu können, sodass es uns überlassen bleibt, die Fakten ohne Hilfe ihrer Erinnerungen zu ermitteln. Trunkenheit ist keine Rechtfertigung für sexuelle Übergriffe; vielmehr bildet sie ein Hindernis, den genauen Hergang der Ereignisse nachzuvollziehen, was in Fällen wie diesen frustrierend oft vorkommt.
Mit Hilfe folgender Beweise schlussfolgern wir, was am 2. September stattfand: Eine weibliche Zeugin sagte zugunsten des Beklagten aus, dass der Beklagte sich vor dem fraglichen Akt zwischen den beiden Parteien normal verhalten habe. Die Aussage der Klägerin, dass sie ‹es geschehen ließ› und ‹hin und her gerissen war›, zusätzlich zu der Tatsache, dass sie weiterhin mit dem Beklagten in Kontakt stand und sogar bereit war, erneut mit ihm auszugehen, stützt unseren Schluss, dass der Beklagte nicht verantwortlich ist.
Zu Anschuldigung Nr. 2: Es gibt keinen Beweis, dass Miss Stoddard unter Alkoholeinfluss stand, daher ist ihre Aussage dazu glaubhaft. Mr. Brand aber sagte aus, er wäre

bei beiden Gelegenheiten betrunken gewesen und hätte Schwierigkeiten, ‹sich an Einzelheiten zu erinnern›. Daher gewichten wir Miss Stoddards Version der Ereignisse in dieser Nacht stärker. Miss Stoddard sagt aus, sie hätte ‹mehr als deutlich› gezeigt, dass der Sex nicht einvernehmlich war.

Es ist uns unmöglich, zu ermitteln, was wirklich geschah, daher kann zu diesem Zeitpunkt nicht auf sexuellen Übergriff geschlossen werden.

Dennoch möchten wir Ihnen den Kodex des Colleges zu sexuellem Respekt in Erinnerung rufen.

Sexueller Respekt gegenüber anderen:

Sexueller Respekt gegenüber anderen wird generell definiert als Verpflichtung, bei sexuellen Handlungen mit Kommilitonen respektvoll zu kommunizieren und zu interagieren. Diese Verpflichtung untersagt unerwünschtes Verhalten wie ungebetene Kommentare über Sexualität oder Geschlecht des Gegenübers, unangemessene Gesten oder Ausdrücke sowie die Weigerung, sich den ausdrücklich vorgebrachten Wünschen nach körperlicher Autonomie zu fügen.

In diesem Sinne hat Mr. Brand die Verpflichtung zu sexuellem Respekt missachtet.

Sanktionsmaßnahmen

Da der Beklagte laut Schlussfolgerung der Vorsitzenden gegen den Kodex des Colleges zu sexuellem Respekt verstoßen hat, werden folgende Sanktionsmaßnahmen über ihn verhängt:

- Mr. Brand bekommt hiermit für den Rest des Studienjahres akademische Bewährung.

- Als Bedingung, weiterhin an diesem College studieren zu dürfen, und als Folge seines akademischen Bewährungsstatus wird Mr. Brand binnen drei Tagen nach Erlass dieser Entscheidung unter Aufsicht im Kodex des Colleges zu sexuellem Respekt geschult werden.
- Als Bedingung, weiterhin an diesem College studieren zu dürfen, und als Folge seines akademischen Bewährungsstatus wird Mr. Brand binnen sieben Tagen nach Erlass dieser Entscheidung ein Alkoholentzugsprogramm seiner Wahl beginnen, das von der Vorsitzenden genehmigt werden muss und kontrolliert werden wird.

Mr. Brand, bitte nehmen Sie diese Sanktionsmaßnahmen ernst. Wenn Sie während Ihrer Zeit als Student unseres Colleges ein zweites Mal eines Verstoßes gegen den Kodex zu sexuellem Respekt für verantwortlich befunden werden, könnte es zu schärferen Maßnahmen, inklusive Ausschluss vom College, kommen.

Hochachtungsvoll
Sharon Maddox Arroyo
Dekanin für studentische Angelegenheiten

TEIL 2

GERECHTIGKEIT

The Carter Chronicle

Donnerstag, 28. September

Bitte, bitte stehlt mein Handy!

Vom Respektlosen Rooster

Ladys and Gentlemen! Nichtkonforme, nichtbinäre Individuen! Menschen, die geschlechtsspezifische Begrüßungen hassen, und Menschen, die solche Menschen hassen!

Laut Polizeibericht vom Montag wurde einem Rooster im ersten Jahr diese Woche im Naturwissenschaftstrakt sein Handy von einem Häretiker[1] gestohlen.

War meine spontane Reaktion bei dieser Nachricht:

a) Oh nein!
b) Wie schrecklich!
c) Kann mir das nicht bitte auch passieren?
d) Alles gleichzeitig

Solltest du dich für d) entschieden haben, hattest du wahrscheinlich einen fehlerfreien Uni-Eingangstest, herzlichen Glückwunsch. Aber das bringt dir hier keinen einzigen Punkt ein. Die korrekte Antwort ist c).

Könnte mir nicht jemand aus Liebe zu unserem Gründer Reginald Purcell Carter[2] das Handy aus meinen feuchten Suchtklauen reißen?

Lasst uns kurz erörtern, welche Vorteile es hat, Opfer eines Handydiebstahls zu sein. Wenn dein Mobiltelefon gestohlen wurde, bleibt dir in der kurzen Zeitspanne, bis deine Eltern dir ein neues geschickt haben, Folgendes erspart:

1) Der Gruppenchat deines Ersti-Wohnheims[3]
2) Campusmeldungen zu Unwettern, die nie kommen
3) Campusmeldungen zu Unwettern, die bereits abgezogen sind
4) Campusmeldungen zu gutem Wetter, das keinerlei Auswirkungen auf deinen Tagesablauf hat
5) Das niederschmetternde Schweigen des Typen von Sigma Chi, mit dem du letztes Wochenende rumgemacht hast
6) Der Insta-Account deines High-School-Freundes
7) Der Insta-Account seiner neuen Freundin
8) Dabei ist sie nicht mal besonders hübsch
9) Mal ehrlich, wer ist hübscher: sie oder ich?
10) Halt, ich hab gerade komisch das Gesicht verzogen. Ich trag noch kurz Lipgloss auf
11) So, jetzt.
12) OK, und als Letztes: die Nachricht meiner Eltern, dass sie – ÜBERRASCHUNG! – mich besuchen kommen und zum Frühstück treffen wollen, wo ich doch letzte Nacht so lange auf war, dass es sogar bei Kappa schon still war, als ich am Schändungszentrum[4] vorbeitaumelte, aaaaalso ... klar, Mum. Ich freu mich auch, euch zu zu sehen. Was soll das heißen, ich stinke wie Onkel Joe?[5]

Aber ganz im Ernst: Will jemand nicht mal kurz mein Handy klauen? Zahle in Mensamarken.

Glossar:

1. Häretiker: jeder, der nicht aufs Carter geht, es aber wagt, seinen Fuß auf den Campus zu setzen, obwohl er uns weder Essen noch Kaffee serviert – sondern nur Handys klaut!
2. Reginald Purcell Carter: Habe ich erfunden. Wer ist eigentlich in Wahrheit unser Gründer? Jemand mit Nachnamen Carter, der wahrscheinlich Sklaven hielt?

3. Der Gruppenchat deines Ersti-Wohnheims: Nein, ich will nicht zu eurem genre-übergreifenden Theaterstück über einen einbeinigen Bananenzüchter kommen. Wir waren schon keine Freunde, als wir noch Flurnachbarn waren, und jetzt sind wir es definitiv auch nicht.
4. Schändungszentrum: die Verbindungsachse PiKa-ATO-Kappa
5. Onkel Joe: der Säufer der Familie.

13

ANNIE

Montag, 25. September – Freitag 6. Oktober

So war also das Leben.

Das hatte ich mir besser vorgestellt.

Selbst nach meinen Verbrennungen und Narben hatte ich noch an das Gute im Menschen geglaubt. Nicht an das allumfassende, absolut Gute. Aber ich hatte nicht erwartet, von jedem Einzelnen in meiner Welt so enttäuscht zu werden, noch bevor ich zwanzig wurde. Ich hatte auch nicht erwartet, missbraucht zu werden, und wurde trotzdem missbraucht, aber dies hier, das war erstaunlicherweise noch viel schlimmer. Missbraucht zu werden, war eine Sache. Aber deshalb vom Rudel im Stich gelassen zu werden, gab mir den Rest.

Als ich das Schreiben über die Fallentscheidung zu Ende gelesen hatte, dachte ich unwillkürlich an die Orientierungswoche im ersten Studienjahr, als Dekanin Arroyo uns sagte, am Carter wären wir sicher.

Willkommen am Carter, hatte sie gesagt. *Ihr seid jetzt Teil unserer Familie. Dies ist ein sicherer Ort, wo ihr Fragen stellen und zu dem werden könnt, der ihr wirklich seid.*

Damals fand ich die Formulierung merkwürdig. Natürlich

waren wir hier sicher. Wieso auch nicht? Jetzt begriff ich, dass sie meinte: Das Gegenteil ist der Fall.

Dann ertappte ich mich dabei, dass mir Sätze durch den Kopf gingen, die in ihrer Schlichtheit fast kitschig waren, sich aber so wahr anfühlten, dass mir die Tränen kamen. Zum Beispiel, dass mir das, was mich ausmachte, geraubt worden war. Dass ich ausgehöhlt worden war.

Ich leitete Matty die Entscheidung weiter, legte mich aufs Bett und starrte an die Decke, bis er kam, die Tür zu meinem Zimmer öffnete und eintrat. Ich wandte ihm mein Gesicht zu und wurde noch mal mit aller Wucht von der Grausamkeit der ganzen Angelegenheit getroffen, weil er kein bisschen überrascht wirkte.

Er nahm auf der Bettkante Platz. Ich setzte mich wortlos auf, völlig überwältigt von der Leere, die sich in mir ausbreitete. Wo früher meine Seele gewesen war, tat sich nun ein riesiger Abgrund auf. Interessant war nur, dass es mich nicht kümmerte. Es war mir scheißegal. Wie ein Gott, der seine wertlosen, dummen Kreaturen betrachtet, spürte ich lediglich schwache Enttäuschung.

«Es ist schrecklich. Aber das ist nicht nur hier so», bemerkte Matty, «sondern überall.»

Ich fragte nicht nach, wie er darauf kam. Selbst Matty, der Menschen hasste, der sich mit niemandem traf, weil er angeblich zu viel zu tun hatte, wusste, was ich nicht gewusst hatte. Aber sein tolles Wissen interessierte mich nicht mehr. Es kotzte mich nur noch an.

Alle wussten, dass Tyler ungeschoren davonkommt, erkannte ich nun: die Krankenschwester, die Dekanin, Matty. Wahrscheinlich hatte es sogar Tyler selbst gewusst.

Ich sagte Matty, ich wolle allein sein.

Als er gegangen war, steckte ich die Kopfhörer in mein

Handy und stellte es lautlos. Dann scrollte ich durch meine Musikliste, bis ich den Soundtrack von *October Sky* fand. Ich zog die Jalousie herunter, setzte die Kopfhörer auf und kroch ins Bett.

Wer Cello lernt, will sich nicht im Hintergrund des Orchesters verstecken. Die Violine ist die Dame, um die sich alles dreht, und die Pauken sind die würdigen Nebenbuhler, das Cello aber ist der edle Freier, der den Herzschmerz zur Erzählung beisteuert. Als Kind hatte ich mich aus demselben Grund gegen das Cello entschieden wie gegen die Geige. Sie waren zu beliebt.

Aber als ich am Morgen nach der Fallentscheidung aufwachte, der zufällig auch der letzte Vorlesungstag vor den Herbstferien war, interessierte mich nur noch eines auf der Welt: Ich hatte einmal gelesen, das Cello erzeuge den Klang eines brechenden Herzens. Konnte ich deshalb an nichts anderes mehr denken?

Einige vom Orchester bewahrten ihre Instrumente im Studentenzentrum auf, um sie nicht immer hin und her schleppen zu müssen. Per WhatsApp fragte ich Abigail, eine befreundete Cellistin, ob ich mir ihr Cello ausleihen dürfe, und sie antwortete, sie sei schon in den Ferien in Cancún, und ich könnte ihr Cello *haben*, wenn ich wollte, weshalb ich vermutete, dass sie bereits betrunken war.

Bevor ich die Fallentscheidung bekam, hatte ich eigentlich mit dem Bus nach Hause fahren wollen, da es nur eine vierstündige Fahrt war und meine Mom oder mein Dad mich in Atlanta abholen konnten. Das Ticket hatte ich schon gekauft, sah aber jetzt erleichtert, dass man es zurückgeben konnte. Am Abend schrieb ich meiner Mom, es hätte sich in letzter Minute ergeben, dass ich wegen Orchesterproben hierbleiben müsste – eine glatte Lüge. Sie war sichtlich enttäuscht, versuchte mich aber nicht umzustimmen, da meine Eltern einen an Wahnsinn grenzenden Respekt vor meiner Musik hatten. Durch sie hatte ich das Stipendium und damit die Möglichkeit bekommen, ein privates College zu besuchen. Die Krankheit meines Bruders und die daraus entstehenden Kosten hatten ihnen einen schweren Schlag versetzt und ihre Zukunft gefährdet, doch dann war das Fagott gekommen und hatte alles wieder in Ordnung gebracht. Am Besuchswochenende zwei Wochen später würde ich sie ohnehin sehen.

Ich hatte das Gefühl, es meinen Eltern nicht erzählen zu können. Doch genauso wenig konnte ich so tun, als wäre alles gut, also mied ich den Kontakt mit ihnen. Was sie bemerkten. Beim FaceTimen quetschten sie sich beide vor den Bildschirm und flehten mich an, ihnen zu sagen, was los sei – sonst würden sie kommen und sich persönlich ein Bild machen. Darauf erklärte ich nur vage, ich sei mit jemandem ausgegangen, der sich als Arschloch entpuppt hätte. Anscheinend hatte meiner Mutter das als Begründung gereicht.

Das Musikgebäude war verwaist. Als ich auf dem Weg zu den Proberäumen am Konzertsaal vorbeikam, öffnete ich die Tür und spähte hinein. So leer fühlte er sich noch größer und Ehrfurcht gebietender an: Hunderte von Sitzplätzen blickten zur leeren Bühne, die von prächtigen Samtvorhängen eingerahmt wurde.

«Hallo!», rief ich laut und hörte das Echo meiner Stimme. Wieso sollte ich in einem Proberaum üben, wenn ich die Konzerthalle für mich hatte? Als ich den Hauptgang entlangging, knirschten meine Schuhe auf dem grobfaserigen Teppich und brachen die allumfassende Stille. Ich ging die

Stufen zur Bühne hinauf. Hinter den Vorhängen standen die Klappstühle, die wir für die Auftritte benutzten. Ich stellte Abigails Cellokasten ab, zog einen Stuhl heran und klappte ihn auf. Dann nahm ich mir einen Notenständer, setzte mich und holte das Instrument heraus.

Ich schlug die Noten zu *October Sky* auf, die ich aus Abigails Fach stibitzt hatte. Zwar wusste ich nicht, wie man die einzelnen Noten spielte, aber zumindest wusste ich, dass jede Saite eine Note *war* und dass diese sich mit dem Druck der Finger veränderte. Ich war fest entschlossen, das Musikgebäude erst dann zu verlassen, wenn ich rausgekriegt hätte, wie man das verdammte Ding spielte.

Ich weiß nicht, wie Matty mich dort fand. Ich brachte mir selbst bei, die ersten acht Takte nach Gehör zu spielen, und spielte sie ununterbrochen wieder und wieder, bis ich irgendwann das leise Klicken einer Tür hörte. Ich schluckte und blinzelte in die Dunkelheit. Die Silhouette einer Gestalt verdichtete sich zu Matty, der zu mir kam und im Zuschauerraum Platz nahm. Ich ignorierte ihn und fing wieder an zu spielen, bis mein Arm so zitterte und schmerzte, dass ich ihn in den Schoß fallen ließ.

Matty sagte als Erster etwas.

«Willst du was essen?»

Seine Stimme hallte durch den riesigen Saal. Ich antwortete nicht. Da stand er auf und ging die wenigen Schritte bis zum Bühnenaufgang. Er kam herauf.

«Komm, lass uns essen gehen», sagte er, nahm mir Cello und Bogen ab und legte beides so geschickt in den Kasten, als wäre er wie bei allem anderen auch darin ein Experte.

Da ich keine Lust auf Menschen hatte, bestellten wir Pizza. Wir setzten uns weit auseinander auf sein Sofa und warteten auf den Boten.

«Bist du nicht nach Hause gefahren, damit du es deinen Eltern nicht erzählen musst?», fragte er behutsam.

«So in etwa», sagte ich.

«Wirst du es ihnen je erzählen?», hakte er nach.

Ich zuckte die Achseln. «Ich wüsste nicht, wieso ich ihnen das antun sollte.» Dann fügte ich bissig hinzu: «Offenbar gibt's sowieso nichts zu erzählen, weil ja nichts passiert ist. Aber Moment mal, wieso bist *du* nicht zu Hause?»

Er wich meinem Blick aus. «Vielleicht fahr ich noch. Mal schauen.» Also war er wegen mir geblieben. «Aber noch mal zu deinen Eltern ...»

«Sie kommen am Besuchswochenende. Vielleicht erzähl ich's ihnen dann», sagte ich, um das Thema zu beenden. Wann hatte ich eigentlich das letzte Mal geschlafen? «Hast du was dagegen, wenn ich mich hinlege und mal kurz die Augen zumache, während wir warten?» Als er den Kopf schüttelte, versuchte ich zu ignorieren, wie traurig er mich ansah.

Ich hatte einen studentischen Beistand bekommen, eine ‹Quelle der Unterstützung›, wie Simone sich vorstellte. Sie studierte im dritten Jahr und sprach mit mir wie eine Kindergärtnerin – als wäre ich nicht vergewaltigt worden, sondern in ihre Gruppe gekommen, um Farben und Formen zu lernen.

«Hast du Fragen?», erkundigte sie sich mit einer Stimme, die in mir die Vorstellung erzeugte, dass *ihr* noch nie etwas Schlimmes passiert war.

«Nein», sagte ich, weil ich unbedingt wollte, dass sie mein Zimmer verließ.

Aber nachdem ich meine Zeugenaussage geschrieben hatte, überraschte sie mich. In ihrem typischen Singsang forderte sie mich auf, sie noch mal neu zu schreiben.

«Könntest du das noch mal überarbeiten, damit es ein bisschen ... überzeugender wirkt? Wir wollen doch keinen Spielraum für Zweifel lassen.»

Also schrieb ich alles noch mal auf, diesmal mit der Hand. Mir fiel auf, dass meine Schrift anders war als sonst, nachlässiger: schief und unregelmäßig, mit Schlieren, als hätte ich sehr schnell geschrieben. Die Schrift ähnelte mehr der meiner Mutter als meiner eigenen, so als hätte ich über Nacht begonnen, wie eine Erwachsene zu schreiben. Doch kaum kam mir dieser Gedanke, lehnte sich alles in mir dagegen auf, dass ich durch die Übergriffe irgendwie reifer geworden sein sollte; das wollte ich nicht.

Als ich Menschen benannte, die meinen Charakter beurteilen könnten (mein Orchesterleiter Juan Pablo, Matty und Frank, mein Chef im Buchladen), fragte Simone süßlich: «Bist du sicher, dass du keinen deiner Professoren bitten könntest?»

«Es gibt keinen, der mich so gut kennt ... ich war immer in großen Seminaren», log ich.

Es war mir zu peinlich, einen der Professoren zu bitten. Zwar gehörte auch Juan Pablo zum Lehrkörper, aber da er nicht *mein* Professor und folglich unwichtig für meinen Werdegang war, fand ich es bei ihm weniger schlimm. (Als könnte die Vergewaltigung, die Auswirkungen auf alles in meinem Leben hatte, irgendwie auch die Notengebung beeinträchtigen.)

Der einzige Vorteil, den der Fallabschluss mir brachte, war, dass ich nicht mehr mit Simone reden musste.

Das war aber auch schon alles: Abgesehen von diesem winzigen Silberstreifen fühlte ich mich in den Wochen nach der Fallentscheidung niedergeschlagen, einsam und ängstlich. Ständig fürchtete ich, Tyler zufällig zu begegnen. Auf den Wegen zwischen den Seminaren, zur Arbeit im Buchladen und zur Orchesterprobe stöpselte ich immer die Kopfhörer ein, ohne Musik anzumachen, sodass ich vorgeben konnte zu telefonieren, falls unsere Wege sich tatsächlich kreuzen sollten.

Ich erzählte es niemandem. Außer Matty verriet ich es nur noch meiner engsten Freundin im Orchester: Caroline, einer Tubaspielerin aus Des Moines. Davor hatte ich mich gefragt, ob wir uns nur so gut verstanden, weil wir beide eher kleine Mädchen waren, die große Instrumente spielten. Sie liebte Videospiele, Science-Fiction-Romane und die Programmier-AG, alles Fremdwörter für mich.

«Das kann doch nicht *wahr* sein!», rief sie immer wieder, als ich ihr eines Abends auf dem Heimweg nach der Probe davon erzählte. Sie war so laut, dass ich verstummte, was sie nicht zu bemerken schien. Stattdessen erzählte sie mir die Geschichte von einer anderen Freundin, der auch so was passiert war, woraufhin ich ebenfalls Entsetzen und Wut über den Missbrauch einer Fremden äußern musste.

Danach machte ich mir nicht mehr die Mühe, es jemandem zu erzählen.

Manchmal bemerkte ich fasziniert, wie abrupt meine Einstellung sich geändert hatte. Davor lag ich nachts oft im Bett und suhlte mich in Schuldgefühlen. Ich hatte so viel ‹Glück gehabt›, wie es immer heißt: nette Eltern, die mich liebten – Eltern, die es sofort akzeptierten, als mein Bruder sich outete; einen Bruder, der zu mir aufschaute und sogar als Teenager freundlich und einfühlsam war; eine gesponserte Ausbildung an einem renommierten College; ein Einzelzimmer und schließlich einen Körper, den ich nicht verstecken musste. Ich hatte Angst, ich wäre unfähig, mein Glück zu würdigen und einfach anzunehmen – ich wollte mehr. Immer mehr. Besser aussehen, mich besser fühlen, anders sein, mehr haben, mehr leisten.

Jetzt wollte ich nichts mehr. Mir war alles egal.

Außerdem begriff ich nicht, wie dieses schmerzhafte Vakuum in mir entstanden war.

Eben war es noch nicht da gewesen, und jetzt war es da.

Widersprach das nicht einem physikalischen Gesetz? Sollte Energie nicht eigentlich erhalten bleiben?

Je länger ich darüber nachdachte, desto weniger konnte ich den Verdacht abschütteln, dass Tyler den Schmerz, den eigentlich er spüren sollte, auf mich übertragen hatte: dass er mich stellvertretend für sich selbst leiden ließ.

Anfang Oktober, fast zwei Wochen nach der Fallentscheidung, ging ich an einem Freitagnachmittag zum Büro der Dekanin.

«Kann ich mit Dekanin Arroyo sprechen?», fragte ich die Frau an dem Schreibtisch in dem kleinen Vorzimmer zu ihrem Büro, dessen Tür geöffnet war.

«Ich bin da! Kommen Sie herein!», ertönte es aus dem Zimmer.

«Hi, Annie», sagte sie, als ich eintrat. Mir fiel wieder ein, wieso ich Dekanin Arroyo von Anfang an gemocht hatte. Sie wirkte bodenständig und sachlich, gleichzeitig aber optimistisch und aufbauend, wie etwa die Trainerin einer Mädchen-Volleyballmannschaft.

An diesem Tag trug sie ein graues Kostüm und ganz wenig Schmuck: einen goldenen Ehering und goldene Ohrstecker in Blattform, die unter ihrem kurz geschnittenen Haar hervorlugten.

«Wie fühlen Sie sich?», fragte sie – so, wie Leute fragen, wenn sie vermuten, dass es dir nicht gut geht. Wenn sie denken, dass alles normal ist, fragen sie «Wie geht es Ihnen?».

«Nicht besonders», antwortete ich.

Sie nickte, als hätte sie das erwartet. «Gehen Sie noch zur Beratung?»

«Nein», antwortete ich, ohne zu erwähnen, dass ich nie zum Student-Mental-Health-Zentrum gegangen war, was mir sowohl von ihr als auch von Simone empfohlen worden war. «Ich glaube aber auch nicht, dass das der Punkt ist.»

Sie runzelte fragend die Stirn.

«Ich verstehe einfach nicht, wieso er akademische Bewährung bekommen hat», hörte ich mich sagen. «Ich meine, das ist doch keine angemessene Sanktion für eine Vergewaltigung.»

«Annie», setzte sie sanft und langsam an. «Vielleicht würde es Ihnen helfen, wenn Sie die akademische Bewährung als eine Art Strafe ansähen und das Alkoholentzugsprogramm als Maßnahme zur Rehabilitation.»

«Aber ...» Ich zwang mich, innezuhalten und tief Luft zu holen, um das Zittern in meiner Stimme zu unterbinden. «Ich verstehe auch nicht, was ein Alkoholentzug mit Vergewaltigung zu tun hat.»

Sie bedachte mich mit einem traurigen Lächeln. «Ich weiß, es ist sehr schmerzhaft für Sie. Und ich bin froh, dass Sie zu mir gekommen sind. Möchten Sie vielleicht nicht doch noch mal zu jemandem im Mental-Health-Zentrum gehen? Ich weiß nicht, wen Sie aufgesucht haben, aber wenn das nicht gepasst hat, können Sie gerne jemand anderen wählen. Wir können die Sache beschleunigen und Ihnen noch heute einen Platz besorgen. Wir haben da einige sehr tüchtige Berater. Ich würde persönlich dafür sorgen, dass Sie jemanden bekommen, dem Sie vertrauen können.»

Das war so freundlich, dass ich anfing zu weinen. Sie stand auf, umrundete ihren großen Schreibtisch und nahm auf dem Stuhl neben mir Platz. Dann tätschelte sie mir das Knie und wartete.

«Okay», sagte ich nach einer Minute.

«Okay», nickte sie, blieb noch einen Moment sitzen und tätschelte noch einmal mein Knie. «Dann rufe ich jetzt drüben an. Sie können direkt hingehen.»

Meine Beraterin, Loretta Esposito, Doktorin der Psychologie, war Italoamerikanerin und lag alterstechnisch irgendwo zwischen meiner Mutter und meiner Großmutter. Sie trug eine Seidenbluse mit geometrischem Muster sowie Skinny Jeans mit schwarzen Wildlederstiefeletten und war damit wesentlich modischer gekleidet, als es meine Mutter oder Großmutter je sein würden. Ihre grau melierten Haare hatte sie zu einem unordentlichen Dutt aufgesteckt. Auf ihrem Schoß hatte sie einen Schreibblock und einen glänzenden Stift, der teuer aussah: ein Stift, den man in der zweiten Lebenshälfte zum Geburtstag geschenkt bekam und mit Patronen neu auffüllte.

«Was führt Sie zu mir?», begann sie.

Ich machte es kurz und erzählte ihr nur, ich wäre vergewaltigt worden – ich benutzte diesen Begriff, ersparte mir aber weitere Einzelheiten. Ich erklärte, er wäre für schuldig befunden worden, oder wie das College es ausdrückte: ‹verantwortlich› dafür, mich ‹sexuell nicht respektiert› zu haben, was auch immer das heißen mochte. Aber er dürfe weiterhin am Carter studieren. Ich erzählte ihr, was Dekanin Arroyo über Strafe und Rehabilitation gesagt hatte. Und danach verstummte ich.

«Wie finden Sie das?», erkundigte sie sich. «Was Dekanin Arroyo gesagt hat?»

Ich dachte nach. «Als würde da etwas fehlen», erklärte ich.

Sie nickte, aber nicht nur der Form halber oder gar gnädig, sondern eher zustimmend.

Daraufhin spürte ich, wie sich die Muskeln in meinem Körper entspannten und mein Kiefer sich lockerte. «Ich hab irgendwie das Gefühl, dass er nicht mehr hierbleiben dürfen sollte, wenn er jemanden vergewaltigt hat. Verstehen Sie?»

«Ja», sagte sie. «Das *denken* Sie. Aber wie *fühlen* Sie sich dabei?»

Erst als meine Finger zu kribbeln anfingen, fiel mir auf, dass ich auf meinen Händen saß. Ich zog sie unter meinem Po hervor und legte sie auf den Schoß. «Im Stich gelassen. Ich bin so enttäuscht von diesem College.»

Kaum hatte ich das ausgesprochen, wollte ich nur noch schlafen. Worte, nichts als Worte. Seit ich die Vergewaltigungen gemeldet hatte, hatte ich ständig Worte liefern sollen. Das hatte ich so verdammt satt! Wo auch immer Tyler war, ich bezweifelte, dass er gezwungen wurde, ständig sein Innerstes nach außen zu kehren.

«Annie», sagte Loretta, die meinen Stimmungsumschwung wohl bemerkt hatte. «Ich bin hundertprozentig auf Ihrer Seite. Und wissen Sie, was ich zu diesem Fall zu sagen habe? *Verdammte. Scheiße!*»

Ich blinzelte. Durften Therapeuten oder ‹Berater›, wie die Dekanin sie nannte, so was sagen? Ein Anflug von Hoffnung – auf Unterstützung? – stieg in mir auf.

«Sie sind nicht nur enttäuscht», fuhr sie fort, und ihr Akzent war deutlicher, als ich vorher bemerkt hatte. «Sie sind wütend. Denn: *Verdammte Scheiße!*»

Jetzt war ich diejenige, die nickte.

«Ja», sagte ich. «Das bin ich.»

«Und das mit Recht!» Loretta sah mich durchdringend an, als sie mit weit aufgerissenen, blitzenden Augen ebenfalls anfing zu nicken. Sie tippte mit ihrem Stift heftig auf den Block. «Denn nichts davon ist Ihre Schuld. Begreifen Sie das?»

Tat ich das? Ich nickte, aber wohl nicht sehr überzeugend.

«Sprechen Sie mir nach: Nichts davon ist meine Schuld.»

«Nichts davon ist meine Schuld», sagte ich.

«Noch mal.»

«Nichts davon ist meine Schuld.»

«Lauter.»

«Nichts davon ist meine Schuld!» Das wiederholte ich nach ihrer Aufforderung noch drei- oder viermal, bis sie zufrieden war. Bis sie in meiner Stimme etwas gehört haben musste, das zumindest eine Öffnung für diese Möglichkeit andeutete.

14

BEA

Montag, 25. September

Bea saß, in ein Badetuch gewickelt, die Duschhaube noch auf dem Kopf, an ihrem Schreibtisch und überflog die Fallentscheidung. Auf den ersten Blick erschien sie ihr fair: Sie brachte kaum Konsequenzen für Tyler, da er weder suspendiert noch vom College verwiesen wurde. Seinen Eltern hatte er es erst erzählt, als die Untersuchung schon im Gang war; sie hatten zwar darauf bestanden, eine Anwältin aus Atlanta zu schicken, doch als diese eintraf, war Tyler bereits von der Untersuchungsbeauftragten befragt worden. Die Anwältin, eine Frau mittleren Alters, die maßgeschneiderte Anzüge oder Kostüme trug, machte deswegen natürlich jede Menge Wirbel, und nicht nur deswegen, sondern auch wegen des zeitlichen Ablaufs, der mangelnden Beweise und dem von beiden Parteien konsumierten Alkohol. Sie zog alles in Zweifel, was an diesem Fall nicht ganz eindeutig war. Letzten Endes schien es jedoch darauf hinauszulaufen, dass Tylers Wort gegen das der Klägerin stand, und als Bea die Dokumente durchlas, spürte sie Mitgefühl gegenüber der Vorsitzenden in ihr aufkeimen, weil sie entscheiden musste, wem Glauben zu schenken war. Es war unmöglich, mit Sicherheit herauszufinden, was tatsächlich passiert war, weil nur Tyler und Annie dabei gewesen waren.

Bea hatte Tyler dabei geholfen, Annies Verhalten so darzustellen, dass sie als unzuverlässige Zeugin angesehen werden konnte. Das hatte Bea in keiner Weise als unethisch empfunden. Vor allem, weil ihm gegenüber allgemeine Voreingenommenheit herrschte – was ja sogar sie gespürt hatte. Dieses Bild musste doch korrigiert werden. Außerdem schien alles, was er bei seiner Aussage und der Befragung über Annie behauptet hatte, wahr zu sein – oder zumindest glaubte er es. Er und Bea hatten nicht mal daran gedacht, die Fakten zu verbiegen, um seine Position zu verbessern. Tyler schien aufrichtig davon überzeugt, dass es sich um ein Missverständnis gehandelt hatte, und soweit Bea verstand, war es das auch gewesen.

Und doch gab es einen winzigen widerstrebenden Teil in ihr, einen Teil, den sie zu ignorieren versuchte; eine Stimme, die sie der allgemeinen Voreingenommenheit gegen ihn zuschrieb. Dieser Teil in ihr glaubte Annie Stoddard und hätte Tyler gern dafür büßen gesehen.

Wenn sie mit Tyler zusammen war, fühlte sie sich wohl in seiner Gegenwart. Als sie seinen Hintergrund kennenlernte, entdeckte sie mehr Gemeinsamkeiten zwischen ihnen beiden, als sie für möglich gehalten hatte: die einsamen Jahre ihrer frühen Kindheit, als ihre einzigen Freunde die Zierkissen im Bett ihrer Mutter waren; dann die Jahre im Internat, während derer sie ihre Mutter schrecklich vermisste, aber von den Freundschaften getragen wurde, die sie dort fand. Solange sie Zeit mit Tyler verbrachte oder mit Dr. Friedman Seminare oder Diskussionen hatte, fühlte sie sich in ihrer Rolle wohl.

Nur in unbeobachteten Momenten machte sich ihr innerer Zwiespalt bemerkbar: als Tyler eine Kopie des vollständigen Fallberichts bekam und auch sie ihn lesen konnte; als sie bemerkte, dass Annie auf einmal bei ihr in der Vorlesung über Psychopathologie auftauchte; oder als sie an diesem Morgen allein in ihrem Zimmer saß und die E-Mail mit der Fallentscheidung las, während die Sonne einen orangefarbenen Lichtkegel ins Zimmer warf. In solchen Momenten fragte sie sich, ganz kurz nur: *Stehe ich auf der falschen Seite?*

Wie sähe ihre Mutter das, was sie machte? Sie war sich nicht sicher: Ihre Mutter war Demokratin gewesen, gegen die Todesstrafe und besorgt über die Anzahl schwarzer Gefängnisinsassen in Amerika. Aber sie hatte von ihr auch gehört, wie sie sich über Anwälte beschwerte, die geradezu nach Anlässen suchten, sie und ihre Kollegen wegen Kunstfehlern zu verklagen. Und einmal, als Bea sie fragte, ob sie sich für ihren Nachbarn Anthony interessiere, der ganz offensichtlich für sie schwärmte, hatte Phaedra das weit von sich gewiesen und kategorisch erklärt, sie würde sich niemals mit einem Staatsanwalt einlassen.

Was ihre Mutter wohl von Strafverteidigern gehalten hatte? Das war nie zur Sprache gekommen.

Allerdings überwog bei allen Zweifeln die Aufregung über das unbekannte Terrain, das sich vor ihr ausbreitete.

Außerdem lauerte die ganze Zeit in ihrem Hinterkopf, dass ein ganz anderes Rätsel ebenfalls nicht geklärt war: Sechzehn Tage waren bereits vergangen, ohne dass Lester Bertrand ihr geantwortet hatte.

Wie lange noch würde sie morgens aufwachen und von seinem Schweigen enttäuscht sein? Wann würde sie akzeptieren, dass sie nie etwas von ihm hören würde?

Als sie an ihrem Schreibtisch saß und darüber nachgrübelte, leuchtete das Display ihres Handys auf. *Anruf Dr. F.*

«Hallo?», meldete sie sich.

«Bea, haben Sie schon die Fallentscheidung gelesen?»

«Ja», sagte sie.

«Ich wollte Ihnen nur mitteilen, dass ich mit den Brands gesprochen habe, die Sie in den höchsten Tönen loben. Sie meinten, Tyler hätte nur Gutes von Ihnen erzählt. Ausgezeichnete Arbeit! Sie können sehr stolz auf sich sein. Sie haben Ihre Zweifel und Bedenken überwunden und die Bedürfnisse Ihres Mandanten an erste Stelle gesetzt. Das zeugt von Reife und echtem Engagement. Ich bin sehr beeindruckt.»

Dr. Friedman kannte die Brands? Eigentlich war das wohl kaum überraschend, dachte Bea. Tyler hatte erwähnt, dass seine Eltern dem College große Summen gespendet hatten, und Dr. Friedman bemühte sich ständig um Gelder für sein Programm. Nach allem, was Tyler erzählt hatte, waren sie schreckliche Eltern, aber es gab keinen Grund, wieso Dr. Friedman davon wissen sollte.

«Wollen Sie sich immer noch für das Sommerpraktikum bei uns bewerben?», fragte er jetzt.

«Äh, ja, ich denke schon.» Eigentlich war sie davon ausgegangen, hatte aber bei all ihren Seminaren und den Proben und Vorstellungen von C. U. N. T. nicht oft daran gedacht.

«Die Bewerbungsfrist ist Ende Oktober, und die Entscheidung wird zum Semesterende getroffen», erklärte er. «Ich finde, Sie sollten sich bewerben.»

«Okay», sagte sie und merkte, wie sie unwillkürlich lächelte.

«Aber ich muss Sie warnen ... das ist kein Praktikum, wie Ihre Kommilitonen es machen. Es wird nicht viele Gelegenheiten geben, auszugehen und sich zu amüsieren. Es wird meist bis spätabends gearbeitet werden, und das auch am Samstag. Es ‹intensiv› zu nennen, wäre noch eine Untertreibung. Wir haben einige Kapitalverbrechen zu betreuen. Das heißt, es geht buchstäblich um Leben und Tod. Also werden Sie in dieser Zeit wohl nur Ihre Kollegen zu sehen bekommen. Ihre Freizeit wird aus einem schnellen Kaffee oder Eis bestehen, und dabei unterhält man sich immer noch über die Arbeit.»

Er lachte amüsiert.

«Ich musste gerade an diesen Kyle denken, den Praktikanten vom letzten Sommer – von dem hatte ich Ihnen doch erzählt, oder?»

«Ja», sagte Bea.

«Der Freund, bei dem er den Sommer über untergekommen war, rief eines Tages bei uns an, um sich zu vergewissern, dass er noch am Leben war. Denn er hatte drei Nächte im Büro verbracht – und tatsächlich auf dem Boden geschlafen.»

«Oh Mann», staunte Bea.

«Das ist zwar ein extremes Beispiel, aber damit bekommen Sie eine Vorstellung davon, wie ernst wir am CJRI unsere Arbeit nehmen. Und genau aus diesem Grund bin ich der Meinung, dass Sie gut zu uns passen würden, Bea.»

Je mehr Dr. Friedman erzählte, desto dringender wollte Bea dieses Praktikum. Obwohl: ‹Wollen› war gar kein Ausdruck! Es ging viel tiefer. Sie sehnte sich geradezu schmerzlich nach dem, was Dr. Friedman schilderte: nach etwas, das größer war als ein Job, wichtiger als ein Praktikum. Nach einem Ziel, das alle einte, einer Gemeinschaft, in der sie als wichtiges Mitglied willkommen geheißen wurde – wie bei der Improtruppe, aber mit einer Aufgabe, die wirklich zählte. Was er da beschrieb, war im Grunde eine Familie.

Als sie das Gespräch beendeten, schlüpfte Bea in ihre Schuhe. Es war Zeit, ein paar Türen zu schließen. Das Improtheater hatte in ihr die Sehnsucht nach dem Unbekannten geweckt, danach, auf die Bühne zu treten, bevor sie noch wusste, was sie sagen sollte, und mit der Ungewissheit zu spielen. Je öfter sie sich ohne jeden Plan in das gnadenlose Rampenlicht stürzte, ohne zu wissen, was sie dann tun würde, desto mehr drängte es sie danach.

Lester Bertrand wollte also nichts mit ihr zu tun haben? Na schön. Sie hatte es satt, jemand sein zu wollen, der sie nicht war; sie würde nicht Medizin studieren, und sie würde auch nicht mehr versuchen, eine Beziehung zu retten, die nie existiert hatte, und zwar zu einem Vater, der sich nicht mal die Mühe gemacht hatte, mit ihr Kontakt aufzunehmen. Die neue Bea war Improspielerin, und zwar eine gute. Außerdem würde sie Strafverteidigerin werden. Sie würde sich für das Sommerpraktikum bewerben, sie würde es bekommen und bis spätabends an richtigen Fällen mit echter Bedeutung arbeiten, sie würde auf dem Bürofußboden schlafen und mit ihren neuen, leidenschaftlichen Mitstreitern zu viel Kaffee trinken. Und sie würde ihrem Improteam helfen, die Nationalen Collegemeisterschaften zu gewinnen.

Zwei Wochen zuvor hatte sie Tyler erklärt, sie käme auch ohne Eltern gut zurecht, sie hätte ihren Verlust überlebt. Damit hatte sie ihm versichern wollen, dass auch er klarkommen würde. Sie hatte kurz gezögert, doch als sie es aussprach, wurde es wahrer, so als hätte sie es damit bekräftigt.

Wenn sie jetzt vielleicht nicht vollkommen sicher war, so war sie zumindest entschlossen: Da sie keine Eltern hatte, die sie stolz machen konnte, würde sie sich eben selbst stolz machen.

Der erste Schritt war, aus Physik auszusteigen. Bea zog sich an, packte ihre Bücher für den heutigen Vorlesungstag zusammen und brach auf. Auf dem Weg zu Psychologie wollte sie zum Gebäude der Studienberatung und Dr. Toast aufsuchen, einen kleinen, schmächtigen Mann mit schwarzer Hornbrille und der nervösen Angewohnheit, an den Fingernägeln zu kauen. Sie hatte ihn bisher nur ein einziges Mal in der Orientierungswoche aufgesucht. Es war ein kurzes Treffen gewesen, höchstens fünf Minuten, bei dem er überprüft hatte, ob sie tatsächlich vier Seminare belegt hatte und eingeschrieben war. Jetzt dachte sie, sie müsste nur ein Formular ausfüllen und vielleicht eine Entschuldigung beibringen. Wenn es nötig war, würde sie lügen und vorgeben, sie stünde vor lauter Stress kurz vor einem Zusammenbruch.

Doch als der Bus langsam vor ihr haltmachte und sich ein Schwarm Studenten zur Tür drängte, bekam sie eine Nachricht von Early.

ICH WURDE AUSGERAUBT!!!!!

Als Bea zehn Minuten später ihr Wohnheim erreichte, traf sie Early mit zwei Polizisten im Flur vor ihrem Zimmer an. Die Beamten, eine dünne Schwarze und ein kleinerer, gedrungener Weißer, hielten Walkie-Talkies in der Hand. Early stand mit verschränkten Armen und weit aufgerissenen, tränenerfüllten Augen da. Sie gab etwas in ihr rosa glitzerndes Handy ein. Bea bemerkte, dass das Display gesprungen war.

«Kann ich Ihnen helfen?», fragte der Polizist, als Bea näher kam.

«Das ist meine Zimmergenossin», erklärte Early.

Er wandte sich wieder an Early. «Eine Angestellte des Campusladens hat gemeldet, jemand hätte versucht, mit Ihrem gestohlenen Studentenausweis Zigaretten zu kaufen. Er dachte wohl, sie würde das Foto nicht kontrollieren, wenn sie den Ausweis durch den Apparat zieht, wusste aber nicht, dass das Foto dann auf dem Monitor erscheint.» Er schüttelte den Kopf, als wäre das der Gipfel der Dummheit. «Wir haben ihn ein paar Meilen von hier geschnappt.»

Die Polizistin gab etwas in ihr iPad ein. Ein paar Mädchen aus dem Wohnheim hatten sich am anderen Ende des Flurs versammelt und starrten unverhohlen zu ihnen herüber. Early hörte dem Beamten so gebannt zu, dass Bea peinlich berührt den Blick abwandte. Die Mädchen am anderen Ende des Flurs kicherten.

«Waren Sie schon mal Opfer eines Verbrechens?», fragte der Polizist.

«Nein», erwiderte Early in gewichtigem Ton.

Daraufhin zog er eine Karte aus seiner Hosentasche. «Hier ist meine Nummer, falls Ihnen noch was einfällt», sagte er. «Wir bleiben in Kontakt.»

Als die Beamten das Wohnheim verließen, kamen die drei Mädchen, die so auffällig zu ihnen herübergestarrt hatten, sofort zu ihnen. Bea kannte ihre Namen nicht, sie war ihnen noch nie begegnet. Obwohl sie alle eine zutiefst besorgte Miene aufgesetzt hatten, glitzerten ihre Augen vor Aufregung.

«Was ist passiert?», fragte eine hoffnungsvoll.

«Sie hat ihre Brieftasche verloren», sagte Bea gereizt, öffnete die Tür zu ihrem Zimmer und forderte Early auf hineinzugehen.

Drinnen sprudelte Early sofort los. «Auf dem Haupthof sind nie freie Plätze bei den Fahrradständern, weißt du?», sagte sie. «Also habe ich das Rad hinter dem Informatikgebäude abgestellt – obwohl ich bis heute nicht mal wusste, dass es da Fahrradständer gibt. Für Mathe war ich spät dran, deswegen bin ich den Hügel zwischen dem Gebäude und dem Wäldchen raufgerannt, weißt du, welches ich meine?» Bea nickte, obwohl sie keine Ahnung hatte. «Da stürzt dieser

Junge, dieser Teenager, heraus und befiehlt mir, ihm meine Brieftasche zu geben. Fast hätte ich ihm gesagt, ich hätte keine Brieftasche, nur meine Handyhülle mit meinem Studentenausweis, aber dann merkte ich, dass das superblöd gewesen wäre, und gab ihm mein Handy.»

Sie verstummte.

«Und dann?», hakte Bea nach.

«Er ist weggerannt! Hat nicht mal nachgesehen, was drin war! Sagte nur ‹danke› und haute ab!»

«Er hat sich bedankt?», fragte Bea erstaunt.

«Fand ich auch komisch», gestand Early sofort und musste fast grinsen. «Ich bin dann zu einem dieser blauen Telefone. Ja, echt, ich hab so eins benutzt. Ich rief die Campuspolizei an, und die schickte einen Wagen, der mich hierherbrachte.»

«Wie bist du wieder an dein Handy gekommen?», fragte Bea.

Early runzelte die Stirn.

«Das hat mir der Polizist mitgebracht», antwortete sie.

Da Bea aufging, dass ihre Frage vielleicht unsensibel geklungen hatte, fragte sie: «Hattest du Angst?»

«Äh, *ja*. Ich hab immer noch 'ne Gänsehaut.» Early zeigte ihr ihren Unterarm.

«Wirst du Anzeige erstatten?», fragte Bea weiter.

«Warum? Man hat ihn doch schon verhaftet!», erklärte Early und schien erst dann zum ersten Mal, seit Bea aufgetaucht war, ihren Gesichtsausdruck zu bemerken. «Wieso bist du so komisch?»

«Was meinst du damit?», fragte Bea.

«Du benimmst dich komisch», bekräftigte Early.

Betont beiläufig sagte Bea: «Ich wette, wenn du wolltest, könntest du verhindern, dass gegen den Jungen ermittelt wird.»

«Wieso sollte ich das tun?», gab Early in schärferem Ton zurück. Daraufhin erwiderte Bea nichts, sondern blickte an Early vorbei zum Fenster.

«Bea, ich werde mit der Polizei kooperieren. Dieser Junge hat mich ausgeraubt.»

«Aber du weißt nicht, warum er das getan hat. Keine Ahnung, ich sag ja nur, dass du vielleicht eine Anklage verhindern kannst. Wir könnten mit Dr. Friedman reden.»

Early stöhnte auf. «Dr. Friedman? Dr. Friedman, Dr. Friedman ... so toll ist der jetzt auch nicht!» Sie zögerte, dann fügte sie fast flüsternd hinzu: «Mein Bruder sagt, er hat was mit Studentinnen.»

«Was?» Bea versuchte zu verbergen, wie sehr sie das entsetzte. Das glaubte sie nicht. Das konnte nicht wahr sein! «Ausgeschlossen!»

«Ist allgemein bekannt», sagte Early in einem Tonfall, den Bea gemein fand. «Ist doch ekelhaft, oder?» Bea antwortete nicht. «Er ist so *alt*. Und *verheiratet*.»

«Ach, ich weiß nicht. Wenn es einvernehmlich ist», hörte Bea sich selbst sagen.

«Äh, Ehebruch?»

«Vielleicht. Vielleicht aber auch nicht. Wer weiß, was er mit seiner Frau vereinbart hat.»

Early starrte sie grimmig an. «Bea, er ist Dozent. Und Mitte vierzig. Wir sind achtzehn. Er ist eine *Autoritätsperson*.»

«Ich bin neunzehn», gab Bea zurück.

Da zeigte sich in Earlys Miene so etwas wie Mitleid.

«Na dann», sagte sie.

15

STAYJA

Mittwoch, 27. September

«Seit wann ist Victoria's Secret so brav geworden?», fragte Nicole. Sie verbrachten den Vormittag vor ihrer Schicht in der Mall und suchten nach Dessous, weil Nicole was ‹Nuttiges› kaufen wollte, um es für Chet zu tragen.

«Seit wann trägst du Stripperklamotten?», gab Stayja zurück.

«Seit ich mehr Geld verdiene als du», zischte Nicole und rieb es Stayja zum tausendsten Mal unter die Nase, dass sie befördert worden war. Soweit Stayja sah, war das nur ein glücklicher Zufall gewesen: Ein Jugendlicher hatte im QuikMart versucht, etwas mit einem gestohlenen Ausweis zu kaufen. Nicole hatte ihn gemeldet, woraufhin Frank sie für besonders ehrenhaft oder tüchtig hielt. Prompt hatte er sie in den Buchladen versetzt, wo sie nun fünfzig Cent mehr pro Stunde verdiente als ihre Cousine.

«Wenn das noch zu konservativ ist, was suchst du denn dann genau?», fragte Stayja.

«Da bin ich ganz offen. Wenn ich es sehe, werde ich es wissen.»

Nicole führte sie zurück in den Hauptgang der Mall.

«Zu welcher Gelegenheit denn?», fragte Stayja grinsend.

«Wir haben uns unsere Liebe gestanden», erklärte Nicole.

Stayja schnaubte.

Nicole schlug ihr auf den Arm. Ihre Miene wurde ganz kurz weich und dann wieder hart. «Wir lieben uns! Ob's dir passt oder nicht!»

«Woher weißt du das?», fragte Stayja.

«Man weiß es eben.»

«Das nennt man Oxytocin. Das überflutet das Hirn, wenn man Sex hat, sodass man vor lauter Verwirrung denkt, man wäre verliebt.»

«Wieso verliebe ich mich dann nicht in jeden, mit dem ich vögle?», konterte Nicole.

«Genau das meine ich ja», nickte Stayja. «Was ist diesmal anders?»

Sie betraten Dillard's und gingen zur Rolltreppe. Dessous waren im ersten Stock.

«Weiß ich doch nicht, verdammt noch mal! Zum Beispiel will ich ihn glücklich machen, mehr, als ich selbst glücklich sein will, kapierst du?» Schweigend fuhren sie mit der Rolltreppe hinauf. «Außerdem will ich ...»

«Was?»

«Besser werden, für ihn. Also, du weißt schon.»

«Was?»

Nicole verdrehte die Augen.

«Was willst du werden?»

«Ehrlich und so weiter. Vernünftig.»

Darauf sagte Stayja nichts. Es hatte ihr die Sprache verschlagen.

«Und bei dir?», erkundigte sich Nicole. «Wie läuft's mit diesem Typen?»

«Gut», antwortete Stayja und versuchte, entspannt zu

klingen. Zwei Tage zuvor hatte Tyler die Entscheidung in seinem Fall bekommen. Es war nicht gut gelaufen für ihn. Er war auf ‹akademischer Bewährung› und wegen ‹sexueller Respektlosigkeit› verurteilt worden und war völlig fertig – er hatte ihr erklärt, dass er damit praktisch kein Jura mehr studieren dürfe.

Als sie sich der Dessousabteilung näherten, entfernte sich Stayja ein Stück von Nicole, die geradewegs auf die Verkäuferin an der Ladentheke zumarschierte.

«Wo haben Sie Ihr nuttigstes Zeug?», fragte sie.

«Da drüben», sagte die Frau, ohne die Miene zu verziehen.

Stayja blieb, wo sie war, fingerte an einem Nachthemd aus Satin herum und dachte über Liebe nach.

Sie und Tyler trafen sich jetzt schon seit Wochen jeden Abend. Nach Feierabend fuhr Stayja Nicole nach Hause und kehrte dann zum Campus zurück, um mit ihm zusammen zu sein. Das Mädchen, das ihn wegen Vergewaltigung angezeigt hatte, hatte ihm das Genick gebrochen. Er war so geschockt und niedergeschmettert, dass er nichts mehr essen wollte. Sie saßen nur auf seiner Couch, er mit dem Kopf auf ihrem Schoß, und sahen fern oder redeten. Seine Eltern waren fuchsteufelswild und bestraften ihn mit Schweigen. Er hatte ihr erklärt, die meisten seiner Freunde wüssten nichts von der Sache, weil er sich zu sehr schämte, davon zu erzählen. Er fühlte sich einsam und im Stich gelassen.

«Was würde ich nur ohne dich machen, Stayja?», fragte er eines Abends, schlang die Arme um ihre Taille und drückte sie so fest an sich, als wollte er sie nie wieder loslassen.

Oft kam sie erst nach Mitternacht nach Hause. Sie schlief bis neun oder zehn, dann räumte sie auf oder kaufte ein, bevor sie zu ihrer Spätschicht aufbrach.

Die Abende mit ihm wurden zu ihrer täglichen Lieblingszeit. Sie fühlte sich gebraucht, und zwar aus anderen Gründen als sonst: Er war weder an ihrem Geld noch an einer Fahrgelegenheit, noch an ihrem Verantwortungsgefühl interessiert. Diese Bedürfnisse von Nicole und ihrer Mutter laugten sie aus und bewirkten in ihr Schuldgefühle, Groll und Lethargie.

Aber Tyler wollte nur ihre Zuneigung und Aufmerksamkeit, und Stayja schenkte sie ihm gern und großzügig. In seiner Gegenwart hatte sie das Gefühl, aus einer unerschöpflichen Quelle Fürsorge ziehen zu können, wenn er nur bei ihr war. Und sie konnte ihm übers Haar streichen und ihn trösten, dass alles wieder gut würde. Wenn sie in jenen Nächten nach Hause fuhr, fühlte sie sich erfüllt, und sie wusste, was das bedeutete.

«Hey!», brüllte Nicole vor der Umkleide. «Kommst du?»

Stayja wartete vor der Kabine, während Nicole auf der anderen Seite der Tür davon erzählte, dass sie die Studentin mit dem gestohlenen Ausweis getroffen hatte. *Man könnte fast denken, sie hätte ihr das Leben gerettet*, dachte Stayja.

«... also habe ich ihr einen Schokoriegel spendiert. So nach dem Motto: *Ich* weiß Bescheid, weil ich den Typen geschnappt habe, der dich beklaut hat ... du hast es verdient.»

«Nicole, zum tausendsten Mal, du kannst nicht einfach verschenken, was du verkaufen sollst», sagte Stayja.

«Ach komm schon. Nur Annie und ich waren da, und Annie ist es egal.»

«Wer?», fragte Stayja mit einem Knoten im Magen.

«Annie. Die ist echt okay.»

Das war sicher nur ein Zufall.

«Also», sagte Stayja, «wenn du nicht vorsichtiger bist, wird diese Annie dich bei Frank verpetzen, und dann bist du arbeitslos. *Wieder einmal.*»

«Annie hat echt andere Probleme. Du hast ja keine Ahnung! Sie wurde vor kurzem *vergewaltigt*. Und der Kerl ist damit einfach so davongekommen!»

«Das ist übel», sagte Stayja, mit einem Gefühl, als wäre sie seekrank. Sie drückte ihre Hände gegen ihren Bauch und war heilfroh, dass ihre Cousine sie jetzt nicht sehen konnte.

Als Tyler ihr von der Anklage wegen sexueller Übergriffe erzählt hatte, war Stayja nicht gerade davon ausgegangen, dass das Mädchen log. Sie glaubte nur genau wie er, dass die ganze Situation ziemlich verworren gewesen war. Sie hatte ihn schon betrunken erlebt und wusste, wie viel die Studentinnen am Carter tranken. Möglicherweise hatte das Mädchen keinen Sex gewollt, aber sicher hatte sie Gelegenheit gehabt, sich zu wehren oder zu gehen – was sie nicht getan hatte.

«Ja, aber echt», bestätigte Nicole.

Dann schwiegen sie beide eine ganze Weile.

«Was dauert das so lang?», fragte Stayja schließlich. Als Nicole nicht antwortete, setzte sie nach: «Nicole! So schwer kann die Entscheidung nicht sein, ob du einen Stringtanga kaufen willst oder nicht.» Sie bückte sich und spähte unter der Kabinentür hindurch. Nicole stand stocksteif da und starrte auf ihr Handy.

«Wie heißt dein Freund noch mal?», fragte sie von der anderen Seite der Tür.

«Er ist nicht mein Freund», gab Stayja zurück.

«Wie ist sein Name!»

Als Stayja nicht sofort antwortete, flog die Kabinentür auf. Nicole drückte einen schwarzen Body an die Brust, dessen rechter Träger ihr von der Schulter gerutscht war. In der anderen Hand hielt sie ihr Handy.

«Ich finde, du solltest dich nicht mehr mit ihm treffen», sagte sie plötzlich sehr ernst. «Ich glaube, das ist kein anständiger Kerl.»

«Ach, bitte», erwiderte Stayja. «Zieh dich wieder an.»

«Er ist ein Vergewaltiger.»

«Das hat sie dir erzählt. Aber ich hab was anderes gehört.»

Da klappte Nicole der Mund auf.

«Gott, ich hätte geschworen, wenn eine da zweifelsfrei auf der Seite der Frau wäre, dann du!», sagte sie.

Stayja schwieg und überlegte, ob sie auch nur versuchen sollte, ihrer Cousine zu erklären, was sie darüber dachte. Ihrer Meinung nach hatte der Körper des Mannes einen eigenen, nicht zu zähmenden Willen. Das war rein biologisch. Wissenschaftlich nachgewiesen. Männer konnten nicht mal kontrollieren, wann sie eine Erektion bekamen; es floss so viel Testosteron durch ihre Adern, dass von Kontrolle keine Rede sein konnte. Wenn dieses Mädchen also zu allem ja gesagt hatte – zum Küssen, zum Ausziehen – und dann plötzlich nein – da brauchte sie sich echt nicht wundern, wenn Tylers Körper – wie jeder männliche Körper – Probleme hatte, die Spur zu wechseln.

«Ich glaube, es war ein Missverständnis», sagte Stayja. «Für mich hört es sich so an, als hätte sie zu spät einen Rückzieher gemacht. Was nicht heißen soll, dass sie gelogen hat.»

Geschockt heulte Nicole auf. «Was für ein Scheiß!»

Stayja war froh, dass sich sonst niemand in der Umkleide aufhielt.

«Ist mir doch egal, wenn er schon *drinnen* ist, wenn ich sag, er soll raus, dann geht er besser ganz schnell raus!», rief Nicole.

«Bist du fertig? Oder könntest du jetzt zum Ende kommen?», fragte Stayja und schaute gewohnheitsmäßig auf ihr Handy – wie viel Uhr es war, ob er geschrieben hatte.

«Ich mein's ernst. Du musst mit ihm Schluss machen», beharrte Nicole.

«Ach ja?», gab Stayja zurück und wurde unwillkürlich lauter. «Wäre Chet, der verheiratete Verkehrsanwalt, die Art aufrechter Bürger, den du lieber mit mir sehen würdest?»

«Zumindest ist Chet kein Vergewaltiger», konterte Nicole.

«Weißt du was? Du kannst heute mit dem Bus nach Hause fahren», sagte Stayja und stürmte aus der Umkleide.

Als sie in die Einfahrt bog und langsam Schuldgefühle bekam, weil sie Nicole einfach so in der Mall zurückgelassen hatte (obwohl Chet, die angebliche Liebe ihres Lebens, sie ja abholen konnte, wenn sie nicht den Bus nehmen wollte), sah Stayja, dass LA den Rasen zwischen ihren Häusern überquerte und auf sie zukam. Er entdeckte sie im gleichen Moment und hielt einen Brief vor sein Gesicht, sodass seine Augen davon verdeckt wurden. Es war ein weißer Umschlag in normaler Größe.

Sie parkte und stieg aus dem Wagen.

«Guck mal, was aus Versehen bei uns gelandet ist», sagte er und gab ihr das Schreiben.

Es war nichts Ungewöhnliches, dass ihre Post falsch zugestellt wurde. Da vor etlichen Jahren das Haus von LA und das von Stayja auf ein und demselben Grundstück gestanden hatten, unterschied sich ihre Adresse nur durch einen Buchstaben: 319A und 319B.

Sie warf einen Blick auf den Absender und schluckte: die Bundessteuerbehörde.

«Vielleicht kriegst du eine Riesenerstattung», mutmaßte LA.

«Scheiße», murmelte Stayja. Was auch immer das sein mochte, *das* jedenfalls war es ganz sicher nicht. Post von der Regierung war nie gut.

Sie öffnete den Umschlag und faltete das Schreiben auf.

Es war eine Zahlungsaufforderung. Über 6292 Dollar, fällig bis zum 30. Oktober.

«Verdammte Scheiße, fuck!», zischte Stayja und faltete das Schreiben wieder zusammen.

«Was ist es? Zeig mal», forderte LA sie auf.

«Nein», sagte sie und stieg in den Wagen.

«Wohin willst du?», fragte er. «Kann ich mitkommen?»

Ohne ihn zu beachten, zog sie die Wagentür zu und zündete den Motor.

Zwanzig Minuten später saß Stayja vor einer Sachbearbeiterin des Finanzamts, irritiert von dem korallenroten Lippenstiftfleck auf deren linkem Schneidezahn, und nahm deshalb leicht abgelenkt die schlimmste aller Nachrichten in sich auf: Es gab keinerlei Grundlage für einen Einspruch gegen die Zahlungsaufforderung. Stayja war sicher, dass es sich um einen Irrtum handelte, aber die Frau behauptete, als Stayja angefangen hatte, am Carter College zu arbeiten, hätte sie sich der falschen Steuerklasse zugeordnet. Zur Demonstration holte die Sachbearbeiterin ein Formular heraus und tippte darauf herum, als wäre Stayja eine Idiotin.

«Sehen Sie? Das haben Sie ausgefüllt. Und hier unten bei Steuerklasse hätten Sie eine ‹1› eintragen müssen», erklärte die Frau, «aber wahrscheinlich haben Sie eine ‹3› gewählt.»

«Es hieß, man müsste eine 1 für sich selbst eintragen, noch eine 1, wenn man Single ist, und eine weitere, wenn man der Haushaltsvorstand ist. Das ergibt eine 3.»

«Ich weiß, was das ergibt», entgegnete die Frau, «aber dieser Eintrag war bei Ihnen nicht zulässig.» Ihr Ton war höflich, aber herablassend, als wäre das, was sie Stayja mitteilte, Allgemeinwissen und nicht irgendein aberwitziger, bürokratischer Unsinn. «Sie müssen es folgendermaßen sehen», fuhr die Beamtin fort. «Sie haben überhaupt keine Steuern gezahlt. Aber auch, wenn Ihr Einkommen minimal ist, meine Liebe, jedermann muss Steuern zahlen.»

«Sie behaupten also, dass ich nicht arm genug bin, weil meine behinderte Mutter nicht so viel Kosten verursacht wie fünf Kinder?», fragte Stayja mit erhobener Stimme.

Die Frau warf einen Blick zu dem Pärchen am Nebentisch und lächelte entschuldigend.

Stayja schob ihre Gehaltsabrechnung über den Schreibtisch und zeigte auf die Abzüge. «Noch einmal: Erklären Sie mir bitte, wieso ich Ihrer Meinung nach keine Steuern bezahlt habe, wenn ich hier *für eine Woche* vierzig Dollar abgezogen bekommen habe», forderte sie.

«Das sind keine Steuern, sondern Sozialabgaben.»

«Seit wann sind das keine Steuern?»

«Bitte nicht so laut, Ma'am. Wir haben noch andere Kunden hier.»

«Ich will keine Szene machen», sagte Stayja, «sondern nur verstehen, was da passiert ist. Ich habe die Zahlen addiert, genau, wie Sie mir gesagt haben. Diese Zahl hier und diese Zahl da. Und jetzt wollen Sie mir sagen, die Zahlen bedeuten gar nicht, was sie laut Formular bedeuten sollen, und als Folge muss ich der Regierung sechstausend Dollar zahlen, die ich gar nicht habe?!»

Die Frau seufzte. «Sie haben es eben *nicht* korrekt zusammengezählt. Und seit fünf Jahren keine Steuern gezahlt. *Deshalb* haben Sie diese Zahlungsaufforderung bekommen. Ein Teil davon sind Bearbeitungs- und Versäumnisgebühren. Aber das meiste sind Ihre Steuern.»

«Und warum ausgerechnet jetzt?», fragte Stayja. «Wenn das schon seit fünf Jahren falsch war?»

Bedächtig schüttelte die Frau den Kopf. «Die Regierung ist in diesen Dingen manchmal etwas langsam ...»

«Habe ich schon gesagt, dass ich eine Ausbildung mache?», fragte Stayja. «Ich studiere. Da habe ich doch sicher Anspruch auf irgendein Darlehen.»

Die Sachbearbeiterin zog eine Augenbraue hoch. «Bei welcher Institution?»

«Am Wake Community College. Ausbildung zur Krankenschwester.»

«Mindestens in Teilzeit?»

«Was heißt das?»

«Zwei oder mehr Kurse pro Semester.»

Stayja schloss die Augen. «Nein.»

Als sie sie wieder öffnete, schüttelte die Frau langsam und mitleidig den Kopf. «Tut mir leid», sagte sie.

«Schön. Ich hätte also die richtige Zahl angeben müssen. Kann ich denn jetzt nichts mehr tun? Besteht denn gar keine Möglichkeit, diese Summe zu reduzieren?»

«Ich wünschte, ich könnte Ihnen helfen, meine Liebe. Aber wenn man arbeitet, muss man das korrekt angeben und Steuern zahlen. Jeder muss das. Und ich bin nur ungern der Überbringer schlechter Nachrichten, aber diese Zahlungsaufforderung ist vom Bund. Wenn unser Bundesstaat irgendwann auch noch darauf aufmerksam wird, bekommen Sie eine weitere Zahlungsaufforderung.»

Stayja knallte das Espressokännchen in die Spüle und warf die Milchkanne direkt hinterher, ohne den Studenten zu beachten, der wegen des Krachs erschrocken von seinem Buch auffuhr und zu ihr herüberblickte. Sie verspürte den Drang, irgendwas kaputt zu machen, zum Beispiel den schweren Eisportionierer durch das Fenster des Cafés zu schleudern.

Sie stützte sich mit den Ellbogen auf die Theke und barg das Gesicht in ihren Händen.

Also war es ausgeschlossen, dass sie im Frühjahr ihre Ausbildung wieder aufnahm. Oder im Sommer oder im Herbst. Diese Zahlungsaufforderung warf sie um *Jahre* zurück.

Stayja war kein spiritueller Mensch, war es nie gewesen: Donnas Dogma war ihr immer vernünftig vorgekommen: «Traue niemandem, der irgendwas mit deiner Seele anstellen will!»

Aber als sie jetzt im Café stand und immer wieder an das bedrohliche Schreiben in ihrer Tasche im Schrank denken musste, ertappte sie sich dabei, wie sie im Stillen um Hilfe bat: irgendjemanden, einen, der vielleicht zuhörte.

Ich schaffe es nicht mehr. Bitte.

Auf einmal ploppte ein Wort in ihrem Kopf auf, als hätte es jemand laut ausgesprochen.

Gibson.

Nach Tylers Vorschlag, sich für die verkürzte medizinische Ausbildung zu bewerben, hatte sie mehrere Tage über der Idee gegrübelt. Der Vorschlag hatte ihr geschmeichelt, schien ihr aber in vielerlei Hinsicht einfach nicht machbar: Allein die Bewerbungsgebühr von 75 Dollar war schon ein Hindernis, ganz zu schweigen von den Studiengebühren. Und dann würde sie umziehen müssen.

Umziehen. Sie konnte ihre Mutter nicht allein lassen, wenn sie also angenommen und vielleicht sogar irgendwie die Studiengebühren aufbringen würde, müsste Donna mitkommen. Zwar liebte Donna den Strand, und Gibson lag an der Küste ... aber Donna würde sich niemals von Adrienne trennen. Wobei die beiden Schwestern im Augenblick nicht miteinander redeten ...

Auf jeden Grund, sich nicht zu bewerben, fiel Stayja sofort

ein Gegenargument ein. Natürlich konnte sie es sich nicht leisten – jetzt noch weniger als sonst. Aber wenn sie Ärztin würde, konnte sie ihren Studienkredit zurückzahlen.

Wenn du wirklich einen Kredit aufnehmen willst, dann für die Schwesternschule.

Aber irgendwas nagte und zupfte immer weiter in ihr.

Hatte sie überhaupt eine Chance, zugelassen zu werden? Eigentlich nicht, andererseits hatte sie bislang in allen naturwissenschaftlichen Kursen Bestnoten erzielt, und das Programm warb damit, auch Teilnehmer aus zweijährigen Ausbildungen aufzunehmen. Wie Tyler erklärt hatte, brauchte man für die erste Phase des Bewerbungsprozesses nur einen Aufsatz und ein Zwischenzeugnis.

Und außerdem hatte sie nie ihre Unterhaltung vergessen, die sie an einem der ersten Abende mit ihm führte: als er ihr unbeabsichtigt vermittelte, sie wäre arm, weil sie Entscheidungen träfe, die typisch für Arme wären.

So hatte er es nicht ausgedrückt, aber: War da vielleicht etwas Wahres dran?

16

ANNIE

Samstag, 21. Oktober – Sonntag, 22. Oktober

«Also, ich frage mich, was ist denn das Ziel von Therapie?» An einem Donnerstag saß ich in der zweiten meiner beiden wöchentlichen 45-Minuten-Sitzungen bei Loretta. Ich hatte die Häufigkeit unserer Therapiestunden zum Thema gemacht – was war der Sinn? –, aber nicht, weil ich sie nicht so oft treffen wollte (da ich Studentin war, kostete es nichts, und da ich kein Sozialleben hatte, war auch der Zeitfaktor kein Thema), sondern weil mir unklar war, was genau ich in den Sitzungen machen sollte. Ich wusste nicht, ob ich die Therapie richtig machte. Schließlich kam ich nur hin und redete.

Ehrlich gesagt, gefiel es mir. Loretta war die Einzige, mit der ich richtig reden konnte. Mit Matty fand ich es immer schwieriger. Ich fragte mich, ob es mit seiner wenn auch sehr verhaltenen Genugtuung darüber zu tun hatte, dass er in Bezug auf Tyler recht behalten hatte. Nicht, dass er etwas in der Richtung geäußert hatte – aber er strahlte es irgendwie aus, und deswegen fragte ich mich auch immer wieder, ob das Ganze meine Schuld gewesen war: Im Gegensatz zu Matty hatte ich Tylers wahren Charakter nicht gesehen, vielleicht nicht sehen wollen. Was meine anderen Freunde betraf, so standen sie mir nicht nah genug, um ihnen alles zu erzählen.

Also redete ich mit Loretta.

Dennoch wurde ich langsam ungeduldig und frustriert, weil aus unseren Sitzungen irgendwie nichts Konkretes herauskam. Also fragte ich: Wozu genau mussten wir uns so oft treffen? Wie jede gute Therapeutin gab sie mir die Frage zurück: Wozu trafen wir uns denn *meiner Meinung nach* so oft?

«Ich weiß es nicht», antwortete ich. «Damit ich über meine Vergewaltigung ‹hinwegkomme›?» Ich setzte den Begriff mit den Fingern in Anführungszeichen.

Loretta lächelte freundlich. «Ich schätze, du weißt, dass das absurd ist. Deshalb hast du wohl auch die Anführungszeichen gemacht.»

Das räumte ich mit einem matten Lächeln ein.

«Die Vergewaltigung als traumatische Erfahrung ist nun ein Teil von dir, der dich für den Rest deines Lebens begleiten wird. Möglicherweise wird die Erinnerung daran dich immer traurig machen. Oder im Laufe der Zeit andere Gefühle in dir auslösen. Deine Beziehung dazu wird sich vielleicht weiterentwickeln, genau wie sich Beziehungen zu Menschen verändern. Für den Augenblick ist wohl der nächste Schritt die Erkenntnis, dass es so was wie ‹darüber hinwegkommen› nicht gibt.»

Schweigend saßen wir da und lauschten dem Summen der Klimaanlage. Ich war dankbar, dass Loretta es so bezeichnet hatte: als Vergewaltigung. Sie sagte nicht ‹was dir passiert ist›, wie Caroline, oder ‹die Sache› wie Matty oder ‹der Übergriff› wie Dekanin Arroyo. Meinten die Leute, ich würde es erst dann als das erkennen, was es war, wenn sie es beim Namen nannten? Als wüsste ich es nicht schon?

«Was empfindest du dabei?», fragte sie nach langem Schweigen.

«Wut», sagte ich.

Beim Konzert für die Eltern am Besuchswochenende war das Orchester so gut wie noch nie seit meinem Beitritt zum Studienbeginn, und danach nahm ich die orangefarbenen Narzissen in Empfang, die Mattys Mom mir mitgebracht hatte, und dankte ihr und seinem Dad, dass sie zum Konzert gekommen waren.

«Matt hat uns erzählt, deine Eltern würden es nicht schaffen, und es tut uns sehr leid, dass sie dieses unglaubliche Konzert verpasst haben. Es war wirklich wunderbar», sagte sie und berührte mich leicht am Arm. Sie roch nach Parfüm. Meine Mom benutzte nie Parfüm. Letzten Endes hatte ich meine Eltern gebeten, nicht zu kommen; ich hatte darauf bestanden und behauptet, ich hätte so viel für die Prüfungen zu tun, dass ich keine Zeit für sie aufbringen könnte. Überraschenderweise hatten sie meinen Wunsch respektiert, und das, obwohl ich schon in den Herbstferien nicht nach Hause gekommen war.

«Wo ist Matty?», fragte ich.

«Der musste mitten im Konzert weg, wegen eines Abgabetermins oder eines Artikels – du weißt ja, wie er bei allem ist, was mit der Zeitung zu tun hat. Nach dem Lunch fahren wir wieder nach Hause. Es war sehr schön, dich zu sehen, Annie. Hast du abgenommen, sag mal?»

Ich verkniff mir den Witz, der Vorteil einer Vergewaltigung sei, dass es einem den Appetit verschlage. Dann verstand ich, dass Matty seinen Eltern nichts erzählt hatte, und war froh darüber.

«Annie!», ertönte eine Stimme. Als ich mich umdrehte,

sah ich Diana Yeager auf mich zueilen. Hinter ihr kam ihr Sohn Danny, mein ehemaliger Fagottschüler, der größer und pickliger wirkte. Es überraschte mich, sie beide zu sehen, da sie im Juli nach Tennessee gezogen waren.

«Hi!»

Diana umarmte mich und trat beiseite, sodass Danny und ich uns ebenfalls umarmen konnten. Er drückte schüchtern eine Schulter an meine, dann wich er rasch wieder zurück. Er war definitiv größer geworden, mit dreizehn fast schon größer als ich.

«Wir sind übers Wochenende hier. Danny will unbedingt auch aufs Carter gehen, nur wegen dir. Nicht wahr, Danny?»

Er wurde rot und wandte den Blick ab, gerade als Mattys Mutter zum Abschied kurz die Hand hob und dann ging.

«Dein ehemaliger Schüler ist hier», bemerkte Juan Pablo, als er sich zu uns gesellte. «Ich hoffe, das Konzert hat Ihnen gefallen», fügte er zu den Yeagers gewandt hinzu.

«Absolut!», rief Diana. «Annie war phantastisch. Nicht wahr, Danny?»

Danny murmelte etwas Zustimmendes.

«Ich habe gerade zu ihr gesagt, dass Danny unbedingt auch hierherkommen will, weil Annie so vom Carter geschwärmt hat. Geht es dir immer noch so gut hier, Annie? Wie ist dein Jahr bisher verlaufen?»

«Ja, alles gut», stammelte ich und merkte, wie schrill meine Stimme klang.

«Diana, darf ich Sie dem stellvertretenden Direktor vorstellen?», fragte Juan Pablo und legte ihr den Arm um die Schultern, um sie zu entführen.

Juan Pablo, der mich immer beschützte, ohne dass einer von uns beiden etwas sagen musste. Fast kamen mir die Tränen.

Als ich zurück zum Wohnheim lief, bot mir das lange Konzertkleid aus Baumwolle kaum Schutz gegen den kühlen Oktoberwind. Sobald ich das Gebäude betrat, fiel mein Blick auf ihre Beine: die roten Clogs meiner Mutter zu der schwarzen Hose, die braunen Clarks meines Vaters und Mattys blaue Vans. Sie saßen auf gegenüberliegenden Sofas im Gemeinschaftsraum, und ihre Oberkörper waren hinter der Wand verborgen. Beim Geräusch der sich öffnenden Tür lehnte meine Mutter sich vor.

«Hey», sagte ich und ging zu ihnen. «Ihr seid ja doch gekommen.»

«Schätzchen», sagte meine Mutter, stand auf und schloss mich mit besorgter Miene in die Arme. «Ich hoffe, das ist okay.»

«Klar», erwiderte ich.

Matty starrte zu Boden.

«Wie war das Konzert?», fragte meine Mutter.

«Gut. Aber ihr hättet doch auch kommen können, wenn ihr schon mal hier seid.» Ich staunte, wie normal ich mich verhielt – so normal wie seit Wochen nicht. Vielleicht lag es daran, dass ich noch im Auftrittsmodus war. Vielleicht wollte ich ihnen aber auch nur Normalität vorspielen, um ihnen den Schmerz zu ersparen, den sie sicherlich empfinden würden, wenn sie die Wahrheit wüssten.

«Ich hab sie gebeten zu kommen, Annie, weil ich mir Sorgen um dich mache», stieß Matty hervor. «Tut mir leid, wenn du das für Verrat hältst, aber du schläfst nur noch. Und du wirkst depressiv.»

Ach, so war das also: eine Intervention im Gemeinschaftsraum meines Wohnheims.

«Wir sollten auf mein Zimmer gehen», sagte ich und drehte mich um, «ich muss euch was erzählen.»

Es fühlte sich an, als würde es ewig und doch keine Sekunde dauern. Kaum hatte ich es ausgesprochen, war es schon wieder vorbei, aber zuerst sagte niemand etwas oder bewegte sich auch nur. Als sie zu sprechen anfingen, stellten sie Fragen, gegen die sich alles in mir sperrte. Wieso hatte ich es ihnen nicht früher erzählt? Hatte ich einen Anwalt gebraucht? Brauchte ich jetzt einen? Wieso war die Untersuchung so schnell vorbei gewesen? Dadurch wurde alles wieder hochgeholt, was ich auf keinen Fall wollte, sondern einfach aushalten musste. Mein Dad und Matty sagten nur wenig, aber ich sah, wie schwer das Gespräch meinem Vater zusetzte, da sich sein Brustkorb unter dem Golfhemd sichtlich ausdehnte und wieder zusammenzog. Außerdem war sein Gesicht dunkelrot geworden.

«Ich werde mit der Dekanin reden», sagte er mit zusammengebissenen Zähnen. «Das ist inakzeptabel.»

«Bitte nicht, Dad. Bitte.» Vor meinem Erdgeschossfenster, das einen Spalt geöffnet war, strömten Eltern und jüngere Geschwister in einem Wirbel aus grünen und weißen Trikotfarben vorbei. Sie kamen vom Footballspiel und schleppten als treue Gefolgschaft große Schaumstoffhände mit gerecktem Daumen, zerzauste Pompons und Campingstühle mit sich. «Ich möchte das nicht. Ich will nur, dass es ein Ende hat», erklärte ich.

Seine Augen huschten durchs Zimmer.

«Ehrlich», sagte ich, aber mir brach die Stimme, «mir geht's gut. Versprochen. Ich bin zwanzig Jahre alt. Ich komm schon damit klar.»

«Ich kann doch dazu nicht einfach den Mund halten», brachte er schließlich heraus. «Das kann ich einfach nicht.»

Meine Mutter umklammerte so fest ihre Knie, dass ihre Handflächen ganz rot wurden.

«Na gut», sagte ich resigniert. «Dann rede mit ihr.»

«Oh, Annie», seufzte meine Mutter. «Das ist schlimm. Unvorstellbar schlimm.» Ich war nicht sicher, ob sie das für sich meinte oder für mich, fragte aber auch nicht nach.

Die nächsten vierundzwanzig Stunden des Besuchswochenendes taten wir so, als wäre alles normal, während die Tatsache, dass ich vergewaltigt worden war, wie ein drohender Schatten über uns hing, obwohl wir ihn kollektiv – und vergeblich – zu ignorieren versuchten. Matty begleitete uns die ganze Zeit, was ich für eine selbst auferlegte Buße hielt. Am Nachmittag schauten wir uns im Kunstmuseum des Colleges eine Ausstellung von europäischen Malerinnen des achtzehnten Jahrhunderts an. Mein Dad, der sich für Kunstgeschichte begeisterte, unterbrach sein dumpfes Brüten, um uns einen Vortrag über das zu halten, was er von den Malerinnen noch wusste – offenbar waren sie nur erfolgreich gewesen, weil Marie Antoinette irgendwann ihr Talent anerkannt hatte. Anne Vallayer-Costers ‹Porträt einer Geigenspielerin› von 1773 zog die Aufmerksamkeit meiner Mutter auf sich.

«Guck mal, Annie, wie du.»

Das Mädchen starrte blicklos auf die Noten in ihrem Schoß. Mit der rechten Hand umklammerte sie eine Geige, wie kein Violinist sie je halten würde.

Die Erläuterung neben dem Bild besagte: *Sie zieht uns in die private Welt des Modells: eine ungeübte Geigerin, die ihre Übungen abgebrochen hat und in Gedanken versunken ist.*

«Ich meine, wenn die Geige ein Fagott wäre», fügte meine Mutter hinzu.

Aber das ergab keinen Sinn, denn ich war keine ungeübte Fagottspielerin. Ich verkniff mir den Kommentar.

Als Matty vorschlug, zur familienfreundlichen Vorstellung

der Improtruppe zu gehen, war ich so dankbar, dass ich ihm fast verzieh. Eine Theatervorstellung unterband jegliches Gespräch.

Aber als wir dann im summenden Zuschauerraum auf den Beginn warteten, tauschten zwei Mädchen neben uns lautstark den neuesten Campus-Tratsch aus: Eine Studentin war beim Joggen auf der Campus-Laufstrecke von einem Unbekannten betatscht worden. Die Geschichte war vor allem deshalb in der Campuszeitung gehyped worden, weil es zu Beginn des Besuchswochenendes geschah und die Collegeverwaltung sofortige und scharfe Maßnahmen versprochen hatte: noch mehr blaue Notfalltelefone an der Laufstrecke und vorübergehend sogar Sicherheitspersonal, das die Strecke überwachte. Dekanin Arroyo hatte angeblich empfohlen, nur noch zu zweit zu joggen. Als ich den Aufmacher gelesen hatte, war ich über die prompte Reaktion des Colleges so erbittert gewesen, dass ich die Zeitung weggelegt und das Ganze verdrängt hatte. Aber jetzt saß meine Familie sprachlos da und war gezwungen zuzuhören, was die beiden Studentinnen vor uns auswalzten.

«Ehrlich, wer *betatscht* einen! Was bringt einem *Betatschen*? Ich meine, mir ist schon klar, dass es letzten Endes nur um Macht geht, ein kleiner Reflex toxischer Männlichkeit, aber es kommt einem doch fast *albern* vor.»

«Vielleicht konnte sie abhauen, bevor mehr daraus werden konnte», entgegnete die andere.

Plötzlich stürzte sich meine Mom auf mich und hielt mir mit beiden Händen die Ohren zu.

«Mom», schrie ich auf und riss ihre Hände weg.

«Nicht zuhören!», flüsterte sie drängend.

«Mom!», wiederholte ich. «Hör auf! Gott!»

Aus dem Augenwinkel sah ich, wie Matty sich die Hand vor

den Mund schlug, um nicht loszukichern, aber als das Licht im Saal gedimmt wurde und der Applaus die Stimmen der Mädchen übertönte, war ich sehr erleichtert, dass ich nicht mehr mitbekommen hatte. In der Dunkelheit des Saals schloss ich die Augen. *Nicht einschlafen, Annie*, befahl ich mir. Ich war sicher, sonst würde ich schnarchen.

Aber an Schlaf war nicht zu denken. Die Truppe stürmte zu ohrenbetäubendem Applaus und Jubel auf die Bühne, und das Scheinwerferlicht auf der Bühne war grell. Zerstreut sah ich zu, während ich nur mit Mühe die Augen offen halten konnte.

In der Pause flüsterte Matty mir zu: «Tut mir leid. Ich hab nicht nachgedacht, als ich das Improtheater vorschlug.»

«Wieso?», fragte ich verwirrt.

«Na, du bist doch mit *ihm* ins Improtheater gegangen», erklärte er.

Aber das war etwas ganz anderes gewesen; und so lange her. Wieder einmal hatte ich das Gefühl, keiner könnte mich verstehen. Genau wie die Leute dachten, das Wort ‹Vergewaltigung› würde etwas in mir auslösen, ging Matty wohl davon aus, dass ‹Improtheater› auch ein Trigger war. Aber wieso? Weil ich daran erinnert wurde, was mir zugestoßen war? Daran musste ich ohnehin ständig denken. Daran musste man mich nicht erinnern.

«Ach so», sagte ich. «Nein, macht nichts.»

Auf dem Rückweg zu meinem Wohnheim fragte meine Mutter überraschenderweise: «Hat es dir nicht gefallen?»

«Doch», antwortete ich. «Wieso?»

«Weil du gar nicht gelacht hast», erklärte sie.

«Nicht?»

«Vielleicht hab ich es nur nicht mitbekommen», sagte sie und wandte sich ab.

Als wir am Sonntagmorgen zum Frühstücken ins Lloyds gingen, dem Lieblingsdiner meines Vaters, weil man sich schon Kaffee nehmen konnte, während man auf seinen Tisch wartete, wollte ich nur noch, dass meine Eltern endlich nach Hause fuhren. Ihre gedrückte Stimmung wegen meiner Vergewaltigung war unerträglich. In mir war nichts mehr, womit ich mich hätte aufbauen können, geschweige denn meine Eltern.

Auf dem Parkplatz des Diners verabschiedeten wir uns. Kaum war ihr Volvo auf der Hauptstraße verschwunden, fingen Matty und ich gleichzeitig an zu sprechen.

«Ich weiß, du bist wütend auf mich», sagte er. Doch bevor ich was erwidern konnte, fuhr er fort: «Aber ich habe eine Idee.»

17

BEA

Ende September bis Mitte Oktober

«Das College bekommt dir gut!» Der Pilot der Birchs, ein kahlköpfiger Mann mit Schmerbauch namens Steve, begrüßte Bea über das Dröhnen der Maschinen hinweg und breitete die Arme aus. Er nahm ihre Tasche und öffnete eine Gepäckklappe ganz vorn in der Kabine, während Bea die schmale Leiter der Gulfstream hinaufkletterte Es war der Mittwochnachmittag zu Beginn der Herbstferien. Sie flog nach Connecticut, wo sie die nächsten Tage mit Lorns Familie verbringen wollte. Audrey und Barry würden natürlich ebenfalls da sein, und als Überraschungsgast käme auch Lorn, obwohl das Vassar noch keine Ferien hatte. Sie würde zwei Seminare schwänzen, um sie zu treffen.

«Musik?», fragte Steve, als das Flugzeug rückwärts aus dem Hangar und auf die Piste rollte.

«Wie Sie möchten», antwortete Bea.

Sie flog zum dritten Mal in diesem Privatjet, aber das erste Mal, ohne dass zumindest einer aus der Familie dabei war, und sie staunte immer noch über die weichen Sitze und ihre Nähe zum Cockpit.

Sie bekam eine Nachricht von Audrey:

BIS NACHHER! GIB BESCHEID SOBALD DU GELANDEST BIST!

«Dann Stevie Wonder», sagte der Pilot, und Soulmusik erfüllte das kleine Flugzeug.

Sie hatte gestaunt, als es hieß, sie könne mit dem Jet fliegen, aber Audrey hatte ihr erklärt, dass Steve vorher einen Kollegen von Barry in Atlanta absetzte und auf dem Rückweg ‹vorbeikommen› könnte.

Als sie starteten, schluckte Bea wiederholt, um die Ohren frei zu bekommen, und dachte wieder an ihre Quartalsnote in Physik, die ihr an diesem Vormittag mitgeteilt worden war: eine 4. Sie war fassungslos gewesen, als sie sie auf dem Monitor ihres Laptops gesehen hatte. Seit sie denken konnte, hatte sie nie eine schlechtere Note als eine 2+ bekommen. Eine 4? Das war furchtbar, schrecklich, aufregend!

Nachdem ihr Vorhaben, ihren Berater aufzusuchen, um Physik abzuwählen, gescheitert war, weil Early ausgeraubt wurde, hatte sie sich nicht weiter darum gekümmert. Eine 4 zu bekommen – eine 4! – war beschämend, aber irgendwie auch spannend und befriedigend, weil es zeigte, dass ihre Handlungen Konsequenzen hatten. Fühlte es sich so an, eine Rebellin zu sein – zu versagen und nicht mal zu versuchen, es wiedergutzumachen?

Als sie jetzt über die weiße Wolkendecke unter dem Flugzeug blickte, fiel ihr wieder ein, wie sie während der Weihnachtsferien in den Hamptons einmal eine Welle gesehen hatte, die genau in dem Moment gefroren war, als sie brach. Sie war weiß und schaumig gewesen, mitten in der Bewegung und doch vollkommen reglos.

Die Wolken vor dem Fenster erinnerten sie an diese Welle. In gewisser Weise fühlte sich Bea genauso. Manchmal hatte sie das Gefühl, sich so schnell vorwärtszubewegen, dass sie zu brechen drohte. Und dann wieder fühlte sie sich, als würde sie sich gar nicht bewegen, sondern wäre in den Fängen von etwas Unsichtbarem verstrickt.

Am Abend servierte Audrey ihnen Spaghettikürbis mit Lammragout und für Lorn eine vegane Version davon. Sie saßen zu viert an dem großen Tisch im Esszimmer; Lorn, ihre Eltern und Bea, während die Haushälterin Mila immer wieder ihre Wassergläser füllte.

Lorn erzählte ihren Eltern gerade von ihrem Plan, ein Streetwear-Unternehmen zu gründen, und erklärte ihnen in diesem Zusammenhang den Begriff ‹Hypebeast›.

«Das ist ein Wort für jemanden, der modebesessen ist.»

«Auf gute oder auf schlechte Art?», fragte Audrey.

«Schlechte», antwortete Lorn und gab Bea ihr Handy, damit sie sich durch Lorns Liste von Start-up-Konzepten scrollen konnte. Bereits sechs Wochen nach Collegebeginn stand für sie fest, dass sie eine feministische Unternehmerin werden würde. Eine ethische Kapitalistin, die massenhaft Geld verdiente, indem sie Frauen stärkte und ihre Körper feierte.

Abo für rote Lippenstifte

App, um Freundinnen zu finden (nur für Frauen)

App, um Apps zu entwickeln (nur für Frauen)

App, um den richtigen roten Lippenstift auszusuchen

«Und wie läuft's bei dir, Bea?», fragte Audrey und stach in ihren Berg Nudeln. «Ich liebe es, durch euch Mädchen ein neues Leben zu leben. Erzähl uns alles!»

Bea gab Lorn ihr Handy zurück und hielt den Zeigefinger in die Höhe, um noch zu Ende zu kauen. Dann sagte sie: «Ich habe … das heißt, ich *hatte*, weil er gerade abgeschlossen wurde … meinen ersten Fall als studentischer Beistand.»

«Bei einer simulierten Gerichtsverhandlung?», bellte Barry vom anderen Ende des Tischs. «Habe ich auch schon gemacht!»

«Nein, Barry», sagte Audrey entnervt. «Es war ein echter Fall. Ich hab dir doch erzählt, dass sie in ihrem Programm Kommilitonen vertritt. Wirklich, das habe ich dir *erzählt.*»

«Auf gar keinen Fall. Das wüsste ich noch.»

«Doch.»

«Eine Studentin im ersten Jahr, die jemanden juristisch vertritt? Soll das ein Witz sein?»

«Ich fungiere eher als moralischer Beistand. Der Betreffende hatte auch einen Anwalt», erklärte Bea. Bei Barry musste man oft laut sprechen – oder das Gespräch unterbrechen –, um den eigenen Standpunkt klarzumachen.

«Was hat er denn gemacht?», fragte Lorn und hielt sich die Hand vor den vollen Mund.

Bea hatte noch keine Gelegenheit gehabt, ihr von Tylers Fall zu erzählen. Seit August hatten sie nur ein paarmal über FaceTime gesprochen, und es war ihr nicht angemessen vorgekommen, ihrer besten Freundin davon per WhatsApp zu erzählen.

«Es war ein Fall von sexuellem Übergriff», sagte Bea mit etwas unsicherer Stimme.

«Ach, du meine Güte», bemerkte Audrey und tupfte sich die Mundwinkel mit einer weißen Stoffserviette ab. «Das klingt herausfordernd. Könnt ihr euch aussuchen, welche Seite ihr vertretet?»

Bea schüttelte den Kopf. «Die Betreffenden werden uns nach dem Zufallsprinzip zugewiesen», erklärte sie, schluckte ein Stück Fleisch herunter und beschloss, doch lieber das Thema zu wechseln. «In diesem Sommer gibt es in New York ein Praktikum, das ich unbedingt haben will. Ich werde mich noch diesen Monat bewerben und erfahre am Ende des Semesters, ob ich es bekommen habe. Es ist beim CJRI.»

«Wo?», fragte Barry und unterdrückte einen Rülpser.

«Barry Birch!», schalt Audrey ihn. «Was ist das CJ ...»

«Das Criminal Justice Reform Institute», erklärte Bea. «Eine gemeinnützige Einrichtung in New York, die von meinem Professor geleitet wird.»

«Also willst du immer noch Jura studieren, Schatz?», fragte Audrey. «Sehr schön.»

«Der Sohn meines CTOs ist gerade Partner bei einer Kanzlei in der City geworden», bemerkte Barry. «Welche war es noch, Schatz? Cooley? Nein, Wachtell.»

«Paul Weiss», erklärte Audrey. Dann sagte sie zu Bea gewandt: «Die wäre auch für jemanden wie dich besser als Wachtell, weil sie viele Pro-bono-Fälle übernehmen. Wir müssen dich mal da vorstellen ... vielleicht über Thanksgiving.»

«Sie ist erst im *ersten* Collegejahr, Mom», warf Lorn ein.

«Es ist nie zu früh, sich um Kanzleipraktika zu kümmern», entgegnete Barry.

«Ich möchte Strafverteidigerin werden», sagte Bea, ohne den Blick von ihrem Teller zu heben.

Die Birchs waren moderate Republikaner: Romney-Republikaner. Sie spendeten großzügig für die Susan G. Komen-Brustkrebsstiftung und für die Ronald McDonald-Stiftung für schwerkranke Kinder. Jeden Sonntag gingen sie in die Methodistenkirche, und sie verabscheuten Donald Trump, doch weniger wegen seiner Politik, sondern eher wegen seiner Geschmacklosigkeiten. Natürlich hatten sie ihn dennoch gewählt, ‹aus Loyalität gegenüber der Partei›, wegen der Steuern und weil Hillary ‹mindestens genauso korrupt› sei. Sie rühmten sich, Freunde aller politischen Couleur zu haben. Bea wusste nicht, ob das wirklich stimmte, aber sie wusste ganz sicher, dass der Beruf des Strafverteidigers bei ihnen kein großes Ansehen genoss.

Als die Black-Lives-Matter-Bewegung im Sommer nach Beas und Lorns neunter Klasse an Fahrt aufnahm, verbrachte Bea den Juli bei den Birchs. In der Stille ihres Gästezimmers hatte sie entsetzt die Nachrichten verfolgt. Polizisten, die Schwarze töteten. Schwarze Jugendliche. Als die Grand Jury sich weigerte, den weißen Polizeibeamten zu verurteilen, der Michael Brown in Missouri erschossen hatte, schauten sie und die Birchs in dem feudalen, ganz in Beige gehaltenen Wohnzimmer die Abendnachrichten. Schweigend hörten sie sich die Rede des Staatsanwalts an.

«Eine gute Lektion über die Arbeit der Medien. Hier geht es nur um Einschaltquoten», hatte Barry gesagt und ihnen dann erläutert, wie Medienunternehmen Riesensummen mit Geschichten über rassistische Cops erzielten.

«Na schön, aber es sind ja auch Rassisten», hatte Lorn widersprochen.

«Was soll das heißen: Rassisten?», sagte Barry. «Wir brauchen bessere Begriffe.»

«Das heißt: Wir beurteilen und behandeln die Menschen auf Grundlage ihrer ethnischen Herkunft unterschiedlich», erklärte Lorn entnervt.

«Kann sein», erwiderte Barry. «Aber ich glaube, ich beurteile Menschen eher danach, wie alt sie sind und wie sie sich kleiden, als danach, welche Hautfarbe sie haben.»

«Das nennt man dann wohl Alters- und Klassendiskriminierung, herzlichen Glückwunsch.»

Audrey hatte erst Barry einen warnenden und Bea dann einen verstohlenen Blick zugeworfen, bevor sie den Kanal und das Thema wechselte.

Nach dem Gespräch war Bea frustriert gewesen – vor allem, weil sie nicht das Wort ergriffen hatte. Normalerweise ärgerte sie sich nicht so sehr über die Birchs wie Lorn. Im Gegenteil, sie fand sie sogar ziemlich liebenswert, besonders Barry, der amüsant und unterhaltsam war. Aber sah er wirklich nicht, dass man je nach Hautfarbe unterschiedlich behandelt wurde? Oder wollte er es nur nicht sehen? War es so schwer zuzugestehen, dass es gute und böse Cops gab? Und dass rassistische Vorurteile oft unbewusst waren? *Und* dass die Medien Geld mit Sensationsgeschichten machten, diese aber trotzdem wahr sein konnten?

Sie war erst in der neunten Klasse und hatte das bereits begriffen.

Aber Bea sagte nichts. Sie war Gast in dieser Familie, und er hatte mit seinem Klassenbezug einen Punkt gemacht. Sie reisten in Luxuswagen oder Erster-Klasse-Abteilen durch Neuengland, wurden in Lincoln-Town-Cars von Chauffeuren, deren Namen sie nicht kannten und auch nicht lernten, von einem eleganten Hotel mit Marmorhalle zum nächsten gefahren. Wohin sie auch kamen, gab es frische Blumen, der Fisch war nie gezüchtet und oft roh, und sie waren fast immer umgeben von Edelmarken der Madison Avenue. Bea hatte sogar schon mitbekommen, wie Barry sich bei einer Freundin von Audrey entschuldigte, weil er sie ignoriert und für jemanden gehalten hatte, den Audrey für irgendeine Aufgabe im Haus eingestellt hatte.

Er gab also zu, dass er Standesdünkel besaß, weigerte sich aber anzuerkennen, dass es in Amerika Rassismus gab.

Auch jetzt noch äußerte Bea gegenüber den Birchs nicht ihre gesellschaftlichen und politischen Ansichten, sondern überließ Lorn als Stimme der links orientierten Jugend die Rolle als Provokateurin.

Als Bea jetzt verkündete, Strafverteidigerin werden zu wollen, sah sie, dass niemand damit gerechnet hatte. Ein paar Sekunden kauten alle schweigend weiter. Dann brach Barry in Gelächter aus.

«Was ist so lustig?», fragte Audrey.

«Tut mir leid. Ich bin nur verblüfft.»

Audrey legte ihre Gabel nieder. «Du willst Kriminelle verteidigen?», fragte sie.

«Mom, jeder hat ein Recht darauf, verteidigt zu werden!», zischte Lorn.

«Ist das denn wirklich so überraschend? Ich bin in einem Programm, das Gerechtigkeit im Namen führt», sagte Bea mit nervösem Lachen.

«Ja, schon, aber ich hatte angenommen, du würdest dort beide Seiten der Justiz kennenlernen.» Audrey legte erneut ihre Gabel nieder und holte aufgeregt Luft: «Habt ihr's schon gehört? Der Mann, der das kleine Mädchen in Darien entführt hat, wurde jetzt verurteilt. Zwanzig Jahre. *Zwanzig. Jahre.*»

«Weißt du, wovon sie spricht?», wandte Lorn sich an Bea.

Bea schüttelte den Kopf.

«Mom, bei deinen Lokalnachrichten sind wir nicht auf der Höhe.»

«Ein fünfjähriges Mädchen wurde entführt und ermordet, und das von einer Bestie, die ein Geständnis ablegte – auf Band! Und trotzdem dauerte der Prozess ... wie lang, Schatz? Monate?»

«Ja, ein paar Monate», nickte Barry und schabte seinen Teller sauber.

«Er hat nicht mal lebenslänglich bekommen. Und wenn er wieder rauskommt, schnappt er sich das nächste Kind. Es ist einfach nicht auszuhalten. Aber wieso fange ich beim Essen davon an? Ach ja, weil du Strafverteidigerin werden willst.»

Da kam Mila mit einer Glasschale voll frischem Obst herein: in Scheiben geschnittene Kiwis, Blaubeeren und Erdbeeren.

«Hat der Typ es denn getan?», fragte Lorn.

Bea erkannte erst mit kurzer Verzögerung, dass sie mit ihr sprach und Tyler meinte, nicht den Mörder aus Darien.

«Äh, ich weiß nicht», antwortete sie.

«Was glaubst du denn?», hakte Lorn nach.

Bea zögerte. «Ich glaube, das ist unwichtig», sagte sie.

Audrey schrie auf.

«Herrgott, Mom», mahnte Lorn.

«Aber natürlich ist das wichtig», rief Audrey.

«Aud», mischte sich Barry ein. «Beruhige dich.»

Bea stand auf und legte die Serviette so neben ihren Teller, wie man es ihr im Etikette-Kurs beigebracht hatte, den sie und Lorn in der neunten Klasse hatten besuchen müssen. Zwar musste sie nicht ins Bad, doch sie dachte sich, wenn sie zurückkäme, hätten Barry und Lorn Audrey wohl beruhigt.

Aber als sie das offene Esszimmer durchquert und den Flur erreicht hatte, rief Audrey ihr verärgert nach: «Wo willst du hin?»

Bea wirbelte herum und sah sie an.

«Ist mir egal, was ihr davon haltet!», zischte sie und stampfte wütend davon.

Noch am selben Abend entschuldigte sich Audrey, und am nächsten Morgen noch einmal, diesmal aufrichtiger, aber Bea sah deutlich, dass sie immer noch aufgewühlt war. Auch Lorn war eindeutig betroffen, weil Bea nicht gesagt hatte, sie glaube an Tylers Unschuld – das wusste sie, weil sie nicht mehr darauf zu sprechen gekommen war.

Sie gingen in den Boutiquen auf der Greenwich Avenue

shoppen, und Audrey kaufte ihnen beiden mehrere Kleider, die auch zu offiziellen Anlässen passten. Sie selbst waren zwar nicht besonders begeistert davon, aber Audrey bestand darauf, und da sie merkten, dass sie ihr damit eine Freude machten, hatten sie am Ende jede drei Cocktailkleider.

Bea war erleichtert, als sie hörte, dass Barry nicht erst am Samstag, sondern schon am Freitag nach Atlanta zurückmusste und sie mitnehmen würde.

Als sie lautlos Richtung Süden flogen, blickte Barry von seinem Laptop auf und sagte unvermittelt: «Bin stolz auf dich, Bea.»

«Ehrlich?», fragte sie erstaunt.

Er lachte. «Kommt das so unerwartet?»

Da sagte sie, weil sie Barry schon immer gemocht hatte, weil sie ihm glaubte und vielleicht auch, weil sie es einem Elternersatz sagen musste: «Ich krieg in Physik eine 4.» Dabei sah sie aus dem Fenster. Der Himmel war wolkenlos und strahlend blau. Sie wandte ihm wieder den Blick zu.

«Dann wirst du wohl besser keine Astronautin, wie?», bemerkte er und grinste breit.

Im Carter ging ihr die Konfrontation mit Audrey noch lange nach. Natürlich wusste sie nicht, wie ihre Mutter es gesehen hätte, wenn sie jemanden unterstützte, der wegen sexueller Übergriffe angeklagt worden war, oder wenn sie Strafverteidigerin werden wollte, aber ganz gewiss hätte ihre Mutter darauf differenzierter reagiert als Audrey. Audreys Schlag unter die Gürtellinie («Du willst Kriminelle verteidigen?») katapultierte Bea in eine größere Einsamkeit, als sie sie seit langem empfunden hatte. Zwar hatte sie sich nicht im Justice Program angemeldet, um Audrey zu gefallen – sie betrachtete Audrey immer noch als Lorns Mom und nicht als ihre eigene

Ersatzmutter –, aber Audreys Reaktion hatte nur einmal mehr gezeigt, dass Bea wirklich auf sich allein gestellt war.

Wenn nicht mal Lorn es verstand …

Niemand verstand sie, außer Dr. Friedman und ihre C.U.N.T.-Kollegen.

Je mehr Improtheater sie spielte, desto besser wurde sie, das spürte sie, und je besser sie wurde, desto mehr wollte sie spielen. Beim *Ja, und* blühte Bea auf. Das Hinzufügen neuer Aspekte, das Aneinanderreihen von Komponenten, die Gelächter hervorriefen – die Absurdität, die körperliche Herausforderung, die Albernheit. Sie steuerte von den intellektuellen Stichworten weg, die einige ihrer Mitspieler bevorzugten: die schlauen Anspielungen, die obskuren, klugen Wortspiele. Das war keine bewusste, sondern eher eine instinktive Entscheidung, der Drang, sich selbst zu amüsieren. Belohnt wurde sie dafür mit Gelächter und manchmal Applaus. Auch mit Komplimenten nach der Vorstellung, die nur ihr galten: Du bist super, Bea. Du bist so witzig.

Ihr Lieblingsmoment kam immer, wenn sie ihren Szenenpartner ansah und beide erkannten, dass keiner wusste, was als Nächstes geschehen würde: *Wir sitzen in einem Boot – und jetzt?*

Als der Oktober sich dem Ende zuneigte und es bis zu den Regionalausscheidungen nur noch acht, dann sieben, dann sechs Wochen waren, wurde die Energie in der Gruppe geradezu elektrisierend, und Chris' Stresslevel, das normalerweise ziemlich niedrig war, stieg merklich an. Er bestand darauf, einen zusätzlichen wöchentlichen Probentermin anzusetzen, und hielt ihnen dann zu Beginn jeder Probe einen Vortrag über ‹die Grundlagen›. Er las ausgedruckte Beiträge aus dem Internet darüber vor, was gutes Improtheater ausmachte, und zwang sie, die YouTube-Videos anderer Improtruppen anzusehen und zu besprechen, als wären sie eine Fußballmannschaft, die Spiele analysierte.

Eines Nachmittags hielt er ihnen einen Vortrag übers Zuhören. Er behauptete, die besten Improspieler der Welt hätten verstanden, dass gutes Improtheater vor allem mit Zuhören zu tun hatte.

Während die anderen nickten, fragte sich Bea, ob sie eine gute Zuhörerin war. Einerseits hatte sie ihr ganzes Leben lang zugehört – um die neue Umgebung zu deuten, als sie wieder und wieder neu anfangen musste: nach New York erst in Boston, dann an der Porter's, dann am Carter. Sie ergriff nie als Erste das Wort oder hob die Hand; in der Schule hatte sie immer gewartet, bis man sie aufrief, und schriftliche Hausaufgaben und Klassenarbeiten vorgezogen. Es hatte sie nie gereizt, vor der Klasse zu glänzen und dafür gelobt zu werden. Auch deshalb kam ihre Schwäche fürs Improtheater so unerwartet für sie selbst. Denn sie genoss das Rampenlicht, die öffentliche Aufmerksamkeit, die ihr bislang immer gleichgültig gewesen war, auch im Theaterclub an der Mittelschule, wo sie sich mit kleinen Rollen begnügte. Als sie jetzt darüber nachdachte, befand sie, dass der Unterschied beim Improtheater im Spielerischen lag. Es ging nicht darum, gute Noten zu erzielen, sondern Menschen Freude zu machen.

Und Freundschaften zu schließen, als sie immer mehr Zeit bei den Proben verbrachte. Sie hatte von ihren Mitspielern den Spitznamen ‹AWJ› bekommen: von *anonyme weiße Jungs*, und zwar deswegen, weil sie am Anfang Schwierigkeiten hatte, ihre Kollegen namentlich auseinanderzuhalten. Es hatte Wochen gedauert, bis sie sich eingeprägt hatte, wer Bart war und wer Todd. Nur Russell und Chris hatte sie sich auf Anhieb merken können.

«Ihr habt alle Namen von anonymen weißen Jungs», hatte

sie erklärt. Da sie in ihrem Leben nie viel mit weißen Jungen zu tun gehabt hatte, staunte sie, wie ähnlich sie sich sahen, benahmen und unterhielten. Und dass sie alle die gleichen Namen hatten.

Die Truppe hatte das Kürzel AWJ begeistert aufgenommen und verwendete es ebenfalls für die männlichen Mitspieler.

«Wie viele AWJs fehlen noch?», fragte Chris etwa zu Probenbeginn. «Zwei, und Lez?»

Die Vertrautheit, die sie in ihrer Mitte empfand, rührte hauptsächlich von dem Gefühl der Freiheit, weil sie alle gemeinsam nur nach Spaß und Witz strebten. Das bewirkte in Bea eine verhaltene Öffnung, die es ihr ermöglichte, freimütiger als sonst zu sein, ohne Angst vor Mitleid. Befreit von ihrer Vergangenheit – tote Mutter, unbekannter Vater –, ertappte sie sich dabei, nur um des Spaßes willen Erinnerungen zu teilen, an die sie seit Jahren nicht mehr gedacht hatte. Eines Nachmittags schilderte sie, wie sie bei den Theaterstücken in der Mittelschule immer für die exotischen Rollen ausgewählt worden war: einmal als Indianerin, einmal als wahrsagende Zigeunerin, einmal als spanische Nachbarin.

«Was hatte die spanische Nachbarin in dem Stück zu tun?», fragte Todd. «Außer Tapas zu machen, natürlich.»

Sie waren nie ernst, hörten nie auf zu spielen.

«Ich musste einen kleinen Tanz aufführen», antwortete Bea.

«Wieso, war es ein Musical?», erkundigte sich Chris.

«Nein, sie musste nur immer, wenn sie die Bühne betrat, ein kleines Tänzchen hinlegen.»

«Kommt mir extrem rassistisch vor», bemerkte Bart.

Bea nickte fröhlich und führte, so gut sie sich erinnerte, mit fuchtelnden Armen und stampfenden Füßen einen Flamenco auf.

«Bea», sagte Chris. «Du musst uns echt hassen. Wir sind solche Arschlöcher!»

Wie sollte sie da sagen, was sie dachte, nämlich: Ja, dass sie ein Haufen AWJs waren: Arschlöcher manchmal, hin und wieder ignorant und ziemlich oft geschmacklos – aber dass sie sie trotzdem liebte? Dass sie durch sie mehr als je zuvor in ihrem Leben das Gefühl hatte, gesehen zu werden? Noch mehr sogar als bei Lorn?

Lesley, das andere Mädchen der Truppe, inbegriffen, und dennoch wurde Bea aus ihr nicht richtig schlau. Sie stammte aus der Bronx, befand sich im dritten Studienjahr und war auf der Bühne ebenso furchtlos wie jenseits der Bühne, zugleich popkulturell versiert und ihrem Studium der Britischen Literatur hingebungsvoll verpflichtet. Sie hatte zwei Hauptfächer: Englisch und Anthropologie, und sie erklärte Bea, in ihrer Abschlussarbeit (mit der sie ein Jahr im Voraus begann) wolle sie die strukturellen und thematischen Parallelen von *The Bachelor* und *Paradise Lost* aufzeigen. Lesleys beiläufiges, lässiges Selbstvertrauen unterschied sie von allen anderen Studentinnen am Carter, die Bea kannte. Es war einzigartig. Fast so, als wäre Lesley kein Mädchen.

Nur einmal hatte Bea den Versuch gemacht, sich Lesley anzunähern. An jenem Nachmittag hatte sie bemerkt, dass Bart dazu tendierte, in einer Szene immer die Rolle des Mächtigen zu übernehmen: Wenn sie Lehrer spielten, war er der Direktor; waren sie Giraffen, war er ein Löwe; waren sie Kobolde, war er der Koboldkönig.

«Das macht er *immer* ...», hatte sie Lesley während der Probe zugeflüstert, als sie zusahen, wie Bart einen Vermieter spielte. Der Witz an der Szene war, dass eine Gruppe Jungs, die in seinem Haus wohnten, Rosmarin rauchten, weil sie es für Marihuana hielten. Sie gaukelten sich vor, sie wären high, um sich gegenseitig zu beeindrucken. Bart als selbst ernannter Vermieter erklärte ihnen gerade, wenn sie nicht sofort mit dieser strafbaren Handlung aufhörten, würden sie rausgeschmissen, denn das ganze Haus rieche nach Drogen, und Rosemary im vierten Stock sei schwanger. Sie dürfe keine Marihuana-Dämpfe einatmen, das schade ihrem Baby. Er betonte *Baby*.

«Ja, ich weiß», nickte Lesley. «Ständig diese Anspielungen auf Filme. Aber: Wer in unserem Alter, mal abgesehen von Hardcore-Cineasten, hat denn schon *Rosemaries Baby* gesehen?»

Bea sagte ihr nicht, dass sie das nicht gemeint hatte.

Bis zum Besuchswochenende hatte sie ihr schwieriges Gespräch mit den Birchs fast vergessen. Sie hatte ihnen nichts von dem Wochenende erzählt, weil Audrey sonst vielleicht hätte kommen wollen. Ohne diese Last freute sie sich sehr darauf, vor ihrem bislang größten Publikum aufzutreten.

Sie band sich gerade die Joggingschuhe für ihren Lauf vor dem Auftritt zu, da kam Early atemlos mit der Campuszeitung ins Zimmer gestürzt.

«Hast du schon gehört?», rief sie und drückte Bea die Zeitung in die Hand. «Der Dieb meines Handys wurde wegen sexueller Übergriffe angeklagt. Er war der Grapscher! *Kotz!*» Sie tat so, als müsste sie sich übergeben. «Ich hatte so ein Glück.»

«Was?», fragte Bea und las die Schlagzeile: *Grapscher von Laufstrecke identifiziert. Anklage als Erwachsener. Strafe: fünf Monate.*

Bea überflog den Artikel. Er war sechzehn, was in North Carolina hieß, er konnte nach dem Strafrecht für Erwachsene angeklagt werden. Er würde 150 Tage im Gefängnis sitzen und zehn bis dreißig Jahre als Sexualstraftäter registriert werden.

«Als ich Informatik hatte, rief Officer Andrews an und hinterließ eine Nachricht. Er wollte mir mitteilen, dass ich in einem anderen Fall vielleicht als Zeugin gebraucht würde. Als ich zurückrief, hatte der Typ schon gestanden. Er meinte: *Ben hat gestanden*, als wüsste ich, wer Ben ist! Ich weiß doch nicht seinen Namen, bloß weil er mein Handy geklaut hat, Mann.»

Ben, dachte Bea. Es erschütterte sie, seinen Namen zu hören. Er war noch ein Junge.

«Das Mädchen hat ihn bei einer Gegenüberstellung erkannt. Offenbar hatte er versucht, ihre Brieftasche zu klauen, und als sie sie nicht rausrücken wollte, packte er sie an der Brust. Sie ist im ersten Jahr, hat ihren High-School-Abschluss aber in drei Jahren gemacht, also wird sie höchstens siebzehn sein, fast noch ein Kind.»

Das war Bea bewusst. Im Artikel hieß es, der Täter habe auch deswegen die Höchststrafe wegen sexueller Belästigung bekommen, weil das Opfer noch minderjährig war.

«Aber das ist er doch auch, oder?»

«Der Grapscher? Ist was?», fragte Early.

Bea erinnerte sich noch daran, wie der Cop Early an jenem Nachmittag vor ein paar Wochen das Foto des Jungen gezeigt hatte.

«Ein Kind. Er ist sechzehn. Also jünger als sie.»

«Bea», sagte Early und verschränkte die Arme. «Er hat einen Diebstahl und jetzt auch noch einen sexuellen Übergriff begangen. Wieso verteidigst du ihn?»

Bea bückte sich, um den zweiten Schuh zuzubinden, und blickte zu ihrer Zimmergenossin hoch. «Ich meine ja nur, dass eine Gegenüberstellung nicht besonders zuverlässig ist, und jetzt wird dieser Junge als Sexualstraftäter registriert sein, bis er Ende zwanzig ist. Oder sogar noch länger.»

Early ließ die Arme sinken und starrte Bea an.

«Er hat mich ausgeraubt.»

«Ich will damit ja auch nicht sagen –»

«Außerdem lügen Frauen nicht, wenn sie sexuell belästigt werden. Solche Behauptungen sind antifeministische Propaganda.»

«Ich sag ja auch nicht, dass sie gelogen hat und gar nicht begrapscht wurde.»

Early lehnte sich an ihr Bett. Ihr Kinn begann zu zittern. «Bea, an dem Tag hatte ich Angst. Solche *Angst.* Begreifst du das?»

«Ja!», antwortete Bea, obwohl sie sich nicht sicher war. Wie viel Angst konnte man vor einem Jungen schon haben?

«Ich wollte keine Angst haben», sagte Early und wischte sich über die Augen. «Aber gegen Gefühle kann man nichts machen. Selbst wenn man alle Statistiken der Welt gelesen hat. Die Gefühle sind eben da.»

Da Bea vom Startpunkt der Strecke loslief, die ihrem Wohnheim am nächsten war, würde sie den Viermeilenpunkt ihres Sechsmeilenlaufs direkt unter der Brücke erreichen. Diesen Abschnitt fand sie am schwierigsten: anderthalb Meilen Trampelpfad am Fußball- und Baseballfeld vorbei, bevor es für den letzten Abschnitt wieder ins Wäldchen zurückging.

Normalerweise ging sie das Stück oder lief langsamer, aber heute beschloss sie, die ganze verdammte Strecke durchzujoggen.

Vorangetrieben vom Rhythmus ihrer Playlist, brachte sie sich mit jedem ihrer weit ausgreifenden Schritte näher an das glänzende blaue Telefon, das sie als Meilenstein betrachtete. Denn da hatte sie es fast hinter sich. Das Telefon wurde größer, dann war es neben ihr, dann hinter ihr, und endlich kam das ersehnte Ziel der Gesamtstrecke in Sicht. Mit pumpenden Armen setzte sie zu einem Sprint an, brach jedoch auf einmal nach links aus, zwischen die hohen Bäume, wo sie schreiend haltmachte, dann stolperte und auf dem steinigen Trampelpfad stürzte.

Auf dem Boden reckte sie den Kopf und entdeckte, nur wenige Meter entfernt: nichts. Da war kein Angreifer, sondern nur ein dunkles Kleidungsstück, das in Mannshöhe an einem Baumstamm hing. Sie setzte sich mühsam auf. Beide Knie bluteten, und ihre Hände waren voller Schrammen.

Langsam stand sie auf und fegte sich vorsichtig Erde und Steinchen von Beinen und Händen.

Gut, manchmal waren Dinge Angst einflößend.

Aber würde sie deshalb aufgeben? Nein. Denn manchmal war es schwer, und man war ganz allein auf der Reise, aber das hieß nicht, dass man sich selbst bemitleiden oder anderen die Schuld daran geben durfte. Manchmal hatte man Angst, aber trotzdem machte man weiter, weil man wusste, dass es das Richtige war. Manchmal musste man noch einen draufsetzen.

Bea suchte nach dem AirPod, der ihr beim Sturz herausgefallen war, und fand ihn schließlich. Dann schaltete sie die Musik wieder ein, biss die Zähne zusammen und rannte los, noch schneller, noch entschlossener.

18

STAYJA

Oktober

In den Herbstferien hatte Stayja Tyler ihren Bewerbungsaufsatz geschickt und ihn um seine Meinung dazu gebeten. Als er nicht antwortete, sagte sie sich, er sei schließlich in St. Johns und wandere vermutlich von einer Strandparty zur nächsten. Wenn sie im Urlaub wäre, würde sie auch nicht den Aufsatz eines anderen lesen wollen.

Aber dann endeten die Ferien, und alle Studenten kehrten auf den Campus zurück – auch Tyler, der auf Instagram ein Foto von verpackten hart gekochten Eiern vom Flughafen postete, mit der Bemerkung, Flughafenessen wäre einfach ekelhaft. #aberbärenhunger.

Sie folgte ihm nicht offiziell. Sie wusste nicht, ob ihm das recht wäre, also stalkte sie ihn lieber heimlich. Außerdem postete sie selbst nie was. Was soziale Medien betraf, war sie lieber stille Beobachterin als aktive Nutzerin.

Insgesamt schickte sie ihm vier Nachrichten – eine während der Ferien und drei danach –, aber auf keine bekam sie eine Reaktion. Sie wusste, was andere daraus schließen würden, aber sie weigerte sich zu glauben, dass er sie nach allem, was sie gemeinsam durchgemacht hatten, plötzlich abgesägt hatte. Das ergab keinen Sinn. Zugegeben, die Fotos, die er von seinem Urlaub gepostet hatte, zeigten ihn mit anderen Mädchen, die so blond waren wie sie – eine sah Stayja sogar unheimlich ähnlich. Aber nur weil er an einer Strandbar stand und den Arm um ein Mädchen gelegt hatte, hieß das noch lange nicht, dass er auch was mit ihr angefangen hatte. Oder? Und selbst wenn: Zwar tat die Vorstellung weh, doch das hieß noch lange nicht, dass er nichts mehr mit Stayja zu tun haben wollte.

In der Zwischenzeit musste sie sich um die verdammte Steuernachzahlung kümmern. Nachdem sie einmal bis spät in die Nacht bei Google recherchiert hatte, wusste sie, dass auch eine Ratenzahlung möglich war, und hatte beim Finanzamt angerufen. Doch als sie schon über eine Stunde in der Warteschleife gehangen hatte, war Frank aufgetaucht, und sie musste auflegen. Sie hatte ihn um ein neues Steuerformular gebeten und diesmal keinerlei Freibeträge gefordert. Wie sich das auf ihr Gehalt auswirken würde, wusste sie nicht, nur, dass es kleiner werden würde. Das ganz sicher. Sie würde sechstausend Dollar mit weniger Gehalt abzahlen müssen.

Stayja kurbelte das Fenster herunter, zündete sich eine Zigarette an und widerstand dem Drang, zum dritten Mal in zehn Minuten Tylers Instagram-Account zu checken.

Wann immer ihr Handy vibrierte und sie sofort alles stehen und liegen ließ, fand sie nur von drei Personen Nachrichten vor: *Bus kaputt, warte bis repariert* (ihre Mutter), *komme gleich* (Nicole); *wie geht's dir heute meine Schöne?* (LA).

Fand Tyler ihre Zähne nicht mehr niedlich?

Wo bleibst du, textete sie Nicole. Sie wollte ihre Cousine zum Straßenverkehrsamt bringen. Chet hatte die Anzeige wegen Trunkenheit am Steuer aus ihrer Akte löschen lassen, was hieß, sie konnte wieder fahren – nur lief ihr Führerschein bald ab. Da Nicole jetzt im Buchladen arbeitete, fing sie früher an als Stayja: um elf, und um sieben hatte sie Feierabend. Sobald sie ihren Führerschein wieder hatte, würde sie mit LA zur Arbeit kommen, dann mit Stayjas Corolla nach Hause fahren und Stayja jeden Abend um zehn vom Café abholen.

Endlich tauchte Nicole auf: Sie joggte zum Wagen, und ihre Tasche hüpfte an ihrer Schulter.

«Ich hoffe, das dauert nicht ewig», bemerkte Stayja.

«Klar dauert das ewig», gab Nicole zurück, kurbelte ihr Fenster herunter und zündete sich eine Zigarette an. «Ist doch das Straßenverkehrsamt.»

Stayjas Handy summte in ihrem Schoß. Sie fuhr zusammen und griff hastig danach.

«Herrgott!», sagte Nicole. «Könntest du dich bitte aufs Fahren konzentrieren? Gib her.»

Widerstrebend gehorchte Stayja.

«Liebe Stayja», begann Nicole, «manchmal muss man ganz ehrlich seine Gefühle erklären. Du sollst wissen, was ich für dich empfinde …»

Stayja spürte, wie etwas in ihrer Brust erblühte – konnte das wirklich sein? Es war zu schön, um wahr zu sein –, doch dann fuhr Nicole fort: «Ich weiß, vor einem halben Jahr hast du mir gesagt, aus uns würde nie was werden, aber ich kann ohne dich einfach nicht leben.»

Etwa zweimal pro Jahr gestand LA Stayja seine Liebe, und dies mit Worten, die er entweder billigen Grußkarten oder TV-Western entnommen hatte. Jedes Mal formulierte er seine Liebeserklärung neu, als würde sie nicht immer wieder aus denselben Phrasen und kitschigen Worten bestehen. Und jedes Mal wirkte er schockiert, weil Stayja seine Liebe nicht erwiderte.

«Von LA», sagte Stayja, verdrehte die Augen und versuchte, sich ihre Enttäuschung vor Nicole nicht anmerken zu lassen.

«Soll ich weiterlesen? Es sind noch etwa sechs Absätze.»

«Nein, bitte nicht», erwiderte Stayja.

«Wieso sagst du ihm nicht einfach, du hättest einen neuen Freund? Dann lässt er dich vielleicht in Ruhe.»

Stayja zuckte die Schultern.

«Wie läuft's mit Chet?», fragte sie, um das Thema zu wechseln.

«Er verlässt seine Frau!», verkündete Nicole glücklich.

«Wow», sagte Stayja. «Haben sie nicht ein Kind zusammen?»

«Schon», gab Nicole zu und aschte ab, als sie an einer Ampel hielten.

«Willst du ihn etwa heiraten? Wie alt ist das Kind?»

«Weiß ich nicht», antwortete Nicole. «Vielleicht. Das Kind wird nur manchmal bei ihm sein. Ich wäre dann keine Ersatzmutter oder so. Das Kind ist vier, glaube ich. Oder sieben.»

Stayja setzte den linken Blinker.

«Du meinst, du wärst bereit, als Stiefmutter einzuspringen, und weißt nicht mal, wie alt das Kind ist?», entgegnete sie, bereute es aber sofort. Wenn es um Nicole ging, konnte sie nur schwer ihre Zunge im Zaum halten. Dabei hatte sie sich schon geschworen, netter zu ihr zu sein, toleranter und weniger kritisch. Ihr war bewusst, wie oft sie ihre Cousine anherrschte und wie doof das war. Aber Nicole hatte ein geradezu unheimliches Talent, sie zu provozieren. Sie konnte nichts dagegen machen.

Jetzt wandte Nicole ihren Blick aus dem Fenster. Ohne auf Stayjas Bemerkung einzugehen, sagte sie: «Heute Abend brauche ich den Wagen nicht. Ich bleibe noch auf dem Campus und suche mir später eine Mitfahrgelegenheit oder ein Taxi.»

«Okay», sagte Stayja. Nicole wollte natürlich, dass sie sich nach dem Grund erkundigte, aber diese Genugtuung gönnte sie ihrer Cousine nicht.

«Ich besuche Annie», erklärte Nicole schließlich. «Wir gucken *Sex and the City*. Stell dir vor, sie hat noch nie davon gehört.»

Seit mittlerweile zwei Monaten konnte Donna sich ihre wöchentlichen Transfusionen selbst geben, und langsam kam wieder Leben in sie, obwohl sie noch weit von dem alten Energiebündel entfernt war. An vielen Abenden im Oktober, wenn Stayja von der Arbeit nach Hause kam, sah sie ihre Mutter bei Projekten im Haushalt, die sie vorher nicht hätte bewältigen können: Sie räumte das Wohnzimmer um, nähte Mantelknöpfe wieder an und strich sogar die Küchenwände mit Schwammtechnik.

Als Stayja sie fragte, woher sie die Farbe hätte, antwortete Donna: «Adrienne hat sie mit mir besorgt», als wäre es vollkommen normal, dass sie wieder gemeinsam einkaufen gingen. So erfuhr Stayja, dass ihre Mutter und ihre Tante sich versöhnt hatten.

«Hast du Lust, mit mir *Sex and the City* zu gucken?», fragte Stayja sie später am Abend, als sie mit ihr im Wohnzimmer zusammensaß. Sie nutzten LAs Netflix-Zugang.

«Sex und was? Wieso soll ich mir so was angucken?», fragte Donna.

«Ist ein Initiationsritus, Mom», sagte Stayja. «Aus deiner Generation. Ich weiß nicht, wie du das verpassen konntest.»

«Ha!», stieß Donna aus, die gerade ein paar Dosenpfirsiche aß. «Ich wurde initiiert, als es so was wie Initiationsriten noch gar nicht gab. Noch vor Kleopatra. Weißt du, was mein Initiationsritus war? *Frasier. Das* war mal 'ne gute Serie!»

«Dann können wir ja die gucken», erwiderte Stayja. «Ich finde *Sex and the City* sowieso nicht auf Netflix.»

«Super!», sagte Donna und stand auf. «Ich mach uns Popcorn.»

Stayja rief die Sitcom auf und ging auf Instagram. Aus der Küche hörte sie aufploppendes Popcorn und roch den heimeligen Geruch schmelzender Butter.

Er hatte keine neuen Fotos gepostet.

Seufzend legte sie das Handy beiseite. Dann kam ihr eine Idee. Sie nahm es wieder zur Hand und rief die Fotos aus den Herbstferien auf, die mit den blonden Mädchen. Sie waren markiert. Sie folgte den Markierungen zu den entsprechenden Accounts und suchte dort nach Fotos mit ihm. Da sie nichts fand, versuchte sie dasselbe mit den Mädchen, mit denen er sich auf früheren Fotos gezeigt hatte, und folgte immer weiter irgendwelchen Markierungen.

Donna kam zurück, und Stayja startete die Sitcom, suchte aber trotzdem weiter.

Nach einer Dreiviertelstunde, am Anfang der dritten Episode, fand sie ein Foto: vom letzten Wochenende, er mit einer Gruppe Jungs, zwei Schwarze, zwei Weiße, die in die Kamera strahlten.

Donna fing an zu gackern. «Hast du mitgekriegt, was Niles zu Daphne gesagt hat? Spul mal zurück! Das hast du verpasst.»

«Schon gut», sagte Stayja.

«Spul zurück!», befahl Donna.

Während Stayja die Serie zurücklaufen ließ, fragte sie sich, was Nicole und Annie wohl gerade machten. Ob sie Spaß hatten. Ganz bestimmt hatten sie Spaß. Spaß war ja Nicoles Spezialität.

Und dann, eines Abends Ende Oktober, meldete er sich doch wieder.

Sie war bei der Arbeit, als sie seine Nachricht sah. *Kommst du nachher noch vorbei?*

Mit der Antwort ließ sie sich absichtlich Zeit, dann schrieb sie, ganz beiläufig: *ok, kann aber nicht lang bleiben.*

Ihre Pause verbrachte sie damit, zum QuikMart zu rennen, um dort Zahnbürste, Zahnpasta, Einwegrasierer und Rasierschaum zu kaufen und sich dann die Achseln und die Bikinizone auf der Behindertentoilette zu rasieren.

Nach der Arbeit schlüpfte sie mit einem anderen Studenten ins Wohnheim und folgte ihm durch den Flur. Sie fand Tyler in seinem Zimmer: in Bestlaune, gebräunt, mit sonnengebleichten Haaren.

«Erinnerst du dich noch an die Party, von der ich dir erzählt habe? Mit dem Black-and-White-Motto?»

Sie brauchte einen Moment. Er saß am Schreibtisch und gab, den Blick auf den Monitor gerichtet, etwas in seinen Computer ein.

«Komm mal her.» Er lehnte sich zurück, sodass sie die Schlagzeile auf dem Bildschirm sehen konnte: *Black-and-White-Party – ein Triumph von Schwarz und Weiß. Genau das, was das Carter braucht.* Darunter ein Foto von unzähligen Studenten im Freien, die alle in Schwarz und Weiß gekleidet waren.

«Herzlichen Glückwunsch», sagte sie. «Super.»

Sie blieb stehen, während er ihr erzählte, dass die Party die bislang bestbesuchte Veranstaltung des Semesters gewesen war – Footballspiele ausgenommen – und dass er sein Idol getroffen hatte, irgendeinen Rapper. Er hatte auf der Bühne getanzt. Und die Gäste waren von überall her gekommen, nicht nur vom Carter.

Wieso hatte er sie dann nicht eingeladen?

«Hey, hast du meinen Aufsatz gekriegt?», unterbrach sie ihn. Die Bewerbungsfrist lief in nicht mal zwei Wochen ab.

Ausdruckslos starrte er sie an.

«Weißt du nicht mehr? Für das Programm, das du mir vorgeschlagen hast. Am Gibson. Ich hab dir meinen Aufsatz geschickt, weil ich dachte, du könntest ihn mal gegenlesen.»

«Na klar», sagte er. «Jetzt fällt's mir wieder ein. Kein Problem.»

«Du könntest ihn jetzt lesen», drängte sie. «Ich hab ihn auf dem Handy.»

Er zögerte und wandte sich wieder zu seinem Laptop.

«Cool, während ich den lese, kannst du das hier lesen?» Er öffnete ein Dokument. Ganz oben war ein Foto, das sie am Abend zuvor gesehen hatte: das mit ihm und den anderen Jungen. «Ist ein Gastbeitrag für die Zeitung. Wäre cool, deine Meinung dazu zu hören.»

«Klar», nickte sie und nahm an seinem Schreibtisch Platz, während er sich mit ihrem Handy auf die Couch setzte. Als sie zu lesen anfing, merkte sie, dass er sie anstarrte. Sie wandte sich zu ihm.

«Was ist?», fragte sie.

«Ich bin nur gespannt, was du darüber denkst.»

Sie las weiter. Der Artikel handelte von der Party, die er organisiert hatte, aber auch von anderen Dingen. Davon, wie wichtig es war, Diversität zu fördern, vor allem in Zeiten von Trump. Wie gespalten das Land war. Tyler benutzte oft den Begriff ‹Inklusion› und wollte ‹Worten Taten folgen lassen›.

«Was ist deiner Meinung nach das Thema des Artikels?», fragte er.

«Äh, also mir scheint, er handelt von vielen Dingen ...», antwortete sie.

«Nein, doch nicht von vielen. Es geht um Einheit.»

«Du hast mich nach meiner Meinung gefragt. Und die habe ich dir gesagt.»

«Hast du den Artikel überhaupt vollständig gelesen?»

«Ja, und ich weiß nicht, was Präsident Trump mit deiner Party zu tun hat.» Ihr Ärger darüber, dass er sich so lange nicht bei ihr gemeldet und sich nicht mal dafür entschuldigt hatte, machte sich Luft.

Er starrte sie an.

«Wen hast du bei den letzten Wahlen gewählt?», fragte er herausfordernd.

«Niemanden», entgegnete sie. «Ich musste arbeiten.»

«Dafür gibt's doch Briefwahl. Wen *hättest* du denn gewählt?», fragte er.

«Wahrscheinlich Trump», antwortete sie.

«Oh mein Gott», stöhnte er auf.

«Was denn? Ich bin Republikanerin», erklärte sie, ohne ihre Verärgerung zu verbergen. «Sei nicht so herablassend!»

«Du bist Republikanerin?», rief er aus. «Das ist doch absurd!»

Achselzuckend wandte sie sich wieder dem Monitor zu und wünschte nur, sie hätte einfach gelogen und behauptet, der Artikel wäre gut.

«Tut mir leid», sagte er. «Ich hätte es anders ausdrücken sollen.» Er hielt inne und fragte dann so kontrolliert und zurückhaltend wie ein Interviewer im Radio: «Warum identifizierst du dich als Republikanerin?»

«Weil die Regierung scheiße ist. Ich hab es satt, Steuern zu zahlen und nichts dafür zu kriegen.»

Tyler schüttelte den Kopf. «Du bist für den Falschen. Nicht die Regierung ist dein Feind. Die Konservativen tun für Leute wie dich gar nichts.»

Stayja starrte ihn finster an und spürte, wie ihr Puls sich beschleunigte. «Das ist so was von arrogant», stieß sie hervor.

«Tut mir leid», erwiderte er. «Ich mein ja nur, wenn du nicht an Sozialleistungen glaubst, weil sie dir angeblich nichts bringen, dann kann ich nur sagen, dass dir die Politik der Konservativen auch nicht helfen wird.»

Sie stöhnte laut auf. Es war ein langer Tag gewesen – und kurz vor Feierabend hatte sie noch mit einem Studenten gestritten, weil der unbedingt einen Espresso wollte, obwohl sie die Maschine schon gereinigt und die Kasse geschlossen hatte.

«Hey», sagte Tyler jetzt in sanfterem Ton. «Komm her.»

Sie rührte sich nicht.

«Du siehst scharf aus in dem T-Shirt», bemerkte er. «Willst du es nicht ausziehen?» Er grinste.

«Ich bin müde», erwiderte sie. «Ich geh jetzt nach Hause.»

«Na gut», sagte er. «Dann zieh ich eben meins aus.» Er streifte sich sein T-Shirt über den Kopf und warf es in den Mini-Basketballkorb an seiner Tür. Dann nahm er ihr Handy vom Couchtisch und fing an, Selfies mit Schmollmund zu machen.

Unwillkürlich musste Stayja lächeln. Tyler kam zum Schreibtisch und hob sie hoch, nahm sie einfach wie ein Baby auf die Arme. Offenbar war er stärker, als er aussah. Dann trug er sie zum Bett und ließ sie darauf fallen.

Sie war zwar nicht in Stimmung, aber sie wollte ihn zurückhaben. Ja, er war herablassend und hatte sich ohne Entschuldigung wochenlang nicht bei ihr gemeldet, aber andererseits: seine Verspieltheit, seine Begeisterung fürs Leben. Sein Verlangen nach ihr.

Er war immer noch ihr Lieblingsmensch.

Ein paar Tage später, am Freitagmorgen vor ihrer Schicht, rupften Stayja und Nicole auf der kleinen Rasenfläche zwischen ihren Häusern Unkraut – genauer gesagt, das *Gras*, das Nicole hier mal angepflanzt hatte und das jetzt nachgewachsen war. Monatelang hatte Donna sich beschwert, sie würde Pot riechen, wenn der Wind aus der entsprechenden Richtung kam, und sowohl sie als auch Stayja hatten vermutet, Nicole würde wieder kiffen und es wäre nur eine Frage der Zeit, bis Adrienne sie dabei erwischte. Aber als Stayja das gegenüber Nicole erwähnte, beharrte diese darauf, seit Monaten clean zu sein. Wie sich herausstellte, war weder Donna verrückt, noch log Nicole, denn Stayja bemerkte irgendwann, dass die Pflanze, die Nicole zwei Jahre zuvor dort angepflanzt und dann zerstört hatte, als ihre Mutter sie entdeckte, wieder zum Leben erwacht war und üppig austrieb: Eine echte Marihuanaplantage war zwischen ihren Häusern entstanden.

Einen Stängel nach dem anderen rissen die Mädchen aus und stopften sie in einen großen Müllsack. Allerdings steckte Nicole ein paar Blüten in die Tasche.

Stayja runzelte die Stirn.

«Ist für Chet. Er hat noch nie gekifft», erklärte Nicole glücklich. Sie hatte sich den Tag frei genommen, um mit ihm zu einem Spiel der Carolina Hurricanes zu gehen. Die beiden hatten Stayja auch eingeladen mitzukommen, aber sie war kein Hockeyfan und wollte nicht deshalb auf einen Tag Gehalt verzichten.

Da leuchtete Stayjas Handy auf, das auf dem Boden lag: eine Nachricht von Tyler.

Hab dir Anmerkungen zum Aufsatz gemailt.

Stayja schnappte sich das Handy und rief ihren Posteingang auf. Sie nahm nur am Rande wahr, dass ihre Cousine sie verstohlen beobachtete.

Der Aufsatz dreht sich mehr um deine Mum als um dich. Ich finde, du solltest mehr über die Seminare und so weiter schreiben. Was hat dich am meisten daran interessiert? Wieso willst du Medizin studieren? Kommst du mit dem Arbeitspensum zurecht, mit den akademischen Anforderungen – das musst du nachweisen, weil du vom Community College kommst. Du musst zeigen, dass du dem gewachsen bist, was auf dich zukommt. Eine sentimentale Geschichte über deine kranke Mutter ist hier nicht angebracht.

Sprachlich ist auch einiges zu verbessern: Ich hab keine Zeit, um alles anzumarkern, aber es heißt ‹meine Mutter und ich›, ‹meine Familie und ich›, nicht ‹ich und meine Familie›. Nie ‹ich› zuerst. Außerdem lernt man nicht ‹hart›, sondern ‹fleißig›, ‹gründlich› o. Ä. Manche Sätze sind auch nicht vollständig. Ein Satz braucht mindestens ein Subjekt und ein Verb. Und obwohl die Regel ziemlich veraltet ist (und ich sie ironischerweise gerade breche), würde ich Sätze nicht mit ‹Und› anfangen. Jedenfalls nicht so viele. Grundsätzlich solltest du förmlicher schreiben.

«Was ist los?», fragte Nicole.

«Nichts», antwortete Stayja.

Da entriss Nicole ihr das Handy, bevor sie es vor ihr verbergen konnte.

«Hey», rief Stayja aus, aber Nicole las schon seine E-Mail.

«So ein Scheiß», erklärte sie und warf ihr das Handy wieder zu. «Ich musste heulen, als ich den Aufsatz gelesen hab!»

«Nicole!» Woher hatte sie überhaupt gewusst, dass sie einen Aufsatz geschrieben hatte?

«Ich hab geschnüffelt», gab Nicole achselzuckend zu. «Kannst mich ja dafür hauen. Aber ich wollte wissen, was du die ganze Zeit mit deinem Handy machst. Ich dachte, du würdest ihm was über mich schreiben. Aber du hast einen Aufsatz geschrieben, der mich echt zum Weinen gebracht hat. Also, vergiss das Arschloch, verdammt noch mal. Schick den Aufsatz so ab.»

Stayja blickte hinauf zum wolkenlosen Himmel. Sie war zu enttäuscht über Tylers Reaktion, um sauer auf ihre Cousine zu sein.

«Weißt du, was du jetzt brauchst?», fragte Nicole, schnappte sich eine Handvoll Cannabisblüten, zerbröselte sie demonstrativ zwischen ihren Händen, stürzte sich auf Stayja und hielt ihr das grüne Büschel unter die Nase.

«Ganja!», rief sie laut. «Ganja! Ganja!»

«Hör auf!», wehrte Stayja sie ab und lachte.

19

ANNIE

Dienstag, 24. Oktober

Das Student-Mental-Health-Zentrum hatte zwei Niederlassungen, und Lorettas Sprechzimmer befand sich auf dem südlichen Campus, also stieg ich jeden Dienstag- und Donnerstagmorgen in den Bus und fuhr die neun Minuten über den Hauptweg, unter der Brücke hindurch und den Hügel hinauf, wo die Erstsemester wohnten.

Matty hatte die Idee gehabt, dass ich für die Campuszeitung einen Gastartikel über meinen Fall und die Reaktion des Colleges schreiben sollte – natürlich, ohne Tyler namentlich zu nennen. Noch am gleichen Abend hatte ich einen Entwurf geschrieben, und jetzt lag er dem Redakteur der Meinungsseite vor. In dem Artikel schrieb ich darüber, dass die Entscheidung des Colleges in mir das Gefühl hervorgerufen hatte, im Stich gelassen worden zu sein. Im Bus auf dem Weg zum Süd-Campus fragte ich mich, was Loretta wohl dazu sagen würde.

Warum ich an der Brücke aus dem Fenster blickte? Weil ich das immer tat. Die Brücke hatte mir schon gefallen, noch bevor ich hier studierte: seit ich das Foto in der College-Broschüre sah, die mit den Bewerbungsunterlagen verschickt wurde. Sie war so farbenfroh und erinnerte mich an Bilder von Keith Haring oder Matisse. Ihr Anblick schenkte mir immer ein bisschen Energie und Glücksgefühl. Als der Bus also jetzt nach links bog, sah ich aus dem Fenster, um den ersten Blick auf die Brücke zu erhaschen.

Ich blinzelte. Dachte, das bildete ich mir nur ein. Aber es verblasste nicht, sondern wurde immer größer und deutlicher.

Benommen hob ich das Handy hoch, um ein Foto zu schießen, und als wir unter der Brücke hindurchfuhren, hatte ich Mühe, Matty die verwackelte Aufnahme zu schicken, so sehr zitterten meine Daumen.

Dann hatte er das nicht nur mir angetan. Irgendwo gab es ein anderes Mädchen, oder sogar mehrere, die genau wussten, wie es mir ging. Ich war geschockt, aber auch überrascht darüber, dass mich das schockte – natürlich war ich nicht die Einzige. Natürlich hatte er das nicht nur mir angetan, und wahrscheinlich würde er es auch noch anderen antun. Dennoch hatte mich dieses Erlebnis so von anderen isoliert, dass mir nicht mal der Gedanke gekommen war, ich wäre vielleicht nicht sein einziges Opfer.

«Hey», meldete ich mich.

«Was zum Teufel ist *das* denn?», fragte Matty.

«Krass, oder?», sagte ich leise. Die wenigen anderen Leute im Bus hatten nichts bemerkt, weil sie mit ihren Handys beschäftigt waren.

«Hast du das gemacht?», fragte er.

«Was?», rief ich aus. «Nein! Aber ich hab irgendwie das Gefühl, das mit dem Artikel geht jetzt nicht mehr», fügte ich hinzu.

«Was? Wieso?», fragte er leicht außer Atem. «Sorry, ich renne gerade zur Brücke, weil ich eine gute Aufnahme davon machen will, bevor es übermalt wird. Es kann sich ja nur um Sekunden handeln, bis das geschehen wird. Hallo?»

«Ich bin noch dran», sagte ich, da bremste quietschend der Bus. «Aber ich muss jetzt zur Therapie. Wir reden später, ja?»

Ich wusste nicht, warum, aber mein Artikel kam mir jetzt lächerlich vor. Irgendwie antiklimaktisch.

«Es ist so viel passiert!», sagte ich, als ich mich auf Lorettas petrolfarbene Couch sinken ließ und das Polster in meinem Rücken zurechtrückte.

Ich erzählte ihr alles: dass meine Eltern mich überraschend besucht hatten und ich ihnen von der Vergewaltigung erzählt hatte, dass mein Dad unbedingt mit der Dekanin reden wollte (es, soweit ich wusste, aber noch nicht getan hatte). Dann erzählte ich ihr von Mattys Idee und meinem Entwurf für die Zeitung, an dem ich bis spät in die Nacht gearbeitet hatte. Und schließlich davon, dass ich gerade eben Tylers Namen auf der Brücke gesehen hatte. Als sie das hörte, war sie genauso verblüfft, wie ich es gewesen war.

«Wow», sagte sie. «Wow, wow.»

«Wenn ich wieder gehe, wird es wahrscheinlich schon übermalt sein», gab ich Mattys Prophezeiung wieder. «Aber ehrlich gesagt, will ich meinen Artikel jetzt gar nicht mehr veröffentlichen lassen.»

Sie neigte den Kopf zur Seite. «Und warum nicht?»

Ich zuckte die Schultern.

«Hast du Angst, die Leute könnten dich mit dem Graffito in Verbindung bringen?»

«Nein», sagte ich, ohne zu zögern.

Die Annahme war absurd. Nie hätte ich zustande gebracht, was dieses Mädchen getan hatte, wer auch immer sie sein mochte. Zwar brauchte man dazu nicht besonders viel Kraft.

Die Brücke wurde kaum genutzt, also war es eigentlich auch nicht gefährlich. Man brauchte nur eine Spraydose mit Farbe und einen Tritthocker oder eine Leiter, wenn man etwas Größeres oder weit oben malen wollte. Ich war dabei gewesen, als das Orchester ein Werbeplakat für unser Frühjahrskonzert angebracht hatte.

Doch wer sie auch sein mochte, sie hatte es allein getan: die Farbe gekauft, die Leiter dorthin geschleppt und den Spruch geschrieben. Ich fand ihren Mut, ihre Kühnheit bewundernswert und wollte unbedingt mehr von ihr erfahren. Was war ihr widerfahren? Hatte das College auch sie im Stich gelassen? Irgendwas musste passiert sein, um einen solchen Akt der Verzweiflung zu provozieren. Ich wollte sie kennenlernen, und ich wollte mehr sein wie sie.

Im Vergleich zu dieser blutroten Anklage kam mir mein Artikel vor wie ein belangloser, läppischer Ruf nach Vergeltung.

«Ich hab keine Angst, damit in Verbindung gebracht zu werden», wiederholte ich. Im Gegenteil, ich hatte Angst, weil ich wusste, ich würde damit *nicht* in Verbindung gebracht werden. Und was bedeutete das?

Auf der Rückfahrt schrieb ich Matty eine Nachricht.

Lass uns abwarten, bis Gras über die Sache mit der Brücke gewachsen ist.

Während der Bus vor sich hin ruckelte, überprüfte ich, wie Loretta mir geraten hatte, meine Gefühle.

Da war Verwirrung und Traurigkeit. Das kannte ich mittlerweile schon.

Außerdem Beklemmung. Auch nichts Neues.

Neu war ein Anflug von Erleichterung. Ja, ganz eindeutig: Erleichterung, wie am Ende einer Grippe, wenn man wieder aus dem Bett darf, zum ersten Mal duschen und etwas essen kann. Tylers Schuld war öffentlich gemacht worden.

Selbst wenn es übermalt werden würde, meine Kommilitoninnen waren jetzt vor ihm gewarnt. Dinge wie diese verbreiteten sich schnell auf dem Campus. So zerfasert das Carter auch war, aufgeteilt in Verbindungsstudenten und Nicht-Verbindungsstudenten, weiter aufgefächert in Grüppchen, je nach politischer Ansicht, Aussehen und Trinkfestigkeit, gab es doch eines, dass allen Verbindungen, Gruppen und Cliquen gemeinsam war: Niemand wollte vergewaltigt werden.

Als Matty mir den Vorschlag mit dem Gastartikel machte, hatte ich gesagt, ich wünschte nur, es gäbe irgendwie die Möglichkeit, andere Mädchen vor Tyler zu warnen. Über ein Online-Forum oder so etwas.

«In den Verbindungen für Studentinnen gibt es schwarze Listen», hatte er erwidert.

Aber ich war in keiner Verbindung.

«Früher gab es dieses Forum, wo man so was posten konnte ...» Er hatte von einem anonymen Internetforum erzählt, das allerdings geschlossen wurde, als die Sache kippte und manche anfingen, bigottes Zeug und Drohungen gegen jüdische Studenten zu posten. «Du weißt schon. Wie immer. Irgendwann gehen sie auf uns Juden los.»

Also hatte ich eingesehen, dass ich keine Möglichkeit hatte, andere vor Tyler zu warnen, aber jetzt war es doch geschehen: Seine Demaskierung an der Brücke war genau das, was ich gewollt hatte.

Und doch reichte mir das noch nicht. Was war mit der Rolle des Colleges und der verwirrenden Fallentscheidung, die ich einfach nicht verstand und wegen der ich jedes Mal erschrocken zusammenfuhr, wenn ich auf dem Campus einen blonden Haarschopf sah? *Ich finde echt, wir sollten die Sache mit dem Artikel jetzt durchziehen*, schrieb Matty zurück.

Nein, textete ich. *Lass uns warten.*

Der Bus näherte sich der Brücke, und als wir darunter hindurchfuhren, drehte ich mich um. Sie war immer noch da, die Wahrheit, in wütenden Lettern angeprangert. Ich konnte diese Wut nachvollziehen. Ich verstand sie ganz genau.

Donnerstag, 26. Oktober

Eine halbwegs ernste[1] Kolumne über die Redefreiheit

Vom Respektlosen Rooster

Ich bin's, eurer höchst respektloser Rooster. Falls ihr auf einem anderen Planeten lebt, so ist diese Woche Sch**** passiert, echte Sch****, wirklich ernste Sch****. Im Klartext: Jemand wurde auf der Brücke der Vergewaltigung beschuldigt – namentlich.

Den Namen des Betreffenden werde ich hier nicht wiederholen, denn ob ihr es glaubt oder nicht, ich bin ein Erwachsener mit einem moralischen Gewissen und der Fähigkeit, Grenzen zu ziehen. Ich weiß. Offen gestanden, überrascht das selbst mich.

Das heißt aber nicht, dass ich die Angelegenheit nicht höchst faszinierend finde. Denn ist die Brücke nicht geradezu ein Symbol für die Meinungsfreiheit? Stand das nicht genau so in der Hochglanzbroschüre, die in unser Haus flatterte, als wir noch zur High School gingen?

Und doch hat auch die Meinungsfreiheit ihre Grenzen. Wie wir wissen, werden *Hater* – denn die Carterbrücke erfuhr auch altbekannten Rassismus und Homophobie – hier nicht ‹toleriert›[2]. Verleumdung auch nicht, würde ich meinen.

Aber ich habe einen Freund gefragt, der gerade sein Jurastudium angefangen hat, und der sagt: Es ist keine Verleumdung, wenn es wahr ist. Sollte das stimmen (womit ich nicht sagen will, dass ich dir nicht glaube, Tony, aber du bist erst im ersten Jahr, Kumpel), gibt es vielleicht doch keinen Grund, warum das nicht in Ordnung ist.

Dies ist meiner bescheidenen Erinnerung nach das erste Mal, dass es eine persönliche Verbalattacke gegeben hat.

Wenn ihr das lest, wird sie natürlich längst verschwunden sein.

Aber ist dies der Beginn einer neuen Ära? Werden weitere Studenten persönliche Beschuldigungen gegeneinander an unserem geheiligten Monument für Meinungsfreiheit anprangern, was dann zu seinem Untergang führen wird wie bei YikYak[3]?

Gründe, warum ich darüber *nicht allzu* entsetzt wäre:

1. Alle Implosionen sind interessant.
2. Die Brücke ist hässlich. So, jetzt ist es raus. Sie ist hässlich.
3. Nie wird etwas wirklich Interessantes darauf verkündet.
4. Es ist vor allem Werbeplatz für A-cappella-Gruppen, und da 90 % unserer Studenten in einer A-cappella-Gruppe singen, reicht Mundpropaganda eigentlich.
5. Vielleicht könnte man sie in einen Kunstraum verwandeln, wo keine Werbung erlaubt ist. Man darf sie anpinseln, aber es muss schön sein!

Der letzte Punkt hat eine neue Idee präsentiert, obwohl die Kolumne hier endet. Tut mir leid, Dr. Perez. Ich hab's in Ihrem Kurs besser gelernt. Und diese Kolumne hat nicht mal ein Fazit.

Stattdessen schließe ich mit einer Hypothese: Dies könnte der Anfang vom Ende der Brücke sein.

Glossar:

1. Halbwegs ernst: War nur ein Witz. Nichts von mir ist ernst gemeint, nicht mal halbwegs ernst.
2. Toleriert: Hahahahahahahah! Wird es natürlich doch!
3. YikYak: Das war vor eurer Zeit, ihr Jungspunde. Ein anonymes Online-Forum, bei dem es irgendwann so übel zuging, dass es implodierte. Ein weiterer Beweis dafür, dass die Menschen, auch die Carter-Studenten, im tiefsten Inneren einfach grässlich sind.

Gastartikel

Freitag, 27. Oktober
Von Gloria Leopold, Englisch-Professorin

Die Diffamierung, die kürzlich an der Brücke angebracht wurde, hat unter meinen Freunden, Kollegen und Studenten eine lebhafte Debatte über die Frage rechtsstaatlicher Verfahren und anverwandte Themen ausgelöst. Die Wahrheit ist, dass an diesem College seit einiger Zeit die Gleichberechtigung bei der Behandlung sexueller Übergriffe vernachlässigt wird.

Ich lehre mittlerweile seit neunzehn Jahren an dieser Institution. Dabei habe ich das Aufkeimen und zunehmende Mutieren der Identitätspolitik erlebt. Ich sah mit Bedauern, wie ein Gefühl für Moral und Gemeinschaft einer reflexartigen *political correctness* und einem gedankenlosen Individualismus in feministischen Angelegenheiten geopfert wurde.

Wenn junge Menschen in das Alter kommen, in dem sie ihre sexuelle Identität entdecken, erzeugt das natürliche Spannungen. Es gibt Kollisionen, Konflikte und Krisen. In Verfahren von mutmaßlicher sexueller Belästigung wird diese Lernkurve von den Colleges als terroristischer Akt von Männern gegen Frauen behandelt, was im Grunde der gute, alte Sexismus in modernem Gewand ist. Bei dieser Betrachtung sind Frauen immer passiv und Männer aktiv. Frauen wird nur die Fähigkeit zugeschrieben, ihr Einverständnis in der kindlichsten und direktesten Form zu kommunizieren, während die Männer in der Lage sein müssen, bei allen Interaktionen zwischen den Zeilen zu lesen. Sie werden als wahre Meister im Sozialverhalten betrachtet. Das dahinter stehende Prinzip ist die Infantilisierung der Frau und die Erhöhung des Mannes in einen neuen Überlegenheitsstatus.

Die Collegeverwaltung und die Anti-Diskriminierungsstelle hingegen stellen sich als Ritter in schimmernder Rüstung dar, welche die hilflose Frau mit Regeln und mit Verfahren bei Regelverstößen schützen.

In der Geschichte der Menschheit ist die Legende von der Frau in Gefahr und dem Retter, der ihr zu Hilfe eilt, nur allzu bekannt. Und dennoch ist es an amerikanischen Colleges bis ins Jahr 2018 das vorherrschende feministische Narrativ.

Dieser Trend ist kontraproduktiv für den Intellektualismus, für den Feminismus und für die auf Vernunft basierenden Grundlagen des akademischen Lebens. Eine Dynamik, die alle Handlungsmacht dem Mann zuweist, dient der feministischen Sache nicht, sondern unterminiert sie.

Kommentare:

BB2022: Ganz ehrlich? Ich weiß nicht mal, was auf diesem Campus als sexueller Übergriff gilt. Wurde uns das erklärt?

Bulldog3sixty: Ja, in einem Sketch in der Orientierungswoche. Weißt du nicht mehr, die Marionetten? Lol

BB2022: Oh Gott, ja, die Marionetten, har har har

R.P.2009: Aufschlussreich, aber Sie übersehen einen wichtigen Punkt: den wirtschaftlichen Aspekt. Seit 2011, als das dem Bildungsministerium zugeordnete Office of Civil Right (OCR) seine Definition von geschlechtsspezifischer Diskriminierung auf ‹sexuelles Fehlverhalten› erweiterte – was alles von Übergriffen über Belästigungen bis hin zu einer sogenannten feindlichen Umgebung umfasst –, wollen die Colleges und Universitäten unbedingt vermeiden, Untersuchungen vom OCR auf sich zu ziehen, denn es ist kostspielig, sich dagegen zu verteidigen. Sie wollen auch nicht verklagt werden. Da sind riesige finanzielle Interessen im Spiel.

Wäre ich Zyniker, würde ich behaupten, dass jeder Fall einer

Kosten-Nutzen-Analyse unterzogen wird. Am Ende geht es immer nur um Geld.

Aber wenigstens ist der Standard jetzt ein bisschen höher als unter Obama.

SmokingGun69: Niemand spricht hier das Offensichtliche aus: Die Brands haben dem College weit mehr gespendet, als jeder Prozess kosten würde.

FredPreekIII: Nicht Geld ist das Problem, sondern Alkohol. Wieso können wir nicht mal darüber reden?

Gastartikel

Montag, 30. Oktober

Von Annie Stoddard, Studentin im zweiten Jahr

Gestern Morgen weckte mich eine E-Mail von meinem besten Freund.

Sie bestand aus einem einzigen Wort. «Jetzt?»

Dazu müsst ihr wissen, dass ich vor dem Vorfall mit der Brücke von letzter Woche (hier nachzulesen, wenn nötig – und fürs Protokoll: Ich hatte nichts damit zu tun) eigentlich einen Gastartikel zum Thema ‹Sexuelle Übergriffe auf dem Campus› schreiben wollte. Tatsächlich hatte ich ihn schon geschrieben und beim *Chronicle* eingereicht.

Aber ich zog ihn zurück, nachdem ich erfahren hatte, was auf der Brücke stand, denn ich war nicht sicher, was ich zu der Diskussion beitragen sollte, die nach diesem Vorfall aufkommen würde.

Jetzt sehe ich das anders.

Ich habe die Debatte verfolgt, die in der letzten Woche im *Chronicle* veröffentlicht wurde, und habe bemerkt, dass es zwar eine lebhafte Diskussion ist (schließlich sind wir hier am Carter), aber doch eine Stimme fehlt – und zwar eine Stimme, die meiner Meinung nach gehört werden muss.

Meine.

Die Anzeige gegen meinen Vergewaltiger war fast so traumatisch wie die Vergewaltigung selbst. Ich widerspreche dem Gastartikel von Professor Leopold und behaupte, dass die Menschen *lieber nicht* in Betracht ziehen wollen, dass ein Mann, dass mein Vergewaltiger, nonverbale Kommunikation sehr wohl verstehen kann. Apropos Infantilisierung: Hier wird das Baby noch gepudert. Obwohl er in einer widersprüchlichen Entscheidung für ‹sexuelles Fehlverhalten› verantwortlich befunden wurde, bekam er kaum mehr als einen Klaps auf die Finger.

Bekundet keine Solidarität, wenn ihr euch nicht die Mühe macht, mich zu schützen.

Habe ich ihm gesagt, er soll aufhören? Das fragt jeder. Habe ich *mit Worten* nein gesagt?

Hört gut zu, Frauen. Eines müsst ihr verstehen: Für mich war eindeutig, was passieren würde, ob ich nun nein oder stopp sagte oder nicht. Man bettelt nicht, wenn klar ist, dass Betteln nichts bringen wird; dadurch wird das Ganze noch demütigender, als es ohnehin schon ist.

Obwohl ich die Vergewaltigung angezeigt und alles genau nach Vorschrift für ein richtiges Verfahren getan habe, hat die Verwaltung nichts unternommen, was verhindert, dass das wieder passiert – weder mir noch einer anderen. Er ist immer noch hier am College. Genau wie ich.

Vor zwei Monaten noch war ich eine Studentin mit Hauptfach Psychologie, eine Fagottspielerin und eine große Schwester. Jetzt bin ich nur noch ein Vergewaltigungsopfer.

Ich kann euch versichern, so einen Status wünscht man sich nicht.

Meine Angst, meine Flashbacks und meine ständigen Grübeleien (hätte ich was anderes anziehen sollen?) nehmen jetzt den Teil meines Gehirns in Anspruch, der sich früher mit meiner Musik, meinen Seminaren und meinen Zielen beschäftigte. Die Vergewaltigung hat einen ganzen Bereich meines Gehirns gekapert. Ich hasse den Menschen, der mir das angetan hat, ich fürchte ihn und habe jeden Tag Angst, ihm wieder zu begegnen. Aber diesen Teil in mir hasse ich noch mehr.
Eines will ich euch zu bedenken geben: Man sagt nichts, wenn man weiß, der andere hört sowieso nicht auf einen. Man wehrt sich nicht, wenn man weiß, dass man sowieso verliert.
#MeToo

Kommentare:

Nasseravid: Aus verlässlicher Quelle habe ich gehört, dass sie ihn beschuldigt hat, es zweimal getan zu haben. Wenn das stimmt, dann sagt der Umstand, dass es zweimal die Gelegenheit gab, sich laut dagegen zu äußern, wohl alles. Wieso geht man ein zweites Mal mit einem Typen aus, der einen vergewaltigt hat? Weil er's eben nicht getan hat.

RRniner: Was ist mit ihren Beinen los?

HamBam: Echt stark von dir, eine Behinderte zu hänseln. Du bist ein echter Kerl.

RRniner: Wieso behindert? Ist doch nur eine Hautkrankheit, lol, damit ist sie doch nicht behindert.

Nasseravid: Neuerdings ist man doch wegen jedem Scheiß behindert! Inflationäre Begriffsverwendung!

... und 71 weitere

20

BEA

Ende Oktober bis Anfang November

«Was für eine phantastische Gelegenheit, zu beobachten und zu reflektieren, welche Sprache Menschen verwenden, wenn sie über Gerechtigkeit reden. Vor allem angesichts Ihrer anfänglichen Bedenken wegen des Falls.»

Dr. Friedman saß Bea mit übereinandergeschlagenen Beinen gegenüber. Sie befanden sich im Wohnbereich einer Suite im Carter Boathouse, dem einzigen Hotel auf dem Campus, wo er einmal wöchentlich Einzelsprechstunden mit den Justice-Program-Studierenden abhielt. Gerade diskutierten sie den Vorfall mit der Brücke. Da Tylers Fall abgeschlossen war, fungierte Bea nicht mehr als sein studentischer Beistand, aber Dr. Friedman drängte auf etwas, das er «radikale Reflexion der realen Welt» nannte. Er glaubte, dies würde dann auch zu radikaler Gerechtigkeit führen.

«Gehen Sie raus in die Welt und lernen Sie von dem, was Sie hören und sehen. Verlassen Sie sich nicht nur auf das, was Dozenten oder Bücher Ihnen sagen. Ziehen Sie Ihre eigenen Schlüsse! Wenn nötig, schreiben Sie keinen Kommentaraufsatz über Ihre Lektüre, sondern darüber.»

«Okay …», sagte sie.

«Was lässt Sie zweifeln?», erkundigte er sich.

«Es ist nur so, dass die Bewerbung fürs Praktikum in zwei Wochen fällig ist, und ich muss eine Hausarbeit beilegen. Aber meine Arbeit über Verteilungsgerechtigkeit gefällt mir nicht, genauso wenig wie die über Deals bei Strafverfahren ... meinen Sie, ich könnte hierüber eine schreiben, die ... wissenschaftlich genug ist?»

Er lächelte. «Bea, Sie sind eindeutig für dieses Praktikum qualifiziert. Keine Sorge.» Er zwinkerte ihr zu. «Aber jetzt raus mit Ihnen. Hören Sie zu. Stellen Sie sich selbst unbequeme Fragen. Gehen Sie an Ihre Grenzen.»

Bea las noch einmal die Gastartikel, die Leserbriefe und die unzähligen Onlinekommentare, die im *Carter Chronicle* veröffentlicht wurden. Sie folgte verschiedenen Diskussionen darüber und dachte über die Argumente nach. Die Gründe, warum man einen Vergewaltiger auf diese Weise ‹outen› mochte, wurden diskutiert. Heuchelei und Zensur am College. Im ganzen Land verbreitete sich der Hashtag #MeToo, und das Phänomen erreichte auch den Carter-Campus. Jemand machte Buttons, und viele Mädchen trugen sie an ihren Shirts: #MeToo. Aber über eines schienen sich alle einig zu sein: Es war nicht in Ordnung, auf die Brücke zu schreiben: TYLER BRAND = VERGEWALTIGER!!

In den sozialen Medien begannen Mädchen von überall her – die Nachricht hatte sich über das Carter hinaus verbreitet –, das unbekannte Opfer zu verteidigen.

Insgeheim hatte Annie sie beeindruckt. Bea hätte nicht gedacht, dass sie genug Mut dazu hatte.

Allgemein war man der Ansicht, die Betreffende hätte es in einem Wutanfall getan, davon zeugte das doppelte Ausrufezeichen. Konnte man #mysterygirl wirklich vorwerfen, die

Beherrschung verloren und den einzigen Ort genutzt zu haben, wo sie ihren Gefühlen Luft machen konnte und auch gehört wurde? Den Ort, der als Sinnbild für die Meinungsfreiheit galt? Die Messlatte für menschliches Verhalten wurde bei #mysterygirl viel zu hoch angesetzt. Sie hatte sich einfach gewehrt. Schließlich war sie auch nur ein Mensch!

Daraus entstand ein weiterer Thread namens #Weareallmysterygirl.

«So läuft es doch immer. Wir Frauen müssen ständig einstecken, einstecken und wieder einstecken, und wenn wir irgendwann ausrasten, fallen WIR aus der Rolle. Stichwort: Alles nur Einbildung», hieß es in einem Tweet.

«Wieder einmal zeigt sich, dass der Ruf eines Mannes wichtiger ist als der Wahrheitsgehalt einer Beschuldigung», twitterte eine andere.

Und schließlich: «Wir dürfen nicht vergessen: Wer auch immer sie ist, sie wurde wahrscheinlich vergewaltigt. Das sollten wir berücksichtigen, bevor wir vorschnell über sie urteilen.»

An einem kalten Montagabend im November, als die Busse nur noch vorsichtig über den Campus fuhren, weil die Straßen vereist waren, machte sich Bea auf den Weg zu einem Konferenzraum im Studentenzentrum. An der Tür hing ein Schild: «Panel zum Thema sexuelle Übergriffe». Bea trat ein und suchte sich einen Platz. Der Raum war kühl und funktional: grauer Teppich, symmetrische Reihen aus Metallstühlen, Neonlicht.

Sie zuckte zusammen, weil ihr Handy klingelte. Eigentlich hatte sie immer den Vibrationsmodus eingestellt. Sie holte das Handy aus der Tasche. Eine Nachricht von ihrem Laborpartner.

Wann holst du die Laborarbeit nach?

Ohne zu antworten, schaltete sie das Handy wieder auf stumm. Da nahm jemand neben ihr Platz. Ein paar Minuten später, um 20:00 Uhr, dem offiziellen Beginn des Forums, waren etwa die Hälfte der Plätze im Raum besetzt. Der Moderator, ein Student im dritten Jahr mit lila Haaren, der sich selbst als Leiter des Studentenausschusses vorstellte, verkündete, die Studierendenvertretung habe einen Beschluss gefasst, in dem die Collegeverwaltung aufgefordert werde, das Verfahren zur Meldung und Untersuchung sexueller Übergriffe zu überarbeiten. Lauter Applaus ertönte, und Bea klatschte ebenfalls.

Dann stellte er die Diskussionsteilnehmer vor: eine Professorin für Gender Studies, einen Beamten der Campuspolizei, den Präsidenten von Sigma Chi und Annie. Bea merkte, dass auf dem Schild vor ihr der Nachname falsch geschrieben war: Annie Stodard, mit nur einem d.

«Ich möchte jetzt an Sie übergeben, Linda», sagte der Moderator.

«Danke, Kai», erwiderte die Professorin und überflog mit dem Blick die Zuhörer. «In diesem Herbst haben wir in meinem Genderseminar und in meinem Tutorium über Collegeerfahrungen, wo auch Kai ist» – sie lächelten sich zu –, «über Macht gesprochen. Institutionelle Reaktionen auf sexuelle Übergriffe werfen Fragen nach Macht auf. Ich freue mich, hier zu sein und an einer hoffentlich fortdauernden Diskussion mit der erweiterten Campusgemeinschaft teilzunehmen. Eine Diskussion, die nicht nur hier stattfindet –» Sie hob die Hände und drehte die Handflächen nach unten. «Sondern auch da draußen.» Sie drehte die Hände so, dass sie nach außen zeigten.

«Rory, du siehst aus, als wolltest du was sagen?», bemerkte Kai.

«Ja», nickte der Vertreter von Sigma Chi. «Ich möchte unterstützen, was Linda gerade gesagt hat. Ich freue mich ebenfalls, hier zu sein, und bin, also, ich bin stolz, dass wir dieses Thema angehen. Also danke euch allen, dass ihr gekommen seid. Ich finde, jetzt habt *ihr* Applaus verdient.» Damit begann er zu klatschen, und ein paar weitere schlossen sich ihm an.

Bislang, so dachte Bea, wurde viel geklatscht, aber nicht viel gesagt. Sie konnte sich vorstellen, dass Dr. Friedman angesichts der Substanzlosigkeit, die von Beginn an geherrscht hatte, ziemlich ungeduldig geworden wäre.

«Annie», sagte Kai. «Möchtest du vielleicht den Anfang machen? Wir würden gern von dir hören, welche Erfahrungen du mit der Campusverwaltung gemacht hast. Wenn es dir nicht zu unangenehm ist, erzähl uns bitte davon.»

«Tja, also, ich glaube ...», setzte Annie an und hielt dann inne. Sie erschien Bea sehr nervös. «Ich glaube, dieses Panel ist ein Beispiel dafür, was hier schiefläuft.»

Wieder hielt sie inne. Im Raum war es still, außer ein paar murmelnden Stimmen hier und da.

«Mit wem reden wir?» Annie wies auf das Publikum. «Diese Menschen hier sind nicht das Problem. Nein, es sind die Verbindungsstudenten, mit denen wir dringend über Vergewaltigung reden müssen. Ich glaube, die müssen zur Verantwortung gezogen werden.»

Als sie das Wort ‹Vergewaltigung› aussprach, spürte Bea, wie sich die Atmosphäre im Raum veränderte.

«Annie», sagte Linda in gekünstelt sanftem Tonfall. «Du hast recht, es ist wichtig, ein breites Spektrum von Menschen in diese Diskussion miteinzubeziehen. Genau das meinte ich eben. Dennoch möchte ich, dass wir vorsichtig mit Aussagen darüber sind, wer was tut oder braucht. Die Sprache, die wir verwenden, ist mächtig, und wenn wir Menschen in Schubladen stecken, versperrt das die Sicht auf das wahre Problem.»

Der Präsident von Sigma Chi lehnte sich vor, um etwas zu sagen; dabei stützte er sich mit den Ellbogen auf den Tisch, der unter dem Druck knackte. «Ich möchte nicht missverstanden werden, aber ich glaube, in diesem Panel geht es um Ehrlichkeit. Daher muss ich ehrlich sagen, ich glaube, das Problem ist komplexer.»

«Inwiefern?», fragte Kai aufmunternd.

«Also gut: Wenn dir dein Kumpel was beichtet, was ihm irgendwie unangenehm ist, an das er sich aber nicht mehr richtig erinnert, weil er was getrunken hat und so weiter. Wenn er dir davon erzählt, ist es deine Aufgabe, ihm Rat zu geben und so weiter, aber ich weiß nicht, ob es deine Aufgabe ist, ihn zu melden. Das wäre unrealistisch. Und ich glaube, wir werden erst was ändern können, wenn wir anerkennen, dass man als Freund oft in einer schwierigen Lage ist.»

Die Zuschauer blieben ruhig, aber einige nickten nachdenklich.

«Danke, Rory», sagte Kai. Zwei Reihen vor Bea schoss eine Hand in die Höhe.

«Ich habe eine Frage an Linda. Meinen Sie, dass auch Jungs Opfer sein können? Oder meinen Sie, wir sollten bei sexuellen Übergriffen auf geschlechterspezifische Sprache verzichten? Das wären dann zwei verschiedene Dinge.»

«Ich meine eigentlich beides ...» Die Professorin wechselte in den Vorlesungsmodus, und Bea dachte über das nach, was der Präsident der Studentenverbindung gesagt hatte. Darauf war nicht besonders eingegangen worden, aber ihr kam das ziemlich wichtig vor. Er hatte gesagt, dass niemand seinen Freund anzeigen würde. Aber wenn die Menschen keine Verantwortung für ihre Freunde übernahmen und alle der

Freund von irgendjemandem waren, wer sollte dann etwas verändern?

«Officer Hal», sagte Kai, als die Professorin mit ihrem Redebeitrag fertig war. «Von Ihnen haben wir noch gar nichts gehört.»

Officer Hal räusperte sich. «Alles in Ordnung, Miss?», fragte er leise und blickte zu Annie. Zwar flüsterte er fast, aber wegen des kleinen Mikrofons vor seinem Gesicht konnten es alle hören.

«Eigentlich nicht», antwortete sie leise, aber durch das Mikrofon konnten auch sie alle hören. Und dann, als würde sie alle Kraft zusammennehmen, erklärte sie: «Wissen Sie, das Schlimmste an dem Ganzen waren so Dinge wie die hier. Als ich die Fallentscheidung bekam, stand darin, ich sei vielleicht verwirrt gewesen, weil ich zum ersten Mal in meinem Leben selbstbewusst wegen meines Aussehens gewesen wäre. Das stand in dem Bericht! Als wäre es in Ordnung, das überhaupt zu erwähnen! Und hier, wie soll ich mich hier fühlen? Man behandelt mich wie eine Verrückte, bloß weil ich sage, was ich denke!»

Bea stockte der Atem.

«Sie sind nicht verrückt», versicherte Linda eilig. «Das sind Sie nicht.»

«Wir glauben dir, Annie», bekräftigte Kai. «Du bist hier, weil wir dir glauben. Wir respektieren dich und möchten deine Erfahrungen hören.»

Der nun folgende Applaus war anders: Diesmal steckte Herzblut dahinter. Einige Zuschauer riefen: «Wir glauben dir!» Bea klatschte nur ein-, zweimal, weil sie ein hohles Gefühl im Bauch spürte.

«Danke», sagte Annie leise.

Dann meldete sich Officer Hal: «Also, jetzt bin ich wohl

dran. Es ist mir eine Ehre, hier zu sein.» Bea fand sein freundliches Auftreten und seinen Südstaatenakzent entwaffnend. «Ich schätze, ich sollte das als Gelegenheit nutzen, um zu sagen, dass Sie immer mit allem zu uns kommen können. Wir sind für Sie da. Und wir bitten darum, dass Sie Ihren Teil beitragen, also Verdächtiges melden und normale Vorsichtsmaßnahmen beachten. Es gibt einen Grund, wieso wir hier Schlüsselkarten haben. Achten Sie darauf, dass Ihnen kein Außenstehender ins Wohnheim folgt. Sonst ist es viel schwieriger für uns, Sie zu schützen …»

Während er sprach, stand Bea leise auf und eilte hinaus.

Auf dem Weg zur Bushaltestelle wurde ihr plötzlich klar, was sie brauchte: Alkohol. Wen kannte sie, der Alkohol besorgen konnte?

Chris.

Hast du Zeit?, schrieb sie ihm. Kurz darauf stand sie vor seinem Minikühlschrank und hatte zwei Schnapsgläser in der Hand, die sie darauf entdeckt hatte.

«Bist du sicher? Shots an einem Donnerstag um …» Er warf einen Blick auf die Uhr. «… halb neun?»

«Ja, ganz sicher. Wieso auch nicht?», erwiderte sie.

Er schenkte Wodka aus, sie zählte herunter, und beide kippten erst einen Shot und dann noch einen.

Zu ihrer Erleichterung nahm Chris ihr die Entscheidung ab, was als Nächstes kam. Sie setzten sich nebeneinander aufs Sofa, und er zeigte ihr seine Lieblingssketche auf YouTube. Nach etwa einer Stunde fühlte sie sich so beschwipst, dass sie sich an seine Schulter lehnte.

Er hielt sie mit seiner Hand auf Abstand.

«Was ist los?», fragte er. «Alles in Ordnung?»

Sie nickte.

«Sicher? Den Eindruck habe ich aber nicht.»

Ihr Blick fiel auf eine Zimmerecke, wo ein paar Staubmäuse vom Gebläse der Heizung zitterten.

«Willst du darüber reden?», fragte er.

Sie schüttelte den Kopf.

«Darf ich raten?»

Sie zuckte die Achseln.

«Ist jemand gestorben?»

Sie holte tief Luft. «Kennst du das Gefühl, jemand, den du schätzt, wäre von dir enttäuscht, wenn er wüsste, was du tust?»

«Na klar», sagte er.

Derart ermutigt, fuhr sie fort: «Ich war der studentische Beistand für diesen Jungen, der wegen Vergewaltigung angeklagt worden ist, und hab ihm, also, ich hab ihm Vorschläge gemacht, wie man den Charakter des Mädchens in zweifelhaftem Licht dastehen lassen konnte. Die hat er umgesetzt. Und das Mädchen hat diese Sachen gelesen, weil sie im Fallbericht waren. Eben hat sie bei einer Veranstaltung darüber geredet, welche Gefühle das in ihr ausgelöst hat. Und jetzt ... jetzt fühle ich mich wie ein Riesenarschloch.»

«Warum hast du es denn getan?», fragte er.

Sie zuckte die Achseln. «Weil ich sein studentischer Beistand war und ihm so gut wie möglich helfen sollte.»

Chris dachte darüber nach. «Dann wäre derjenige, von dem du eben gesprochen hast, vielleicht gar nicht enttäuscht von dir. Schließlich hast du nur deine Aufgabe erfüllt.»

«Können wir einfach weitergucken?», fragte sie und zog die Knie zur Brust.

«Klar», antwortete er und machte lauter.

Kurz vor Mitternacht brach sie auf. Trotz der Kälte beschloss sie, die Meile zum südlichen Campus zu Fuß zu gehen, stöpselte sich die AirPods in die Ohren und suchte in ihrer Playlist nach Whitney Houston. Sie tippte auf «I Wanna Dance With Somebody» und lief so schnell los, dass ihr Atem in der kalten Winterluft Wolken bildete. Zwei Stunden zuvor war Chris der Wodka ausgegangen; jetzt war sie wieder nüchtern und spürte deutlich die Last, die sie schon bei der Veranstaltung bedrückt hatte.

Als ein neuer Song begann, blieb Bea abrupt stehen und suchte in ihrer Tasche hektisch nach dem Handy. ‹Run to You› ging jetzt einfach gar nicht. Ihre Finger ertasteten die Brieftasche, die Schlüsselkarte, einen Tampon, einen Labello, aber nicht ihr Handy, während Whitney die ersten Verse ihres Lieds sang. Als sich Beas Hand endlich um das Telefon schloss, war es zu spät. Sie ließ sich auf den Bordstein sinken und spürte, wie ihr die Tränen kamen.

2009, als Bea zehn Jahre alt war, hatte Whitney gerade ein neues Album herausgebracht und warb dafür in *Good Morning America*. Bea und ihre Mutter gingen die zwei langen und sechs kurzen Blocks von ihrer Wohnung zum Central Park, um mitzukriegen, wie die Legende ihr neues Album vorstellte. Kurz bevor sie den Titelsong ‹Run to You› anstimmte, widmete Whitney ihn ihrer Mutter, die unter den Zuschauern war.

«Das ist meine Mutter, Leute!», rief sie laut, und alle jubelten. Dann sagte sie heiser: «Ich versuch's mal.» Bea erinnerte sich, dass sie gedacht hatte: Wieso versuchen, natürlich kann sie es. Sie ist doch Whitney Houston.

Dann sang sie, und während sie zuhörten, blickte Bea zu ihrer Mutter auf und sah, dass sie weinte. Das war das erste und das letzte Mal, dass sie Phaedra weinen sah. Nach dem

Konzert, auf dem Rückweg zu ihrer Wohnung auf der Lexington Ave, fragte Bea sie nach dem Grund.

«Weil sie innerlich zerbrochen ist», erklärte ihre Mutter. «Ihre Stimme ist zerstört.»

Bea wusste noch, dass sie das verwirrt hatte, weil ihr das ganz und gar nicht so vorgekommen war.

Drei Jahre später starb Whitney Houston, und Bea und ihre Mom sahen sich die Beerdigung im Fernsehen an. Da weinte ihre Mutter nicht. Und vier Jahre danach, nach Phaedras Beerdigung, entdeckte Bea das Video dieses Konzerts, das sie gemeinsam im Park gesehen hatten, auf YouTube.

Als sie es in der Trauer um ihre Mutter hörte, war ihr mehr als deutlich, was Phaedra gemeint hatte. Als Kind hatte sie es nicht begreifen können, aber irgendwo zwischen neun und sechzehn, irgendwo in der Spanne, als sie noch eine Mutter hatte und dann verlor, hatte Bea zu hören gelernt, wann jemand innerlich zerbrochen war.

Mit der Tasche auf dem Schoß saß sie in der Dunkelheit auf dem Bordstein und lauschte der makellosen Aufnahme des Songs, den sie und ihre Mutter live, brüchig und rau gehört hatten.

Mache ich einen Fehler, Mom?, flüsterte Bea. *Bin ich ein schlechter Mensch?*

21

STAYJA

Dienstag, 24. Oktober

Stayjas Wagen wollte nicht anspringen.

«Verdammte Scheiße», fluchte sie und drehte wieder und wieder den Zündschlüssel. Ihre Schicht fing in zehn Minuten an. Sie hatte den Tank leer gefahren. Zwar hatte sie sich eingeredet, sie hätte nicht zu Citgo fahren wollen: Dort war das Benzin am billigsten, aber dafür musste sie einen zehnminütigen Umweg machen, deshalb hatte sie es immer wieder aufgeschoben. Doch eigentlich musste sie jedes Mal, wenn sie ihre Kreditkarte wegen irgendwas zückte, an die Zahlungsaufforderung der Steuerbehörde denken, die in ihrem Nachttisch ein Loch ins Holz brannte. Die Rückzahlung war in sechs Tagen fällig.

Stayja konnte sie jetzt nicht zurückzahlen, deshalb dachte sie lieber nicht daran und hatte das Schreiben in die Schublade ihres Nachttischs verbannt. Bis ihr etwas dazu einfiel.

«Hey», ertönte eine Stimme. «Was ist los?»

LA öffnete die Fahrertür und bedeutete ihr, auszusteigen und ihm die Schlüssel zu geben.

«Wieso bist du nicht bei der Arbeit?», fragte sie.

«Ich bin krank», antwortete er und hustete gekünstelt,

während er einstieg und genau wie sie versuchte, den Wagen anzulassen.

«Super Strategie», bemerkte sie. «Wieso bin ich darauf nicht selbst gekommen?»

«Wann hast du das letzte Mal getankt?», fragte er.

Stayja stöhnte. Die Tanklampe hatte seit Tagen geleuchtet. «Weiß ich nicht mehr.»

«Eher vor zwei Tagen oder eher vor zwei Wochen?»

«Weiß ich nicht mehr», wiederholte Stayja und warf einen Blick auf ihre Uhr. «Verdammt!»

LA stieg aus dem Wagen. «Na komm», sagte er. «Ich bring dich hin und schau mir die Sache mal an, wenn ich zurück bin. Wahrscheinlich ist es die Benzinpumpe.»

Auf der Fahrt zum Carter warf er ihr wiederholt verstohlene Blicke zu.

«Was ist?», fragte sie.

«Du hast nie auf meine Nachricht geantwortet», sagte er.

«Ich will immer noch nicht mit dir zusammen sein», erklärte sie.

«Hab ich mir schon gedacht», erwiderte er und klang dabei weniger überrascht als enttäuscht. Das war doch zumindest ein Fortschritt, oder?

«Aber ich wollte noch über was anderes mit dir reden. Du wirkst in letzter Zeit ziemlich gefrustet», fuhr er fort.

«Wieso, mir geht's gut», wehrte sie ab.

«Gibt es was, worüber du reden willst?»

«Nein», sagte sie.

«Du weißt, dass du mir alles erzählen kannst», beharrte er.

«Mir geht's gut, LA.»

«Liegt es an dem Arschgesicht?»

Darauf antwortete sie nicht.

«Ich hab gleich gesehen, dass der ein Arschgesicht ist. An seinen Haaren. Sind Arschgesichthaare.»

Er bog auf den Campus ein, fuhr dann aber nicht Richtung Studentenzentrum, sondern nach rechts.

«Wo willst du hin?», fragte Stayja.

«Ich will dir was zeigen, falls du es noch nicht gesehen hast.»

«Dazu habe ich keine Zeit, LA. Meine Schicht fängt *in diesem Moment* an.»

«Dauert nur drei Sekunden. Vertrau mir, das ist es wert. Du wirst erleichtert sein.»

Bevor sie noch weiter protestieren konnte, sah Stayja, was er meinte: Vor ihnen auf der Brücke stand in leuchtendem Rot TYLER BRAND = VERGEWALTIGER!!

«Oh mein Gott», sagte sie.

«Gern geschehen», sagte er. «Wenn der Scheißkerl dir blöd kommt, kriegt er's mit mir zu tun.»

«*Du* warst das?», brüllte Stayja. «Was zum Teufel soll das, LA!»

«Aber hallo war ich das», nickte er.

Er hatte einen Umweg gemacht, um ihr die Brücke zu zeigen, und machte jetzt kehrt, um sie zurück zum Campus und zur Arbeit zu bringen. Als sie wieder unter der Brücke hindurchfuhren, stöhnte sie auf. *Wieso!* Wieso musste das jetzt passieren? Tyler wusste doch, dass sie mit LA befreundet war. Wahrscheinlich wimmelte es hier überall von Kameras. Wenn LA aufflog, würde Tyler schlussfolgern, dass sie was damit zu tun hatte.

«Du kennst ihn doch nicht mal!»

«Ich weiß, was Nicole mir erzählt hat. Und ich weiß, dass er dir weh getan hat. Mehr muss ich nicht wissen.»

Sie fragte sich, ob sie Tyler eine Nachricht schicken sollte.

Sicher wusste er schon davon – es war fast zwei Uhr nachmittags. Aber wieso war es noch nicht übermalt worden?

«Was machst du jetzt?», fragte LA, als er vor dem Café hielt.

«Ich sag ihm Bescheid», antwortete Stayja und stieg aus.

«Wieso das denn!»

«Weil er es wissen muss, um sich darum zu kümmern.» Sie knallte die Tür zu.

LA kurbelte das Fenster runter und brüllte «Gern geschehen!», bevor er wütend Gas gab.

Auf dem Weg ins Café beschloss Stayja, auf dem Parkplatz nachzusehen, ob sein Wagen dort stand. Sie entdeckte ihn vor seinem Wohnheim: Er schimmerte weiß in der Mittagssonne. Auf ihre Nachricht hatte Tyler noch nicht geantwortet. Sie wandte sich gerade zum Gehen, da sah sie auf der Fahrerseite, kaum erkennbar durch das getönte Glas, sein Profil.

Sie ging hin und klopfte ans Fenster. Er kurbelte es ein paar Zentimeter herunter. An seiner Miene konnte sie sehen, dass er von dem Spruch an der Brücke wusste.

«Steig ein», murmelte er.

«Ich hab dir gerade geschrieben», bemerkte sie, öffnete die Beifahrertür und nahm Platz. «Weil ich das an der Brücke gesehen habe.»

Es war warm im Wagen – die Heizung lief wohl schon eine Weile.

«Wieso tut sie mir das an?», fragte er, die Ellbogen aufs Lenkrad, die Hände auf die Stirn gestützt. «Das ist doch ein Albtraum!»

«Ja, furchtbar», stimmte Stayja zu. «Wird das jemand übermalen?»

«Das kann ich ihnen nur raten», knurrte er. «Wenn sie nicht verklagt werden wollen.»

«Gut», sagte sie und fühlte sich gleich schon ein bisschen besser.

«Jetzt ist sie zu weit gegangen. Es bleibt uns nichts anderes mehr übrig, als sie zu verklagen. Dabei hat sie nicht mal Geld.»

«Verklagen?», fragte Stayja und versuchte, die in ihr aufsteigende Furcht zu unterdrücken. «Weswegen denn?»

«Sie kann nicht einfach mein Leben ruinieren, bloß weil sie einen Blowjob im Suff bereut.»

Stayja wandte den Kopf ab. Durchs Fenster sah sie, wie eine Gruppe von mindestens fünfzehn Eltern und Teenagern auf einer Führung ins Rooster gebracht wurde.

«Ich muss los», sagte sie, «bin sowieso schon spät dran.» Sie drückte sein Knie. «Tut mir leid, dass das passiert ist.»

«Mir auch», erwiderte er.

«Das wird schon wieder», sagte sie, kurz bevor sie die Tür zudrückte.

«Kannst du nicht wissen», meinte er nur.

Nachdem Stayja die endlose Getränkebestellung der Gruppe abgearbeitet hatte, eilte sie wieder nach draußen, um Nicole anzurufen.

«Alles in Ordnung?», meldete sich Nicole, da Stayja nur selten anrief, statt zu schreiben.

Im Hintergrund konnte Stayja eine johlende Menge hören. Also waren Nicole und Chet schon beim Hockeyspiel.

«Wieso hast du LA von Tyler erzählt? Hast du ihm auch von der Sache mit Annie erzählt?»

Natürlich wusste Stayja das schon, aber sie wollte, dass ihre Cousine es zugab.

«Welche Sache mit Annie? Du meinst, dass er sie vergewaltigt hat?» Nicole bemühte sich nicht mal, ihre Stimme zu dämpfen. Also wusste Chet auch Bescheid. Also dachten alle, dass Stayja mit einem Vergewaltiger zusammen war. «Wahrscheinlich. Weiß ich nicht mehr. Wieso?»

«Weil er verdammt noch mal den Verstand verloren hat!», erwiderte Stayja und erzählte ihrer Cousine von der Brücke, von LAs dämlichem Mackergehabe und Tylers Absicht, den Verantwortlichen zu verklagen.

Während Stayja sprach, blieb Nicole ganz ruhig – im Hintergrund hörte Stayja Gejubel und die Verkündung des Spielstands.

«Aber du glaubst doch nicht, dass es an der Brücke eine Kamera gibt, oder?», fragte Nicole, als sie geendet hatte.

«Ich glaube, das ist egal. Ich muss ihn melden. Oder ihn überreden, sich selbst zu stellen.»

«Nein, Stayja! Wieso denn?»

«Weil es sowieso rauskommt. Diese Leute haben einen Haufen Geld und spenden dem College riesige Summen. Er hat sich mit den Falschen angelegt, Nicole.»

Wieder sagte Nicole nichts.

«Und?», fragte Stayja.

«Ich bin noch dran.»

«Was meinst du?» Stayja konnte sich nicht erinnern, wann sie Nicole das letzte Mal um Rat gefragt hatte. Wahrscheinlich noch nie. Aber dieser Sache fühlte sie sich nicht gewachsen.

«Er wird seinen Job verlieren. Tu ihm das nicht an, Stayja. Bitte nicht.»

«Ich sag doch, es kommt sowieso raus.»

«Das kannst du nicht wissen.»

Dann dehnte sich Schweigen zwischen ihnen aus. Stayja fragte sich, ob Chet mithörte, aber eigentlich war es ihr egal.

«Tyler kommt schon klar», sagte Nicole. Sie klang ruhig und sicher. «Typen wie Tyler kommen immer klar.»

Dann hörte Stayja, wie Chet sagte: «Hat ewig gedauert, aber hier ist deine Cola.»

«Tu's nicht», flehte Nicole nun leiser. «Ich sag dir, du wirst es bereuen.»

«Ich muss aufhören», sagte Stayja.

Um sechs hatte Tyler ihr geschrieben, dass es übermalt worden war. Außerdem hatte er erklärt, seine Eltern hätten mit dem College die Suche nach dem Schuldigen eingeleitet, und das Ganze würde Konsequenzen haben.

Welche denn?, hatte sie geantwortet und wartete auf seine Antwort, als eine männliche Stimme sie aus ihren Gedanken riss.

«Machst du an Halloween irgendwas Lustiges?» Sie blickte auf.

Eric Gourdazi hatte zugenommen, seit sie ihn das letzte Mal gesehen hatte. In den vergangenen ein, zwei Monaten war seine Kinnlinie weicher geworden, und er trug jetzt eine Brille. Ansonsten war er so gutaussehend wie eh und je. Stayja spürte ein vertrautes Flattern in der Magengegend.

«Halloween ist mein Lieblingsfest», sagte er, als hätte er das einstudiert. «Weißt du, warum?»

«Nein», erwiderte sie.

«Wegen der Kleinkinder in Kostümen. Ich hab eine Schwäche für verkleidete Babys.»

«Hm», nickte sie. Was in aller Welt ging hier vor?

«Weißt du noch», sagte er, «dass ich Anfang des Semesters was Blödes gesagt hab? Das klingt wahrscheinlich bescheuert, aber seitdem wollte ich mich bei dir entschuldigen. Ich hab mir verboten hierherzukommen, bis ich mich entschuldige.»

Eric Gourdazi hatte seit Monaten an sie gedacht?

«Äh, nein», sagte sie. «Ich erinnere mich nicht. Was meinst du denn?»

«Ich sagte, dieses Mädchen wüsste wohl besser als du, ob ein Thunfischsalat schlecht geworden ist. Und ich wollte nur sagen ... Ich hab deinen Gesichtsausdruck gesehen und glaube, du hast mich damals falsch verstanden. Du hast ausgesehen, als glaubtest du, ich meinte ... also, dieses Mädchen ist von Thunfisch geradezu besessen, verstehst du? Sie isst ständig Thunfisch, sogar in Seminaren – den ganzen Raum verpestet sie damit. Und an dem Tag hat sie Thunfischsalat gekauft und mich gezwungen, daran zu riechen. Und du musstest auch dran riechen. Also sagte ich, sie wüsste wahrscheinlich besser, ob der Thunfischsalat stinkt, weil sie ständig welchen isst, aber nachdem ich das gesagt hatte, merkte ich an deiner Miene, dass ich dich gekränkt hatte. Mir wurde klar, dass du denkst – also, ich meine, sag's mir, wenn ich falschliege –, aber dass du denkst, ich meine, du würdest nicht beurteilen können, ob Thunfisch schlecht geworden ist oder nicht. Und das – das wollte ich gar nicht damit sagen. Und jetzt bin ich in einem Programm, wo man sich für Dinge entschuldigen muss, die man getan hat. Also will ich mich bei dir entschuldigen.»

Eric Gourdazi machte also einen Entzug. Aha.

«Hey, Schwamm drüber. Danke für die Erklärung. Cool von dir. Was möchtest du trinken?», fragte sie.

Offenbar erleichtert, antwortete Eric: «Ganz normalen Kaffee, bitte.»

Während sie den Pappbecher füllte, dachte Stayja, wie sehr sie sich noch vor ein paar Monaten nach einem solchen Gespräch gesehnt hatte. Jetzt war die Gelegenheit da. Sie konnte sich umdrehen und Nachsicht zeigen, mit ihm flirten, ihm gestehen, dass sie Thunfisch ebenfalls extrem eklig fand, dass sie seine Entscheidung für eine Therapie beachtlich fand und ihm alles Gute wünschte.

Aber sie wollte nicht mit Eric zusammen sein, sondern mit Tyler.

Also gab sie ihm höflich lächelnd seinen Kaffee, und kaum war er gegangen, schrieb sie Tyler eine Nachricht.

Ich komme nach der Arbeit vorbei. Muss mit dir reden.

«Das verstehe ich nicht», sagte Tyler. Er stand am Fenster und hielt eine Dose Bier in der Hand, die er gerade geöffnet hatte. «Wieso sollte er so was tun?»

Stayja zuckte die Schultern. «Er ist ein Idiot.»

«Aber das ist doch kein Grund», beharrte er. «Also, wieso?»

«Weil er eifersüchtig ist? Wahrscheinlich fand er es lustig.»

«Aber das ist doch nicht lustig, verdammt!»

«*Ich* weiß das.»

«Woher wusste er überhaupt von meinem Fall?», fragte er misstrauisch.

«Meine Cousine hat ihm davon erzählt.»

«Welche Cousine denn jetzt?» Entnervt warf er die Hände in die Luft, als würde es ihm langsam zu kompliziert.

«Sie arbeitet mit Annie im Buchladen.»

Er seufzte und trank einen großen Schluck. «Soll das heißen, deine Cousine denkt, ich wäre ein Vergewaltiger?» Er setzte sich an seinen Schreibtisch.

«Meine Cousine kennt dich nicht. Und es ist egal, was sie denkt.»

Nach einem Augenblick sagte er: «Also ja.»

Darauf antwortete Stayja nichts.

«Du musst ihn melden», befand Tyler.

Das hatte sie nicht von ihm erwartet, tatsächlich hatte sie auf das Gegenteil gehofft: dass er sich entspannen würde, weil nicht Annie es getan hatte, und dass einfach Gras darüber wachsen könnte.

«Dann verliert er seinen Job ...», wandte sie ein.

«Das sollte er auch», entgegnete Tyler und trank noch einen großen Schluck.

Sie betrachtete einen verblassten braunen Fleck auf seinem grauen Teppich und sah wieder zu ihm auf.

«Die Leute glauben, es ist wahr», sagte er mit verzweifeltem Blick. «Bitte. Ruf einfach die Campuspolizei an.» Er schnappte sich sein Handy, um die Nummer rauszusuchen.

22

ANNIE

Die ersten drei Novemberwochen

An einem windigen Dienstagabend im November machte ich mich zitternd auf den Weg zum Haupthof, um an einer ‹Mahnwache der Überlebenden› teilzunehmen. Eine Studentin im vierten Jahr hatte mich eingeladen, dort zu sprechen. Eine Organisation zur Prävention sexueller Übergriffe namens *Sexual Assault Prevention Network*, von der ich noch nie gehört hatte, hatte die Veranstaltung organisiert. Bei ‹Mahnwache› musste ich an eine Nachtwache für Verstorbene oder Vermisste denken, dennoch willigte ich ein.

Um neun Uhr fing es an, und wir sollten alle Gelb tragen. Ich zog also ein gelbes T-Shirt und eine Jeans an: Letztere war meine Uniform seit der Online-Schelte nach meinem Gastartikel.

Die Internetkultur war mir nicht fremd, daher wusste ich, dass ich die Kommentare unter meinem Artikel eigentlich nicht lesen sollte. Doch schon anderthalb Stunden, nachdem er ins Netz gestellt worden war, hielt ich es nicht mehr aus.

Ich war hässlich.

Ich hatte keine Ahnung von juristischen Verfahren.

Ich hatte es verdient.

Wie konnte ich trotz meiner Dummheit am Carter angenommen worden sein?

Ich war behindert.

Was war mit meinen Beinen los?

Zu den grausamen Wahrheiten, die sich nach der Vergewaltigung herauskristallisierten und wie durch ein magisches Auge immer deutlicher wurden, gehörte auch die Tatsache, dass meine Beine mich immer noch brandmarkten. Natürlich war mir klar gewesen, dass die Laser die Unfallfolgen nicht ungeschehen machen konnten, dennoch hatte ich geglaubt, meine Narben würden so unauffällig werden, dass man sie erst auf den zweiten Blick sah.

Bei manchen Kommentatoren weckten meine Narben den Beschützerinstinkt, bei anderen den Killerinstinkt. Ich hingegen fragte mich, ob die ganze Sache nicht eine karmische Vergeltung für die Laserbehandlung war. Ich war eitel gewesen, und dies war meine Strafe. Denn ohne die Laserbehandlung wäre ich von Tyler Brand nicht vergewaltigt worden, daran bestand gar kein Zweifel. Nicht, weil ich nicht attraktiv genug gewesen wäre (obwohl ich auch davon überzeugt war), sondern weil ich mich nicht attraktiv genug *gefühlt* hätte, um ihn überhaupt anzusprechen. Und deshalb empfand ich das Ganze langsam als Strafe des Universums. Ich hatte mich zu hoch hinausgewagt, dabei war ich doch nur Annie Stoddard, die für das Mittelmaß vorgesehen war: Mittelklasse, mittelmäßiges Aussehen, mittelmäßige Erwartungen. Ich war aus meinem vorherbestimmten Schicksal ausgeschert, aus der natürlichen Ordnung der Dinge. Wie bei dem Computerspiel, wo immer wieder Zwerge aus dem Boden auftauchen, um sofort von einem Hammer niedergeknüppelt zu werden, hatte ich es gewagt, mich zu zeigen.

«Ich hab dich doch gewarnt», hatte Matty beim Lunch gesagt, als ich ihm ein paar Kommentare vorlas. «Im Grunde wurde das Internet *erfunden*, um Frauen zu mobben. Das ist dir doch klar, oder?» Er tippte hektisch etwas in sein Handy ein, weil er nichts mehr liebte, als etwas zu beweisen, was ohnehin niemand anzweifelte. «‹Mark Zuckerberg wurde als Student in Harvard bestraft, weil der Uniserver wegen der riesigen Datenmengen zusammenbrach, die eine frühe Version von Facebook verschlang. Dabei ging es um ein Bewertungssystem für Mädchen. Er entwarf das Netzwerk 2003, um Besuchern zu ermöglichen, Fotos von zwei einander gegenübergestellten Mädchen zu vergleichen und zu *bewerten, welche besser aussah.*› Er hat die Fotos ohne Erlaubnis ins Netz gestellt. Siehst du? Der Ursprung der sozialen Medien war eine Missachtung der Privatsphäre von Frauen, die sich schlecht fühlen sollten. Du bist nur die nächste Generation.»

Trotzdem folgte ich dem Thread, als immer mehr Kommentare beim *Chronicle* und danach auf Twitter erschienen – durch die Wut, die das in mir auslöste, war ich geradezu süchtig danach. Mit jedem Leserbrief und jedem Kommentar fühlte ich mich mehr wie ein Bauer beim Schach, weil jeder mich für sich vereinnahmen und für seine jeweilige Idee oder Überzeugung benutzen wollte. Fakten wurden verändert; die Geschichte wurde verändert; ich wurde zu einer abstrakten Figur. Nur ganz selten fühlte ich mich als Mensch wahrgenommen.

Als ich also Anfang November eingeladen wurde, bei einem Panel über sexuelle Übergriffe zu sprechen, willigte ich ein, um selbst wieder etwas zu der Sache beizutragen. Aber es war eine Katastrophe. Ich verlor die Selbstbeherrschung, brach zumindest ein Mal in Tränen aus und fühlte mich noch missverstandener als zuvor.

Später hatte mich Linda, die Professorin für Gender Studies vom Panel, angerufen, um sich zu erkundigen, wie es mir ging.

«Man hätte Sie so unmittelbar nach dem Übergriff nicht bitten sollen, in der Öffentlichkeit zu sprechen», sagte sie. «Das war unser Fehler, und wir entschuldigen uns dafür.»

Dabei war das eigentliche Problem gewesen, dass ich wie ein Alien behandelt worden war, als ich das Wort ergriff.

Jetzt, nachdem ich mich ein paar Wochen davon hatte erholen können, hoffte ich, an diesem Abend das zu erreichen, was mir bei dem Panel nicht gelungen war. Ich wollte gehört werden.

Als die Studentin, die mich eingeladen hatte, die etwa vierzig und überwiegend weiblichen Anwesenden begrüßte, hatte ich das Gefühl, wir befänden uns auf einer Beerdigung. Mit dem Blick zu ihr standen wir feierlich vor der Bronzestatue des Cartergründers, an dessen Namen sich nie jemand erinnerte, und hatten wegen der Kälte die Arme verschränkt oder die Hände in die Taschen geschoben und die Schultern hochgezogen. Wir hatten Kerzen angezündet, doch als eine nach der anderen das Wort ergriff und unter Tränen von trunkenen Nächten in Wohnheimen erzählte und von Treffen mit schmierigen Professoren, die plötzlich zudringlich wurden, blies der böige Wind immer wieder Kerzen aus. Ein dünner, blasser Junge hatte die Aufgabe übernommen, sie wieder anzuzünden. Er huschte mit seinem Feuerzeug herum und beugte sich über eine rauchende Kerze nach der anderen.

Ich kam mir seltsam fehl am Platz vor, doch war mir auch klar, dass die Prozedur für viele Umstehende eine Art Katharsis bot. Ich hörte zu, während ich im Stillen noch mal meine Rede über die Verwaltung und die Regeln des Colleges durchging und mich darauf freute, bald zurück in mein Zimmer und ins Bett zu kommen.

Als ein Student im zweiten Jahr mit grüner Hose, bananengelbem Poloshirt und dunkelblauer Wolljacke aufs flache Podium trat und erklärte, wie wichtig es sei, dass Sexualpartner sich darüber einig seien, was ‹Ja› und was ‹Nein› bedeute, beschleunigte sich mein Puls.

«Wir tun uns alle einen Gefallen damit, nicht einfach anzunehmen, dass der andere Zustimmung genauso ausdrückt wie man selbst. Sexueller Respekt fängt mit guter Kommunikation an», schloss er und verließ unter spärlichem Applaus das Podium. Jetzt war ich an der Reihe.

«Und nun», verkündete die Studentin, die mich eingeladen hatte, «spricht zum Abschluss des Abends Annie Stoddard.»

Die Notizen für meine Rede hatte ich auf meinem Handy, aber ich holte es nicht aus der Tasche. Ich überflog die Menge auf der Suche nach dem Jungen, der gerade gesprochen hatte, und entdeckte ihn am Rand, wo er mit einer hübschen Dunkelhaarigen Händchen hielt und plauderte.

«Dan?»

Er schaute nicht auf.

«Verzeihung, der Dan, der gerade gesprochen hat?»

Jetzt hob er überrascht den Kopf.

«Ehrlich, ich nehm euch Jungs nicht ab, dass ihr so ahnungslos seid.»

Damit verließ ich das Podium und marschierte quer über den Rasen zu meinem Wohnheim. Es war ein kurzer Ausflug gewesen, aber ich wusste, mein Aktivismus hatte sich damit erledigt.

Ein paar Tage später hatte ich nachmittags einen Übungsraum gebucht und den Laptop auf einen Stapel Bücher auf einen Klavierhocker gestellt, um meine YouTube-Lehrerin

Celia Solofa *(Cello-Lernen in einem Monat)* auf Augenhöhe zu haben. Ihr Programm war kostenlos und bestand aus dreißig je eine halbe Stunde dauernden Lektionen, von denen ich bereits sieben absolviert hatte. Mein Ziel war es, den gesamten Kurs innerhalb einer Woche zu schaffen, bevor ich wegen Thanksgiving nach Pineville zurückfuhr.

Gerade hatte ich eine Pause gemacht und mir ein Snickers aus dem Automaten im zweiten Stock geholt. Als ich die Treppe hinunter zum Übungsraum in der ersten Etage ging, sah ich am Fuß der Treppe einen großen Asiaten vor meinem Übungsraum, der mir entgegenblickte. Er wirkte erfreut, mich zu sehen.

«Annie?», fragte er. «Ich bin Henry. Ich kenn dich vom Orchester. Du spielst das Fagott, stimmt's?»

«Ja», erwiderte ich und versuchte, sein Gesicht einzuordnen. Ich kannte ihn nicht. «Bist du auch im Orchester?»

«Nein, dies ist mein erstes Semester hier, aber ich hoffe, im Frühjahr zu euch zu stoßen.»

Wie ich erfuhr, war Henry ein Student im dritten Jahr, der vom Georgetown College zum Carter gewechselt hatte. Er war Bassist.

So viele Wechsel, dachte ich. Wer hätte gedacht, dass so viele Studenten einfach mittendrin abbrachen und auf ein neues College gingen?

Aber dann erklärte er, er hätte aus persönlichen Gründen näher bei seiner Familie sein wollen.

«Ich hab gehört, dass du hier bist. Wechselst du von den Bläsern zu den Streichern?»

«Das ist mir jetzt aber peinlich», sagte ich. «Ich bin viel zu schlecht.»

«Darf ich mal deine Hand sehen?», fragte er. Ich zeigte sie ihm, mit der Handfläche nach oben.

Da, an der Spitze meines linken Zeigefingers hatte ich eine dicke runde Blase, die aussah wie eine rote Kugel.

«Du willst zu viel in zu kurzer Zeit», bemerkte er und fuhr mit dem Daumen forschend über die Kuppen meiner Finger. Ich spürte ein angenehmes Flirren im Magen. Seine Finger waren lang und knochig, genau wie er – als ich verstohlen seinen Körper musterte, sah ich, dass seine eckigen Schultern fast im rechten Winkel abfielen und er die leicht zusammengesackte Haltung aller großen, schlaksigen Jungs hatte. «Du musst ab und zu mal einen Tag Pause machen, vor allem, wenn du viele Stunden hintereinander spielst.»

«Na gut.» Ich nickte. «Danke.»

«Darf ich mit rein?»

«Klar», sagte ich, und er folgte mir in den Übungsraum.

«Zeig mir mal, wie du es hältst», forderte er mich auf.

Ich nahm Platz und positionierte mich an Abigails Cello.

«Darf ich?» Er bückte sich und korrigierte die Höhe des Stachels unten am Cello. Dann stand er wieder auf. «So, viel besser. Er war zu hoch für dich. Das führt zu Verkrampfungen, die sich auf dein Spiel auswirken. Und auf deinen Rücken!»

Ich merkte sofort eine Veränderung in meiner Haltung. «Danke», sagte ich.

«Musikmachen soll doch keine Arbeit sein», erklärte er. «Sondern Spaß machen. Deshalb sagt man ja ‹spielen›.»

Ich stöhnte auf.

Er imitierte scherzhaft mein Stöhnen und nahm meine rechte Hand.

«Locker lassen», befahl er und verschränkte vorsichtig – in keiner Weise vereinnahmend – seine Finger mit meinen. Sachte schüttelte er sie, bis sie ganz schlaff waren, dann legte er meine Hand auf den Bogen. «Ganz locker um den Bogen fassen. Nicht den kleinen Finger abstrecken.»

Dann trat er einen Schritt zurück. «Und eins noch», sagte er. «Wenn du Fagott spielst, wirkst du sehr selbstbewusst.» Also hatte er mich nicht nur gesehen, sondern auch beobachtet. Ich wusste nicht, ob ich beunruhigt oder geschmeichelt sein sollte. «Aber wenn du Cello spielst, wirkst du wie eine Zehnjährige, die nicht weiß, was sie tut.»

«Weiß ich ja auch nicht», gab ich zu.

«Dann tu so. Benimm dich, als wärst du die erste Cellistin der New Yorker Philharmoniker.»

Ich lachte.

Er nicht. Er wartete nur.

Also rückte ich zur Vorderkante des Stuhls, richtete mich auf und mühte mich irgendwie durch die Takte, die ich in den vergangenen zwei Stunden gelernt hatte. Ständig machte ich Fehler, aber als ich endete, klatschte er anerkennend.

«Viel, viel besser!», rief er aus. «Durch Schein zum Sein!» Er zwinkerte, um seine pompösen Worte etwas abzumildern. «Ich kann dich weiter unterrichten, aber unter einer Bedingung.» Als er aufstand, machte mein Magen einen Purzelbaum. «Du bringst mir Fagott bei», sagte er.

«Abgemacht», nickte ich erleichtert.

Von da an trafen Henry und ich uns täglich. Zuerst brachte er mir Cello bei, dann unterrichtete ich ihn im Fagott.

«Was ist dein Myers-Briggs-Typenindikator?», fragte ich am dritten Nachmittag.

«INFP», antwortete er. «Und deiner?»

«INFJ», erklärte ich.

Demnach waren wir beide introvertiert. Das schien mir zu stimmen. Allerdings fand ich es seltsam, dass er noch keine Freunde hier hatte – obwohl er von mir wohl dasselbe denken konnte. Außerdem war er ja erst ein paar Monate am

Carter und hatte viel Zeit bei seinen Eltern verbracht, die nur eine knappe Stunde entfernt wohnten.

Ich wusste nicht, ob Collegewechsler je Verbindungen beitraten, aber er war daran nicht interessiert, wie er nicht abfällig, sondern ganz neutral erklärte. Er hatte klare Ansichten, ohne dogmatisch zu sein, war offen, ohne ein Mitläufer zu sein, selbstbewusst, ohne arrogant zu wirken. Die ganze Zeit erwartete ich, dass er sich als Enttäuschung herausstellte, aber er enttäuschte mich nicht.

Außerdem mochte er mich wirklich. Das machte er mehr als deutlich: Morgens fragte er mich per WhatsApp, wie ich geschlafen hatte, und am Ende des Tages, wie die Seminare, die Proben und das Lernen gelaufen waren. Und ich fühlte mich definitiv zu ihm hingezogen; ich war froh, wie sehr ich ihn mochte, aber ich konnte einfach den Verdacht nicht abschütteln, dass er nicht mitbekommen hatte, was mir zugestoßen war. Dass er es irgendwie verpasst hatte, weil er so selten auf dem Campus gewesen war. Und wenn das der Fall war, kannte er mich doch eigentlich gar nicht.

Dabei hatte ich bislang nicht das Gefühl gehabt, mich durch meine Vergewaltigung zu definieren, nicht mal, als ich es öffentlich machte. Aber als ich Henry begegnete und ihn besser kennenlernte, dämmerte mir, wie sehr ich mich im Zusammenhang damit wahrnahm. Je näher Thanksgiving kam, desto mehr beschlich mich das Gefühl, ich würde ihn anlügen und vorgeben, jemand zu sein, der ich eigentlich nicht war.

Meine Wut, die sich ein bisschen verflüchtigt hatte, seit ich Henry kennengelernt hatte, flammte wieder auf, als ich erfuhr, dass die Anklage auf der Brücke – TYLER BRAND = VERGEWALTIGER!! – von einem Collegegärtner stammte, den ich auf dem Foto als Freund meiner Kollegin im Buchladen wiedererkannte. Nicole hatte mir erzählt, ihre Cousine hätte was mit Tyler gehabt und wirke nicht glücklich, aber sie wisse nicht, was zwischen den beiden gelaufen sei.

Aber jetzt war es klar. Die einzige Erklärung war, dass Tyler auch Nicoles Cousine vergewaltigt hatte. Und ihr Freund hatte seinen Job verloren, als er versuchte, das öffentlich zu machen.

«Kann sie ihn denn melden, obwohl sie keine Studentin ist?», fragte ich Matty, nachdem ich die Neuigkeiten erfahren hatte. «Oder ihn nur bei der Polizei von Cartersboro anzeigen?»

«Keine Ahnung», antwortete er in einem Ton, der anzeigte, dass er es sehr wohl wusste, aber mit etwas anderem beschäftigt war.

Noch Wochen später regte mich das Ganze auf und ließ mich meine eigene Erfahrung immer wieder durchleben. Trotzdem konnte ich mit Henry nicht darüber reden.

Am Abend vor dem Thanksgiving-Wochenende gingen wir gemeinsam von der Orchesterprobe zum Wohnheim – er hatte schon mal angefangen, mit uns zu proben –, und als wir mein Zimmer erreicht hatten, folgte er mir hinein.

«Ich wollte dir das über die Feiertage mitgeben», sagte er und holte aus seiner Tasche ein Buch mit glänzendem Einband: *Mozart: Die Musik, der Mann, der Mythos.* «Ich weiß nicht, ob du Biographien magst, aber die hier fand ich gut.»

Ich nahm das Buch. «Vielen Dank», sagte ich. «Wie nett von dir.»

«Darf ich dich küssen?», fragte er, aber nicht schüchtern.

Wir küssten uns eine Weile, er hatte die Hände erst auf meinen Armen und dann auf meiner Taille und zog mich an sich. In mir stieg drängendes Verlangen auf, ihn zu bitten hierzubleiben, aber mich bremste die Befürchtung, ihn irgendwie zu täuschen. Würde es ihn abschrecken? Würde er es mit der Angst zu tun bekommen? Oder sich irgendwie abgestoßen fühlen, als wäre ich auf einmal beschädigte Ware?

Ich löste mich von ihm.

«Schöne Feiertage», sagte ich. «Hoffentlich kannst du die Zeit mit deiner Mom genießen.»

«Danke», nickte er, dann fügte er hinzu: «Ich freue mich schon darauf, dich nach unserer Rückkehr wiederzusehen.»

Nach diesem Satz konnte ich ihn nicht mehr im Unklaren belassen.

«Ich glaube, du solltest zu Hause mal online über mich recherchieren», sagte ich. «Im *Chronicle*. Mir ist Anfang des Semesters was zugestoßen, von dem du wissen solltest.»

An seiner Miene erkannte ich, dass ich richtiggelegen hatte. Er hatte keine Ahnung.

23

BEA

Freitag, 17. November

«Das war reines Geschwafel. Die haben geredet und geredet, ohne irgendetwas zu sagen.»

Bea war wieder zu ihrer Sprechstunde in Dr. Friedmans Suite.

«Mit anderen Worten: Es ist komplex?», fragte er und kaute eine Babykarotte.

«Nicht nur das», entgegnete sie. Sie hatte befunden, dass sie mit ihm unbedingt über ihre Bedenken sprechen musste. Sie war einfach nicht in der Lage, ihren Aufsatz über die ‹Erkenntnisse› aus Tylers Fall zu verfassen. Was immer sie schrieb, löschte sie wieder, weil es entweder falsch klang oder ketzerisch. «Ich meine … haben Sie von diesem Mann in Connecticut gehört, der ein kleines Mädchen entführt und umgebracht hat …»

Dr. Friedman schüttelte den Kopf.

«Er hat kein lebenslänglich gekriegt, also kommt er irgendwann wieder raus. Auf der anderen Seite wurde meine Zimmergenossin von einem Teenager beklaut, der jetzt im Gefängnis sitzt, weil er eine Studentin begrapscht hat. Er ist schwarz und mittellos und wird jetzt bis zu dreißig Jahre im

Register für Sexualstraftäter stehen. Nur fürs Begrapschen. Und was Tyler betrifft, also, da frage ich mich mittlerweile ... was ist, wenn er sie wirklich vergewaltigt hat?»

«Ja, was dann?», hakte Dr. Friedman nach.

«Ich muss ständig darüber nachdenken, ob das, was wir tun, auch wirklich gut ist.»

«Und wieso das?»

«Weil er immer noch hier ist. Auf dem Campus. Und es noch mal tun kann. Wer auch immer das auf die Brücke geschrieben hat: Ich meine, wurde diejenige vielleicht wegen Menschen wie uns vergewaltigt?»

Daraufhin holte er eine kleine Tüte Mandeln aus seiner Tasche, riss sie auf und bot ihr welche an. Sie schüttelte den Kopf. Er warf sich ein paar in den Mund.

«Haben Sie schon mal was von Carb Cycling gehört?», fragte er.

«Nein», sagte sie. Langsam bekam sie den Eindruck, dass er vom Abnehmen besessen war.

«Aber Sie haben schon davon gehört, dass man Kohlehydrate reduziert, um abzunehmen, oder?»

Sie nickte.

«Weniger Kohlehydrate, weniger Gewicht. Und warum?»

«Weil Kohlehydrate Kalorien bedeuten ...»

«Ganz genau. Das Carb Cycling ist eine Wechseldiät. Einen Tag isst man Kohlehydrate, am nächsten keine. Würden Sie es für möglich halten, dass man dadurch besser abnimmt, als wenn man Kohlehydrate ganz weglässt? Und wie kann das sein?»

Sie zuckte die Achseln. «Vielleicht wird der Stoffwechsel beschleunigt, wenn er nur hin und wieder Kohlehydrate bekommt», sagte sie. «Und dadurch verbrennt man mehr Fett? Keine Ahnung.»

«Na bitte! Genau so ist es, Sie brauchen mich ja gar nicht.» Er leerte seine Tüte Mandeln.

«Moment mal ...», sagte sie, als ihr klarwurde, dass er meinte, ihre Frage beantwortet zu haben. «Wollen Sie etwa behaupten, es wäre *besser*, wenn ein paar Schuldige frei kämen?»

Er ignorierte ihre Frage. «Carb Cycling ist nicht nur gut zum Abnehmen. Es hat noch viel mehr körperliche Vorteile, wie etwa die Insulinregulation und die Linderung chronischer Kopfschmerzen. Auch bei Magenproblemen ist es gut. Gegen Stress. Vor allem bei Frauen.» Er nickte ihr zu, als er ‹Frauen› sagte. «Es erscheint zuerst widersinnig, ist es aber nicht. Denn der Köper ist ein komplexes System, das sich immer wieder selbst kontrolliert und ausbalanciert, und Kohlehydrate sind nur ein kleiner Teil davon. Kurzfristig gesehen kann die Aufnahme von Kalorien als kontraproduktiv betrachtet werden, aber langfristig ist sie das nicht. Man kann nicht das Gesamtbild erkennen, wenn man nur einen kleinen Teil davon betrachtet.

Analog dazu wissen wir, dass das juristische System durch die Strafverteidigung gerechter wird. Das ist erwiesen. Allerdings hat man ein paar Schuldige, die freigesprochen werden. Heißt das, das ganze System ist falsch? Oder betrachten Sie die Wirtschaft, wenn Ihnen das lieber ist. Manchmal brechen die Kurse ein. Aber langfristig gesehen gibt es überall Wachstum ...»

«Ja, schon ...»

«Und was machen erfolgreiche Investoren auf gar keinen Fall, wenn die Kurse einbrechen?»

«Ihr Geld abziehen?»

«Bingo.»

Diese Analogien überzeugten Bea nicht so, wie sie es sich

gewünscht hätte. Natürlich sah sie die Parallelen. Dennoch hatte sie irgendwie das Gefühl, sie gingen an dem, was sie wirklich beunruhigte, vorbei.

«Es fühlt sich aber nicht an wie zwei gegensätzliche Pole», erklärte sie, «sondern wie zwei*hundert*.»

Und dann tat er es wieder: Er bewirkte seinen Friedman-Zauber.

Unbeeindruckt erklärte er: «Ich glaube, wenn Sie erst mal in der realen Welt, abseits vom Collegecampus, arbeiten können, werden Sie mehr innerliche Klarheit finden. Dort werden Ihnen ein paar hässliche Dinge und echte Schwergewichte begegnen: gefühllose Staatsanwälte, Richter, die nicht in der Lage sind, Angeklagte als Menschen zu betrachten. Dann wird Ihnen mit Sicherheit einiges klarer werden. Ironischerweise. Denn dann werden Sie erkennen, wofür Sie stehen. Können Sie das nachvollziehen?»

Voll und ganz!, dachte Bea.

«Dieser Teenager zum Beispiel, der jetzt einsitzt, weil er jemanden begrapscht hat. Wie würden Sie sich fühlen, wenn Sie seine Verteidigung übernähmen? Selbst wenn er es getan hat, meine ich.»

Darüber musste sie nicht lange nachdenken. «Da hätte ich keinerlei Bedenken.»

«Wieso nicht?»

«Weil er noch ein Junge ist. Ich glaube nicht, dass das Gefängnis ihm hilft. Und ich glaube –»

«Ganz genau», unterbrach er sie. «Genau das meinte ich. Da draußen ist es anders. Es wird sich anders anfühlen.»

Als Bea wieder ins Wohnheim ging, um zu duschen und sich für die Vorstellung am Abend umzuziehen – der letzten vor den Regionalausscheidungen –, kehrte ihre Zuversicht wegen des Justice Programs wieder zurück, und ihre Begeisterung erwachte von neuem. Wahrscheinlich hatte er recht: Sie musste nur mal aus dem College raus. Hier fühlte sich nichts real an. Die Studenten führten ein Scheinleben und redeten darüber, als hätte es Konsequenzen. «Akademische Bewährung» war eine Strafe – dabei bedeutete es doch *gar nichts.* Es gab eine Diskussionsveranstaltung zu sexuellen Übergriffen – als würde das irgendetwas bringen. Beschlüsse der Studierendenvertretung – wie lauteten die noch mal? Und hatten die irgendeine Wirkung?

Sie scrollte durch ihren Posteingang und löschte alle unwichtigen Mails, die sie seit dem letzten Check bekommen hatte: die Einladung zu einer Feiertagsparty der Erstsemester im Speisesaal, eine Erinnerung der Univerwaltung, dass einige Dienste am Campus, so auch die Krankenstation, über Thanksgiving geschlossen hatten, und eine E-Mail von ihrem Studienberater Dr. Toast, der sie aufforderte, einen Termin bei ihm zu machen. Aber dazu hatte sie momentan keine Zeit. Außerdem bezweifelte sie, dass dieser unbeholfene, nach einem Brot benannte Mann ihr irgendeinen nützlichen Rat geben konnte.

Als sie in den Bus stieg, wanderten ihre Gedanken zu dem Gespräch mit Dr. Friedman zurück. Wenn sie im nächsten Juni erst mal in New York wäre, würde sie sich um etwas mit echter Bedeutung kümmern. Um echte Menschen mit echten Problemen, nicht um die Seifenblasenprobleme am Carter.

Ihr Handy vibrierte: unbekannte Nummer.

Lester Bertrand?

Nein, es war Barry.

«Mir ist da ein Gedanke gekommen», sagte er ohne große Einleitung. «Also, eigentlich war es Audreys Idee. Ich hoffe, du nimmst es uns nicht übel. Aber bevor du das Sommerpraktikum bei diesem Strafverteidiger annimmst, dachten wir, du solltest vielleicht mal mit Dan Johnsons Sohn Taylor reden, der bei Paul Weiss arbeitet. Sie übernehmen viele, viele Pro-bono-Fälle. Das könnte dir gefallen.»

«Danke, Barry», erwiderte sie. «Aber dazu ist es zu spät. Ich hab das Praktikum schon.»

Das war doch jetzt eigentlich keine Lüge mehr, oder?

«Ah, na dann, meinen Glückwunsch, Kleine», erwiderte er. «Ich hoffe, es entspricht deinen Erwartungen.»

«Ein Gefühl verbunden mit einem Transportmittel, das einen so fühlen lässt.»

Es war die letzte Vorstellung der Turtles vor Thanksgiving, und Chris moderierte vorn auf der Bühne des Black-Box-Theaters am südlichen Campus, wo es nur Stehplätze gab. Die Zuschauer standen dicht gedrängt, hielten ihre Mäntel im Arm und verlagerten ständig ihr Gewicht, um die Gruppe auf der Bühne gut sehen zu können.

Bea hörte zu, während die Leute laut verschiedene Kombinationen von Gefühlen und Fahrzeugen Richtung Bühne riefen.

Trauriges Flugzeug! Eifersüchtiger Sportwagen! Zornige U-Bahn!

«Besorgtes Rad!», verkündete Chris und reihte sich wieder bei den Mitspielern ein.

Die Sache mit dem Justice Program war folgendermaßen: Seine Schönheit war für Bea rein theoretisch. Die Geschichten von Dr. Friedman weckten in ihr den Hunger nach mehr, sie war begierig darauf, sich selbst für die noble Sache abzurackern und zu opfern – daher stammte ihre Begeisterung für das Programm. Abgesehen von ihrer kurzen Erfahrung mit Tyler Brand, die zwiespältige Gefühle in ihr ausgelöst hatte, stand *ihr* Beitrag noch aus, er würde erst noch kommen. Das Programm bot ihr eine Vision von ihrem zukünftigen Ich. Das würde sich zwar schon im nächsten Sommer zeigen – wie zu hoffen, wie zu erwarten war –, aber dennoch erst in der Zukunft. Justice-Bea war noch im Skizzenstadium, in der Entwurfsphase. Bea in der Mache.

Impro-Bea hingegen war die Bea im Hier und Jetzt. Beim Improtheater gab es nur diesen Moment, diesen Atemzug, diesen laut ausgesprochenen Satz; es war instinktiv, unmittelbar und fest in der Gegenwart verankert. Improtheater begann mit einem Schritt nach vorn und endete mit einem Schritt zurück, und was zählte, lag dazwischen. Es war die Aufforderung, zu reagieren, immer wieder zu reagieren und dann zurückzutreten und alle Reaktionen hinter sich zu lassen. Sie musste nichts mitbringen und nichts mitnehmen.

Selbst der Eröffnungsmonolog war inzwischen etwas, worauf sich Bea mit Freuden stürzte. Seit jenem ersten Abend hatte sie ihn noch ein paarmal übernommen und entdeckt, dass sie es genoss, im warmen, hellen Rampenlicht zu stehen und die Blicke des Publikums auf sich gerichtet zu sehen.

Jetzt trat Bea vor und blickte auf die vielen Gesichter im dunklen Saal.

«Zunächst einmal nennen wir sie heute ‹Bikes› und nicht mehr Räder», sagte sie. Leises Gelächter. «Bei Rädern denke ich an Trainingsräder, Einräder und diese riesigen Fahrräder, die vor hundert Jahren von Männern mit Fliegen gefahren wurden.»

«Hochräder!», rief jemand hinter ihr. Bart.

«Ja, genau», bestätigte sie.

«Und besorgt machen mich die Ungleichheiten im Rechtssystem.»

Wieder leises Gelächter, dann der Ausruf: «Nerd!»

«Ja, ich bin ein Nerd, ich weiß», nickte Bea und fuhr fort: «Denn wenn du hier im Wald jemanden begrapschst und kein Student bist, dann kriegst du drei Jahre, und das College beschließt, hundert neue Telefone auf dem Campus zu installieren. Aber wenn du was Ähnliches oder noch Schlimmeres machst ... ‹einen Akt sexuellen Fehlverhaltens› oder wie es hier heißt ... und du studierst hier, dann kriegst du freie Mensamarken und eine Parade zu deinen Ehren.»

Lautes, bestätigendes Gelächter. Und dann begann die Vorstellung.

Ein Spinningkurs voller Einräder gab mit seiner Einzigartigkeit an, bis sie darauf aufmerksam gemacht wurden, dass alle Spinningkurse mit Einrädern abgehalten wurden, weil die Standräder nur ein Rad hatten.

Eine Strafsache, bei der es drauf ankam, ob man ein bissiger Bettler oder ein höflicher Halunke war.

Das Sexualstraftäterregister, das in einem Schwimmwettbewerb als Letztes unterging.

Als sie nach der Vorstellung gehen wollten, kam Chris zu Bea.

«Hey», sagte er. «Hast du eine Minute?»

«Klar», sagte sie, in der Befürchtung, er wolle über sie beide reden. Seit dem Abend, als sie sich bei ihm betrunken hatten, hatte sie all seine Einladungen abgelehnt. Die Wahrheit war, dass sie langsam eine Schwäche für Russell, den Briten, entwickelte.

Aber er wollte nicht über sie beide reden.

«Bereit für Virginia?», fragte er. An der Universität von Virginia fanden in zwei Wochen die Regionalausscheidungen statt.

«Hoffe ich doch», erwiderte sie. «Wieso?»

«Weil ich möchte, dass du dort den Monolog übernimmst.»

Mit weit aufgerissenen Augen sah sie ihn an.

«Ich weiß. Passt nicht zum Improtheater, das vorher abzusprechen. Also ist das keine Absprache, sondern nur die Erklärung, dass ich es schön fände, okay? Mach es.»

Sie war geschmeichelt. «Okay.»

Er lächelte und hob die Hand zu einem High Five.

An jenem Abend loggte Bea sich zum ersten Mal wieder bei Facebook ein, weil sie wissen wollte, was ihr Vielleicht-Vater so machte, der nie auf ihre Nachricht geantwortet hatte. Da war sie, die kurze Nachricht, die sie geschickt hatte. Als sie sie anklickte, sah sie das *Gelesen*-Zeichen, aus der Woche, in der sie die Nachricht geschickt hatte. Also hatte er sie bekommen und gelesen. Und einfach nicht antworten wollen.

24

STAYJA

November

Eine Stunde, nachdem Stayja die Campuspolizei angerufen hatte, wurde LA festgenommen, und am Ende des Tages war er bereits gefeuert. Drei Tage und Nächte musste er wegen Beschädigung öffentlichen Eigentums im Gefängnis verbringen, und als er dann bis zum Prozess freikam, hatte er keinen Job mehr.

«Es hat ihn echt fertiggemacht, dass du ihm das angetan hast», bemerkte Nicole eines Morgens, als sie abwechselnd den Rasen mähten. Normalerweise hatte LA das für sie übernommen, damit aber nach Stayjas Verrat aufgehört. Sein Netflix-Passwort funktionierte auch nicht mehr.

«Er ist am Boden zerstört», sagte Nicole, streifte die Gartenhandschuhe ab, warf sie Stayja zu und ließ sich im Gras nieder.

«Ist doch nicht meine Schuld, wenn er so blöd ist», gab Stayja zurück, stand auf und zog die schmutzigen Handschuhe an.

«Er hat echt gedacht, wenn es hart auf hart kommt, würdest du zu ihm halten. Schließlich gehört er zur Familie», sagte Nicole.

«Er gehört doch nicht zur Familie, bloß weil er nebenan wohnt und mir mal günstig seinen Wagen überlassen hat, als er einen besseren bekommen hat», entgegnete Stayja.

«Am Carter hat er siebzehn Dollar die Stunde verdient. Jetzt kann er von Glück reden, wenn er was findet, wo er neun bekommt», beharrte Nicole. «Chet versucht, ihm einen Job bei der Hausverwaltung seiner Kanzlei zu besorgen.»

«Könnte schwierig werden. Schließlich hat er jetzt 'ne Vorstrafe», sagte Stayja.

Nicole zuckte die Achseln. «Chet ist beliebt», erklärte sie.

Stayja riss an dem Seilzugstarter und übertönte mit dem Dröhnen des Rasenmähers alles, was Nicole noch sagen mochte. Sie hatte es satt, dass ihre Cousine ihr ein schlechtes Gewissen einreden wollte. LA hatte sich selbst in diese Lage gebracht. War doch nicht ihre Schuld, wenn er so was Blödes anstellte.

Jedes Jahr Mitte November kamen sie vier – und in den letzten beiden Jahren auch LA – in Donnas und Stayjas Haus zu einem vorgezogenen Thanksgiving zusammen. Die Idee dahinter war, Adriennes Trauer wegen ihres verstorbenen Mannes eher an einem Tag zu verdichten, als über zwei Tage zu ziehen: seinen Todestag am 12. November und Thanksgiving am letzten Donnerstag des Monats.

Also versammelten sie sich am 15. November mittags, bevor die beiden Mädchen zur Arbeit mussten, an einem Tisch.

«Wieso kommt LA denn nicht?», erkundigte sich Donna und entfernte das fünfte Gedeck.

«Er fühlt sich nicht so gut», antwortete Stayja und mied Nicoles Blick.

«Ich hab ihn in letzter Zeit gar nicht mehr gesehen», sagte Donna.

«Er muss sich einen neuen Job suchen», bemerkte Nicole spitz.

«Ach ja? Arbeitet er nicht mehr am Carter?», fragte Donna, abgelenkt durch die Cranberry-Sauce, die sie auf eine Platte auf dem Tisch gab.

Für Donna war ein Jobwechsel keine große Sache. Für Adrienne hingegen schon.

«Was? Wieso denn?», hakte Stayjas Tante nach.

«Das müsst ihr Stayja fragen», antwortete Nicole.

Stayja schoss mit Blicken wütende Blitze zu ihrer Cousine.

«Schöne Kette», bemerkte sie. Nicole trug neuerdings eine dünne Kette aus Weißgold mit einem herzförmigen Anhänger aus Swarovski-Kristallen. Chet hatte sie ihr geschenkt, als sie zwei Monate zusammen waren. Das wussten ihre Mütter, genau, wie sie von Chet wussten – sie bedrängten Nicole schon, ihn mit nach Hause zu bringen. Allerdings wussten sie nicht, dass er verheiratet war.

Dies verdankten sie dem Umstand, dass die beiden Cousinen sich in einer Art Wettrüsten des Geheimniswahrens befanden, da jede etwas vor ihrer Mutter verbergen wollte: Stayja, dass sie lose mit jemandem verbandelt war, dem Vergewaltigung vorgeworfen wurde, und Nicole, dass sie fest mit einem verheirateten Mann zusammen war.

Donna legte den Schöpflöffel nieder. «Was soll das? Was ist los?»

Die Cousinen starrten auf ihre leeren Teller.

«Was auch immer es ist», fuhr Donna fort. «Bringt das in Ordnung. Hört ihr? Bringt. Das. In. Ordnung. Es ist Thanksgiving, verdammt noch mal, und die Familie ist das Wichtigste.»

«Ja, Ma'm», murmelte Stayja.

«Nicole?», wandte sich Donna an ihre Nichte. «Okay?»

«Okay, okay», sagte Nicole.

«Das meine ich ernst! Die Familie steht immer an erster Stelle», beharrte Donna, die sich in Rage redete und sich kurzatmig auf ihren Stuhl sinken ließ. «Alles andere kommt danach: Jungs, Arbeit, Ausbildung.»

Nicole verdrehte die Augen.

«Das hab ich gesehen, Missy. Was glaubt ihr eigentlich, wie deine Mom und ich es geschafft haben, unser ganzes Leben lang zusammenzubleiben? Indem wir irgendwelche Kerle wichtiger fanden als uns?»

«Nein, indem ihr jedes Jahr einen Riesenstreit habt und drei Monate nicht miteinander redet», warf Nicole ein.

Angespanntes Schweigen dehnte sich aus. Schließlich lachte Stayja. Und Adrienne auch.

Donna brauchte ein bisschen länger, bis sie lächeln musste, nach einem Brötchen griff und es auf Nicole warf. Es prallte von ihrer Stirn ab und rollte über den Tisch. Sofort schnappte Nicole es sich und biss grinsend ein Stück davon ab.

Die nächsten zwei Wochen versuchte Stayja, sich die Worte ihrer Mutter zu Herzen zu nehmen und sich mit Nicole zu vertragen. Und Nicole bemühte sich auch, das merkte sie.

Dennoch ärgerte sie sich weiterhin über all die Kleinigkeiten, die sie schon immer an Nicole gestört hatten: Sie war gereizt, sie grollte ihr und hielt nur um des lieben Friedens willen den Mund. Die Steuerrechnung lag immer noch in ihrer Nachttischschublade, unbezahlt, überfällig, eine ständige Drohung wegen der unmöglichen, vernichtenden Forderung, während Nicoles plötzlicher Geldsegen verbunden mit der Tatsache, dass sie keinerlei Unterhaltskosten oder Rechnungen zu zahlen hatte, es ihrer Cousine ermöglichte, sich

Dinge zu gönnen, die Stayja zur Weißglut brachten: zum Beispiel Microblading, von dem Stayja zum ersten Mal hörte, als Nicole es bei sich machen ließ: tätowierte Augenbrauen, die hundert Dollar kosteten! Oder Wimpernverlängerung (wie viel das gekostet hatte, wusste Stayja nicht). Oder stinknormale Boots für neunundachtzig Dollar!

Wieso kam es Nicole bei all dem Geld denn nicht in den Sinn, sie könnte sich bei Stayja für die vielen Gelegenheiten revanchieren, bei denen sie ihr den Arsch gerettet hatte?

Aber Stayja gab sich größte Mühe, ihren Groll für sich zu behalten, genauso wie ihre Verachtung gegenüber Chet dem Betrüger, und als Chet Nicole sein altes Apple TV und seine Passwörter für HBO GO und Hulu gab, waren beide Cousinen begeistert.

«Viel, viel besser als Netflix!», rief Nicole an dem Abend aus, als sie mit *Game of Thrones* anfingen.

Es wurde ihr abendliches Ritual, nach der Arbeit auf Stayjas Couch einen Film zu schauen. Nicole erfand ein neues Spiel, bei dem sie abwechselnd für einen Schauspieler die ‹Eltern› zusammenstellen mussten: zwei Promis, die dem oder der Betreffenden ähnelten.

Bei *Natürlich blond* sagte Nicole zu Reese Witherspoon: «Carrie Underwood und Aaron Paul.»

«Wer?», fragte Stayja, googelte Aaron Paul auf ihrem Handy und rief aus: «Ah ja, ich sehe es!»

Jedes Mal musste sie mindestens einen der drei Schauspieler googeln, während Nicole erschreckend viel Wissen in Sachen Film und Fernsehen hatte.

Als sie an der Reihe war, sagte Stayja bei Selma Blair: «Das Mädchen aus *Parks and Recreation* mit den braunen Haaren und der heiße Hispano, der *Die Bachelorette* mit Ali Fedotowsky gewonnen hat.»

«Du meinst Aubrey Plaza und Roberto Martinez?», erwiderte Nicole wie aus der Pistole geschossen.

«Wenn du dein phänomenales Erinnerungsvermögen nur für irgendwas Produktives nutzen würdest», seufzte Stayja, obwohl sie in Wahrheit beeindruckt, ja, überwältigt war von Nicoles Fähigkeit, sich jeden Namen zu merken, den sie je gehört oder gesehen hatte.

Hin und wieder gesellte sich Donna zu ihnen, obwohl sie es hasste, in Spannung versetzt zu werden. Wenn es aufregend wurde, verließ sie das Zimmer, hantierte in der Küche herum und putzte, was schon geputzt war. Stayja und Nicole versuchten zwar, ihr die Handlung des Films schon im Voraus zu erzählen, aber das half auch nicht. Donna erklärte, nicht ihre eigene Ahnungslosigkeit setze ihr so zu, sondern die der Charaktere.

«Egal, was *ich* weiß, ich halt's nicht aus, ihnen zuzusehen.»

Das amüsierte Stayja und Nicole so, dass sie schon Wetten abschlossen, wie viele Minuten vorher Donna eine Ausrede erfand, um verschwinden zu können.

«Ich muss aufs Klo», sagte sie etwa, worauf die beiden in Gelächter ausbrachen.

«Ist ja noch nicht mal spannend!», rief Stayja dann. «Sie essen doch nur Hamburger!»

«Aber ich weiß, sie werden sie nicht aufessen!», brüllte Donna aus dem Schlafzimmer und bemühte sich nicht mal, sich an ihren Vorwand zu halten.

Thanksgiving kam, was hieß, dass außer dem Speisesaal auch alle Cafés und Läden am Carter geschlossen waren. Vier volle Tage hatten Stayja und Nicole frei – ein verlängertes Wochenende, die längsten Ferien, die Stayja seit Monaten gehabt hatte.

Tyler war nach LAs Verhaftung abgetaucht. Stayja wusste nicht, ob er beschäftigt oder wütend auf sie war oder sonst einen Grund hatte, prüfte in den freien Tagen aber wie unter Zwang ständig seinen Instagram-Account, obwohl sie sich dafür hasste. Er war bei seiner Familie in Houston. Es gab viele Fotos vom Familienhund Waldo, einem Bernhardiner. Waldo im Park. Waldo auf einem Sessel. Waldo mit Truthahnpullover.

Am Black Friday gingen sie und Nicole ins Carter Kunstmuseum, das geöffnet und für sie als Angestellte kostenlos war. Dort fotografierte Nicole alle Bilder und stellte sie ins Netz. Sie fuhren zu einer Outlet-Mall, die eine halbe Stunde entfernt lag. Als Nicole eine Sonnenbrille für Chet zum Geburtstag kaufte, verkniff Stayja es sich, nach dem Preis zu fragen. Bei Sam's gingen sie Lebensmittel shoppen und kosteten von allen Probehäppchen. Stayja kaufte sich ein dickes Heft mit Kreuzworträtseln, dachte aber an die Zahlungsaufforderung in ihrem Nachttisch, als sie der Kassiererin einen Zehner gab. Zwar hatte sie noch nie ein Kreuzworträtsel gelöst, wollte aber jemand sein, der so was machte.

Sie stritten nicht und redeten weder über LA noch über Chet oder Tyler. Nur einmal fuhr Stayja Nicole harsch an: als sie versehentlich einen Typen in einem goldenen Truck schnitt und Nicole, als er ihnen den Stinkefinger zeigte, ihn durchs offene Fenster wüst beschimpfte.

Sie vermisste Tyler.

Als sie am Samstag nach Thanksgiving in ihrem Bett lag, fragte sie sich, ob es vielleicht übertriebener Stolz von ihr war, ihn wegen der Steuernachzahlung nicht um Hilfe zu bitten. Vielleicht wusste er irgendeinen Rat für sie. Wichtiger jedoch war, dass sie damit einen Vorwand hatte, ihm eine Nachricht zu schicken.

Ich hab da ein Problem, bei dem ich echt deinen Rat bräuchte. Du hast bestimmt viel zu tun, aber hättest du später kurz Zeit?

Sie schlief ein und wachte auf, als der untere Rand ihres Fensters rot aufglühte. Rasch sah sie nach der Uhr – Sonnenaufgang – und checkte ihre Nachrichten. Nichts.

Am Abend ging sie mit ihrer Cousine zu ihrer Lieblingsbücherei, wo Nicole die *Cosmo* las und Stayja sich mit neuen Büchern eindeckte. In der Lyrikabteilung suchte sie nach irgendwas von jemandem mit dem Nachnamen Brand, fand aber nichts, sondern nur mehrere andere interessant wirkende Gedichtbände. Sie zog eine Handvoll vom Regal, legte sie auf ihren Stapel und ging zur Ausleihe.

Als sie auf dem Heimweg kurz vor ihrer Einfahrt an LAs Haus vorbeifuhren, fiel Stayja auf, dass die Mülltonnen nicht rausgestellt worden waren. Am Montagmorgen kam die Müllabfuhr, und LA zog seine Tonnen immer Sonntagnachmittag vor – das wussten sie, weil er normalerweise auch ihre rausstellte.

«Oh, wir müssen die Mülltonnen nach vorne ziehen», bemerkte Stayja. «Ich mach das.»

«Wo sind LAs?», fragte sich Nicole laut.

«Er hat sie wohl noch nicht vorgezogen», antwortete Stayja und machte sich auf weitere Vorwürfe gefasst.

«Glaubst du, ihm geht's gut?», erkundigte sich Nicole. «Das sieht ihm doch gar nicht ähnlich.»

«Weiß ich nicht, Nicole», gab sie seufzend zurück. «Ist mir auch egal.»

Kurz nach neun, als Stayja gerade in einer Lyrik-Anthologie mit dem Titel *Abbilder* las, stieß sie auf ein Gedicht von jemandem namens P.K. Fox mit dem Titel: «Wie sich zeigt, unterschätzen wir die Sonne»:

Selbst heute noch
wird das Licht
in Kerzen gemessen.
Candela: Nomen –
Wie viele Kerzen
braucht man
um ein Büro zu beleuchten?
350.
Und draußen, zur Mittagszeit?
Tausend.
Zehntausend?
Ha! Einhundert
dreißig Tausend.
Wie sich zeigt, unterschätzen wir
die Sonne.
Unsere Pupillen täuschen uns,
blenden aus, was zu hell ist
für unsere weit aufgerissenen Seelen.

Die letzten Zeilen fühlten sich an wie etwas Persönliches, wie eine Herausforderung. Nachdenklich saß sie da, als Nicole in ihr Zimmer platzte.

«Es geht ihm *nicht* gut!», verkündete sie und tigerte unruhig hin und her.

«Was?», fragte Stayja, setzte sich auf und legte das Buch auf den Nachttisch.

«Ich bin zu LA rübergegangen, um nach ihm zu sehen. Er ist verrückt geworden. Hat nichts zu essen im Haus. Hat nicht geduscht, stinkt wie ein Klo. Er hat seine Glotze kaputt gemacht. Ich weiß nicht mal, wie man das schafft. Das Ding ist vollkommen zertrümmert.»

«Ach du meine Güte», sagte Stayja.

«Er hat alles in seinem Haus zerschmettert. Sein Geschirr. Sein *Fenster*. Er hat sogar ein Loch in der Wand, verdammt noch mal. Wenn er gekonnt hätte, hätte er ganz sicher auch alle Möbel zertrümmert.»

Stayja rieb sich über die Augen.

«Er muss völlig ausgerastet sein.» Nicole setzte sich auf Stayjas Bett, holte tief Luft und atmete langsam wieder aus. «Was machen wir jetzt?»

«Was soll das heißen?»

«Er hat niemanden außer uns.»

«Doch, hat er wohl. Ronald.»

Nicole starrte sie finster an. «Du meinst den Mann, der ihn gerade gefeuert hat? Nein, Stayja, der zählt nicht.»

«Ich bin sicher, er hat noch andere Freunde. Außerdem war es nicht Ronalds Entscheidung, ihn zu feuern.»

«Das stimmt», sagte Nicole und stand auf. «Es war deine.»

«Hör auf, mir die Schuld zu geben», rief Stayja und hieb mit der Faust auf den Nachttisch. «Er hat selbst dafür gesorgt! Ich habe es so verdammt satt, ständig die Schuld für die Fehler anderer zugeschoben zu kriegen! Ich hab's satt, immer mit dem Scheiß anderer zu tun zu haben! Es ist nicht meine Schuld, nichts von alldem! Hört einfach auf, dumme Entscheidungen zu treffen und sie dann mir in die Schuhe zu schieben. Ihr alle!»

«Was hab *ich* denn damit zu tun?», entgegnete Nicole, verschränkte die Arme vor der Brust und starrte Stayja herausfordernd an.

«Du wirfst nur noch mit Geld um dich, während ich das hier am Hals habe!» Stayja riss die Schublade ihres Nachttischs auf und wollte nach der Zahlungsaufforderung greifen.

Doch sie war nicht da. Verwirrt starrte sie in die Schublade.

«Warte mal, wo ist es denn?», murmelte sie.

«Bei mir», sagte Nicole.

«Was?», fragte Stayja.

«Ich hab's genommen», wiederholte Nicole. «Außerdem: Wieso hast du mir nicht davon erzählt?»

«Wieso sollte ich *dir* davon erzählen? Du kannst mir doch sowieso nicht helfen.»

Nicole lachte. «Sehr witzig», sagte sie, «denn genau das habe ich getan. Ich hab's Chet gegeben. Er hat uns einen Zahlungsplan erstellt. Also, ja, gern geschehen. Betrachte es als verfrühtes Weihnachtsgeschenk, verdammt.»

Stayja starrte Nicole mit gerunzelter Stirn an.

«Was ist? Ich hab dir gerade erzählt, dass ich was echt Nettes für dich getan habe!», rief Nicole aus.

«Ich will nicht, dass Chet von meinen Angelegenheiten weiß», sagte Stayja. «Ich traue ihm nicht.»

«Oh mein Gott.» Nicole fasste sich am Kopf und tigerte erneut zwischen Fenster und Wand hin und her. «Echt krass! Ständig sagst du, ich soll Verantwortung übernehmen, und wenn ich's tu, bist du doch wieder sauer.»

«In meinen Sachen rumzuschnüffeln ist doch nicht Verantwortung übernehmen», widersprach Stayja. «Genauso wenig, wie die Sache an deinen verheirateten Freund zu übergeben, damit der das regelt.»

Nicole strich sich die Haare aus dem Gesicht und biss sich auf die Unterlippe. «Nicht Chet regelt das, Stayja, sondern ich. Er hat nur den Zahlungsplan erstellt. Und ich habe schon die erste Rate gezahlt.»

Als Stayja darauf nichts sagte, fuhr Nicole fort: «Weißt du, was du machst? Du misst mit zweierlei Maß!»

«Ach ja?», gab Stayja gehässig zurück. «Inwiefern?»

«Du willst nichts mit LA anfangen, weil du findest, du bist

was Besseres. Aber dieser Kerl, dieser Tyler? Der hat bei dir ’nen Freibrief. Dabei ist der auch nicht besser als du. Und du bist nicht besser als wir.»

Als Stayja immer noch nichts sagte, fragte Nicole: «Wenn du alle angeblichen Versager fallen lässt, wieso dann nicht mich?»

«Kann ich nicht», antwortete Stayja. «Du gehörst zur Familie.»

Da fing Nicoles Kinn an zu zittern. «Weißt du was? Ich glaube, du bist nur neidisch. Chet hat mich zu einem besseren Menschen gemacht. Ich blühe auf, und damit kommst du nicht klar.»

Sie stürmte hinaus und ließ Stayja im dunklen Zimmer zurück. Während ihrer Auseinandersetzung war die Sonne untergegangen.

Gott, wie kitschig, dachte Stayja, machte das Licht an und öffnete Instagram.

Sie musste raus aus Cartersboro. Sie war für viel mehr geboren, für etwas viel Größeres als das hier.

Ich komm mit Helligkeit klar, dachte sie.

25

ANNIE

Ende November bis Anfang Dezember

Mein Elternhaus in Pineville war ebenerdig, und als Kind dachte ich, das läge daran, dass wir nicht so reich waren wie meine Klassenkameraden. Die fehlende Treppe ordnete ich bei den anderen Unterschieden ein, zum Beispiel, dass die Pullover, die andere zu Weihnachten bekamen, von J. Crew waren und meine von Old Navy. Wir wohnten immer noch in dem mit Holz verkleideten Bungalow mit drei Schlafzimmern. Mein Bruder und ich hatten jeder ein eigenes Zimmer und teilten uns ein Bad. Aber es war hell. Meine Mutter erzählte mir mal, ihre einzige Bedingung bei der Suche nach einem Haus sei das Licht gewesen. Es sollte hell sein.

«Du kennst mich doch, ich bin Sonnenanbeterin», sagte sie.

Als ich an Thanksgiving nach Hause kam, hatte ich seit fast zwei Monaten nicht mehr mit Cory gesprochen – abgesehen von ein paar Textnachrichten über belangloses Zeug wie Fernsehen, das Football-Team am Carter und die nervende Angewohnheit unserer Mutter ‹abzuräumen›, indem sie einfach jedermanns Glas auskippte, bevor er es ausgetrunken hatte, um schneller spülen zu können. Da er nur zwei Jahre jünger war als ich, hatten wir nahezu unser ganzes Leben miteinander verbracht: Wir waren zusammen zur Schule gefahren worden und hatten mit den Freunden des anderen abgehangen. So lange hatten wir noch nie Sendepause gehabt. Doch bei allem, was geschehen war, hatte ich kaum an ihn gedacht.

An der Art, wie er mich von der Wohnzimmercouch aus begrüßte, merkte ich, dass er sauer war.

«Hey», sagte ich, während mein Vater den Koffer in mein Zimmer brachte und meine Mutter zur Vorratskammer in der Garage ging, um eine Brownie-Backmischung zu holen.

«Hi», erwiderte er, ohne von seinem Videospiel aufzublicken.

«Tut mir leid, dass ich mich nicht so oft gemeldet habe», erklärte ich. «In diesem Herbst ist einiges mies gelaufen.»

«Ja, was zur Hölle ist passiert?», fragte er. «Ich weiß, dass was passiert ist. Aber Mom und Dad wollen es mir nicht sagen. Die benehmen sich einfach nur komisch, verdammte Scheiße!»

Normalerweise fluchte Cory nicht. Das war neu. Ich fragte mich, ob er das tat, um mich zu beeindrucken, oder weil er echt sauer war.

In diesem Herbst war vieles schwierig gewesen, aber das hier war das Schlimmste: es meinem kleinen Bruder zu erzählen.

«Im September hatte ich ein Date mit einem vom College. Aber es stellte sich heraus, dass er ein ziemlich übler Kerl war.»

«Wieso?», murmelte er, woran ich erkannte, dass er wusste, wovon ich sprach.

«Das weißt du doch», sagte ich.

Da legte er den Controller auf die Couch und sah mich an.

«Den Kerl könnte ich umbringen!», stieß er hervor.

«Ich auch», sagte ich und dachte an Loretta, die gesagt hatte, ich sollte mir nicht vormachen, ich wäre nicht wütend. «Aber ich komm damit klar. Echt.»

«Dieser verfickte Scheißkerl!», rief Cory. Da erschien meine Mom mit einer Betty-Crocker-Backmischung in der Hand auf der Türschwelle.

«Cory!», mahnte sie. «Fluch nicht so.»

Aber es war ziemlich eindeutig, dass sie es diesmal nicht ernst meinte.

Während des langen Wochenendes verputzten Cory und ich einen ganzen Kürbispie, während wir uns eine Folge *Queer Eye* nach der anderen reinzogen. Am Black Friday ging ich mit meiner Mom zu Dance Fit Aerobic in ihrer Gemeinde und versuchte, nicht zu grinsen, während eine Schar schnatternder grauhaariger Damen in Ballonseidenanzügen zu Popsongs aus den Achtzigern herumturnte. Außerdem hätte ich fast das Treffen mit meinen Freunden von der High School beim Mexikaner sausen lassen, ging aber dann doch hin und amüsierte mich besser, als ich erwartet hatte. Zwar vermutete ich, dass einige von dem Vorfall gehört hatten, aber niemand sprach mich darauf an.

Und dann war da noch die Wattebällchen-Schlacht. Wann immer ich vom College nach Hause kam, und selbst wenn es nur für ein paar Tage war, okkupierte ich das Bad und besetzte wie schon in der High School jede Oberfläche mit meinem Schminkzeug, meiner Bürste, meinem Fön und Lockenstab, meinem Nageletui und meinen Hautpflegeprodukten.

Cory hingegen hatte zum ersten Mal in seinem Leben für längere Zeit ein Bad für sich allein gehabt.

Am Morgen des Sonntags, an dem ich zum Carter zurückfahren sollte, schlief ich noch, als plötzlich die Tür zu meinem Zimmer aufsprang, grelles Licht mich blendete und etwas Weiches, Zartes in mein Gesicht flog.

«Schaff die Wattebällchen aus meinem Badezimmer», brüllte Cory und bombardierte mich damit, bis ich wach war und ihm Kissen an den Kopf warf. Wir bekämpften uns, bis wir völlig außer Atem waren, dann kitzelte ich ihn, bis er um Gnade flehte, denn er war zwar größer, aber auch kitzliger als ich.

Es fühlte sich so gut an, mal wieder richtig zu lachen, dass mir später unter der Dusche die Tränen kamen.

Als ich am Abend wieder am Carter war und in meinem Zimmer auspackte, summte mein Handy.

Kann ich vorbeikommen, um hi zu sagen?, schrieb Henry.

Hey, Henry, schrieb ich zurück. *Klar!*

Ich eilte ins Bad, putzte mir die Zähne, wusch mein Gesicht, schminkte mich neu und machte mir mit drei Haarnadeln einen gewollt lässigen Dutt. Als ich auf dem Rückweg zu meinem Zimmer um die Ecke bog, wartete er bereits. Offenbar hatte er schon vor dem Wohnheim gestanden, als er mir schrieb.

«Hi. Ich hab alles gelesen», sagte er.

Und mit einem Schlag war die Last, die zu Hause ein bisschen leichter geworden war, wieder da wie vorher, und als ich so vor Henry stand, dachte ich, ich könnte ja vielleicht auch das College wechseln. Irgendwohin gehen, wo ich nicht wegen dieser widerwärtigen Angelegenheit bekannt war. Ganz gleich, was Henry dazu sagen würde: Ich konnte das alles hinter mir lassen. Ihn eingeschlossen. Ganz neu anfangen, vielleicht in Indiana. Indiana klang wie ein Ort, an dem nette Menschen lebten.

«Ich wollte dir sagen, dass du der mutigste Mensch bist, den ich kenne», sagte er. «Aber noch wichtiger ist, dass ich mittlerweile richtig gut Fagott spielen kann. Du wirst nicht glauben, wie gut ich bin!»

Durch Henry bekam ich immer mehr das Gefühl, dass alles wieder gut werden würde. Wir unternahmen Dinge, über die ich, bevor ich ihn kennenlernte, die Nase gerümpft hätte: Minigolf, Videospielhalle, Pixar-Filme in 3D. Wir machten alberne Sachen, bei denen ich mich wie ein Kind fühlte. Hin und wieder tranken wir auch mal ein Bier, aber meistens brauchten wir keinen Alkohol, um Spaß zu haben, jedenfalls nicht so standardmäßig wie viele andere Studenten. Andererseits verbrachten wir unsere Zeit auch nicht damit, uns von den anderen abzugrenzen, wie Matty, Samantha und ich es in unserem ersten Jahr gemacht hatten.

Eines Nachmittags räumte ich im Buchladen gerade neue Ware in die Regale, da bekam ich von Matty eine Nachricht mit dem Vermerk *Dringend.* (Ich kannte niemanden sonst, der diese Funktion nutzte, die so überflüssig war, weil wir alle mit dem Handy in der Hand lebten und sofort auf jede Nachricht reagierten.)

Seine Nachricht war in Großbuchstaben verfasst: CHECK MAL INSTA: ERIKA DIPATRI. Er hatte den Screenshot eines Postings angehängt. Erika Dipatri, eine Studentin der Universität von Arkansas, hatte ein Bild mit schnörkeliger Kursivschrift gepostet ‹Glaubt den Überlebenden›. Darunter stand:

> In den Herbstferien, während ich mit meiner A-cappella-Gruppe in St. John's war, wurde ich von jemandem vergewaltigt, den ich gerade erst kennengelernt hatte. Er war mit einer Gruppe Carter-Studenten dort. Da ich

sehr betrunken war, erinnere ich mich nicht mehr an seinen Namen, aber er hatte ein Tattoo mit verschieden großen Quadraten. Ich habe Wochen gebraucht, bis ich überhaupt davon erzählen konnte, aber dann wurde mir glücklicherweise geglaubt. Vielen wird nicht geglaubt. #believesurvivors #thesquaresIllneverforget #metoo

«Wir können ihn kaum zwingen, uns seinen Oberkörper zu zeigen», sagte Dekanin Arroyo.

«Das müssen Sie ja auch nicht. Ich sage Ihnen doch, dass er dieses Tattoo hat.»

Dekanin Arroyo sah mich traurig an. Ich saß ihr gegenüber am Schreibtisch ihres Büros und hielt das Handy mit dem Screenshot hoch.

«Selbst wenn das stimmt», erwiderte sie, «selbst wenn sie wirklich ihn meint, ist es nicht hier passiert.»

Als ich darauf nichts sagte, fuhr sie fort: «Hören Sie, Annie, ich weiß, Sie haben allen Grund, Mitgefühl für dieses Mädchen zu empfinden, aber warum genau sind Sie hier? Was erwarten Sie sich von diesem Treffen?»

Sie würde mir nicht helfen. Im Grunde war es ihr egal, dass Tyler Frauen vergewaltigte. Das war mir schon früher klargeworden, aber ich hatte es in der Zwischenzeit wohl vergessen und mir eingeredet, es wäre unrealistisch zu erwarten, dass meine Beschuldigungen für ihn Konsequenzen hätten.

«Ich verstehe einfach nicht, wieso ein Vergewaltiger am College bleiben darf», sagte ich.

Darauf stand Dekanin Arroyo auf und blickte durchs Fenster auf den Hof. Unvermittelt erklärte sie: «Hier auf diesem Campus werden so viele Kämpfe ausgetragen, das können Sie sich gar nicht vorstellen.» Sie drehte sich wieder zu mir um. «Wussten Sie, dass es hier Studenten gibt, die gar keine Familie haben? Niemanden, an den sie sich wenden können, wenn ihnen etwas zustößt? Niemanden, den sie während der Ferien besuchen können? Dann gibt es Studenten, die in den Ferien nicht nach Hause fahren, weil sie dort nicht sicher sind. Es gibt Studenten, die ganz allein auf der Welt sind, und andere, die es an dieses College geschafft haben, obwohl die Chancen gleich null waren, und dabei spreche ich nicht nur von Armut. Ich spreche davon, dass sie keine Unterstützung, kein Glück und keine Ferien zum Ausruhen haben. Ich rede davon, dass sie sich ihren Weg durch die Schule kämpfen mussten, durch Schulen, an denen es nicht genug Lehrer für die Klassen gibt; ich rede von drogensüchtigen Eltern, von Geschwistern, die die Elternrolle übernehmen müssen. Von diesen Studenten hört man nicht oft, aber sie sind hier. Sie sitzen bis drei Uhr morgens in der Bibliothek.»

Wie beim letzten Mal kam sie zu mir und setzte sich auf den Stuhl neben mir. Unsere Knie berührten sich.

«Ich will Ihre Lage nicht relativieren. Mir ist klar, sie ist *beschissen.*» Das klang, als würde sie das Wort zum ersten Mal aussprechen. «Aber wissen Sie, was? Die ganze Welt ist beschissen. Und ich wünschte mir wirklich, wir könnten unsere Studierenden besser darauf vorbereiten. Ich wünschte, ich könnte Ihnen einen besseren Rat geben. Aber Sie werden nicht daran zugrunde gehen, Annie. Dazu sind Sie viel zu stark. Und das Leben hat noch viel mehr zu bieten. Tyler ist ein unglücklicher, verstörter reicher Junge, wie es Hunderte unglücklicher, verstörter reicher Kinder gibt. Sie wissen nicht, was sie tun, weil sie nie für irgendwas die Verantwortung übernehmen mussten. Und dann kommen sie hierher, haben alle Freiheiten und Alkohol und gefährliche Ideen aus dem Umfeld und dem Internet, dazu schlechte Rollenvorbilder – und irgendwann machen sie etwas Schlimmes. Und manchmal nicht nur ein Mal.

Sagen wir mal, sie würden dafür aus dem Carter geworfen. Was dann? Ich sag Ihnen, was dann passiert: Sie wechseln auf die Universität von Mississippi, sind aber immer noch derselbe Mensch. Sie gehen zur UNC und sind immer noch derselbe Mensch. Wo war noch diese Studentin?»

«Arkansas», sagte ich.

«Sie gehen auch dorthin.» Dekanin Arroyo schwieg kurz. «Früher oder später werden Sie es ohnehin lernen müssen, also kann es auch jetzt sein: Manche sind keine guten Menschen und werden es nie sein. Das Beste ist, zu lernen, wie man sie erkennt, und sich dann so weit wie möglich von ihnen fernzuhalten.»

«Ich will ja nicht, dass jeder rausgeworfen wird, der was falsch gemacht hat», sagte ich. «Nur die Vergewaltiger.»

Die Dekanin erhob sich wieder und ging ans Fenster. «Ein Verweis», sagte sie mit Blick auf den Hof, «ist nicht immer möglich. Nicht, wenn jemand dem College exorbitante Summen zukommen lässt.» Sie wandte sich wieder zu mir. «Ich bin so offen zu Ihnen, Annie, weil ich finde, dass Sie Ehrlichkeit verdienen, und ich Sie nicht einfach nur abfertigen will.»

«Aber was ist mit den Mädchen? Denn wir zahlen auch Studiengeld», sagte ich und fragte mich, was meine stets auf Manieren bedachte Südstaatenmutter wohl von meinem Ton gehalten hätte. Normalerweise hätte sie den wohl nicht gebilligt, aber in dieser Situation vielleicht schon.

Ein Ausdruck, den ich nicht deuten konnte, huschte über ihr Gesicht.

«Sie zahlen kein Studiengeld», erwiderte sie.

Doch, wir zahlten ein Viertel der Gebühren. Mein Vater hatte über siebzig Wochenenden bei Starbucks über Lehrbüchern gehockt und kostbare Lebenszeit nicht mit mir oder Cory verbracht, sondern mit fremden Kindern. Er hatte ihnen geholfen, aufs College zu kommen, damit ich es mir leisten konnte, hier aufs Carter zu gehen.

Aber die Erklärung ersparte ich mir.

Stattdessen verließ ich Dekanin Arroyo und ging zu meinem Wohnheim zurück. Wieder stiegen Wut und Empörung in mir auf. Die Temperatur fiel ziemlich schnell, und ich hatte keine Jacke dabei. Während ich zitternd über den Campus marschierte, wurde mir plötzlich klar, was ich falsch gemacht hatte.

Ich hatte versucht, über das College zu kämpfen. Dabei konnte ich es einfach umgehen.

Donnerstag, 7. Dezember

Worin ich gar-nicht-untertänigst meine Identität enthülle / feiere

Vom Respektlosen Rooster

K. A. H.![1] H. H.![2] C. U. N. T.[3] hat die Regionalausscheidung der Collegemeisterschaften im Improtheater gewonnen! Was bedeutet das?

Hierzu braucht ihr keine Bestnoten im Leseverständnis. Das bedeutet genau das, wonach es aussieht: Die Turtles sind die bissigste, cleverste, witzigste Improtruppe der Region. Vom gesamten südöstlichen Teil des Landes. Von Dutzenden von Colleges. Hunderten von Improgruppen. In jedem Fall: die eine von vielen, vielen, vielen.

Das kann ich ohne stinkendes Eigenlob verkünden, denn ich gehöre nicht dazu.[4]

Obwohl ich dazugehören könnte.

Ist das wirklich so überraschend?

Bitte stellt euch vor, wie ich weinend eine Elfenstatue aus Bronze umklammere.

1. Als Erstes möchte ich Chris, unserem unermüdlichen Leiter, danken, dessen Engagement im Team Staunen und manchmal Sorge hervorruft. Nächstes Jahr wirst du uns fehlen.
2. Ihr habt richtig geraten: Ich bin nicht im vierten Studienjahr.
3. Wenn ihr Jura studieren und wirklich meine Identität enthüllen wollt, dann hat sich das hier gerade zu einer großartigen Vorprüfung entwickelt. Schnappt euch einen Stift!

4. Zweitens danke ich euch Lesern und Kommilitonen, dass ihr Abend für Abend zu unseren Vorstellungen gekommen seid und euch schlappgelacht habt. Darf ich euch als dreizehntes Mitglied bezeichnen? Oder wäre das zu kitschig?
5. Aaaarh! Wo war ich?
6. Drittens und letztens (wegen der Dreierregel) möchte ich der Familie Brand, der Ehemaligenstiftung und dem Carter Construction Committee[5] danken, und zwar für die Lieferung endlosen Entzückens und Materials wegen der grotesken Entscheidung, das neue Wohnheim mit diesen grässlichen Brandgoyles zu schmücken. Diesen Gargobrands. Diesen Eigenlobspeiern. Der Monolog unserer Mitspielerin Bea Powers über diese Geschichte, mit der wir die Vorstellung begannen, hat uns hundertprozentig den Sieg eingebracht.

Leider fangen nächste Woche die Abschlussprüfungen an, daher ist dies meine letzte Kolumne in diesem Jahr. Ich weiß. Ist schon gut. Ihr werdet euch die Therapiewelpen aus der Massenzucht schnappen müssen, die in der Bibliothek zur Verfügung gestellt werden, um euch zu trösten, allerdings nur mit schlechtem Gewissen.

Es war schön mit euch!
XO
L. E. S. L. E. Y.[6]

GLOSSAR:

1. K. A. H.: Kommt alle herbei (was sonst?)
2. H. H.: Hört, hört!
3. C. U. N. T.: falls ihr von einem anderen Planeten stammt, unsere akronymbesessene Improtruppe
4. Ich gehöre nicht dazu: gelogen

5. Carter Construction Committee: erfunden, aber so was muss es geben. Also: wer auch immer hier am Campus was baut.
6. L. E. S. L. E. Y.: Den Witz konnte ich mir nicht verkneifen

26

BEA

Erste Dezemberwoche

Man redet sich ein, dass etwas nicht wahr sein kann, und dann passiert es einem selbst.

Natürlich hatte es Momente gegeben – ganz kurze nur –, in denen Bea sich gefragt hatte, ob es stimmte, was Early über Dr. Friedman behauptet hatte: dass er auf Studentinnen stand. Manchmal hatte sie sich sogar gefragt, ob er sie deshalb von Anfang an so nachdrücklich unterstützt hatte. Doch da er sich nie unangemessen verhalten hatte, waren ihre leisen Zweifel irgendwann verschwunden. Schließlich war sie oft in seinem Hotelzimmer gewesen, ohne dass es irgendwie komisch geworden wäre.

Aber eine Woche vor den Regionalausscheidungen rief er an, als sie sich gerade um ihre Wäsche kümmerte.

«Begleiten Sie mich nächste Woche nach San Diego», sagte er, während sie ihre Badetücher in Drittel faltete, so wie ihre Mutter es ihr beigebracht hatte (‹Jeder muss in der Lage sein, Handtücher ordentlich zu falten›). Es klang wie ein beiläufiger Vorschlag, als wären sie ohnehin Reisegefährten und er würde einen etwas ungewöhnlichen, aber keineswegs gefährlichen Umweg zu irgendeinem besonderen Ausflugsort anregen. Sein Ton zeugte von Zuversicht, dass sie zustimmen würde, ganz ohne Frage. «Dort findet eine Konferenz über sexuelles Fehlverhalten und seine juristische Ahndung statt, die Sie wegen Ihres Projekts sicher interessieren wird.»

Sprachlos legte Bea das Handtuch aufs Bett. Wollte er sie angraben? Oder nur zu einer Konferenz einladen?

«Dort ist auch mein Lieblingsrestaurant. Es hat eine spektakuläre Aussicht aufs Meer.»

«Ich kann nicht», sagte sie rasch. «Ich habe eine Vorstellung vom Improtheater.» Und da sie ihn nicht kränken oder undankbar wirken wollte, fügte sie hinzu: «Bei den Regionalausscheidungen. In Virginia. Die darf ich nicht verpassen.»

«Zu schade», erwiderte er munter und vollkommen sachlich. «Na, dann viel Glück. Ich erzähle Ihnen danach, wie die Konferenz war.»

Während sie das Laken über die Ecken ihrer Matratze zog, schwankte sie zwischen Schreck, Verwirrung und Unglauben. Er hatte zwar ihr Projekt erwähnt, aber auch sein Lieblingsrestaurant.

Sollte sie mitfahren? Aber wo sollte sie dann übernachten? Sicher hatte er doch nicht erwartet, sie würde mit ihm ein Zimmer teilen?

Wie auch immer: Sie konnte die Regionalausscheidungen nicht verpassen. Also verdrängte sie es, während sie ihre Wäsche einräumte.

Das Auditorium der Universität von Virginia war doppelt so groß wie das am Carter.

«Wie viele Zuschauer passen hier wohl rein?», fragte Bea Lesley beim Soundcheck. Ihre Stimme klang fast kindlich dünn in dem riesigen Saal mit den endlosen Reihen unbesetzter, brauner Sitze. «Tausend?»

«Eher tausendfünfhundert», antwortete Lesley.

Am Carter spielten sie vor vollen Sälen mit zwei-, manchmal dreihundert Zuschauern, und das kam ihnen schon viel vor.

Drei Stunden später standen sie am Seiteneingang zur Bühne und warteten darauf, als vierte von neun Gruppen aufzutreten. Die ersten drei hatten sie sich nicht angesehen, weil das laut Chris' Philosophie Pech brachte. Gute Improspieler waren furchtlos und spielwütig, aber nicht ehrgeizig, daher hatten sie sich bislang abseits der Bühne aufgewärmt und herumgeblödelt, um sich in Auftrittsstimmung zu bringen und ihr gemeinsames kreatives Potenzial möglichst zum rechten Zeitpunkt anzapfen zu können.

Als sie die Meldung bekamen, sie seien in fünf Minuten dran, hatten sie einen Kreis formiert, die Hände in die Mitte gestreckt und dann mit dem langsam anschwellenden Ruf «C.U.N.T.» in die Höhe geworfen. Danach waren sie zum Bühneneingang gelaufen, den Sam – Sam, der immer alles wusste – unbedacht als ‹Seitenlinie› bezeichnete, was ununterdrückbares Gekicher bei ihnen auslöste. Der Student, der den Vorhang bewachte, musste sie um Ruhe bitten.

Dann wurden sie angekündigt, das Rampenlicht war blendend hell, und Chris bat das Publikum um ein Lieblingsadjektiv. Die Zuschauer brüllten unzählige Wörter heraus, bis Chris sich schließlich für ‹meschugge› entschied. Er wirbelte zur Gruppe herum, blickte Bea direkt an und wiederholte lautlos: *meschugge*.

Bea trat nach vorn auf die Bühne und stellte sich vors Mikrophon, das dort vorübergehend für den Monolog hingestellt worden war. Gleichzeitig hingen winzige Mikrophone von der Decke, die ihren Harold noch mehr verstärken würden.

«Also, diesen Herbst ist etwas echt Verrücktes an meinem

College passiert», begann sie. «Und es hatte mit ein paar sehr reichen Spendern und ein paar Wasserspeiern zu tun.»

Eine Stunde später hatten sie ihr Ticket für die Nationalausscheidungen im Januar.

Bis dahin gab es aber erst einmal Prüfungen zu absolvieren. Kaum war sie zurück am Carter, mühte sich Bea durch eine dreistündige Physikarbeit und zuckte nur leicht zusammen wegen der 4, die zwei Tage später in ihrem Posteingang erschien. Sie versuchte, sich auf ihre anderen Prüfungen zu konzentrieren: eine mündliche und zwei schriftliche. Und als sie erneut von Dr. Toast die Aufforderung bekam, bei ihm im Büro vorzusprechen, dachte sie, es ginge um die Belegung der Seminare im Frühjahrssemester.

Auf dem Weg ins Fitnessstudio, wo sie sich mit Early treffen wollte, schaute sie bei ihm vorbei, und alles war wie beim letzten Mal: dieselbe Miene, dieselbe Brille und vielleicht sogar dieselben Kleider.

«Setzen Sie sich», sagte er und fing an, an seinem Daumennagel zu knabbern. «Mir wurde mitgeteilt, dass Sie Ihr Physikseminar mit einer 4 abgeschlossen haben. Ist das korrekt?»

«Ja», seufzte sie. «Leider.»

Wollte er sie etwa tadeln? Seit wann gab's denn so was? Eigentlich hatte sie gedacht, im College ginge es darum, Fehler zu machen, ohne dass einen jemand daran hinderte.

«Tja, nun, genau. Aber ich habe gute Neuigkeiten für Sie. Die Collegeverwaltung hat entschieden, dass Sie im Januar Physik wiederholen können, und wenn Sie mindestens eine 3 bekommen, behalten Sie Ihr Stipendium und können im Justice Program bleiben.»

Verwirrt blinzelte sie ihn an.

«Ihnen ist doch klar, dass Sie gegen die Bedingungen für Ihr Stipendium verstoßen haben, oder?», fragte er.

«Ich dachte, ich müsste nur einen Durchschnitt von mindestens 3,0 haben.»

Er streckte eine Hand aus und drehte den Monitor zu ihr. Darauf waren mehrere Fenster geöffnet. Er ging mit dem Cursor auf eines mit einem dicht geschriebenen Text.

«Einen Durchschnitt von 3,0 und kein Seminar unter einer 3.»

Sie konnte Physik nicht im Januar wiederholen. Im Januar waren die Nationalausscheidungen, und zwar in Portland. Drei Tage plus An- und Abreise.

«Haben Sie schon den Stundenplan?», fragte sie.

Lächelnd reichte er ihr ein Blatt Papier. «Schon für Sie ausgedruckt. Beachten Sie bitte, dass für alle Januarseminare Anwesenheitspflicht gilt, da sie so kurz sind. Wenn Sie nur eine Stunde verpassen, wird es schon schwierig. Das gilt natürlich besonders für Kurse wie Physik, bei denen es auch Laborstunden gibt.»

Sie überflog die Termine. Fünf Tage die Woche: vier Stunden am Montag, Mittwoch und Freitag und sieben Stunden am Dienstag und Donnerstag. Auch in der Woche der Nationalausscheidungen – die Abschlussprüfung war sogar am letzten Tag der Meisterschaft.

«Das geht nicht», sagte sie und schob ihm das Blatt wieder zu. «Da hab ich was anderes vor.»

Er sah aus, als wäre er nicht in der Lage, das zu begreifen.

«Ich meine, Sie können doch nicht von mir erwarten, dass ich dafür alles stehen und liegen lasse, oder?», fragte sie. «So kurzfristig?»

Noch immer starrte er sie ausdruckslos an.

Sie versuchte es anders: «Seit wann ist es denn eine Bedingung, dass ich nirgendwo schlechter als 3 sein darf? Ich erinnere mich nur an den Durchschnitt von 3,0.»

Er zeigte auf den Monitor. «Es steht direkt –»

«Ja, ich sehe, dass es da steht, aber ich *wusste* nichts davon. Kann ich Physik nicht im Frühjahr wiederholen? Dann geht das. Kein Problem. Ich kann nur nicht im Januar.»

«Ich fürchte, das geht nicht.»

«Wieso nicht?»

«Ich vermute, weil Ihr Stipendium für die Frühjahrsseminare vom Ergebnis der Winter–»

«Ich brauch gar kein Stipendium. Das Geld ist mir egal.»

Jetzt wirkte er völlig fassungslos. «Aber es geht nicht nur um das Stipendium. Sondern auch um Ihren Verbleib im Justice Program.»

Sie stöhnte auf. «Aber ich wusste nichts davon ...»

«Wenn Sie mich im Herbst aufgesucht hätten, wie ich Sie mehrfach gebeten habe, hätte ich vermutlich die Gelegenheit gehabt, Sie auf die Regeln hinzuweisen.»

Sie verkniff es sich, mit den Augen zu rollen, weil sie davon ausging, dass er auf seinen kleinen Seitenhieb sehr stolz war.

«Soll ich Sie also jetzt für das Januarseminar eintragen?»

«Tun Sie das», sagte Bea und stand auf. Sie würde das allein in Ordnung bringen.

Sind Sie schon hier? Können wir reden?

Ihre Nachricht an Dr. Friedman war drängend, aber das war ihr egal. Die Sache drängte ja auch.

Anstatt zum Südlichen Campus zurückzugehen, tigerte sie vor der Studienberatung herum, für den Fall, dass Dr. Friedman Zeit hatte. Es war Donnerstag, und sie war sich ziemlich sicher, dass er immer schon am frühen Nachmittag kam.

Und tatsächlich antwortete er ihr innerhalb weniger Minuten.

Kommen Sie vorbei. Zimmer 209. Einfach reinkommen.

Als sie so schnell wie möglich zum Carter Boathouse ging und ihr Atem in der Kälte Wölkchen vor ihr bildete, merkte sie, dass sie sich schon besser fühlte. Dr. Friedman würde sich um die Sache kümmern. Er war kompetent und einflussreich und hatte sie immer unterstützt. Es war schon so gut wie geregelt.

Sie eilte ins Hotel und nahm den Aufzug. Die Tür zu Zimmer 209 war nur angelehnt und wurde durch einen Sicherheitsriegel offen gehalten.

Vorsichtig drückte sie die Tür auf. «Hallo?»

«Herein!», ertönte eine weibliche Stimme. Dann kam Veronique auf sie zu und zog die Tür weit auf, als wäre sie eine Erwachsene, die eine Studentin auf einer Cocktailparty in ihrem Haus begrüßte. «Lou ist unter der Dusche.»

Veronique ging zur Theke, wo ein Sechserpack Perrier und eine Schüssel Chips standen. Sie nahm eine Flasche Wasser und bot sie Bea an.

«Nein danke», lehnte Bea ab, worauf Veronique sie für sich selbst öffnete.

Unter der Dusche?

Nach Dr. Friedmans Einladung nach San Diego hatte Bea für sich entschieden, dass sie zu viel in die Sache hineingedeutet hatte. Es war ganz harmlos. Er hatte nur gedacht, die Konferenz würde sie interessieren. Ja, er hatte diese komische Bemerkung über sein Lieblingsrestaurant und die Aussicht gemacht, aber er hatte nun mal eine Schwäche für gutes Essen und ging ja auch mit seinen männlichen Studenten ins Restaurant.

Doch jetzt spielte Veronique hier in seinem Hotelzimmer die Gastgeberin, während er unter der Dusche stand, und Bea war wieder irritiert.

Veronique ließ sich auf die Couch mit dem Goldbrokatbezug fallen, während Bea auf dem dazu passenden Sessel Platz nahm.

«Wie war euer Stück?», fragte Veronique.

Bea brauchte einen Moment, bis ihr aufging, dass sie das Improtheater meinte.

«Gut», sagte sie. «Wir haben gewonnen. Es war eine Meisterschaft, also ...»

Veronique redete schon weiter, bevor Bea den Satz beenden konnte.

«Cool, cool. Aber die Konferenz in San Diego war einfach *unglaublich*! Ich wünschte, du hättest mitkommen können.»

«Ach, du warst da?», fragte Bea, mit einem Mal alarmiert.

«Mhmhmhm», nickte Veronique. «Es ist ja so inspirierend, welche Maßnahmen unternommen werden, um faire Gerichtsverfahren bei Belästigungsprozessen zu garantieren.»

«Großartig», sagte Bea und hörte die Toilettenspülung.

«Welche denn?», erkundigte sie sich. Wie bekam sie jetzt Veronique aus dem Zimmer? Und wieso machte sie keinerlei Anstalten, von sich aus zu gehen? Wenn Veronique zu einem Treffen mit Dr. Friedman aufgetaucht wäre und Bea wäre vorher da gewesen, hätte sie doch auch nicht angenommen, bleiben zu können. Das wäre doch komisch gewesen. Aber als ihre Kommilitonin sich endlos über die Vorträge erging, die sie in Kalifornien gehört hatte, beschloss Bea, sie direkt zum Gehen aufzufordern. Auf gar keinen Fall wollte sie vor einer anderen Studentin des Programms über ihre Physiknote sprechen.

Doch dann sagte Veronique: «Ich hoffe, du bist jetzt nicht sauer.»

«Wegen der Konferenz?», fragte Bea. «Nein, er hat mich ja auch eingeladen. Ich konnte nur nicht.» Sie hörte selbst, wie kleinkariert das klang, konnte es sich aber nicht verkneifen.

«Ich meine, wegen dem CJRI.»

«Wieso, was ist damit?», fragte Bea gepresst. Sicher meinte Veronique nicht das, was Bea befürchtete.

Das Wasserrauschen im Bad verstummte.

«Weil du dich doch auch um das Praktikum beworben hattest. Lou hat's mir erzählt. Er meinte, es wäre echt eine schwere Entscheidung gewesen. Aber du findest bestimmt auch was Tolles. Es gibt so viele Praktika in New York. Das heißt, wenn es überhaupt in New York sein soll. Hast du schon mal was von publicinterestjobs.net gehört? Meine Zimmergenossin hat mir ...»

Bea hatte sich umgedreht und blickte ins Schlafzimmer, wo ein grell orangefarbener Koffer geöffnet auf der Ablage lag. Daneben ein rosa Kulturbeutel mit beigefarbenen Flecken, aus dem Glitzerrouge und eine mascaraverklebte Wimpernzange ragten. Und etwas, das aussah wie ein Top aus Spitze.

Ihr wurde flau im Magen.

«Was ist denn?», fragte Veronique und folgte Beas Blick.

«Ich muss gehen», sagte sie.

Alles, was zwischen ihnen stattgefunden hatte – seine Hand auf ihrem Rücken, die beiläufigen Bemerkungen über ihre Intelligenz und ihr Potenzial, die Erwähnung langer Sommerabende im Büro –, kam ihr jetzt bedrohlich vor.

Als sie zum Südlichen Campus zurückgeeilt war und ihr Zimmer betrat, lag Early in der Bogenpose auf dem Boden. Doch kaum sah sie Beas Gesicht, ließ sie ihre Beine los.

«Was ist?», fragte sie.

Daraufhin erzählte Bea ihrer Zimmergenossin alles. Von der Physiknote und der Terminkollision mit den Nationalausscheidungen. Von Veronique und ihren komischen Bemerkungen. Von dem Koffer.

Als sie schließlich den Inhalt des Koffers beschrieb, summte ihr Handy, das auf dem Bett lag.

«Das ist er», sagte sie nach einem Blick auf das Display.

Beide starrten aufs Handy, bis sein Name verschwand und stattdessen ‹Entgangener Anruf› erschien, gefolgt von ‹Neue Voicemail›.

Ohne ein Wort drückte Bea auf ‹Anhören› und dann auf das Icon für Lautsprecher. Sie legte das Handy auf den Teppich zwischen ihnen.

«Bea.» Seine Stimme klang bekümmert – oder sollte so klingen. Sie wusste nicht mehr, was echt war und was nicht. «Hören Sie, Veronique hat mir erzählt, dass Sie aufgebracht sind, was ich natürlich verstehe. Ich wollte nicht, dass Sie so davon erfahren. Eigentlich hatte ich gehofft, es Ihnen persönlich mitteilen zu können. Es tut mir leid. Aber nun, da Sie es wissen ... also, die Entscheidung lag nicht allein bei mir. Das gesamte Komitee hat dabei Mitspracherecht und musste sich zwischen Ihnen und Veronique entscheiden. Natürlich musste ich meine Einschätzung abgeben. Ganz offen gesagt, hat Veronique sich an diesem Wochenende die Zeit genommen, mich zu der Konferenz zu begleiten. Natürlich ist nichts dagegen zu sagen, dass Ihnen Ihre Theatergruppe wichtiger war ...» *Impro*, dachte Bea. «... aber ich musste nun mal eine Entscheidung treffen. Die Tatsache, dass Sie konkurrierende Interessen haben, hat dann den Ausschlag gegeben. Das war vielleicht nicht fair, aber man trifft ja immer nur die beste Entscheidung, die in einer bestimmten Situation möglich ist.»

Als er sich weiter darüber erging, dass man als Mensch niemals wissen konnte, ob eine Entscheidung richtig oder falsch war, spürte sie, wie Widerwillen in ihr aufstieg. Alles, was sie vorher an ihm fasziniert hatte – seine geschickten Argumentationen, seine Ausweichmanöver, um Konflikte zu entspannen, seine Kunstfertigkeit, Schuld wie einen leeren Begriff darzustellen –, stieß sie jetzt ab. Es fühlte sich geradezu toxisch an. Verlogen. Und sie fühlte sich dumm.

Bea griff nach ihrem dicken Physikbuch und schleuderte es mit aller Macht gegen die Wand.

Early nahm Beas Handy und würgte Dr. Friedman mitten im Wort ab.

«Ich komm mir so dumm vor», sagte Bea.

«Das bist du aber nicht», sagte Early mit grimmiger Miene. «Ganz und gar nicht.»

27

STAYJA

Ende November bis Anfang Dezember

In der Woche nach Thanksgiving gingen Nicole und Stayja sich so weit wie möglich aus dem Weg. Nach der Arbeit hielt sich jede in ihrem eigenen Haus auf, und wenn sie sich doch mal begegneten, waren sie mehr als unterkühlt. Eine Bemerkung, die Nicole bei ihrem Streit gemacht hatte, war bei Stayja hängen geblieben und trieb sie um: die Unterstellung, sie wäre irgendwie *neidisch* auf Nicole und Chet. Das war einfach lachhaft. Stayja, neidisch auf Nicole? Nicole war es doch, die ihr ganzes Leben lang auf Stayja neidisch gewesen war.

Ihre Cousine kam auch nicht mehr vorbei, um sich die Wagenschlüssel zu holen, wenn ihre Schicht im Buchladen um sieben Uhr endete. *Gut*, dachte Stayja, *soll sie sehen, wie sie nach Hause kommt.*

Eines Abends machte Stayja gerade eine Zigarettenpause, als sie LAs Wagen vor dem Studentenzentrum im Leerlauf warten sah. Kurz darauf stieg Nicole ein, und sie fuhren weg.

Klar, dass sie LA als Chauffeur ausnutzt, dachte Stayja. Nicole hatte immer jemanden für solche Sachen. Sie witterte es, wenn sie anderer Leute Großzügigkeit zu ihrem Vorteil nutzen konnte. Allerdings war Stayja sich nicht sicher, was Nicole davon hatte, ihre Steuer zu zahlen. Vielleicht machte sie das nur, damit Stayja Chet besser leiden konnte. Sie wusste, dass Nicole aus irgendeinem Grund hoffte, sie würde die Beziehung absegnen; deshalb luden die beiden Stayja auch ständig ein: zum Essen, zum Shoppen, zu Hockeyspielen. (Aber sie hatte sich nie darauf eingelassen und wollte es auch dabei belassen.)

Dass Nicole tatsächlich ihre Steuerschulden abbezahlte, hätte Stayja nie für möglich gehalten. Allerdings ging sie davon aus, dass sie es nach ihrem Streit auch nicht weiter tat. Bestimmt hätte Nicole auch ohne den Streit irgendwann damit aufgehört, weil sie es zu mühselig gefunden oder etwas anderes im Kopf gehabt hätte, weil sie sich neue Schuhe kaufen wollte oder mal wieder gefeuert wurde. Und dann wäre wie immer alles an Stayja hängen geblieben.

Als sie eines Morgens Anfang Dezember eine Überziehungswarnung von der Bank bekam, wurde ihre zunehmende Angst wegen ihrer Schulden zu nackter Panik. Sie googelte die Nummer der Steuerbehörde und rief dort an. Erst wurde sie mehrere Male weiterverbunden, dann sollte sie warten. Eine ganze Stunde lang musste sie sich Kaufhausjazz anhören, bis schließlich eine menschliche Stimme ertönte.

«Bundessteuerbehörde, hier spricht Fred.»

Stayja klappte ihr Buch zu und räusperte sich. «Mein Name ist Stayja York. Ich zahle gerade eine Steuernachzahlung per Raten ab und wollte mich nur vergewissern, dass die letzte Rate angekommen ist.»

«Bitte warten Sie», hieß es, und wieder ertönte Musik.

Sie legte den britischen Krimi weg, den sie angefangen

hatte, und nahm einen der Gedichtbände, die sie ausgeliehen, aber noch nicht gelesen hatte: eine Gedichtsammlung von Jane Kenyon. Eine Zeile aus dem Gedicht *The Suitor* fiel ihr ins Auge:

Mit einem Mal erkenne ich, dass ich glücklich bin.

War sie jemals glücklich gewesen? In kurzen Momenten, klar. Aber würde es je mehr sein als das?

Seufzend schlug sie wieder den Krimi auf. Sie hatte damit angefangen, als sie in die Warteschleife gekommen war, und war bereits auf Seite sechzig. Draußen schlug eine Tür. Das Geräusch kam aus der Richtung von LAs Haus.

Stayja stand auf und ging zum Fenster. Nicole und LA schleppten schwere, schwarze Müllsäcke durch LAs Vorgarten. Nicole ging voran und hatte je einen Sack über die Schultern geworfen. Am Bordstein warf sie sie ab und drehte sich um. Stayja sprang vom Fenster zurück.

Nicole machte körperliche Arbeit? Sie brachte LAs *Müll* raus?

«Miss York?»

«Ja?», fragte Stayja.

«Ihr Konto ist ausgeglichen. Die letzte Rate von hundertachtundneunzig Dollar und dreiundzwanzig Cent wurde gestern überwiesen und heute Morgen verbucht.»

«Danke», sagte sie.

Nachdem sie aufgelegt hatte, lehnte sie sich langsam vor, um noch einen Blick aus dem Fenster zu riskieren, aber Nicole und LA waren verschwunden.

Die Prüfungswoche am Semesterende war immer chaotisch: Keiner ging mehr zu den Seminaren, alle waren gestresst, und Koffein wurde zu den abwegigsten Uhrzeiten zum Lebenselixier. Den gesamten Nachmittag hatte Stayja keine Pause oder auch nur Zeit zum Luftholen gehabt, aber gegen fünf Uhr ließ der Andrang nach, und Ruhe kehrte ein.

Als außer ihr niemand mehr im Café war, loggte sie sich über ihr Handy auf der Webseite des Wake Community Colleges ein und navigierte sich zur Anmeldung für die Frühjahrskurse. Wenn Nicole wirklich weiterhin ihre Steuerrückzahlung abstotterte, konnte Stayja sich auch wieder um ihre Ausbildung kümmern.

«Verzeihung», ertönte eine Stimme. Sie hatte gar nicht gehört, dass jemand eingetreten war.

Stayja blickte auf. Vor ihr stand Annie Stoddard.

«Hi», sagte Annie in einem Ton, bei dem Stayja am liebsten das Weite gesucht hätte. Sie wollte eindeutig nicht nur einen Kaffee trinken.

«Hi ...», erwiderte Stayja und merkte, dass auch ihr Ton nicht neutral war.

«Könnten wir vielleicht kurz miteinander reden? Privat?»

Stayja suchte nach einer Ausrede, fand aber keine. Außer ihnen war niemand im Café. Kein einziger Gast in Sicht. Scheiße!

«Ich kann jetzt echt nicht hier weg ...», sagte Stayja.

Annie blickte sich um, wandte sich wieder zu Stayja und schien zu entscheiden, dass sie in dem leeren Café genug Privatsphäre hatten.

«Ich weiß, zwischen dir und Tyler war auch was», sagte sie. «Ich arbeite mit deiner Cousine im Buchladen.»

«Weiß ich», nickte Stayja. «Und?»

«Ich hab gerade das hier gesehen», erklärte Annie und hielt ihr ihr Handy hin. «Eine Studentin an der Uni von Arkansas hat das gepostet.»

Stayja rührte sich nicht, sondern blickte nur kurz auf das Handy und dann wieder zu Annie.

«Wovon redest du?», fragte sie.

Als Annie das Handy zurückzog, wirkte sie noch nervöser, fast schon eingeschüchtert. «Ich dachte, wir könnten vielleicht einen offenen Brief an die Campuszeitung schicken. Den wir alle drei unterschreiben. Es gibt auch bestimmt noch mehr …»

«Wovon *redest* du?», wiederholte Stayja.

«Vergiss es», erwiderte Annie. «War schön, dich kennenzulernen.»

Unter Stayjas Blick eilte sie aus dem Café, den langen Korridor hinunter, bis zum Ausgang am hinteren Ende.

Also dachte Annie Stoddard, Stayja wäre von Tyler vergewaltigt worden. Und sie wollte, dass sie ihr half, ihn zu outen.

Gottverdammte Scheiße!

Scheiß-Nicole! Dieses ihr völlig fremde Mädchen dachte, Stayja wäre ein *Opfer*.

Tyler musste unbedingt wissen, was los war.

Sie rief ihren Chat mit ihm auf. Da, ihre letzte Nachricht war die von vor drei Wochen. Unbeantwortet.

Ich hab da ein Problem, bei dem ich echt deinen
Rat bräuchte. Du hast bestimmt viel zu tun, aber
hättest du später kurz Zeit?

Es war schon schwer genug gewesen, den Mut aufzubringen, ihn nach seiner Meinung wegen der Steuernachzahlung zu fragen. Als sie jetzt erneut sah, dass er nie geantwortet hatte, verspürte sie wieder einen Stich.

Können wir reden?, schrieb sie. *Es ist wichtig.*

Sie drückte auf ‹Senden› und wartete.

Eine Stunde verging ohne jede Reaktion.

Während sie den Vorrat an Fertigmahlzeiten auffüllte und das Gebäck für den nächsten Morgen bestellte, beschlich sie eine neue Sorge: Was konnte er schon machen, wenn sie ihm von Annies Plan erzählte? Bloß weil er wusste, dass sie seinen Ruf ruinieren wollte, konnte er es noch lange nicht verhindern. Annie wirkte nicht, als würde sie sich von Drohungen einschüchtern lassen. Im Gegenteil, das konnte sie dann auch noch gegen ihn verwenden.

Aber vielleicht konnte sie selbst ihm ja helfen.

Sie nahm ihr Handy und öffnete ihre Galerie, wo sie bis zu den Selfies zurückscrollte, die er vor ein paar Wochen von sich gemacht hatte – und die sie seitdem Hunderte Male angesehen hatte: auf der Arbeit, zu Hause, im Wagen, spätnachts. Sie wählte ihr Lieblingsfoto, das ihn mit freiem Oberkörper zeigte, wie er mit gerecktem Daumen in die Kamera grinste. Mit einem Filter hellte sie es noch ein bisschen auf, dann lud sie es in ihren Instagram-Account, markierte Tyler und schrieb darunter:

Dieser Typ ist was ganz Besonderes. Ein Mensch mit einer wundervollen Seele. Seine Liebe zum Leben ist ansteckend.

Dann postete sie es.

Jetzt gab es einen Gegenpol zu dem, was auch immer Annie verbreiten wollte. Und vielleicht käme er so auch zu ihr zurück.

28

ANNIE

Montag, 11. Dezember, 17:09 Uhr

Als ich mich gegen den Wind über den Hof zu meinem Zimmer zurückkämpfte, schämte ich mich, als hätte ich diesem Mädchen gerade etwas Peinliches offenbart. Wie konnte ich nur glauben, dass sie etwas zu gewinnen hätte, wenn sie Tyler Brand öffentlich bloßstellte? Wahrscheinlich hatte sie Angst vor ihm und seiner Familie. Schließlich hatte *ich* schon vor ihnen Angst, und ich war eine Studentin und keine Barista.

In meinem Zimmer zog ich meine Jacke aus, schnappte mir den Computer und fiel ins Kaninchenloch von Erika Dipatris Accounts in den sozialen Netzwerken. Bei Instagram, Google und Facebook – bei Snapchat fand ich sie nicht – gab es Dutzende Fotos von ihr, die sie in Bikini am Strand oder mit trägerlosen Tops in der Disco zeigten. Oder beim Trinken von Shots. Da ich selbst einmal wegen meines Minirocks angegriffen worden war, hätte ich eigentlich erwartet, sie würde von Trollen in Stücke gerissen werden, aber als ich mir noch mal ihren Post anschaute, sah ich nur positive Kommentare. Vielleicht löschte sie ja die negativen. Unwillkürlich war ich neidisch auf den starken Support in ihrem Feed, aber dann schämte ich mich dafür.

Obwohl schon Stunden vergangen waren, hatte sie immer noch nicht auf die Nachricht reagiert, die ich ihr geschickt hatte.

Nachdem ich Erika Dipatris Internetpräsenz durchforstet hatte, suchte ich nach ‹Stasia› und fand sie trotz der falschen Schreibweise, weil ich Nicole folgte. *Stayja* hatte insgesamt nur drei Fotos gepostet, und das jüngste war zwei Jahre alt und zeigte einen Sonnenuntergang.

Ich blickte mich im Zimmer um, weil ich nicht wusste, was ich mit mir anfangen sollte. Draußen drohte ein schweres Unwetter, vor dem wir nonstop gewarnt wurden. Matty saß gerade in seiner Statistik-Prüfung. Überhaupt alle schienen wegen des Unwetters und der Prüfungen verschwunden zu sein; der Campus wirkte völlig verwaist, und die Stille lag drückend wie eine Decke auf mir.

Ich ging zum Bett, nahm mein Kopfkissen und vergrub mein Gesicht darin. Dann brüllte ich aus voller Kehle hinein.

Ich warf das Kissen wieder aufs Bett, ging zum Minikühlschrank, holte die Bierdose heraus, die schon ewig dort lagerte, und trank einen Schluck.

Wie gerne hätte ich etwas kaputt gemacht!

Vielleicht sollte ich trainieren gehen. Ins Fitnessstudio gehen und auf den Crosstrainer oder so steigen.

«Nein!», brüllte ich und erschreckte mich selbst damit. *Nein!* Ich hatte es satt, vernünftig zu sein, satt, mit allem gut umzugehen, reif und anständig zu sein, kooperativ, verständnisvoll, einsichtig und *so verdammt still!*

Ich schleuderte die fast volle Bierdose in meinen kleinen Papierkorb aus Metall. Sie schäumte und schwappte und erfüllte das Zimmer mit durchdringendem *Männer*geruch. Ich schnappte mir einen Block und einen Stift.

Ich hatte alles versucht: einfach weiterzumachen, zu akzeptieren, dass ich nicht einfach weitermachen konnte, meine Gefühle zu ergründen, andere zu retten. Nun, da ich all diese Stadien hinter mir gelassen hatte, entdeckte ich, dass dahinter nur noch ein einziges dringendes Bedürfnis wartete: Ich wollte Rache.

Ich wollte ihn so schwer treffen, dass er sich nie wieder davon erholen würde. Ich wollte ihn fürs Leben zeichnen.

Auf meinem Bett legte ich eine Liste an.

Zulassungsstellen kontaktieren, um seine Bewerbungen im nächsten Jahr zu vereiteln

für immer verhindern, dass er irgendwo angestellt wird, weil ich jeder seiner Bewerbungen zuvorkomme

es noch mal auf die Brücke schreiben

Das Erste war zu harmlos, das Zweite erforderte zu viel Mühe über einen zu langen Zeitraum, und das Dritte war zu leicht wieder ungesehen zu machen. Außerdem wäre das nur eine lahme Wiederholung.

Etwas verbrennen

Ja. Feuer war für die Ewigkeit. Aber was? Er hatte mir ja sogar *gesagt*, dass ihm *Zeug* eigentlich egal war – wie hatte er es noch ausgedrückt? *Nichts ist unersetzlich.* Ich hatte mich innerlich leicht gekrümmt, als er sagte, dass er deswegen nie sein Zimmer abschloss, und jetzt erinnerte ich mich, wie froh ich gewesen war, dass Matty das nicht gehört hatte. Er hätte nie mehr aufgehört, sich über Tyler lustig zu machen.

Aber dann hatte mir Tyler gezeigt, was ihm wirklich am Herzen lag. Seine Tänzerinnen. Seine Aquarelle.

Nichts ist unersetzlich, hatte er gesagt, *außer* … seine Aquarelle.

Als ich mit Gummistiefeln, Schirm und Regenjacke die leere Rasenfläche überquerte, strudelten dicke gelbe und graue Wolken über den Himmel.

Es war sechs Uhr, Zeit zum Abendessen, also konnte ich hoffen, dass er nicht in seinem Zimmer war oder es bald verlassen würde. Dann würde ich einfach reingehen, die Mappe holen und mir einen Platz suchen, wo ich sie unauffällig verbrennen konnte. Vielleicht irgendwo bei den Fußballfeldern, wo normalerweise niemand war, oder hinter einem Müllcontainer. Ich musste nur dem Regen trotzen.

Ich ging am Eingang seines Wohnheims vorbei, bog um eine Ecke und blickte zum letzten Fenster der Reihe im Erdgeschoss. Wenn es dunkel wäre, würde ich reingehen.

Es war hell. Verdammt!

Aber irgendwann würde er sicher verschwinden.

Ich fand ein Plätzchen im Treppenhaus des angrenzenden Verbindungswohnheims. Zwar war mir leicht mulmig zumute, mich ganz allein auf Verbindungsterritorium zu begeben, aber ich wagte es trotzdem. Bis der Sturm vorbei war, würde eh keiner rausgehen. Ich hatte vor, dort so lange wie nötig auszuharren.

29

BEA

Montag, 11. Dezember, 17:54 Uhr

Zug. Zug. Zug.

Nachdem Bea Veronique in Dr. Friedmans Zimmer zurückgelassen und Early alles erzählt hatte, hatte sie sich umgezogen und war weiter zum Fitnessstudio gelaufen. Sie musste schwitzen, und zwar weit mehr als beim Joggen.

Während sie an der Rudermaschine ackerte, dachte sie über Dr. Friedman nach. Er war widerwärtig. Und enttäuschend. Und vielleicht hatte er immer, wenn er ihre Intelligenz lobte, nur daran gedacht, mit ihr ins Bett zu gehen.

Schäumend vor Wut, riss sie am Seilzug des Geräts. Sie hasste ihn!

Aber nachdem sie eine halbe Stunde lang so heftig gerudert hatte, dass ihr dunkelrotes Top schweißnass war, fiel ihr auf, dass sie ihn als Mensch zwar verachtete, als Professor aber immer noch schätzte. Trotz ihrer Wut musste sie fast lachen. Da war er wieder: der Konflikt zweier Wertvorstellungen.

Auf keinen Fall würde sie die Nationalausscheidungen sausen lassen. Wenn sie dadurch Physik vermasselte und aus dem Programm geworfen wurde, dann war das eben so. Vielleicht konnte ihr das egal sein.

Aber es war ihr nicht egal. Sie wollte im Programm bleiben, unbedingt sogar.

Sie kletterte vom Rudergerät, wischte es mit Desinfektionsmittel von einem Spender an der Wand ab, trat hinaus ins kalte Sonnenlicht und zerbrach sich den Kopf darüber, wie sie die widersinnige Bedingung umgehen konnte, Physik vor dem Frühjahrssemester wiederholen zu müssen. Dr. Friedman würde sie jetzt natürlich nicht mehr fragen.

Und dann – kam sie an den Wasserspeiern vorbei.

Die Chancen standen schlecht. Tyler würde sich bereit erklären müssen, seine Eltern anzurufen, vor denen er Angst hatte. Er müsste sie um einen Gefallen bitten, für jemanden, den sie nicht kannten und den er selbst kaum kannte. Seit dem Abschluss seines Falls hatte sie nicht mehr mit ihm gesprochen, aber sie wusste, dass er ihre Arbeit hilfreich gefunden hatte. Dr. Friedman hatte ihr gesagt, dass er das seinen Eltern gegenüber erwähnt hatte.

Außerdem hatte sie nicht zwölf Jahre an Eliteschulen verbracht, ohne mitzubekommen, dass man mit Geld Probleme lösen konnte. Zum Beispiel, als Mitschülerinnen bei Prüfungen mehr Zeit bekamen. Als die Tochter eines Senators, die niemals zum Unterricht erschien, für herausragende akademische Leistungen in der Cum Laude Society aufgenommen wurde oder als Lorns Vorstrafe wegen Erregung öffentlichen Ärgernisses aus ihrer Akte verschwand. Bea vermutete, wenn irgendjemand die Strippen ziehen konnte, um eine Ausnahme zu erwirken – eine sehr *kleine* Ausnahme für eine ansonsten überdurchschnittliche Studentin –, dann war es die Familie Brand.

Sie entschied, ihn nicht per WhatsApp oder E-Mail darum zu bitten, sondern persönlich bei ihm vorbeizuschauen. Zwar redete sie sich ein, sie wäre ohnehin schon in der Nähe seines Wohnheims, aber in Wahrheit wollte sie ihm keine Möglichkeit lassen, ihre Bitte zu ignorieren oder abzulehnen.

Es war dunkler geworden, und tief hängende Wolken zogen bedrohlich über den Himmel, als sie mit noch feuchten Trainingsklamotten unter dem Mantel vom Fitnessstudio zu seinem Wohnheim eilte. Nachdem sie durch den langen Flur gegangen und vor seiner Tür gelandet war, sah sie, dass diese einen Spalt offen stand. Sie klopfte und schob die Tür ein Stück weiter auf.

Tyler saß am Schreibtisch, mit dem Laptop auf dem Schoß und einem größeren Monitor vor sich. Seine Augen waren gerötet und von geplatzten Äderchen durchzogen.

«Nun sieh mal, wer da kommt», sagte er mit giftiger Stimme.

«Hi», erwiderte sie und unterdrückte ihre Beunruhigung wegen seines Tons. «Tut mir leid, dass ich einfach so auftauche. Ich wollte dich um einen Gefallen bitten.»

Er schnaubte gehässig.

Trotzdem versuchte sie es. Sie stand in ihren Trainingssachen mitten im Zimmer und brachte ihr Anliegen vor. «Kurz gesagt bin ich in Physik durchgefallen. Was mir egal ist. Nicht egal ist mir allerdings, dass ich dadurch mein Stipendium und meinen Platz im Justice Program verlieren werde. Außer, ich wiederhole Physik. Der Studienberater behauptet, ich müsste es im Januar machen, aber dann kann ich nicht bei den Nationalausscheidungen der Impromeisterschaften teilnehmen, die Ende Januar in Portland stattfinden …»

Er hörte schon gar nicht mehr zu, sondern beugte sich vor, um in einer Schreibtischschublade etwas zu suchen.

«Ich dachte mir, du könntest vielleicht deine Eltern bitten, da mal anzurufen. Ein bisschen die Strippen zu ziehen. Es wäre nur ein ganz kleiner Gefallen. Wenn ich Physik im Frühjahr wiederholen müsste, wäre das egal. Es geht nur nicht im Januar.»

Als sie eben noch darüber nachgedacht hatte, war es ihr so einleuchtend vorgekommen, aber jetzt, da sie es laut aussprach, klang es irgendwie idiotisch.

«Ist ja unglaublich», murmelte er, stand auf und ging zu seinem Minikühlschrank. Er öffnete ihn und schloss ihn wieder.

«Würdest du mir diesen einen Gefallen tun?», fragte Bea seufzend. «Ich hab dir bei deinem Fall geholfen und wäre dir echt dankbar, wenn du mir jetzt helfen würdest.»

«Wieso sollten meine Eltern irgendwas für dich tun, nachdem du sie in der Öffentlichkeit lächerlich gemacht hast? Und dann hat auch noch deine Freundin darüber geschrieben!»

Sie konnte ihm nicht folgen.

«Wirf doch mal einen Blick da drauf.» Er zeigte zum Couchtisch, wo ein Exemplar des *Carter Chronicle* lag. Bea las die Zeitung nicht mehr, nachdem sie sich über eine Reihe Gastartikel zu Tylers Fall aufgeregt hatte. Jetzt war das Blatt bei der Kolumne über ihre Improtruppe aufgeschlagen. Sie griff nach ihr und las sie, während er sie vom Schreibtischstuhl aus beobachtete. Die Kolumne war witzig, genau wie ihr Monolog witzig gewesen war. Sie lachte.

«Ach, bitte. Wir haben uns nicht über deine Familie lustig gemacht, und Lesley macht das hier auch nicht. Wir machen uns nur übers College lustig.»

Seine Miene war jetzt völlig ausdruckslos, als hätte er vergessen, worüber sie redeten. Er stand auf, taumelte zu seiner

Schranktür, griff in die Tasche einer dort hängenden Jacke und holte einen Schlüssel heraus.

«Du willst doch jetzt nicht Auto fahren, oder?»

«Doch, Ma'am.»

«Aber du bist betrunken.»

«Und ich hab keinen Nachschub mehr.»

«Gib mir den Schlüssel. Ich fahr dich.»

Sie stellte sich ihm in den Weg und blockierte die Tür. Er sah sie amüsiert und leicht schwankend an. Dann hielt er den Schlüssel vor ihr Gesicht und ließ ihn fallen. Sie beugte sich abrupt vor, um ihn aufzufangen. Er rührte sich nicht.

«Du bist ja so dämlich», sagte er. «Du hast keine Ahnung.»

Eine ganze Weile starrten sie sich nur an.

Dann sagte er: «Hältst du es etwa für einen Zufall, dass du nicht mehr zu den Nationalausscheidungen kannst, nachdem du mich und meine Familie gedemütigt hast?»

«Was?», fragte Bea. Was redete er da?

«Es ist aber keiner», verkündete er grinsend und genoss sichtlich ihre Verwirrung.

Doch das ergab keinen Sinn. Sie hatte die Bedingungen für das Stipendium gesehen und gegen sie verstoßen. Schließlich waren die Regeln nicht über Nacht geändert worden, nur um sie zu bestrafen.

«Meine Physiknote ist zu schlecht. Das ist meine Schuld», erwiderte sie.

«Aber bisher hat das keinen gekümmert, oder? Und weißt du, wieso das jetzt anders ist?» Er neigte sich so nah zu ihr, dass sie seine Fahne in ihrem Gesicht spürte. «Weil ich meine Mom bereits angerufen *habe*. Und die wiederum hat diesen ... Typen angerufen. Den vom Justice Program.»

«Dr. Friedman?»

«Wen auch immer. Jedenfalls hat sie ihm gesagt, er soll dir

das Maul stopfen.» Er stolperte über den Couchtisch und ließ sich darauf sinken. «Wage nie wieder, uns lächerlich zu machen», murmelte er.

«Wieso sollte Dr. Friedman auf deine Mutter hören?», fragte Bea und umklammerte den Schlüssel.

Tyler lachte dreckig. «Was glaubst du denn, wer dein Programm finanziert?» Jetzt beugte er sich vor und brüllte sie an: «Du nicht! Du finanzierst dein Programm nicht, oder? Du hast dich mit den Falschen angelegt! Leute wie du sind nur hier, weil Leute wie wir es *erlauben*!»

«Leute wie ich?», fragte sie herausfordernd. «Was soll das heißen?»

«Du weißt genau, was das heißt», sagte er. «*Wie. Du.*» Er schwankte nach vorn, fing sich aber wieder, richtete sich auf und rieb sich wie ein Baby oder eine Zeichentrickfigur die Augen. Danach hatte er noch mehr geplatzte Äderchen im Weiß seiner Augen. «Meine Familie zieht keine Strippen. Wir *sind* die Strippen.»

Erstarrt stand Bea da, während Tyler sie musterte.

«Du bist traurig, weil du keine Familie hast», bemerkte er, plötzlich sanfter. «Ich bin auch traurig. Weil ich für meine nie gut genug sein werde.» Seine Augen waren glasig, und er blickte ins Leere. Fast zärtlich sagte er: «Du bist nicht witziger als ich. Du bist nicht besser als ich. Wir sind gleich.»

Bea ließ den Schlüssel auf den Couchtisch fallen. Als er auf die Platte knallte, zuckte Tyler zusammen.

In einer Wolke aus Zorn marschierte Bea aus dem Zimmer.

Als sie ins Freie trat, schüttete es in Strömen. Sie zog die Kapuze ihres leichten Wollmantels über den Kopf und stürzte sich in den Regen, ohne sich darum zu kümmern, dass sie nass bis auf die Knochen würde. Sie rannte an Tylers Wohnheim entlang, das nicht enden zu wollen schien, und flüchtete sich in einen überdachten Hauseingang, um sich den Mantel zuzuknöpfen.

«Hi.»

Als sie sich umwandte, sah sie Annie Stoddard auf der Treppe sitzen.

«Hi», erwiderte Bea. Sie schüttelte das Wasser von ihren Ärmeln und nahm neben Annie Platz.

«Scheißwetter», bemerkte Annie.

«Allerdings», bestätigte Bea.

«Ich bin Annie», sagte Annie.

«Ich weiß», nickte Bea. «Ich bin Bea.»

«Kennst du mich, weil ich das allseits bekannte Vergewaltigungsopfer bin?», fragte Annie.

Als Bea sie anschaute, sah sie, dass sie ein bisschen lächelte.

«Ha», entgegnete sie. «Nein, weil wir dieses Semester zusammen in Psychopathologie waren.»

«Ach so», sagte Annie und blickte geradeaus in den Regen.

Nach einer Weile fügte Bea hinzu: «Eigentlich stimmt das nicht. Ich war Tylers studentischer Beistand.»

«Oh», erwiderte Annie leise.

«Ich hab ihm geraten, diese Sachen über dich zu sagen. Über deine Beine. Deine Klamotten. Und dass du Geld von ihm willst.»

Annie starrte auf ihre Gummistiefel und zupfte an einem Faden, der sich an der Schaftkante gelöst hatte.

«Das tut mir echt leid», erklärte Bea.

Annie wandte sich ihr zu.

Aber bevor sie etwas sagen konnte, hörten sie die kreischenden Bremsen eines Wagens.

30

STAYJA

Montag, 11. Dezember, 18:23 Uhr

Erneut warf Stayja einen Blick auf ihr Handy. Immer noch nichts. Es war schon nach sechs, da machte sie normalerweise ihre Abendpause, aber sie hatte gewartet, damit sie, wenn er antwortete, kurz rausgehen und mit ihm reden konnte.

Vielleicht hatte sie einfach kein Signal bekommen.

Wieder rief sie ihren Chat auf und las ihre zwei letzten Nachrichten.

Oh nein, dachte sie. Wieso hatte sie das nicht schon früher gemerkt? Direkt hintereinander vermittelten die Nachrichten den Eindruck, als ob *sie* Hilfe bräuchte. «Mist», murmelte sie.

Zwar wäre es ihr lieber gewesen, ihm persönlich von Annies Plan zu erzählen, aber jetzt würde sie es ihm einfach schreiben.

Annie war gerade bei mir. Sie will dich in der Zeitung bloßstellen und sucht nach anderen Mädchen, die ihren offenen Brief unterschreiben. Ich dachte, das solltest du wissen.

Was? Woher weißt du das?

Sie war im Café, um mit mir zu reden.

Wieso?

Weiß ich nicht.

Du weißt nicht, wieso mich dein Freund auf der Brücke als Vergewaltiger anklagt. Du weißt nicht, wieso Annie versucht, dich dazu zu bringen, mich in der Zeitung als Vergewaltiger anzuklagen. Was verschweigst du mir, Stasia?

Es wird Stayja geschrieben.

Was willst du eigentlich? Rück einfach raus damit.

Ich will gar nichts. Ich sag dir, was passiert ist. Mehr nicht! Bist du in deinem Zimmer? Ich komm mal rüber

Sie deutete sein Schweigen als Zustimmung, schnappte sich ihre Jacke und verließ das Café. Es begann gerade zu tröpfeln, aber der Wind war heftig, riss Blätter von den Bäumen und wirbelte sie durch die Luft. Sie zog ihren Reißverschluss zu, während sie zum Wohnheim joggte.

Eigentlich hatte sie gehofft, jemand würde an der Tür sein, um sie reinzulassen, aber es war niemand in Sicht. Sie presste sich an die Mauer und wartete. Eine Minute verging. Vier. Der Regen wurde stärker und überschüttete sie wie eine brechende Welle.

Sie konnte ihren Wagen vom Eingang des Wohnheims aus sehen und beschloss, besser dort zu warten. Sie rannte hin und sprang auf den Beifahrersitz. Noch bevor sie die Tür zuziehen konnte, hatte der Regen ihre Seite schon völlig durchnässt. Sie machte den Motor an und drehte die Heizung auf Maximum, da summte ihr Handy.

Verdammt, wieso hast du mich auf Insta gepostet?

Um dir zu helfen. Wenn wir reden würden, könnte ich es dir erklären.

Lösch das, verdammt noch mal!

Könntest du mich nicht einfach reinlassen? Ich will's dir erklären.

Lösch das!!! Es gibt nichts zu reden. Ich will kein Foto von mir auf deinem Account. Ich will nichts mit dir zu tun haben. Lass mich in Ruhe!

Stayjas Handy lag auf dem Lenkrad, und der Regen trommelte gegen die Windschutzscheibe, während es ihr langsam dämmerte.

Er schämte sich für sie.

Hatte sich immer für sie geschämt. Deshalb hatte er sie nie zu Partys oder irgendwas anderem eingeladen. Hatte sie keinem seiner Freunde vorgestellt.

Wegen ihrer Zähne oder ihrer Klamotten, wegen ihrer Sprache oder weil sie nur im Café arbeitete. Weshalb auch immer: Er fand sie nicht gut genug für ihn.

Obwohl warme Luft aus dem Gebläse gepustet wurde, zitterte sie am ganzen Körper. Als sie ihren Instagram-Account aufrief, um den Post zu löschen, sah sie, dass er schon einen Kommentar hatte. Sie klickte darauf.

Er kam von *ASTod2017*. Sie brauchte einen Moment, um das Profilbild zu erkennen.

Annie.

Sie hatte keinen Text hinterlassen, sondern nur einen Link auf jemanden namens Erika Dipatri.

Noch bevor Stayja den Namen anklickte, wusste sie schon, wer das war. Und tatsächlich landete sie auf dem Account mit dem Post, den sie in Annies Gegenwart nicht hatte lesen wollen.

Es war ein Foto, auf dem nur *Glaubt den Überlebenden* stand, in weißer Schnörkelschrift vor pinkfarbenem Hintergrund. Darunter hatte das Mädchen von ihrer Vergewaltigung während der Herbstferien in St. Johns geschrieben. Zwar nannte sie Tyler nicht beim Namen, gab aber an, dass es ein Student vom Carter war, und beschrieb sein Tattoo.

Das Tattoo mit den Quadraten, das mit seinem Gesicht in Stayjas Post zu sehen war.

Langsam beschlich sie die schreckliche Erkenntnis, dass sie in dem Versuch, ihn zu unterstützen, die Behauptungen des Mädchens bekräftigt hatte.

Sie war bestürzt, doch dann spürte sie einen Anflug von Hoffnung: Vielleicht wollte er deshalb unbedingt, dass sie den Post löschte. Vielleicht schämte er sich nicht, mit ihr in Verbindung gebracht zu werden, sondern war nur sauer, weil sie unbeabsichtigt dafür gesorgt hatte, dass er identifiziert werden konnte.

Aber dann kam ihr ein unangenehmer Gedanke: Wenn *ein* Mädchen etwas missverstanden hatte, war das eine Sache. Aber *zwei*?

Sie wusste nicht mehr, was sie glauben sollte, wusste nicht, was die Wahrheit war. Aber während sie auf ihr Display starrte, merkte sie, dass sie den Post nicht löschen konnte. Sie konnte es einfach nicht.

Sie wusste nicht, wie lange sie dort im Wagen saß. Jedenfalls so lange, dass sie sich fragte, ob Frank bereits im Café war und darauf wartete, sie zu feuern. Seit seiner Warnung zu Beginn des Semesters, ihre Pause nicht zu überziehen, hatte er sie im Auge behalten.

Während der Regen gegen ihre Windschutzscheibe prasselte, dachte sie über all das nach, was in letzter Zeit geschehen war.

Vielleicht war sie Nicole gegenüber ungerecht gewesen, vor allem, wenn sich herausstellte, dass ihre Cousine Tyler richtig eingeschätzt hatte.

Aber wenn Nicole recht hatte, wieso hatte Stayja das nicht früher erkannt? Wieso brauchte sie erst den Post von einer Fremden, um misstrauisch zu werden?

Aber nein, so stimmte das auch nicht. Er hatte sie zurückgewiesen. Das war zuerst passiert. Vorher war sie ja nicht mal *bereit* gewesen, sich den Post anzusehen.

War sie so verknallt, dass sie nicht mal sah, was direkt vor ihren Augen geschah?

Halt, nein, dachte sie, *ich persönlich hatte keine schlechten Erfahrungen mit Tyler.* Es war nicht verrückt, jemandem zu vertrauen, der einem keinen Grund zu Misstrauen gegeben hatte. Sie kannte diese Annie Stoddard nicht mal. Wieso sollte sie einer Fremden mehr vertrauen als jemandem, den sie kannte?

Aber das galt ja auch für Nicole: Da Nicole Annie kannte und Tyler nicht, vertraute sie ihr mehr als ihm.

Und dann begriff Stayja bestürzt und betroffen, dass Nicole Tyler nie kennengelernt hatte, weil Stayja sich für sie schämte.

Die Vorstellung, dass sie, Stayja, Tyler peinlich war, war niederschmetternd gewesen. Wie musste ihre Cousine sich gefühlt haben?

Sie sah auf die Uhr. 19:02 Uhr. Das Café war bereits seit einer Stunde verwaist, und Nicole hatte gerade Feierabend.

Hey, du musst bei dem Regen nicht auf den Bus warten, schrieb sie ihr. *Wenn dich keiner fährt, nimm den Wagen. Ich bin gerade auf dem Parkplatz.*

Oh, danke, super, ich komme, antwortete ihre Cousine sofort.

Ich werde mich bessern, dachte Stayja, während sie wartete. *Ich werde Nicole eine bessere Cousine und Freundin sein.*

Sekunden später erschien Nicole, wegen des Regens im Scheinwerferlicht des Wagens nur verschwommen zu sehen. Als sie sich näherte, erkannte Stayja, dass sie sich eine Plastiktüte mit Sehschlitzen über den Kopf gestülpt hatte. Sie kämpfte sich durch Wind und Regen quer über den Parkplatz.

Zwischen ihnen, ein paar Parkreihen weiter, leuchteten zwei Scheinwerfer auf. Die Lichtstrahlen zuckten vor und zurück, bevor sie stetig immer breiter und heller wurden und Stayjas Sichtfeld ganz ausfüllten. Als die Motorhaube eines SUVs in Sicht kam, erkannte sie ihn. Ohne anzuhalten oder auch nur langsamer zu werden, fuhr Tyler das Fahrerfenster herunter und brüllte sie an, fuchtelte wild aus dem offenen Fenster und schrie etwas, das sie nicht verstehen konnte.

Nicole kam angerannt, aber die Plastiktüte über ihrem Kopf versperrte ihr das periphere Sichtfeld. Als sie ins Scheinwerferlicht des SUVs trat, leuchteten ihr Leopardenmantel, ihre Jeans und ihre geliebten braunen Boots hell auf.

Stayja brüllte Nicole zu aufzupassen, aber die Wagentüren waren geschlossen, und Nicole konnte sie nicht hören. Stayja stieß die Tür auf, als Bremsen aufkreischten. Eine Sekunde lang sah sie durch Tylers Wagenfenster sein Profil, erst stockstarr und panisch, dann voller Entschlossenheit. Die getönte Scheibe fuhr hoch, und er gab Gas, während Stayja schrie und schrie und schrie.

Angestellte des Carter Colleges bei Unfall auf dem Haupthof getötet

12. Dezember 2017

Am Montag, den 11. Dezember um 19:02 Uhr kam die einundzwanzigjährige Nicole Wallaby, die seit August dieses Jahres in der Universitätsbuchhandlung des Carter Colleges arbeitete, auf dem Parkplatz B am Studentenzentrum ums Leben, als sie von einem ausfahrenden Fahrzeug angefahren wurde.

Die Polizei untersucht den tödlichen Unfall, hat aber noch keine weiteren Informationen verlautbart.

31

ANNIE

Dezember bis Januar

Gibt es geborene Zerstörer, die wie ein Hurrikan eine vernichtende, tödliche Schneise durch das Leben anderer ziehen?

Wir sahen nicht, wie es geschah, aber wir hörten es. Wir hörten das Kreischen der Bremsen, wir hörten den aufröhrenden Motor, und wir hörten Stayjas Schreie.

Mein Instinkt befahl mir, mich rauszuhalten. Obwohl ich nicht wusste, dass es etwas mit Tyler zu tun hatte, war ich wie gelähmt. Ich hatte wohl das Gefühl, mein Körper könne kein weiteres Trauma ertragen.

Dennoch ging ich Bea nach, als sie den Schreien folgte. Und als ich den leblosen Körper sah und erkannte, wer es war, brach ich zusammen.

Außerhalb der Arbeit hatten wir nur ein Mal etwas miteinander unternommen, aber im Buchladen war sie meine Freundin gewesen – eine Freundin, die viel kühner und interessanter war als meine Kommilitonen. Sie erinnerte mich ein bisschen an die Jugendlichen, mit denen ich zur High School gegangen war: Ständig stellte sie die Autoritäten in Frage und machte aus allem ein Spiel. Wann immer es möglich war, beurteilten wir, wie sexy ein Kunde war, und das stundenlang.

Und mit einem Schlag war ich nur noch eine Hülle, in der Gefühle tosten.

Ich rief den Notarzt. Bea sah zu, wie Stayja versuchte, sie wiederzubeleben, unermüdlich gegen ihren Brustkorb drückte, wieder und wieder, bis der Krankenwagen kam.

Ich wollte helfen, wusste aber nicht, wie. Bea sah genauso ohnmächtig verzweifelt aus, wie ich mich fühlte.

Während der Minuten, die ich hilflos dastand, hatte ich das Gefühl, einem Menschen bei dem Versuch zuzusehen, die Zeit umzukehren. Mit ihrem ganzen Körper stürzte sich Stayja auf die Hoffnung, die Uhr zurückdrehen zu können. Und als würde sich mein Innerstes nach außen kehren, veränderte sich der gesamte molekulare Aufbau meines Seins.

Damit will ich nicht sagen, die Dinge wären ‹ins rechte Licht gerückt worden› – das wäre abgedroschen und nicht ganz richtig. Ich meine damit: Wenn Tyler Brand mir dadurch, dass er mir seinen Körper aufzwang, *leibhaftig* gezeigt hatte, wie herzlos Menschen sein können, so brachte mir Stayja, als sie immer wieder versuchte, Nicole ihren Lebensatem einzuhauchen, wieder zu Bewusstsein, wie groß menschliche Liebe sein kann.

Als der Notarzt kam und verkündete, was wir bereits wussten, ließ sich Stayja auf die Fersen sinken, schlug die Hände vors Gesicht, wiegte sich vor und zurück und gab keuchende, würgende Geräusche von sich, wie ich sie noch nie bei einem Menschen gehört hatte. Als versuchte sie gleichzeitig, ihre Trauer zurückzuhalten und auszustoßen, als wäre die Verzweiflung zu groß und doch nicht groß genug.

Ihr Schmerz, der die dunkle Nacht erfüllte, kam mir fast heilig vor. Nackte Seelen, die wir sind.

Mittlerweile weiß ich, dass wir Trauer verstecken. Wir verdrängen sie und verbergen sie zivilisiert in einem Winkel, wo sie nicht zu sehen ist. Wenn andere nachfragen, speisen wir sie höflich lächelnd mit Halbwahrheiten ab.

«Ja, es ist nicht leicht», sagen wir. Oder: «Es überkommt einen in Wellen.»

Aber an dem Abend, als ich Stayja beobachtete, war nichts Zivilisiertes, Höfliches an meiner ersten echten Erfahrung mit menschlicher Trauer. Sie war archaisch. Guttural.

Ich weinte, so leise ich konnte: um sie und um Nicole, und weil ich am Leben war.

«Habt ihr gesehen, was sie in der Wiggins-Bibliothek gemacht haben?», fragte Matty.

Er reichte mir sein Handy über den Tisch. Es war die erste Woche nach den Winterferien, und er, Henry und ich frühstückten zusammen im Lloyd's.

Ein Foto in der Eingangshalle der Bibliothek zeigte ein Banner, auf dem stand: «Wir lieben unsere Carter-Familie!» Als ich mich durch weitere Fotos scrollte, sah ich um das Banner herum Staffeleien mit übergroßen Porträtaufnahmen von Carter-Angestellten in ihrer Uniform – Service und Haustechnik – und darunter Angaben über ihr Lieblingshobby, Lieblingsbuch oder Lieblingsurlaubsziel.

Die Geschichte von Nicoles Tod – betrunkener Carterstudent überfährt rücksichtslos Angestellte – hatte den zentralen Dauerproblemen Alkoholmissbrauch und Spannungen zwischen Studierenden und Personal ein Gesicht gegeben. Das College hatte darauf mit dieser peinlichen Ausstellung reagiert, um zu zeigen, dass es sein Personal zu schätzen wusste. *Seht ihr? Wir feiern euch! Wir wollen nicht, dass ihr bei der Arbeit umgebracht werdet!*

«Du meine Güte», sagte ich, gab ihm sein Handy zurück und dachte wieder einmal an Nicole. Seit meiner Rückkehr ans College hatte ich erst eine Schicht im Buchladen gehabt, und ohne sie hatte es sich seltsam angefühlt. Ich hatte gar nicht gemerkt, dass ich die Arbeit nur wegen ihr mit Spaß assoziierte. Jetzt gab es da niemanden mehr, mit dem ich lachen konnte.

«Wusstest du, dass Annie es mit ihrem Projekt bis in die Lokalnachrichten geschafft hat?», fragte Henry Matty, der sich gerade Cheese Grits in den Mund schaufelte.

Ich hatte beschlossen, am Carter ein Projekt namens Each Other's Backs ins Leben zu rufen, eine Selbsthilfegruppe für Opfer sexueller Übergriffe. Es sollte der gegenseitigen Unterstützung in der Phase dienen, die Loretta als die ‹sekundäre und tertiäre Traumatisierung› bezeichnete: Wenn alle Welt erwartete, man sollte nach einer Vergewaltigung wieder zur Normalität zurückkehren und weiterleben, als wäre gar nichts passiert.

«Ja, wusste ich, weil ich die Story untergebracht habe», erwiderte Matty und griff zu seinem Orangensaft.

«Du bist die Oprah in Sachen Vergewaltigung», verkündete Henry fröhlich und strahlte mich an. Wir waren jetzt offiziell zusammen. Silvester hatten wir gemeinsam bei meinen Eltern verbracht (sie fanden ihn großartig), und wir planten, die Sommerferien in derselben Stadt zu verbringen.

Matty verschluckte sich und hustete. «Bitte sag nie wieder so was, während ich trinke.»

«Ich bin stolz auf dich», sagte Henry zu mir.

«Das wissen wir», bemerkte Matty. «Gott, das hast du schon eine Million Mal gesagt. Wenn ihr beide noch hinreißender werdet, kann ich nicht mehr mit euch befreundet sein. Es ist geradezu abstoßend. Und das sage ich nicht, weil ich neidisch bin. Nein, es ist einfach asozial kitschiges Benehmen.»

«Du bist bloß traurig, weil du uns verlassen musst», erwiderte ich.»

Matty war nur zurückgekommen, um sein Zimmer auszuräumen. Er hatte fürs Frühjahr ein Praktikum bei der *Financial Times* in Hongkong, und ab Herbst würde er mit einem prestigeträchtigen Stipendium in Paris Journalismus studieren.

«Lässt du mir bitte auch noch was übrig?», sagte Matty und gab mir einen Klaps auf die Hand, weil ich bereits die Hälfte seines Blaubeerpancakes gegessen hatte.

«Ich bin ganz bestimmt nicht die Oprah in Sachen Vergewaltigung», erklärte ich. «Ich habe nur ein Projekt auf den Weg gebracht.»

Manchmal war es so, als hätten Henry und Matty es vergessen. Sie hatten Nicole auch nicht gekannt. Dennoch war es komisch für mich, die Einzige von uns dreien zu sein, die sie gekannt hatte und deshalb noch an sie dachte.

«Hab ich euch erzählt, dass Nicole vor ihrem Tod für ihre Cousine eine Bewerbung zum Medizinstudium eingereicht hat?»

«Was?», fragte Matty und bedeutete der Kellnerin, frischen Kaffee zu bringen. «Man kann sich einfach so für jemand anderen um ein Medizinstudium bewerben? Gibt's da keine Eingangstests?»

«Nein, es ist ein College, das zum Medizinstudium hinführt. Ich hab den Bewerbungsessay gegengelesen, sodass sie ihn einschicken konnte.»

«Wieso hat sich die Cousine nicht selbst beworben?», fragte Henry und spießte mit der Gabel ein Stück Ananas auf.

«Ich glaube, sie hat kalte Füße bekommen. Aber ich weiß es nicht. Ich fand es nur süß von Nicole.»

«Ist sie angenommen worden?», fragte Matty.

«Keine Ahnung», erwiderte ich und sah wieder Stayja vor mir, wie sie sich über Nicole beugte und sie zu beatmen versuchte.

32

BEA

Montag, 18. Dezember

«Ich muss es im Januar machen, sonst fliege ich aus dem Programm. Mir bleibt keine andere Wahl», sagte Bea.

Bea und Chris saßen am Fenstertisch eines Cafés am Südlichen Campus und hatten zwei dampfende Teebecher vor sich. Sie hatte ihn um ein Treffen gebeten, ohne ihm den Grund zu nennen. Als sie ihm dann erklärte, sie werde nicht bei den Nationalausscheidungen mitmachen, war er wesentlich aufgebrachter gewesen, als sie erwartet hatte. Volle zehn Minuten lang hatte er sie mit Fragen bombardiert. Wieso? Warum konnte das nicht geändert werden? Wieso war das überhaupt so wichtig?

«Das ist absolut lächerlich», sagte er. «Nein. Du wirst sie auf keinen Fall verpassen.»

Sie hatte ihm nicht verraten, was Tyler am Abend des Unfalls zu ihr gesagt hatte. Warum, wusste sie nicht, nur kam es ihr im Vergleich zum Tod einer jungen Frau ziemlich kleinlich vor, darüber zu jammern.

Aber sie hatte nicht mit solchem Widerstand gerechnet.

«Da steckt doch noch was anderes dahinter. Das ergibt doch einfach keinen Sinn.»

«Ja, also, da ist schon was dran», gab sie schließlich zu. Und dann erzählte sie ihm, dass die Brands ihr Programm finanzierten und sich von ihrem Monolog angegriffen gefühlt hatten. «Also war das wohl eine Art Racheakt. Wer weiß, ob sie das jetzt überhaupt noch interessiert. Aber keiner macht sich die Mühe, es rückgängig zu machen. So ist die Lage.»

Er hörte ihr schweigend zu, und als sie verstummte, sagte er immer noch nichts.

«Ich schätze, die Lektion lautet: Leg dich nicht mit Reichen an», sagte sie und versuchte zu lächeln. Seit dem schrecklichen Unfall fühlte Bea sich wie betäubt und war nicht in der Lage oder willens, die Katastrophe an sich heranzulassen, die sie unter der Oberfläche spürte.

«Damit finde ich mich nicht ab», erklärte Chris. «Wir werden was dagegen unternehmen.»

«Ich wüsste nicht, was man da machen soll», erwiderte Bea. «Die sind wirklich verdammt mächtig.»

Er wirkte immer noch finster, aber seine Mundwinkel zuckten leicht nach oben.

«Was ist?», fragte sie.

«Du fluchst sonst nie», erklärte er.

Sie runzelte die Stirn.

«Verdammt», sagte sie.

Und dann, am selben Abend noch, überwältigten sie die Gefühle.

Sie hatte zugestimmt, Early zu einem Hip-Hop-Kurs zu begleiten, und zog sich gerade die Sportschuhe an, die sie zum ersten Mal seit dem Unfallabend trug. Als sie etwas Gelbes unter der Sohle sah, hob sie den Schuh an. Dort klebte ein Fitzel vom Absperrband.

«Fertig?», fragte Early von der Tür aus. «Bea?»

Aber Bea hockte neben ihrem Bett, einen Schuh am Fuß, den anderen in der Hand, und weinte.

Early kam zu ihr und legte von hinten ihre Arme um sie.

So hockten sie eine Weile da. Schließlich setzte Bea sich hin und Early ebenfalls, immer noch hinter ihr. Sie rieb ihr den Rücken, bis Bea sich langsam fasste und zu weinen aufhörte.

Dr. Friedman. Tyler. Der Mann, den sie für ihren Vater hielt. In allen hatte sie sich geirrt.

«Alle sind anders, als ich dachte», sagte sie.

«Ich nicht», widersprach Early. «Ich bin genauso eitel und oberflächlich, wie du immer dachtest.»

Unwillkürlich lachte Bea auf.

Ein paar Stunden später, kurz vor Mitternacht, lagen beide in ihren Betten und beschäftigten sich mit ihren Handys, da fragte Early: «Hast du das gesehen?»

«Was?», fragte Bea zurück. Early hatte die Angewohnheit, eine Frage wie ‹Hast du das gesehen?› zu stellen, ohne zu zeigen oder zu erklären, was sie meinte.

«Diese Petition für dich.»

«Was?» Rasch stieg Bea aus ihrem Bett und ging zu Earlys. Gemeinsam lasen sie die Petition:

Magst du Improtheater? Hilfst du gern deinen Freunden?

Dann rette unsere geliebte C. U. N. T.-Gruppe vor einem veralteten und repressiven Regelwerk, das Publikumsliebling Bea Powers von der Teilnahme an den Nationalausscheidungen abhält!

Danach folgte eine Liste mit einhundert – einhundert! – Eigenschaften von Bea.

Hasst du Physik? Bea auch!

Liebst du Eis? Bea auch!

Allein die Länge der Liste war überwältigend. Sie ging über

mehrere Seiten. Chris musste den gesamten Nachmittag damit verbracht haben, sie anzulegen.

«Sie hat schon 47 Unterschriften», bemerkte Early.

Da summte Beas Handy: eine Nachricht von Chris.

Wir sind dran, schrieb er.

Seh ich grade, antwortete sie und zögerte, weil sie nicht wusste, was sie schreiben sollte. Sie war gerührt. *Das hat bestimmt eine Ewigkeit gedauert*, fügte sie schließlich hinzu.

Das habe ich nicht allein gemacht. Wir haben alle dazu beigetragen. Jeder hat 10 Dinge über dich geschrieben. Außer Bart. Der hat nix geschrieben, weil er ein ARSCH ist. Also hat Russell 20 geschrieben.

Bea grinste.

Dann schrieb Chris: *Wieso setzt mein Handy ARSCH in Großbuchstaben? Andere mögen reich sein, aber wir haben etwas, das sie nicht haben.*

Und was?, schrieb sie zurück. *Humor?*

Leute wie uns, antwortete Chris.

«Das schicke ich über GroupMe in all meine Seminare», sagte Early. «Ich wünschte, ich könnte zweimal unterschreiben! Vielleicht geht das ja irgendwie.»

Als sie das Licht löschten, hatte die Petition schon 300 Unterschriften. Bea blieb noch bis spät in die Nacht auf, starrte mit weit aufgerissenen Augen in die Dunkelheit und fühlte sich trotz allem beschenkt.

Am nächsten Morgen war ihr Abschlussessay für das Justice Program fällig. Sie waren angewiesen worden, ihn Dr. Friedman persönlich zu übergeben. Seit seiner Voicemail über das Praktikum hatte Bea ihn weder gesehen noch gesprochen.

Während der Drucker die Seiten ausspuckte, las sie noch einmal die letzten Zeilen auf dem Monitor.

Letzten Endes will niemand Macht abgeben. Zwar hat jeder hehre Prinzipien zur Gerechtigkeit, aber wenn diese Prinzipien den eigenen Lebensstil oder Status bedrohen, sind die meisten nicht bereit, diese zu opfern, damit ein anderer eine Chance bekommt. Radikale Gerechtigkeit, das habe ich in diesem Semester gelernt, ist gar nicht so radikal. Denn auch wenn sich die universelle Moralkurve in Richtung Gerechtigkeit krümmt, krümmt sich selbst radikale Gerechtigkeit zurück zum Geld.

Sie hatte in letzter Minute ihr Thema geändert und den Essay in einem fiebrigen Rausch geschrieben.

Als sie die Seiten zusammenlegte, fühlte sie sich wegen der Aussicht, Dr. Friedman persönlich zu treffen, gleichzeitig bang und beschwingt. Wahrscheinlich würde es enttäuschend banal werden, weil er irgendwas sagen würde, um sie wieder für sich zu gewinnen, und sie höflich darauf reagieren würde. Aber sie hatte das Gefühl, ihr Essay sagte alles, was es zu sagen gab.

Sie zog sich gerade ihren Mantel an, als eine neue E-Mail auf ihrem Bildschirm erschien und ihre Aufmerksamkeit weckte. Als sie den Absender sah, holte sie erschrocken Luft. Sie ließ sich auf den Stuhl sinken. Nein, das bildete sie sich nicht ein.

Sie zögerte. Wollte sie wirklich lesen, was auch immer er ihr zu sagen hatte? War sie dazu bereit?

Ja, das war sie.

Liebe Bea,

verzeih, dass ich so lange gebraucht habe, um dir zu antworten.

Ich brauchte Zeit, mir zu überlegen, was ich sagen sollte. Was deine Mutter gewollt hätte.

Als du geboren wurdest, hatten wir beide geplant, an

deinem Leben teilzunehmen. Wir wollten nicht heiraten (jedenfalls nicht einander), hatten aber beide den dringenden Wunsch, deine Eltern zu sein.

Dann wurde mir ein Job in Michigan angeboten. Das veränderte alles.

Wenn ich ihn annähme, würden wir dann wirklich zwischen Boston und Ann Arbor pendeln? Zuerst hatten wir das vor.

Aber wie du weißt, war deine Mutter ein Scheidungskind und hatte das Gefühl, es würde zutiefst schmerzlich für dich sein, sich jede Woche, jeden Monat oder auch nur einmal im Jahr von einem Elternteil verabschieden zu müssen. Einen von uns würdest du immer vermissen. Sie glaubte, deine Kindheit würde so oder so von Verlust und Sehnsucht geprägt sein. Auch wenn du mit Liebe überschüttest würdest. Und das, so glaubte sie – und sie überzeugte mich davon –, würde wahrscheinlich noch traumatischer sein als ein abwesender, unbekannter Vater. Traumatischer, als mich nie kennenzulernen.

Damit will ich nicht behaupten, es wäre ihre Entscheidung gewesen. Es war eine gemeinsame. Wir waren uns einig.

War es die richtige Entscheidung?

Können wir diese Frage je beantworten, wenn es darum geht, sich von der Liebe abzuwenden?

Deine Mutter hat sich vor ihrem Tod bei mir gemeldet. Seltsam, ich weiß, da sie so unerwartet starb. Ich habe mich oft gefragt, wieso sie sich ausgerechnet zu diesem Zeitpunkt bei mir meldete. Sie schrieb mir, sollte ihr je etwas zustoßen, hätte ich ihren Segen, Kontakt mit dir aufzunehmen.

Aber ich meldete mich nicht bei dir, weil ich nicht sicher war, ob du das überhaupt wolltest. Es ist schon schwer genug, eine Mutter zu verlieren. Ich wollte dich nicht noch zusätzlich damit belasten, dass dein unbekannter Vater plötzlich auftaucht und verkündet, dass er die ganze Zeit von dir gewusst hat. (Damit will ich nicht sagen, und ich hoffe, das verstehst du, dass ich dich die ganze Zeit im Auge behalten und dein Leben verfolgt habe. Dies war meine eigene, selbstsüchtige Entscheidung. Wenn ich schon nicht an deinem Leben teilnehmen konnte, sollte es ein sauberer Schnitt sein. Ich wollte mir diesen Schmerz nicht antun.)
Ich gestehe, als ich vor ein paar Monaten deine Nachricht bekam, geriet ich ein bisschen in Panik. Meine Frau wusste zwar von dir und Phaedra, aber nur ganz allgemein. Wir hatten über neun Jahre nicht mehr von dir oder deiner Mutter gesprochen, das letzte Mal vor unserer Heirat. Selbst als deine Mutter vor drei Jahren starb, sagte ich ihr nichts davon. Ich sah keinen Grund, sie damit zu belasten.
Also schob ich es immer weiter auf, ihr von deiner Nachricht zu erzählen. Weil ich Angst hatte. Davor, wie es sich auf unsere Familie, auf unsere Ehe auswirken würde. Ich hatte Angst, sie würde nicht wollen, dass ich dir antworte. Ich hatte Angst, sie würde mich zwingen, zwischen ihnen und dir zu wählen.
Glücklicherweise war diese Angst unbegründet. Eine solche Frau habe ich nicht geheiratet. Neulich nachmittags, als unser Sohn Roland (der neun Jahre ist) bei einem Event Roboter baute, hatten wir ziemlich viel Zeit totzuschlagen, während die Kinder an ihren Projekten werkelten. Da konnte ich es nicht länger aufschieben.

In der Ecke eines Hotelsaals voller Kinder und Eltern erzählte ich ihr von deiner Nachricht.
Meine Frau heißt Zuzia, wird aber Z genannt. Und sie will dich unbedingt kennenlernen, genau wie ich.
Dieser Brief ist der sehr umständliche Versuch, «Hallo» zu sagen, «schön, dich kennenzulernen». Es tut mir leid, dass ich so lange nicht geantwortet habe, und ich hoffe, das kannst du mir eines Tages verzeihen.
Dieses Jahr werden wir Weihnachten hier zu Hause in Ann Arbor feiern, nur wir drei. Hast du schon Pläne? Und wenn nicht, möchtest du zu uns kommen?
Herzlichst,
Les Bertrand

Ann Arbor, dachte Bea, lag auf dem Weg nach Portland.

33

STAYJA

Dezember und Januar

«Die Zeitspanne des Schocks, die wir durchleben, ist eine Gnade», hatte Stayja gelesen, als sie ein einziges Mal googelte: *Wie man den Tod eines Menschen verarbeitet*.

Aber ihr war keine solche Gnade vergönnt. Sie wusste sofort, was geschehen war. Sie war dabei gewesen. Sie konnte es nicht rückgängig machen, nicht in Ordnung bringen. Und es war viel, viel schlimmer als jedes Gefühl, jede Erfahrung, jede Tragödie, die sie sich jemals vorgestellt hatte.

Sie hatte eine Liste von möglichen Unglücken gehabt. Dass ihre Mutter sterben könnte. Ihre Tante. Dass Nicole etwas Dummes machen und im Gefängnis landen könnte.

Aber nie hätte sie erwartet, Nicole in ihren Armen sterben zu sehen. Und nie hätte sie gedacht, dass diese Erfahrung ihr ganzes Leben auf den Kopf stellen, sie aus ihrer Welt reißen und in eine ganz andere katapultieren würde. In der neuen Welt existierte Nicole nicht, aber Stayja existierte auch nicht. Sie konnte genauso gut eine Jane sein, eine Claudia oder, Scheiße noch mal, eine *Stasia*, wie die Leute sie immer haben wollten.

Ihre Trauerphasen waren ganz anders, als sie in ihrem

Psychologiekurs gelernt hatte. Statt Leugnen, Wut und Verhandeln war ihre Trauer körperlich, von Impulsen getrieben, gegen jede Vernunft. Sie bekam einen Ausschlag, von dem sich die Haut an Armen und Beinen abschälte. Sie verlor Gewicht, aber ihr Gesicht quoll so auf, dass Donna meinte, es sei eine allergische Reaktion. Es überfiel sie der unbezwingbare Drang, ihre Haare pink zu färben, worauf sie eines Nachts im Internet drei Stunden lang nach dem besten Haarfärbemittel suchte.

Der einzige Vorteil, ein ganz anderer Mensch zu sein, lag darin, dass nichts, was ihr vorher wichtig gewesen war, sie noch interessierte.

Vielleicht war das die ihr zugedachte Gnade.

Die Beerdigung war grotesk. Der Geistliche hatte Nicole nicht gekannt, tat aber so und beschrieb sie mit Worten, die nicht mal annähernd zu ihr passten. Kein Mensch, der Nicole gekannt hatte, hätte sie als ‹schöne Seele› bezeichnet.

Chet kam, am Boden zerstört. Er konnte einfach nicht aufhören, Stayja zu beteuern, wie sehr er ihre Cousine geliebt hatte; dass sie die Frau seines Lebens gewesen sei.

«Ich weiß nicht, wie ich ohne sie weitermachen soll», sagte er so verzweifelt, dass Stayja nicht mal in Versuchung kam, seine Frau zu erwähnen.

Adrienne lud danach in ihr Haus ein, wo Chet auch hinkam und die ganze Zeit jammerte. LA dankte Chet, dass er ihnen den Zugang zu seinem HBO GO gewährt hatte, was Chet lange genug aus seiner Trauer riss, um nervös zu werden. Dann diskutierten er und LA, wie Nicoles Familie die Brands verklagen konnte.

«Müsst ihr das unbedingt *jetzt* besprechen?», fragte Stayja, nachdem sie von ihnen Begriffe wie ‹widerrechtliche Tötung› und ‹Entschädigung› aufgeschnappt hatte. Da fing Chet wieder an, unter Tränen zu versichern, wie sehr er sie geliebt hatte, LA erzählte ihr, er hätte bei Home Depot einen Job als Filialleiter bekommen.

Tyler war wegen fahrlässiger Tötung angeklagt worden, worauf seine Eltern einen Zivilrechtsspezialisten aus D.C. angeheuert hatten. Offenbar war der gut gewesen, denn laut Lokalzeitung war Tyler auf Kaution freigekommen, durfte weiterstudieren und seinen Abschluss machen. Er würde auf das gottverdammte Podium steigen und seine Ehrung entgegennehmen.

Und Nicole war tot.

Eine Woche verstrich, dann eine weitere. Stayja war nicht wieder zur Arbeit gegangen, und Donna sagte nichts dazu. Zwar hatte Frank sie nicht explizit gefeuert, aber es wäre ihr auch egal gewesen.

Ohne Nicole war es quälend still.

Anfang Januar bekam Stayja ein Schreiben vom Gibson College, das ihr mitteilte, sie hätte die erste Bewerbungsrunde erfolgreich durchlaufen, und sie zu einem Vorstellungsgespräch für das medizinische Vorstudium einlud. Sie sollte ihre Referenzen einreichen.

Danke, dass Sie sich bei uns beworben haben. Wir gratulieren zum Bestehen der Vorrunde. Ungefähr 80 % der Bewerber, die zum Vorstellungsgespräch eingeladen werden, bekommen danach einen Studienplatz angeboten.

Selbst nach allem, was passiert war, dachte sie zuerst, Tyler hätte sich für sie beworben. Erst nachdem sie beim College anrief und eine Kopie ihrer Bewerbung verlangte, erkannte sie an der Unterschrift auf dem PDF, das ihr per E-Mail zugeschickt wurde, dass es Nicole gewesen war.

Nicoles letzter Akt der Liebe für Stayja. Und Stayja war

nicht mal auf den Gedanken gekommen, dass sie so etwas tun könnte.

An jenem Abend trug Stayja bei Sonnenuntergang einen Küchenstuhl in den Garten und nahm mit Jacke, Schal und Wolldecke zwischen den beiden Häusern Platz, wo Nicole und sie die Marihuanapflanzen ausgerupft hatten. Sie blickte hinauf zum Himmel und sah zu, wie sich eine helle, durchscheinende Wolke von Weiß zu Gelb, von Silber über Orange zu Pink färbte und plötzlich grau und trüb wurde. Tot. Zwar war die Sonne noch nicht ganz untergegangen, aber sie beschien die Wolke nicht mehr, und ohne das Licht wirkte das luftige Gebilde wie eine ganz normale Regenwolke. Nur wegen der Strahlen der Sonne hatte sie vorher so geleuchtet.

Das ist es, dachte sie. *Ich bin diese Wolke. Und Nicole war die Sonne.*

Liebe Nicole,
weißt du noch, als ich 10 war und du 8 und wir auf den gefrorenen See bei Grandma gegangen sind? Eigentlich war es eher ein Teich. Wir waren ganz allein, und du hast dich immer weiter rausgewagt. Ich rannte zurück und rief dir immer wieder zu, du solltest zurückkommen. Aber du hast dich nur nach mir umgeguckt und gelacht. Gelacht und gelacht. Du fandest es lustig, dass ich Angst hatte. Du hattest einen Mordsspaß, und ich hatte Angst, du würdest einbrechen und ertrinken.
Manchmal habe ich das Gefühl, unser ganzes Leben war wie dieser Tag.
Aber ich habe dir nie verraten – und mir auch nie wirklich eingestanden –, dass ich einfach nicht wusste, wie man so sein kann. Ich begriff nicht, wie du das gemacht hast. Wie du so frei sein konntest, wo uns doch so viel im Weg stand.

Weißt du noch, was du sagtest, als deine Abfindung vom Staat einkassiert wurde? Wegen dem dämlichen Patzer mit dem Konto deiner Mutter? Du hast einen Witz gerissen. Hast gesagt: «Ich finde bestimmt jemand anderen, der mich erst betatscht und dann feuert.»
Es ging um zwanzigtausend Dollar, Nicole.
Ich glaube, ich hab dich angeschrien. Zumindest werde ich die Augen verdreht haben. Außerdem habe ich sicher ganz deutlich meine Missbilligung über deine Sorglosigkeit gezeigt. Damit dir klar war, dass ich am Ende die Suppe für dich auslöffeln würde.
Aber weißt du, was ich jetzt erkannt habe? Du hast mich nicht ein einziges Mal um Hilfe gebeten. Du hast sie angenommen. Aber nie darum gebeten – das ging ganz allein von mir aus.
Als du mir verraten hast, dass du meine Steuerschulden bezahlst, wusste ich nicht, was ich machen sollte. Das passte nicht in unser System.
Rückblickend erkenne ich, dass ich mich irgendwie bedroht gefühlt hab. Wenn du angefangen hattest, dich zu kümmern, und zwar nicht nur um deinen eigenen Scheiß, sondern auch noch um meinen, und du außerdem noch ein freier Geist warst, was blieb mir dann noch?
Ich hab mich benommen, als würde ich mich für dich schämen. Das tut mir leid. Ich wollte mehr sein als nur arm und hatte Angst, das nicht zu sein.
Du wusstest längst, dass du mehr bist als nur arm.

An einem Samstag Mitte Januar saßen Stayja und Donna gegen Mittag vor dem Fernseher und sahen sich *Frasier* an, da klopfte es an der Tür. War das schon wieder der Gasableser? Entnervt schlurfte Stayja in der Jogginghose und dem

T-Shirt, die sie schon seit drei Tagen trug, zur Haustür. Ihre Socken – von Nicole geerbt – waren schmutzig und viel zu groß, hielten aber ihre Füße warm. Um Geld zu sparen, schalteten sie nachts die Heizung ab.

Die Frau an der Wohnungstür war reich. Mehr registrierte Stayja nicht, als sie öffnete und sie dort stehen sah: Jemand wie sie wohnte nicht in der Gegend.

«Stayja?», fragte die Frau und sprach ihren Namen richtig aus. «Darf ich reinkommen?»

«Wer sind Sie?», gab Stayja zurück.

«Kitty Brand», antwortete sie. Tylers Mutter. «Ich hatte gehofft, mit Ihnen und Ihrer Mutter sprechen zu können.»

Eigentlich hätte Stayja gedacht, sie würde wütend werden, doch seit Nicoles Beerdigung hatte sie im Grunde gar nichts mehr gefühlt und stellte fest, dass sich das auch jetzt nicht änderte.

«Kommen Sie rein», sagte sie.

Mrs. Brand folgte ihr.

«Mom, das ist Tylers Mutter», erklärte Stayja. «Sie will mit uns reden.» Ihr huschte durch den Kopf, dass ihr altes Ich sich wegen des fleckigen Teppichs und der Holzverkleidung geschämt hätte, wegen der niedrigen Decken und der kitschigen Deko, mit der Donna jede Oberfläche schmückte: Keramikengel, Glaszwerge und staubige, unbenutzte Kerzen. Aber jetzt war ihr auch das egal.

Langsam griff Donna nach der Fernbedienung und schaltete den Fernseher aus. Stayja setzte sich wieder aufs Sofa. Mrs. Brand blieb stehen.

«Ihre Schwester möchte nicht mit mir sprechen. Sie hat mich hierhergeschickt, damit ich mit Ihnen rede. Ich möchte Ihnen sagen, dass wir uns wegen dieser Tragödie schrecklich fühlen und Ihnen nach Kräften die Lage erleichtern wollen.»

Donna grunzte.

«Ich weiß, es gibt keinerlei Entschädigung für den Tod Ihrer Nichte, aber wir würden uns freuen, wenn es irgendeine Möglichkeit gäbe, Ihnen ein bisschen von der Last zu nehmen. Wir finden es unnötig, das vor Gericht zu regeln, denn wir werden nicht mit Ihnen streiten. Wir sind anständige Menschen. Und wir haben die Mittel, Ihnen zu helfen. Warum sollten wir es also nicht tun?»

Es wirkte, als erwartete sie tatsächlich von ihnen eine Antwort. Aber sie schwiegen.

Mrs. Tyler richtete ihren Blick auf Stayja. «Tyler hat mir zum Beispiel erzählt, dass Sie eine Ausbildung zur Krankenschwester machen. Vielleicht könnten wir einen Teil der Kosten übernehmen.»

Ein leises Klopfen zog Stayjas Aufmerksamkeit auf sich. Auf der Fensterbank saß ein Eichhörnchen und beschäftigte sich mit einer Eichel. Sie beobachtete es.

Stayja hatte Fragen. Wenn diese Frau sich berufen fühlte, Tylers Scherben aufzusammeln, wieso hatte sie nicht schon früher etwas unternommen? Jetzt war sie hier und wollte was wiedergutmachen, aber Nicole war schon tot.

«Sie sind Dichterin?», fragte sie.

Mrs. Brand wirkte überrascht.

«Ich weiß eine Menge über Ihre Familie», sagte Stayja.

«Verstehe. Nun, dann sollten Sie auch wissen, dass Tyler nicht immer ganz ehrlich ist. Tatsächlich baut er vor allem auf seinen Charme. Ich staune immer wieder, wie er sich aus allem Möglichen rausreden kann. Er hat das Talent, die Fakten so zu verdrehen, dass er bekommt, was er will.»

«Ach was», gab Stayja sarkastisch zurück.

«Das soll keine Entschuldigung sein, aber so ist er schon seit dem Tod seines Hundes. Max starb, als Tyler 11 war. Leberkrebs. Wir hatten keine andere Wahl, als ihn einschläfern zu lassen. Aber Tyler war wütend, weil wir es nicht mit Chemo versuchten. Danach änderte sich alles. Die Wahrheit wurde zur Auslegungssache.»

Wollte sie damit sagen, dass Tyler ein Vergewaltiger war, weil er seinen Hund verloren hatte? Dass er deshalb betrunken Auto fuhr? Und Nicole umgebracht hatte?

Donna räusperte sich, um Stayja zu verstehen zu geben, dass sie auf das Angebot zurückkommen sollte: *Nimm das Geld.*

«Also sind Sie keine Dichterin», bemerkte Stayja.

«Oh doch, das bin ich. Das war nicht gelogen.»

«Ich hab nach Gedichten von Ihnen gesucht», sagte Stayja. «Aber keine gefunden.»

«Ich schreibe unter meinem Mädchennamen. Und den Initialen meiner Vornamen: P.K. Fox.» Stayjas verblüffte Miene missdeutend, erklärte sie: «Kitty ist die Kurzform von Kathryn, meinem zweiten Vornamen.»

Stayja starrte sie mit kribbelnden Händen an. Was für ein unfassbarer Zufall, was für ein kosmischer Witz. Sie versuchte zu schlucken. Vergeblich.

Sie betrachtete die Frau. Ihre weißblonden Haare waren wild gelockt wie die ihres Sohnes, aber durch Pflegeprodukte gezähmt. Ihr Gesicht war für eine Frau ihres Alters zu glatt und zeigte noch weitere Spuren kosmetischer Eingriffe: Ihre Haut spannte leicht an den Mund- und Augenwinkeln, alles war irgendwie nach oben gezogen. Sie trug ein perfekt sitzendes, fuchsiafarbenes Kleid mit einem dünnen, goldenen Gürtel. So hatte sich Stayja P.K. Fox nicht vorgestellt.

Und ganz gewiss hatte sie P.K. Fox nicht mit Tyler in Verbindung gebracht.

Die Brands hatten ihr Leben ruiniert und sie gleichzeitig verändert. Die Brands waren schrecklich, aber auch der Grund, warum sie Ärztin werden konnte. Der Grund, in das hellste Licht auf Erden zu starren und den Blick nicht abzuwenden.

«Hören Sie: Ich möchte absolut nicht den Eindruck erwecken, als gäbe es eine Entschuldigung für das Verhalten meines Sohnes. Aber er hat eine sehr schwere Zeit hinter sich. Vielleicht wissen Sie das nicht, aber er wurde fälschlicherweise wegen sexueller Übergriffe angezeigt, und das hätte ihn fast zugrunde gerichtet ... Er ist gerade nicht ganz er selbst. Es ist einfach nur furchtbar, dass seine Entscheidungsschwäche zu solch einem Unglück geführt hat.»

Fälschlicherweise angezeigt. Während Mrs. Brand sprach, dachte Stayja: Wenn *sie* sich schon so krampfhaft bemüht hatte, den wahren Tyler mit ihrem Wunschbild in Einklang zu bringen, wie musste es dann erst seiner Mom ergehen?

Fast hatte sie Mitleid mit ihr.

«Also, dürfen wir für Ihre Ausbildung aufkommen?», fragte Mrs. Brand, griff in ihre Handtasche und holte ein Scheckbuch heraus. «Ich kann Ihnen einen Scheck ausstellen.»

Was würde Nicole tun?

«Ich werde keine Krankenschwester», sagte Stayja. Ihr Blick fiel auf Mrs. Brands Schuhe. Sie waren milchkaffeebraun und sahen von ihrer Struktur her aus, als wären sie aus Krokodilleder.

«Das solltest du nicht jetzt entscheiden, Schatz», mischte sich Donna mit besorgter, drängender Stimme ein.

Stayja ignorierte sie und blickte Mrs. Brand direkt in die Augen.

«Sie können mir das Medizinstudium bezahlen.»

EPILOG

ANNIE

Each Other's Backs wurde zu meinem Projekt, zu der Sache, der ich mich während der Collegezeit widmete. Außerhalb der Seminare und Orchesterproben verbrachte ich meine ganze Zeit damit. Ich setzte mich mit Studentinnen an anderen Colleges und Unis in Verbindung, die Gruppen auf ihrem Campus gründeten. Mit einer Kunststudentin namens Emma entwarf ich ein T-Shirt, das innerhalb weniger Jahre jährlich am 9. September von Tausenden Studentinnen im ganzen Land getragen wurde. In meinem letzten Jahr am Carter gründete ich einen Verein unter diesem Namen. Wir verbreiteten uns auch an High Schools. Ich war stolz. Durch diese Gemeinschaft fand ich Freunde, ein Ziel und schließlich auch eine Art von Frieden.

Und dennoch.

Wenn ich an meine Zeit am Carter und vor allem an jenen Herbst zurückdenke, kommt mir die Beschreibung meiner Veränderung fragwürdig vor: «Tyler Brand passierte gar nichts, aber ich fand eine Art Frieden» oder «Ich fand eine Art Frieden, aber Tyler Brand passierte gar nichts» – mit dem ‹aber› als Einschränkung oder Nachtrag.

… aber ich sah die Welt nie wieder wie zuvor.

… aber ich begreife immer noch nicht, wie solche Ungerechtigkeit einfach hingenommen und abgetan wird.

… aber werde ich je meine Wut loswerden?

Schon im ersten Sommer unserer Beziehung trennten Henry und ich uns wieder. Natürlich blieben wir Freunde, schließlich war es Henry. Zwei Jahre später zogen Matty und ich nach New York und teilten uns ein Apartment in Brooklyn. Er bekam eine Stelle als Faktenprüfer bei der *Daily News*, und ich arbeitete in der Presseabteilung einer gemeinnützigen Organisation, die sich auf Hilfe für hungernde Kinder konzentrierte. Unsere Miete verdienten wir beide mit Englischunterricht. Ich lernte, mit einem einzigen Bagel für drei Dollar Frühstück und Mittagessen abzudecken. Abends tranken wir billigen Rotwein und sahen uns endlos Serien auf seinem Laptop an, und morgens fuhren wir gemeinsam mit der U-Bahn nach Manhattan.

Drei Jahre nach dem Abschluss hörte ich von Bea, dass sie nach New York käme, um ihren Master in Gesundheitswesen zu machen. Als sie fragte, ob wir nicht mal einen Kaffee zusammen trinken wollten, sagte ich zu, meldete mich aber nicht wieder, als sie mich bat, einen Termin vorzuschlagen.

Von Tyler hörte ich, er wäre seit einem Skiunfall in Colorado gelähmt. Aber ich machte mir nicht die Mühe herauszufinden, ob das stimmte. Außerdem hörte ich, er würde in Houston Jura studieren. Ob diese Zeit unseres Lebens und das, was zwischen uns vorfiel, so in ihm nachwirkt, wie es in mir nachwirkt – ich weiß es nicht.

Denn das ist die Krux an diesen Geschichten: Man weiß nicht, wo das *Aber* für die Tyler Brands dieser Welt steckt. Dringt es manchmal in ihr Bewusstsein, wie sie wirklich sind, oder zumindest, wie sie einmal waren?

Als Matty sich eines Morgens verspätete, ging ich alleine los. Kurz darauf trafen wir uns auf dem Bahnsteig wieder. Er fragte, wo ich gewesen sei, er hätte versucht, mich einzuholen.

Da erklärte ich ihm, dass ich, wenn wir nicht zusammen gingen, eine andere Strecke zur U-Bahn-Station nähme.

«Wieso?», fragte Matty.

Ich zuckte nur die Achseln, und das Dröhnen der einfahrenden U-Bahn ersparte es mir, antworten zu müssen. Der Grund war mir auch erst auf seine Frage hin klargeworden: Auf unserer gemeinsamen Strecke hatte ich einmal jemanden vom College gesehen, aus der PiKa-Verbindung.

Wir stiegen in die Bahn, die ausnahmsweise mal fast leer war, nahmen nebeneinander Platz und schwiegen, während wir durch den Tunnel in die Zukunft gefahren wurden, die vor uns lag.

DANK

Den Vertrag für dieses Buch erhielt ich an dem Tag, an dem ich mein erstes Baby bekam. Das war surreal und aufregend. Ich wusste nicht, wie ich ein Neugeborenes aufziehen oder wie ich ein Buch schreiben sollte, während ich ein Neugeborenes aufzog. Plötzlich war das Leben voller herrlicher, unbekannter Möglichkeiten.

Lieber Leser, liebe Leserin, ich verrate gleich das Ende: Ich schrieb das Buch, und das Baby kann mittlerweile laufen (und singen!). Schreiben konnte ich nur mit großer Hilfe von anderen. Daher danke ich meiner unglaublichen Lektorin Emily Griffin und meiner phänomenalen Agentin Claire Anderson-Wheeler. Dank auch an meinen Mann Lucas Richter, meine Mom Clista Adkins und an meine Engel Rachel Fischer und Rachael Fowler, die sich 2018 liebevoll um Finn kümmerten, während ich an dem Buch schrieb.

Großen Dank schulde ich auch meiner Autorencommunity und meinen Freunden, die auf die eine oder andere Weise zur Entstehung dieses Buches beitrugen: Lucas Schaefer, Chandler Phillips, Emily Stirba, Naomi Shatz, Tamara Giwa, Haley Hoffman, Rachel Abramowitz, Kate Tellers, Stephen Ruddy, Gregg Lachow, Sarah Stone, Joselin Linder, Jorge Novoa, Nicole Solomon, Alex DiFrancesco, Jess Mannion, Joanne Solomon, TJ Wells, Gabra Zackman, Katie Beth Ongena, Jack Thomas, Tony Brown, Melissa Feldman,

Simone Policano, Christian Probst, Carly Stern und Niev Mooney.

Schließlich danke ich allen Frauen von *All of the Above* an der Duke University – allen Generationen. Ich hoffe, ihr werdet euch noch viele Jahre lang Geschichten erzählen.